贬谪时期的柳宗元研究

Bianzhe shiqi de Liu Zongyuan yanjiu

◎ 龚玉兰 著

凤凰出版传媒集团 凤凰出版社

图书在版编目（CIP）数据

贬谪时期的柳宗元研究 / 龚玉兰著. -- 南京 : 凤凰出版社，2010.12
ISBN 978-7-5506-0053-9

Ⅰ. ①贬… Ⅱ. ①龚… Ⅲ. ①柳宗元（773～819）－人物研究②柳宗元（773～819）－文学研究 Ⅳ. ①K825.6②I206.2

中国版本图书馆CIP数据核字(2010)第264433号

书　　名　贬谪时期的柳宗元研究
著　　者　龚玉兰
责任编辑　卞　岐
出版发行　凤凰出版传媒集团
　　　　　凤凰出版社(原江苏古籍出版社)
　　　　　南京市中央路165号　邮编 210009
　　　　　发行部电话 025—83223462
集团网址　凤凰出版传媒网　http://www.ppm.cn
照　　排　江苏凤凰制版有限公司
印　　刷　南京大众新科技印刷有限公司
　　　　　南京浦口大桥北路京新村546号　邮编:210031
开　　本　880×1230毫米　1/32
印　　张　8.25
字　　数　230千字
版　　次　2010年12月第1版　2010年12月第1次印刷
标准书号　ISBN 978-7-5506-0053-9
定　　价　25.00元
(本书凡印装错误可向承印厂调换，电话:025—58849828)

目　录

引　言

柳宗元(773—819),字子厚,祖籍唐蒲州解县,古属河东郡,故柳宗元被称为“柳河东”。他的父亲柳镇淡然处世、耿直中正、关心民生、秉公执法、不徇私情[①],曾任殿中侍御史,因参与审理已故陕、虢观察使卢岳妻妾继承遗产案件,得罪权奸窦参,后被贬为夔州(今四川奉节县)司马。后窦参得罪贬死,柳镇才得以平反昭雪,官复原职。从柳宗元家庭情况来说,他受父亲人格影响很大,尤其是父亲的贬谪经历给他以很大触动。柳宗元自视很高,胸怀大志,这也成为他积极参与永贞革新,被一贬再贬后绝无悔意的精神动力。

柳宗元贞元九年(793)年考中进士,与其同榜的有他的至交好友刘禹锡。贞元十四年(796)柳宗元登博学宏词科,受命为集贤殿书院正字。虽说此官职不高,主要整理图书经籍,但却是唐代文士官职晋升的捷径。三年期满后,调补京兆府蓝田(今陕西蓝田)县尉,亲眼目睹了当地官吏巧取豪夺的丑恶面目,更坚定了其励精图治,革除社会弊病的决心。贞元十九年(803),受人推荐,柳宗元入朝任监察御史里行。虽然官位不高,却颇受朝廷重视,也为日后的仕途通达奠定了基础。贞元二十一年(805)正月,德宗李适病亡,王叔文等人拥立太子李诵即位,当时李诵中风失语,宫廷斗争异常尖锐。之后,柳宗元被提拔为礼部员外郎,官阶晋升很快,加上其个性张扬,引起了朝中人的嫉妒以及不满。

① 见《先侍御史府君神道表》,《柳宗元集》卷一二。

刘禹锡等革新派人士也都被委以重任。客观地说，革新运动取得了一定的成绩，韩愈在《顺宗实录》中有所记载。之后，革新派在朝廷内部斗争中处于劣势。七月二十八日，皇太子李纯监国，在宦官的支持下采取各种措施不遗余力地打击革新派。八月四日，顺宗禅位，革新派失去了最后、最有力的权力支柱。八月五日，改元永贞，八月六日，朝廷对"二王、刘柳"集团中的"二王"首开惩罚，贬谪"二王"为远州司马，其中贬王伾为开州（今四川开县）司马，王叔文为渝州（今四川重庆）司马。八月九日，李纯即位，标志着革新派运动的彻底失败。九月十三日，革新派人士全部被贬为远州刺史，其中柳宗元被贬为邵州（今湖南邵州）刺史，刘禹锡被贬为连州（今广东连县）刺史。九月十四日，朝议认为王叔文之集团被贬官太轻，加贬为远州司马，柳宗元又被贬为永州（今湖南永州）司马，刘禹锡被贬为朗州（今湖南常德）司马①。唐宪宗即位后，颇有作为，相继平定了不少地方割据势力的叛乱，在一定程度上稳定了中央政权，柳宗元在远州僻壤闻之，欢欣鼓舞，写了不少祝贺之辞，希冀朝廷启用。元和元年（806），王叔文被赐死于贬所，王伾亦早病死。朝廷对"八司马"的打击从头至尾十分严厉，在朝廷的几次大赦中，均下诏说："左降官韦执谊、韩泰、陈谏、柳宗元、刘禹锡、韩晔、凌准、程异等八人，纵逢恩赦，不在量移之限。"②这样就彻底打碎了柳宗元、刘禹锡等人希望朝廷重视人才，重新启用他们的梦想。

革新派人士被驱逐出中央，贬谪到荒远之地后，朝廷中讥讽之声不绝于耳，跟刘柳等人交往的除了一些至交好友外，他们都基本处于长期的孤独和郁闷中。元和十年，朝廷正是用人之际，遂将王叔文之党被贬官者全部诏入京师，"王叔文之党坐谪官者，凡十年不量移，执政有怜其才欲渐进之者，悉召至京师"③。柳宗元等人闻之，异常兴奋，作了不少意气风发、重见天日的诗歌。如柳宗元的《过衡山见新花开却寄弟》，此

---

① 《唐才子传》根据新旧《唐书》所载，言简意赅云："（柳）与王叔文、韦执谊善，二人引之谋事。擢礼部员外郎。欲大用，值叔文败，贬邵州刺史，半道有诏，贬永州司马。"见《唐才子传校笺》，第 465—466 页。

② 《旧唐书》卷一四《宪宗纪》。

③ 《资治通鉴》卷二三九"元和十年"。

诗写给尚在永州的从弟宗直，用“发南枝”、“晴天”等意象表达自己欣喜若狂的心情，诗曰：

故国名园久别离，今朝楚树发南枝。晴天归路好相逐，正是峰前回雁时。①

《汨罗遇风》诗歌不但一扫柳宗元贬谪于永州时的阴霾心理，表达了自己北归的欢乐心境，而且重申了自身期待有更好作为的理想，诗云：

南来不作楚臣悲，重入修门自有期。为报春风汨罗道，莫将波浪枉明时。②

而《诏追赴都二月至灞亭上》诗浅显易懂，用路途的花开处处新，凸显自己从边远之地回京城的愉悦之情，诗曰：

十一年前南渡客，四千里外北归人。诏书许逐阳和至，驿路开花处处新。③

但是实际情况并非如刘柳等人想象的那样，他们的诏回经历十分短暂。元和朝的朝廷斗争更加复杂。虽然唐宪宗将王叔文余党皆招回，但是发现这些人并无丝毫的悔意，如个性倔强，被称为“诗豪”的刘禹锡曾在《元和十年自朗州承召至京戏赠看花诸君子》中说：“紫陌红尘拂面来，无人不道看花回。玄都观里桃千树，尽是刘郎去后栽。”④这首诗对当朝的显贵明显带有讽刺意味，显示了刘禹锡“恃才而放，心不能平”⑤的特点。其实，这又何尝不是柳宗元等人的心声？只不过柳宗元内敛的性格使他没有像刘禹锡这么豪放直接表述罢了。革新派激进直接的态度引起了当政者的反感，元和十一年三月十四日，他们再次出离中央，被任命为远州刺史，官虽进而地益远，其实是明升暗降之法，惩处更加严厉，柳宗元被贬为柳州（今广西柳州）刺史，刘禹锡被贬为播州（今贵州遵义）刺史。由此可见，朝廷对革新派始终存有猜忌、戒备之心。当

①②③《柳宗元集》卷四二。

④《刘禹锡集》卷二四。

⑤《唐才子传校笺》，第500页。

时，刘禹锡母亲年事已高，八十多岁的老人跟着儿子去播州，恐路途遥远，环境艰苦，凶多吉少，柳宗元出于对好友的爱护，准备拿柳州和其调换。幸而裴度等人的说情，朝廷才改刘禹锡任连州刺史。刘柳这段患难与共、为对方着想的真情成为文坛佳话。

柳宗元在永州、柳州生活了十四年后，由于水土不服，气候不适应，贫病交加，心情忧郁、焦虑，于元和十四年（819）十一月八日终于柳州，年47岁。

柳宗元历经代、德、顺、宪四朝，处于中唐各种矛盾激化的复杂环境之中，他积极追求自己的政治理想，虽然屡遭政治打击，被贬谪至僻远之地，却不因此而退缩与后悔，体现了政治上的激进和坚韧。同时，柳在贬谪地的文学创作达到了高峰，被后人所推崇。可以说，政治上的失意成就了其文学的繁荣，“公天才绝伦，文章卓伟，一时辈行，咸推仰之。工诗，语意深切，发纤秾于简古，寄至味于淡泊，非余子所及也”①。另外，由于其长期担任地方官，十分关注民生，采取了不少有利于民风革新、促进生产的措施，受到当地老百姓的爱戴，“宗元在柳，多惠政。及卒，百姓追慕，至祠享祀，血食至今”②。

本书将从柳宗元的思想与心态、柳宗元的文学思想与成就、柳宗元的评价与影响三个方面进行探讨。

① 《唐才子传校笺》，第470—471页。
② 《唐才子传校笺》，第468页。

第一章

永贞革新前后文士的政治心态

第一节　时人对柳宗元政治态度的评价

柳宗元是中唐时期著名的文学家和政治家，因为他参加了王叔文集团的永贞革新运动而被一贬再贬，时人及后人对其多有微词，指责他和刘禹锡等人在政治上意图速进，而依附于王叔文等“小人”。这种看法并非产生于革新运动失败之后，而是产生于革新运动之中，在“二王、刘、柳”当权时，朝廷中就有人公开表示“吾不能事新贵”①，侍御史窦群更攻击刘禹锡“挟邪乱政，不宜在朝”②。和柳宗元同时代的韩愈、白居易等士大夫又是如何看待他的呢？

韩愈对柳宗元积极参与革新的态度持完全否定的态度，他认为这些革新派人物是“有当时名，欲侥幸而速进者”③。《柳子厚墓志铭》中亦云：“前时少年，勇于为人，不自贵重顾藉，谓功业可立就，故坐废退”④。这里，韩愈将柳宗元等人招致贬谪之祸归咎于盲目追求功名。

---

①《新唐书》卷一二六《韩皋传》。

②《旧唐书》卷一六〇《刘禹锡传》。

③《全唐文》卷五六〇《顺宗实录》卷五。

④《全唐文》卷五六三《柳子厚墓志铭》。

韩愈的这种看法源于他对永贞革新的不满情绪，这种不满包括两个方面：一是贞元末，他本与刘禹锡、柳宗元同为监察御史，但却被贬官。二是他对革新运动中暴露出的贿赂、结党等弊病非常反感和痛恨。关于韩愈贬官的原因，学界多有分析研究①，意见大相径庭，但我们还是可以从他的字里行间隐约感觉到其内心的疑虑，其诗《赴江陵途中寄赠三学士》云："同官尽才俊，偏善柳和刘。或虑语言泄，传之落冤仇。二子不宜尔，将疑断还不。"②其中也许有怀疑刘、柳的因素，他们可能把韩愈所言的不满之词无意中泄露出去，从而使韩受到"冤仇"的打击，这里的"怨仇"概指王党。韩愈一直视王叔文等人为"小人"，对革新派结党营私、仕途飞升、公然受贿、压制同僚等作为很愤慨，但他与刘、柳交好，对两人的人品是肯定的，只是对他们依附"小人"而有所批评，对他们被贬谪南荒的命运也很同情，规劝要以此为戒，其《永贞行》③曰："君不见太皇谅阴未出令，小人乘时偷国柄"、"一朝夺印付私党，凛凛朝士何能为"、"夜作诏书朝拜官，超资越序曾无难"、"公然白日受贿赂，火齐磊落堆金盘"、"元臣故老不敢语，昼卧涕泣何汍澜"、"具书目见非妄征，嗟尔既往宜为惩"。在他被召回京的《忆昨行和张十一》诗中曰："伾、文未揃崖州炽，虽得赦宥恒愁猜。近者三奸悉破碎，羽窟无底幽黄能。眼中了了见乡国，知有归日眉方开。"④"三奸"是指王伾、王叔文、韦执谊，韩愈认为自己的贬谪遭遇是"三奸"所为。可见，韩愈对永贞革新是持否定态度的，而他对时事的看法有时处于猜疑之中，这种思想亦深刻体现在他所撰写的《顺宗实录》中，如其卷五曰：

> 有与之（张正买）不善者，告叔文、执谊云："正买疏似论君朋党事，宜少诫。"执谊、叔文信之。执谊尝为翰林学士，父死罢官，此时虽为散郎，以恩时时召入问外事，执谊因言成季等朋宴聚游无度，

---

① 黄云眉分析认为，韩愈贬为阳山令不应归罪于柳宗元。参见《韩愈柳宗元文学评价》，山东人民出版社 1957 年版。新、旧《唐书》则谓他因上疏论宫市而获罪，《资治通鉴》归之于其上《论天旱人饥状》所致，至今尚无定论。

②③ 韩愈撰、钱仲联集释《韩昌黎诗系年集释》卷三，古典文学出版社 1957 年版。

④ 《韩昌黎诗系年集释》卷四。

皆谴斥之，人莫知其由。①

韩愈推测张正买被谴斥之事是由于韦执谊的谗毁所致。而他自己亦认为史官记录史事须谨慎，不可随意褒贬，其《答刘秀才论史书》②云："愚以为凡史氏褒贬大法，春秋已备之矣，后之作者，在据事迹实录，则善恶自见。然此尚非浅陋偷惰者所能就，况褒贬耶？""夫为史者，不有人祸，则有天刑"、"传闻不同，善恶随人所见，甚者附党。憎爱不同，巧造语言，凿空构立，善恶事迹，于今何所承受取信，而可草草作传记令传万世乎？若无鬼神，岂可不自心惭愧？若有鬼神，将不福人。仆虽騃，亦粗知自爱，实不敢率尔为也？"在向朝廷呈献《顺宗实录》时，他上《进顺宗皇帝实录表状》云："消去常事，著其系于政者，比之旧录，十益六七。忠良奸佞，莫不备书，苟关于时，无所不录。"③这和《顺宗实录》中疑则传疑的态度似乎很矛盾，但反映了史书记载中存在的问题，史官个人的好恶因素或多或少会有所体现，那么他对革新派人物的贬责就不足为怪了。而柳宗元则不然，他对韩愈的史官才能是肯定的，但对韩愈所说的史官"不有人祸，则有天刑"的观点是完全否定的，他认为："史以名为褒贬，犹且恐惧不敢为；设使退之为御史中丞大夫，其褒贬成败人愈益显，其宜恐惧尤大也"、"今学如退之，辞如退之，好议论如退之，慷慨自谓正直行为焉如退之，犹所云若是，则唐之史述其卒无可托乎？"④尽管韩愈为史官，有所畏惧，但他的《顺宗实录》的确达到了柳宗元所说的褒贬之义的。

和韩愈的贬责态度明显不同，与刘、柳交好的白居易对永贞革新是支持的。还在革新派当政之时，他曾给韦执谊上书数千言陈述为相之见，鼓励其革新，曰：

古者圣贤，有其才无其位，不能行其道也。有其才有其位，无其时，亦不能行其道也。必待有其才，有其位，有其时，然后能行

① 《全唐文》卷五六〇。
② 《全唐文》卷五五四。
③ 《全唐文》卷五四七。
④ 《柳宗元集》卷三一《与韩愈论史官书》。

> 其道焉。某窃见相公曩时制策对中，论风化浇淳之源，明天人交感之道，陈兵灾救疗之术，可谓有其才矣。又伏见今月十一日制词云："其代予言，允属良弼，必能形四方之风，成天下之务。"可谓有其时矣。今相公有其才，有其位，有其时，则行道由己，而由道乎哉？①

此文又云："相公充人望，代天工，报国之恩，正在于今日矣。"从中可知，他热情高涨，把祛除时弊、改革政治的满腔希望寄托在革新派人物身上。根据陈寅恪先生的考证，白居易《新乐府》中的《太行路》、《陵园妾》等诗，都是有感于永贞革新被贬谪的人而作的。陈分析《太行路》说：

> 韦执谊流贬于宪宗即位之年，距乐天作诗之时甚近。乐天始终同情于牛僧孺，而牛僧孺曾受韦执谊之知奖。复考《白氏长庆集》二七有《为人上宰相书》一篇，据其中所言此宰相拜相之日，知必为韦执谊无疑。然则韦执谊虽未赐死，但其进退荣辱，易致乐天之感触，自甚明也。乐天此篇之作，或竟为近慨崖州之沉沦，追刺德宗之猜刻，遂取以讽谏元和天子耶？②

白居易的《陵园妾》叙述了宫女幽闭之情事，陈寅恪亦认为："乐天此篇所寄慨者，其永贞元年窜逐之八司马乎？""则以随丰陵葬礼，幽闭山宫，长不令出之嫔妾。喻随永贞内禅，窜逐远州，永不量移之朝臣。实一一切合也。惟八司马最为宪宗所恶，乐天不敢明以丰陵为言。复借被谗遭黜之意，以变易其辞，遂不易为后人觉察耳。"③这些论证虽不很确定，但也从一个侧面反映了白居易对永贞革新的同情态度。他对社会是有所不满的，积极要求革新的，但朝廷内部激烈的党争，促使他远祸而遁逃到佛教中去了。

白居易的好友元稹，个性耿直，对宦官干政极其反感，其在永贞时期官位不高，并未参与革新运动，但他和刘柳的关系一直很密切，从这

---

① 白居易撰、顾学颉校点《白居易集》卷四四《为人上宰相书》，中华书局 1979 年版。

② 陈寅恪《元白诗笺证稿》，中华书局 1959 年新 1 版，第 177—178 页。

③ 陈寅恪《元白诗笺证稿》，第 269 页。

个角度而言，他对永贞革新派的态度还是积极的。我们亦可以从元稹的仕途沉浮中窥见其政治倾向，元稹之后也曾弹劾过剑南东川节度使严砺以及浙东观察使韩皋。元和五年，元稹因为直言不讳，得罪权贵，被贬为江陵府士曹参军。由于该地与柳宗元、刘禹锡的贬谪之地比较接近，彼此有酬唱，加上和吕温、李景俭等人都有交往，更加印证了他对革新派同情的态度[①]。

韩愈、元白的态度代表了士子们对革新的截然不同的两种看法，而他们都是局外人。那么参与革新派的中坚人物对此是如何看待的呢？这里以柳宗元的好友刘禹锡为例。刘禹锡认为柳宗元被贬谪是因为"疏儁少检"[②]。而刘禹锡自己在革新失败后也备受谣言的攻击，其《上杜司徒书》云："吠声者多，辨实者寡。飞语一发，胪言四弛。[③]"但刘禹锡并不畏惧，在贬谪时期，他依然为自己参与革新运动作辩解，在《谢上连州刺史表》中认为"出身入仕，并不因人"、"权臣奏用，盖闻虚名，实非曲求"、"臣有微才，所以嫉臣者众，竞生口语，广肆加诬"[④]，《苏州谢上表》亦云："臣本书生，素无党援"、"永贞之初，权臣领务。遂奏录用，盖闻虚名。唯守职业，实无朋附。竟坐飞语，贬在遐藩。"[⑤]虽然他一贬再贬，却能始终坚持自己的理想："世道剧颓波，我心如砥柱。"[⑥]刘禹锡虽然称王叔文等人为"权臣"，但并不贬低他们，《子刘子自传》[⑦]云："贞元二十一年春，德宗新弃天下，东宫即位。时有寒隽王叔文以善弈棋得通籍博望，因间隙得言及时事，上大奇之。""叔文，北海人，自言猛之后，有远祖风，唯东平吕温、陇西李景俭、河东柳宗元以为信然。三子者，皆与予厚善，日夕过，言其能。叔文实工言治道，能以口辩移人。即得用，自

① 参见蹇长春《白居易评传》第二章，第 87 页。

② 刘禹锡撰、瞿蜕园校点《刘禹锡全集》卷一九《唐故尚书礼部员外郎柳君集纪》，上海古籍出版社 1999 年版。

③ 刘禹锡撰、瞿蜕园校点《刘禹锡全集》卷一〇。

④ 刘禹锡撰、瞿蜕园校点《刘禹锡全集》外集卷九。

⑤ 刘禹锡撰、瞿蜕园校点《刘禹锡全集》卷一五。

⑥ 刘禹锡撰、瞿蜕园校点《刘禹锡全集》卷二一《咏史二首》其一。

⑦ 刘禹锡撰、瞿蜕园校点《刘禹锡全集》外集卷九。

春至秋，其所施为，人不以为当非。”这里，刘禹锡对王叔文的才能是称赏的。而“宫掖事秘，而建桓立顺，功归贵臣。于是叔文首贬渝州，后命终死”，刘禹锡虽然隐约其词，但还是指出内禅为宦官所为之事，且他对王叔文之死在平静叙述之中亦有惋惜之情。正因为他对永贞革新的肯定，《自传》末尾的铭文中才有“人或加讪，心无疵兮”的决心。

永贞革新失败了，时人及后人对这次革新运动或褒或贬[①]，且贬责之词居多。褒奖多集中在革新运动在一定程度上革除了许多时弊这一基点上，而否定者则认为王叔文等人只是一朝得势的“小人”，刘禹锡、柳宗元等有才之士不过是为求速进而附和之，从“小人”之革新，结党、受贿等现象就滋生了。革新派人士刘禹锡对此说却不以为然，他对王叔文等人的品行始终无异议，对参与革新之事也始终无后悔之意，作为刘禹锡的挚友，柳宗元的态度也非常值得研究。

第二节　柳宗元革新前后的政治心态

研究柳宗元的政治心态，首先得考察王叔文其人，他是否是急功近利的权臣和巧言善辩的小人？刘禹锡认为他是“权臣”，虽略微有些贬义，却别无批评之辞。《旧唐书》认为刘禹锡、柳宗元“蹈道不谨，昵比小人，自致流离，遂隳素业”[②]。《新唐书》云：“叔文沾沾小人，窃天下柄，与阳虎取大弓，《春秋》书为盗无以异。宗元等挠节从之，徼幸一时，贪帝病昏，抑太子之明，规权逐私，故贤者疾，不肖者娼。一偾而不复，宜哉！彼若不传匪人，自励材猷，不失为名卿才大夫，惜哉！”[③]两唐书对王叔文的评价都是“小人”，指责其窃取了朝廷重权，而结党营私。《顺宗实录》亦贬低王伾、王叔文等人，曰：

叔文，越州人，以棋入东宫，颇自言读书知理道。乘间尝言人

① 参见孙昌武《柳宗元评传》第二章，南京大学出版社 1998 年版，第 82—84 页。

② 《旧唐书》卷一六〇。

③ 《新唐书》卷一六八。

间疾苦。上将大论宫市事，叔文说中上意，遂有宠。因为上言："某可为将，某可为相，幸异日用之。"密结韦执谊，并有当时名欲侥幸而速进者陆质、吕温、李景俭、韩晔、韩泰、陈谏、刘禹锡、柳宗元等十数人，定为死交。而凌准、程异等又因其党而进。交游踪迹诡秘，莫有知其端者。①

此《实录》又云："伾以侍书幸，寝陋吴语，上所亵狎。而叔文颇任事，自许微知文义，好言事，上以故稍敬之，不得如伾出入无阻。"这里，揭示了王叔文、王伾出身卑微，皆由娱侍身份而受宠，进而秘密结党之事，其中带有贬义，自然就将刘、柳等人视为"求速进者"了。

以上是正统史书对王叔文以及柳宗元等人的一些评价。我们也可以从文士的角度来分析。北宋的苏轼非常推崇柳宗元的诗歌，但却对他参与革新运动并不认同，在《柳子厚论伊尹》中曰："能用伊尹而得志于天下，虽至愚知其不然，宗元意欲以此自解其从王叔文之罪也。"②又在《柳宗元诞妄》中将柳宗元参与革新与吕恭娶裴延龄之女为妻相提并论，认为："宗元与伾、叔文为交，盖亦不羞于延龄姻也。"③此外，还在《续欧阳子朋党论》中说：

凡才智之士，锐于功名而嗜于进取者，随所用耳。孔子曰："仁者安仁，智者利仁。"未必皆君子也。冉有从夫子则为门人之选，从季氏则为聚敛之臣。唐柳宗元、刘禹锡使不陷叔文之党，其高才绝学，亦足以为唐名臣矣。④

由此可见，苏轼是完全否定王伾、王叔文的，并将刘、柳的积极参与认为是求功名心切，而误入"小人"之党。南宋的赵彦卫虽然对永贞革新的某些改革措施比较赞赏，但还是认定王叔文是"小人"，其云："唐八司马皆天下奇才，岂皆见识卑下而附于叔文？盖叔文虽小人，欲诛宦官、强王室，特计出下下，反为所胜被祸耳。善良皆不免，当时有所拘忌，不得

① 《全唐文》卷五六〇《顺宗实录》卷五。

②③ 苏轼撰、孔凡礼校点《苏轼文集》卷六五，中华书局1986年版。

④ 苏轼撰、孔凡礼校点《苏轼文集》卷四。

不深诛而力诋之。”[①]金代的王若虚亦云：“柳子厚附丽小人，以得罪天子”[②]，“小人”显然是指王叔文等人。

但柳宗元对待王叔文及永贞革新的态度和刘禹锡一样，始终并无贬词。他和王叔文的关系很密切，王叔文对刘、柳亦十分赏识，“引禹锡与柳宗元入禁中，与之图议，言无不从”、“时号二王、刘、柳”[③]。即使在革新派处于完全劣势的时候，柳宗元对王叔文的评价亦很高，此可从其《故尚书户部侍郎王君先太夫人河间刘氏志文》[④]一文中窥见，文曰：

> 叔文，坚明直亮，有文武之用。贞元中，待诏禁中，以道合于储后，凡十有八载，献可替否，有匡弼调护之勤。先帝弃万姓，嗣皇承大位。公居禁中，讦谟定命，有扶翼经纬之绩，由苏州司功参军，为起居舍人、翰林学士。将明出纳，有弥纶通变之劳，副经邦阜材之职。加户部侍郎，赐紫金鱼带。重轻开塞，有和钧肃给之效。内赞谟画，不废其位，凡执事十四旬有六日。利安之道，将施于人。

此文是柳宗元在革新派已趋于失势，王叔文贬官的前几天为其亡母而作的，其中肯定了王叔文的才能，指出其“坚明直亮，有文武之用”，并赞赏他辅佐顺宗、积极改革所取得的成效。在贬谪之后，他也不认为王叔文是“小人”，只是称其为“负罪者”，《寄许京兆孟容书》云：

> 宗元早岁，与负罪者亲善，始奇其能，谓可以共立仁义，裨教化。过不自料，勤勤勉励，唯以中正信义为志，以兴尧、舜、孔子之道，利安元元为务，不知愚陋，不可力彊，其素意如此也。[⑤]

可见，尽管柳宗元认为自己“于众党人中，罪状最甚”[⑥]，但丝毫不影响他对王叔文的才能的肯定，亦对革新运动无任何贬词。清代的王鸣盛在《十七史商榷》中对王叔文有中肯的评价：“叔文行政，上利于国，下利

① 《云麓漫钞》卷一〇，古典文学出版社 1957 年版。

② 《滹南遗老集》卷二九，《四部丛刊初编》本。

③ 《旧唐书》卷一六〇《刘禹锡传》。

④⑤ 《柳宗元集》卷一三。

⑥ 《柳宗元集》卷三〇《寄许京兆孟容书》。

于民，独不利于弄权之阉宦，跋扈之强藩。”[①]

以上根据史书分析了王叔文的功过得失，总体来看，对他的评价褒贬不一。除了王叔文，我们还得关注革新派中的一个人物，那就是韦执谊。从《顺宗实录》的行文中可知韩愈对韦的评价亦很低，那他到底是不是一个爱投机钻营、攫取荣华、弄权专横、胆怯迷信的小人呢？答案是否定的。永贞元年二月辛亥，王叔文用韦执谊为相。《顺宗实录》卷一云：“辛亥，诏吏部侍郎韦执谊守左丞，同中书门下平章事，赐紫。初，执谊为翰林学士，知叔文幸于东宫，倾向附之。叔文亦欲自广朋党，密与交好。至是，遂特用为相。”《顺宗实录》卷五亦曰：“叔文……密结韦执谊，并有当时名欲侥幸而速进者。”以上这些话语无疑给我们勾勒出韦执谊的两个典型的性格特征：一是韦执谊功利心强，一心想往上爬，而攀附于得宠的王叔文。二是王叔文和韦执谊的交往带有某种不正常的因素，他们是相互勾结，相互利用的。“倾向附之”、“密结”这些词语明显折射出作为史学家的韩愈带有个人情愫的讥刺态度。相比较而言，两唐书对韦执谊的评价则比较公允。如《旧唐书》卷一六〇《刘禹锡传》云：“（刘）为监察御史，与吏部郎中韦执谊相善。”《新唐书》卷一六八《柳宗元传》曰：“贞元十九年，为监察御史里行。善王叔文、韦执谊，二人者奇其才。”看来，韦执谊和革新派中的刘、柳交好，还是看重他们的才华。正如杜牧在《樊川文集》卷七《唐故太子少师奇章郡开国公赠太尉牛公墓志铭并序》中所说：“故丞相韦公执谊，以聪明气势，急于褒拔，如柳宗元、刘禹锡辈，以文学秀少，皆在门下。”当然，既然积极投身于革新运动，就得有失败的思想准备，就得有牺牲精神，对于这一点，韦执谊是敏感的，并有所准备。而事实证明朝廷对于他们的打击是不遗余力的，《顺宗实录》卷五云：“叔文败，执谊亦自失形势，知祸且至，虽尚为相，常不自得；第奄奄无气，闻人行声，辄惶悸失色，以至败死，时才四十余。执谊自卑，常讳不言岭南州县名。……至贬。果得崖州焉。”韩愈的论述固然有虚妄、夸张之处，甚至将韦执谊视为惊弓之鸟，但从反面我们可窥见思维缜密的韦执谊预感的确很准，革新派倒台后，他一定也

① 王鸣盛《十七史商榷》卷七四，《丛书集成初编》本。

会被贬谪到僻远之地。果然,“叔文败后数月,乃贬执谊为崖州司马,后二年,病死海上”(《顺宗实录》卷五)。当然,王、韦二人对革新的态度并不完全相同。瞿蜕园在《刘禹锡集笺证》附录二《刘禹锡交游录》中就指出,王叔文和韦执谊的不同之处在于:“盖叔文孤寒新进,故专倚顺宗,自谓能行其志。执谊甲族进士出身,熟于宫府党援之习,不肯为直情行径之举。……叔文至欲先斩执谊而尽诛不附己者。”可见,在革新派内部,由于政治分歧,立场不同,以致矛盾重重,从革新的决心和方式来看,王叔文属于手握实权的强硬派,而韦执谊则是举止有度的温和派。我们且不论他们两人的政治分歧,单从历史角度看,同为革新派的领袖人物,王叔文和韦执谊的结局都很惨淡,但虽败犹荣,他们革新的精神受到了时人刘、柳以及后世的称赏。

正因为柳宗元对王叔文等人人品及其才能的认可,所以对参与革新并无悔意。他在《与萧翰林俛书》中总结认为:

> 仆当时年三十三,甚少,自御史里行得礼部员外郎,超取显美,欲免世之求进者怪怒媢嫉,其可得乎?凡人皆欲自达,仆先得显处,才不能逾同列,声不能压当世,世之怒仆宜也。①

他对自己“超取显美”的地位是满意的,由此对革新运动也是肯定的,而自己的贬谪是由于世人的嫉妒、谗毁导致的,所以此文中有“仆辈坐益困辱,万罪横生,不知其端”的感叹。而宋朝的葛立方在《韵语阳秋》卷十六中却认为:

> 柳子厚有《放鹧鸪词》,人徒知其不肯以生命供口腹,其仁如是也。余谓此词乃作于诏追之时,有自悔前失之意,故前言:“徇媒得食不复虑”,后言“同类相呼莫相顾”。媒与类皆谓伾、文也。②

这种分析是很没有根据的。明代的王世贞虽然认为“柳宗元刘禹锡躁事权臣”,但不以为非,坚持“宁为有瑕璧,勿作无瑕石”③的观点,实际

① 《柳宗元集》卷三〇。

② 何文焕辑《历代诗话》,中华书局 1981 年版,第 619 页。

③ 参见王世贞《艺苑卮言》卷八中言,《历代诗话续编》,第 1083 页。

上他对刘、柳还是赞赏的。贬谪之后的柳宗元，虽然心态趋于抑郁、沮丧，偶尔有退隐的念头，但他还坚持着自己的政治理想，其《贞符》序云："念终泯没蛮夷，不闻于时，独不为也；苟一明大道，施于人世，死无所憾，用是自决。"①表达了实现抱负的坚定决心。而《冉溪》诗中"却学寿张樊敬侯，种漆南园待成器"②的句子就是表达了他被朝廷弃置后毫不灰心，要象东汉的樊重那样通过个人努力，终于实现自己的人生目标的愿望。

总之，尽管柳宗元贬谪之后，情绪上很压抑，但他对王叔文、韦执谊等人的评价始终颇高，对参与永贞革新运动毫无悔意，而且对实现自己的政治志向也有一定的信心，这种比较积极的人生态度与他的"统合儒释"观是分不开的。在他的思想中，儒学依然占据着统治地位，它所倡导的立足现实，积极入世的观点深深影响着柳宗元，而他"文以明道"的主张正是此种思想的一种表现。正因为柳宗元能直面现实，完全肯定自己的革新行为，才会在一贬再贬的命运打击下，于愤激、郁闷、悲凉的伤感心境中寻求另一种反映现实的方式，那就是文学创作。可见，研究永贞革新前后文士的政治心态有助于理解柳宗元的思想、心态以及文学作品。

---

① 《柳宗元集》卷一。

② 《柳宗元集》卷四三。

第二章

柳宗元的儒释道兼容思想

第一节　儒释道三教在中唐的地位及文士之态度

佛教传入中国后逐渐中国化的过程，就是儒释道调和的过程。总体而言，儒家重现实；道家好神仙；佛教论涅槃境界。帝王倾向于某种思想，便大力扶植提倡，南北朝时期就出现了帝王出家入寺、皇后削发为尼的狂潮；而帝王对己之不喜者则排斥，甚至禁止，历史上就发生过"三武一宗"灭佛事件。总之，佛教以其独有的魅力受到人们的青睐与普遍信仰，鲁迅曾说过："其实是中国自南北朝以来，凡有文人学士，道士和尚，大抵以'无特操'为特色的。晋以来的名流，每一个人总有三种小玩意，一是《论语》和《孝经》，二是《老子》，三是《维摩诘经》，不但采作谈资，并且常常做一点注解。唐有三教辩论，后来变成大家打诨；所谓名儒，做几篇伽蓝碑文也不算什么大事。"①虽说鲁迅此论有些苛刻，但也反映了三教之间千丝万缕的联系。有唐一代，儒教依旧占绝对的地位，释道辅佐之，尽管李唐王朝为了提高自己的门第，尊奉老子，但实际上，中唐时道的社会作用已经渐渐衰落了，远不如佛教之兴盛，唐德宗、

---

①《鲁迅全集》第五卷《准风月谈·吃教》，人民文学出版社1973年版，第355页。

顺宗、宪宗等中唐帝王对佛教更是推崇备至，尤其唐宪宗恭迎佛骨带来崇佛的热潮。虽说当时的各种社会思潮众多，如儒学的“复古运动”、诗文革新运动，佞佛和反佛的斗争等等，但士大夫们深受时代风气的濡染，大都热衷于研佛、论佛，柳宗元当然也不例外，而唐武宗灭佛时柳宗元早已不在人世了。

韩愈则强调儒学，对柳宗元佞佛的态度多有批评。那么，儒学在中唐处于什么地位呢？在唐代，儒学主要体现在通过科举考试来鼓励士子读经。但在高宗永徽四年颁布的《五经正义》却限制了士子们的思想。而自从武后崇奖词科以后，进士的地位大大提高，成为多数士子走入仕途的重要途径。而此时，旧经学因为其传注义疏过于冗长繁琐，束缚思想，日益受到人们的指责与批评，因此迫切需要对经学研究方法的革新。啖助、赵匡、陆质①等人就应运而生，他们研治《春秋》，不再一味墨守于经注，而是鄙弃了章句注疏之学，将重点放在义例的研究上，并能联系现实，针砭时弊。这种微观而又颇具实践意义的学习方法很快就被人们所承认接受，吕温、刘禹锡、韩泰、韩晔、凌准、柳宗元等人，都拜陆质为师来研究《春秋》。柳宗元在《陆文通先生墓表》中除了批评汗牛充栋的经学旧注，又称赞云：“有吴郡人陆先生质，与其师友天水啖助，洎赵匡，能知圣人之旨，故《春秋》之言及是而光明，使庸人小童，皆可积学以入圣人之道，传圣人之教，是其德岂不侈大矣哉！”用自由而新鲜的方法来研习经书，只是其表象，其实质是要实施革新，除去弊病。正基于此，这些人才不沉溺于典籍，而是积极投身于永贞革新运动。虽然儒学仍占有主导地位，而他们眼中的儒学已是与现实紧密结合的崭新意义上的新儒学了。正如台湾的方介先生所总结的那样：“中唐时代的儒学复兴，不仅是要抛弃旧注，为经书做新解，而且要冲破注疏之学的藩篱，把儒学用在人生之中，去影响政治，影响教育，影响社会，影响文学。”②

对与柳宗元同时代，且交往密切的韩愈、白居易、刘禹锡等人的研

① 《新唐书·啖助传》。

② 方介《韩柳新论》，学生书局 1999 年 3 月初版，第 323 页。

究有助于理解柳宗元的"统合儒释"①思想。先看韩愈，虽然他对当时以己意解经的新学风也很赞成，如他称赞施士丐："古圣人言，其旨密微，笺注纷罗，颠倒是非，闻先生讲论，如客得归。"②但他是极力主张尊传统儒学，排斥佛道的代表人物。其《进学解》云："口不绝吟于六艺之文，手不停披于百家之编"、"觝排异端，攘斥佛老，补苴罅漏，张皇幽渺，寻坠绪之茫茫，独旁搜而远绍，障百川而东之，回狂澜于既倒，先生之于儒，可谓有劳矣。"③可见，他非常排斥佛教，并将儒学以外的一切学说皆视为"异端"。他和僧人间的交往容易给人误解，就此他在《与孟尚书书》④中解释说："有人传愈近少信奉释氏，此传之者妄也"，并认为"汉氏以来，群儒区区修补，百孔千疮，随乱随失，其危如一发引千钧，绵绵延延，寖以微灭，于是时也，而倡释、老于其间，鼓天下之众而从之，呜呼，其亦不仁甚矣！释老之害，过于杨墨"。"何有去圣人之道，舍先王之法，而从夷狄之教，以求福利也"？他这种坚决的态度和"事佛而佞"⑤的刘禹锡、"统合儒释"的柳宗元等人是完全不同的。关于这方面，我们从他与柳宗元、刘禹锡的论争中也可以窥见。韩愈接受的是传统的儒学，因而尊天命、信鬼神、重仁义，谈心性。他曾给柳宗元写过一篇言"天"的文章，其文已佚，但在柳宗元的《天说》中完整引用了韩愈的观点："今夫人举不能知天，故为是呼且怨也。吾意天闻其呼且怨，则有功者受赏必大矣，其祸焉者受罚亦大矣。"也就是韩愈肯定天是有意志的，能赏善惩恶。而柳宗元却认为："功者自功，祸者自祸。欲望其赏罚者大谬；呼而怨，欲望其哀且仁者，愈大谬矣。子而信子之义以游其内，生而死尔，乌置存亡得丧于果蓏、痈痔、草木耶？"⑥并在《祭吕衡州文》中对此有更直接的揭露："聪明正直，行为君子，天则必速其死；道德仁义，志存生人，天则必夭其身。"完全否定了韩愈的天命论。而柳宗元另

---

① 《柳宗元集》卷二五《送文畅上人登五台遂游河朔序》。
② 《全唐文》卷五六六，韩愈《施先生墓铭》。
③ 《全唐文》卷五五八。
④ 《全唐文》卷五五三《与孟尚书书》。
⑤ 《刘禹锡全集》卷二九《送僧元暠南游引》。
⑥ 《柳宗元集》卷一六《天说》。

一篇文章《天对》虽是对答战国时期屈原的《天问》而作的，其内容就《天问》中提出的关于宇宙、自然、社会历史的一百七十几个问题进行了较为客观的解释和分析，尽管有些回答还不够科学，但就反对有意志主宰的“天”而言，充分表现了他认识世界的深度，比如在回答“延年不死，寿止何所”的问题时，云：“仙者幽幽，寿焉孰慕？短长不齐，咸各有止。胡纷华漫汗，而潜谓不死？”可见，他是反对神仙不老、灵魂永存的迷信说法的，而此文也是反驳韩愈“天命论”的力作之一。刘禹锡也是反对“天命论”的，他读了柳宗元的《天说》后，认为其论述的还不够透彻：“非所以尽天、人之际，故余作《天论》以极其辩”①，他就天人关系等方面进行了一些有益的补充和发挥，如云：

> 大凡入形器者，皆有能有不能。天，有形之大者也；人，动物之尤者也。天之能，人固不能也；人之能，天亦有所不能也，故余曰：“天与人交相胜耳。”②

但是柳宗元对刘禹锡的补充并不认同：“凡子之论，乃吾《天说》传疏耳，无异道焉”、“谆谆佐吾言，而曰有以异，不识何以为异也。”③柳宗元还认为：“生植与灾荒，皆天也；法制与悖乱，皆人也，二之而已。其事各行不相预，而凶丰理乱出焉。”④他把天人之间的关系区分得更清楚，避免了天、人二元论。而韩愈、柳宗元、刘禹锡之间关于“天”的论争并不能从根本上说服彼此，所以当不信鬼神的柳宗元去世后，韩愈还在《柳州罗池庙碑》中详细记载其灵魂不灭之事：

> 尝与其部将魏忠、谢宁、欧阳翼饮酒驿亭，谓曰：“吾弃于时而寄于此，与若等好也。明年吾将死，死而为神。后三年，为庙祀我。”及期而死。三年孟秋辛卯，侯降于州之后堂，欧阳翼等见而拜之。其夕，梦翼而告之曰：“馆我于罗池。”其月景辰，庙成，大祭，过客李仪醉酒，慢侮堂上，得疾，扶出庙门即死。……余谓柳侯生能

---

①② 《刘禹锡全集》卷五《天论上》。

③④ 《柳宗元集》卷三一《与刘禹锡〈天论〉书》。

泽其民，死能惊动祸福之，以食其土，可谓灵也已。①

此文是根据柳州人民的传说而作的，其中表达了韩愈对友人无限的赞许和怀恋之情，但也从一个侧面反映了韩愈的天命论思想。

尽管韩愈坚持传统儒学、信奉天命论、反对宗教，但他面对佛道二教当时的巨大影响力也不敢有所轻视，在《重答张籍书》中云：

> 今夫二氏之所宗而事之者，下乃公卿辅相，吾岂敢昌言排之哉？择其可语者诲之，犹时与吾悖，其声哓哓，若遂成其书，则见而怒之者必多矣。……今夫二氏行乎中土也，盖六百年有余矣。其植根固，其流波漫，非所以朝令而夕禁也。②

韩愈的这段话足以证明中唐时佛道之兴盛，连公卿辅相都笃信之，他若不自量力，逆潮流而动，妄想动摇早已植入民心的佛道的影响，一定会激起信奉者的愤怒，招致无情的斥骂。所以他开始也只是在一些文字中较隐晦地阐明自己的观点，但逐渐地就能大胆地表达自己的辟佛思想了。而且尽管韩愈反对佛教，但也受到了文士乐结交僧人，而僧人喜拜谒文士的时代风气的影响，与佛教徒有交往。比如在贞元十九年春，浮屠文畅将行东南，柳宗元为之请序于韩愈，韩愈乃作《送浮屠文畅师序》③，虽赞许"浮屠师文畅，喜文章，其周游天下，凡有行必请于缙绅先生，以求咏歌其所志"的行为，其重点却是指责当时的文士结交僧人只重论佛，而不告之以儒家的圣人之道。他认为："道莫大乎仁义，教莫正乎礼乐刑政，施之于天下，万物得其宜，措之于其躬，体安而气平。"他把佛教比为禽兽夷狄。若佛徒"如欲闻浮屠之说，当自就其师而问之，何故谒吾徒而来请也"？可见，韩愈此序不仅是对信佛文士，包括柳宗元的严厉批评，而且是用传统儒学对佛教公开宣战。柳宗元未能预料到这种尴尬的结果，因为他本人精研佛学，并笃信佛教，而当时文士与僧人无论在文学上，还是佛学上的交流都是避重就轻，很融洽的，而韩愈

① 《全唐文》卷五六一。
② 《全唐文》卷五五一，韩愈《重答张籍书》。
③ 《全唐文》卷五五五，韩愈《送浮屠文畅师序》。

却是个例外。而此前柳宗元曾作《送文畅上人登五台遂游河朔序》[①]称赞文畅的佛学修养:“道源生知,善根宿植,深嗜法语,忘甘露之味”,并勉励其要“统合儒释,宣涤疑滞”,显然韩愈是不会称许之的。

韩愈在《原道》[②]、《原性》[③]等文中就儒家道统、人之性情作更为细致的分析,全面辟佛。《原道》矛头直指三教融合,认为老子所说的“圣人不死,大盗不止”所谓的道德是“去仁与义”之言,和佛教之法所说的“必弃而君臣,去而父子,禁而相生养之道,以求其所谓清净寂灭者”皆是破坏了伦理纲常,增加了社会治理的难度,也不符合儒家的积极入世的齐家、治国、平天下的心性修养,更不能信佛教这种夷狄之说,他认为:“斯吾所谓道也,非向所谓老与佛之道也”,他的“道”是指的尧、舜、汤、文、武、周公、孔、孟之道。而要恢复儒家道统,他有应对的措施:“人其人,火其书,庐其居,明先王之道以道之,鳏寡孤独废疾者有养也”,让僧、道还俗,焚烧佛道之书以及改变寺观为宅第等措施还是比较激进的。而《原性》则更具体地张扬人之性情,因为佛教认为欲望是产生人生烦恼的根源,所以要明心去欲。而道家和道教也强调要清心寡欲。但是韩愈在此文中却认为:“性也者,与生俱生也;情也者,接于物而生也。”此文末尾指出:“今之言性者异于此,何也?曰:今之言者,杂佛老而言也。杂佛老而言也者,悉言而不异?”可见,他是极力推崇人的性情的,排斥佛老的心性论的。而韩愈也因为在《论佛骨表》[④]中更为激烈的反佛言辞,激怒了佞佛的唐宪宗,几陷于死地,幸赖大臣力救,才被贬为潮州刺史。佛教发展到中唐达到了一个兴盛的顶点,元和十四年正月,唐宪宗更是遣使恭迎佛骨入禁中供养,引起人们信佛的狂热,韩愈于是向天子上表,直接表达了他辟佛的主张,他认为佛法传入中国后,“乱亡相继,运祚不长”,并举宋、齐、梁、陈等帝王的事佛而国运衰微的事例证明自己“事佛求福,乃更得祸”的结论。他还认为由于帝王佞佛

---

① 《柳宗元集》卷二五。

② 《全唐文》卷五五八,韩愈《原道》。

③ 《全唐文》卷五五八,韩愈《原性》。

④ 《全唐文》卷五四八,韩愈《论佛骨表》。

的影响，才导致民众有狂热之举，以致“伤风败俗，传笑四方”。更何况“夫佛本夷狄之人，与中国言语不通，衣服殊制”、佛骨更是“枯朽之骨，凶秽之余”。最后他的处理措施是想把佛骨“投诸水火，永绝根本，断天下之疑，绝后代之惑”。并愿自己承担毁坏佛骨的一切后果：“佛如有灵，能作祸祟，凡有殃咎，宜加臣身，上天鉴临，臣不怨悔。”韩愈抨击佛教的言论在当时是惊世骇俗的，而帝王的狂怒也说明韩愈此辟佛之表有力地触及了佛教的一些根本问题：一是佞佛是否有益于稳固国家长久统治？二是佞佛是否有益于建立良好的社会风气？三是佛教是否符合中国本土的文化传统？不可否认，韩愈从历史和现实的角度彻底否定佛教的言语有一定的说服力，但由于其自身思想的局限性，如不能客观把握佛教的中国化、三教融合等问题，因此在批驳宗教的时候，有其片面性的、极端性，而遭到时人的反对。所以，尽管韩愈受时代风气的影响，与佛教徒有交往，在文中也时常引用庄子的言语，如他安慰友人曰：“庄子云：‘知其无可奈何而安之若命者，圣也。’”[①]还曾为治病而服食硫磺，但他在《谁氏子》[②]诗中坦言：“神仙虽然有传说，知者尽知其妄矣”，制止人们入道的方法是“罚一劝百政之经，不从而诛未晚耳”。可见，“他和僧徒接触，就宣传儒道而非佛理，与道士来往，则论儒道而非老庄”[③]。对于韩愈在《论佛骨表》中提出的辟佛理由，柳宗元很不赞同，虽然他也是以传统儒学为根本，但他对儒家之外的其他学说采取兼容并包的态度，认为它们亦有益于佐世，因而他对文畅师“统合儒释”[④]的希望，实际也是他自己的奋斗目标，这将在下文还有深入的分析。

白居易早年对于佛教的态度与韩愈很一致，也是反佛的，他在《议释教》[⑤]中认为，佛虽然“大抵以禅定为根，以慈忍为本，以报应为枝，以斋戒为叶。夫然，亦可以诱掖人心，辅助王化”。但实际却造成“僧徒月益，佛寺日崇；劳人力于土木之功，耗人利于金宝之饰；移君亲于师资之

---

① 《全唐文》卷五五四，韩愈《答渝州李使君书》。

② 《全唐诗》卷三四〇，韩愈《谁氏子》。

③ 罗宗强《隋唐五代文学思想史》，上海古籍出版社 1986 年版，第 241 页。

④ 《柳宗元集》卷二五《送文畅上人登五台遂游河朔序》。

⑤ 《白居易集》卷六五《议释教》，中华书局 1979 年版。

际，旷夫妇于戒律之间。古人云：一夫不田，有受其馁者；一妇不织，有受其寒者。今天下僧尼，不可胜数：皆待农而食，待蚕而衣。臣窃思之：晋、宋、齐、梁以来，天下凋弊，未必不由此矣"。此言中所说的佛教对社会经济及伦理纲常的危害未能摆脱唐代辟佛者的基本思路，和韩愈激烈而深刻的辟佛言论相比，就逊色许多了。随着仕途的起伏，阅历的增长，白居易的处世心态由激进转变为平和、淡然，逐渐倾向于三教融合，如其《三教论衡》曰："夫儒门、释教，虽名数则有异同；约义立宗，彼此亦无差别。所谓同出而异名，殊途而同归者也。"①他又在《和微之诗二十三首·和知非》中曰："因君知非问，诠较天下事。第一莫如禅，第二无如醉。禅能泯人我，醉可忘荣粹"、"重礼足滋彰，养神多避忌。不如学禅定，中有甚深味。"②唐代的士大夫往往借酒的麻醉刺激和坐禅的清心寡欲来暂时自我排遣仕途不得意的苦闷，白居易更是明确地将坐禅和醉酒作为其逃避现实的两种解脱方法，不仅如此，他还兼容并包了佛教有关修心的一些方法，并不理会佛教的义理以及佛教各派别间的区别。对于白居易等唐代士大夫信佛的原因，汤用彤先生如是说：

> ……及至唐时帝王公卿以及士人，虽与释子文字之因缘犹盛（如韩文公亦作送浮屠序），而谈玄之风尚早已衰灭。自初唐之唐临至晚唐之白居易，几专言冥报净土，求其如姚兴、萧衍、谢灵运、沈约等与之能谈玄理，已不可见……盖当时士大夫根本之所以信佛者，即在作来生之计，净土之发达以至于几独占中华之释氏信仰者盖在此。③

的确如此，唐代士大夫们所谓的信佛，早已脱离了六朝时贵族文人热衷佛理，崇尚玄谈的风气，他们的日常生活与佛教的联系更加紧密，尤其是净土宗，这是因为当时儒释道三教已经融合，且佛教的修行方式能使

---

① 《白居易集》卷六八《三教论衡》。
② 《白居易集》卷二二《和微之诗二十三首·和知非》。
③ 汤用彤《隋唐佛教史稿》，中华书局1982年版，第194页。

他们的感情有所寄托，心灵得到慰藉。佛教义理与之相比，就显得不很重要了。其实，白居易不但坐禅，信净土宗，也学道，如其《游悟真寺诗一百三十韵》曰：“身著居士衣，手把《南华》篇。”①而韩愈与白居易对待佛道的态度，陈寅恪先生在《元白诗笺证稿》附论《白乐天之思想行为与佛道的关系》中有精辟分析：“但白韩二公，尚有可注意之点，即韩公排斥佛道，而白公则外虽信佛，内实奉道，是韩于排佛老之思想始终一致，白于信奉老学，在其炼服丹药最后绝望以前，亦始终一致。”②陈又云：

> 乐天之思想，一言以蔽之曰“知足”。“知足”之旨，由老子“知足不辱”而来。盖求“不辱”，必知足而始可也。此纯属消极，与佛家的“忍辱”主旨富有积极之意，如六度之忍辱波罗蜜者，大不相侔。故释迦以忍辱为进修，而苦县则以知足为怀，藉免受辱也。斯不独为老与佛不同之点，亦乐天安身立命之所在。由是言之，乐天之思想乃纯粹苦县之学，所谓禅学者，不过装饰门面之语。故不可以据佛家之说，以论乐天一生之思想行为也。③

且不论“知足”、“忍辱”是积极之意还是消极之意，就其对人之心灵慰藉而言，都有不可估量的作用，可谓殊途同归。而陈寅恪将白之思想总结为纯粹道家之学，固然有其片面性，但其论中的白居易不重禅之义理，唯用禅学装饰门面的观点还是有一定道理的。其实，白居易根本不注重佛、道义理的研究，只是把两者作为麻醉自己、逃避现实的避难所而已，“白居易对待儒释道三教，总的来说是持调和平衡、兼包并容的中庸主义立场。只不过在其生活的前期，他还谨守‘奉儒守官’的本分，对释老不时有揶揄之辞，而到了他生活的后期，当他以虚无主义的黯淡心情来看待一切，因而更加自觉地在三教之间搞调和平衡、‘执两用中’罢

① 《白居易集》卷六《游悟真寺诗一百三十韵》。

②③ 陈寅恪《元白诗笺证稿》，中华书局 1959 年新 1 版，第 327 页。

了”[①]。这和柳宗元精研佛教诸派别的教理，主动吸收各种学说的态度迥异，尽管柳宗元也有时遁入其中以寻求慰藉，但更多的是本于深刻的理解，用于观照现实。

刘禹锡与柳宗元的关系，比韩、白两人更为密切，他们都是贞元九年擢进士第，由于他们年少得志，有共同的政治理想，又受到陆质等人关注现实的经学研究的潜移默化的影响，就更加关注现实人生，所以都积极参与了永贞革新运动，被时人称为“二王、刘、柳”[②]。永贞革新失败之后，两人又都被一贬再贬。而当时，禅宗盛行于世，刘禹锡和柳宗元一样，也深受时代风气的熏染，热衷于研佛，在《刘禹锡全集》[③]中就有不少篇章涉及佛教，比如卷八为八篇禅师碑和释门铭记，卷二九为二十四首送僧诗，还有不少结合禅宗思维方式的关于创作的虚静和境生象外理论散见在文集中。他曾自称“事佛而佞”[④]，《说文·女部》解释为“佞，巧谄高材也”。可见，佞本来是个贬义词，有谄媚的意思，但实际上为佞有善恶之分，根据具体语境，佞的含义有褒贬之分。刘禹锡的佞佛并不是他笃信佛教，而是喜爱它，这里的“佞”作喜爱讲，并无贬义。元和十一年(816)，皇帝下诏追褒慧能谥号大鉴，柳宗元作《曹溪第六祖赐谥大鉴禅师碑》[⑤]，极力赞扬佛教和曹溪慧能师，认为：“孔子无大位，没以余言持世，更杨、墨、黄、老益杂，其术分裂，而吾浮图说后出，推离还源，合所谓生而静者。”“其道以无为为有，以空同为实，以广大不荡为归。其教人，始以性善，终以性善，不假耘锄，本其静矣。”“凡言禅皆本曹溪”，我们从柳宗元的用语也能看出三教融合的痕迹。刘禹锡也为之作过碑，这是他在连州刺史任上，僧道琳率领徒弟们特地从曹溪来恳请其作第二碑，这就是《大唐曹溪第六祖大鉴禅师第二碑》[⑥]，其中亦肯定了慧能的南宗禅。由于刘、柳在文坛的地位，以及

① 蹇长春《白居易评传》，第426页。

② 《旧唐书》卷一六〇《刘禹锡传》。

③ 刘禹锡著、瞿蜕园校点《刘禹锡全集》，上海古籍出版社1999年版。

④ 《刘禹锡全集》卷二九《送僧元暠南游引》，上海古籍出版社1999年版。

⑤ 《柳宗元集》卷六。

⑥ 《刘禹锡全集》卷八。

他们在禅宗界的声望，此二碑在一定程度上扩大了南宗禅的影响。

刘禹锡少时就与禅宗高僧有接触，他曾拜诗僧皎然、灵澈为师，《澈上人文集纪》[1]中有载：

> 初，上人在吴兴，居何山，与昼公为侣。时予方以两髦，执笔砚陪其吟咏。皆曰："孺子可教"。

之后，由于刘禹锡在禅宗界和文坛的颇高声名，不少禅僧如君素上人、元暠、惟良上人、僧仲剬、如智法师、日本僧人智藏，婆罗门僧，儇师、霄韵上人、义舟师、文约师、景玄师、宗密上人等，皆慕名而来与之交往，或谈禅说理，或诗词唱和，或留连山水，或奕棋切磋，无不气味相投，感情笃厚。他们中的文约师等亦与柳宗元有密切的交往。刘、柳好与禅僧们交往，或禅僧乐于拜谒诗人，这是时代风气的影响，他们的交往亦从一个侧面反映了文坛和禅宗的密切关系。但是他们对待佛教的态度是有明显差别的，刘禹锡崇奉的是佛教的一个宗派，即禅宗，而柳宗元是兼容了佛教中的多个宗派；刘禹锡对禅宗的研究多停留在禅宗的传承历史的叙述以及儒、佛关系的比较上，而且往往夸大了佛教的社会作用。他的坎坷遭际是"事佛而佞"思想的催化剂，尽管他为自己辩解说："不知予者，诮予困而后援佛"[2]，但他在《送僧元暠南游引》中的愤激之语道出了自己的心声："予策名二十年，百虑而无一得，然后知世所谓道，无非畏途，唯出世间法可尽心耳。"刘禹锡很感慨自己的人生遭际，他在《赠眼医婆罗门僧》中"终日泣穷途"、"中年似老翁"的感叹，可窥见他被贬后的落魄失意的心境。《谒枉山会禅师》一诗则是全景式地展示了刘禹锡苦闷的心理历程，把青年时"结交当世贤，驰声溢四塞"那种得意之情和"哀我堕名网，有如翾飞辈"的仕途险恶的痛惜之感形成对比，羡慕禅师"自在人寰内"的逍遥生活恰恰揭示出自己的无能为力，而"思此灵山期，未卜何年载"的迷茫情绪，颇有柳宗元作品中的落寞、哀怨之气。柳宗元则是深入研究诸宗派的义理，吸收其佐世的功用。尽管刘、

---

① 《刘禹锡全集》卷一九。

② 《刘禹锡全集》卷二九《赠别君素上人引》。

柳对佛学态度存在许多差异，但他们对待儒学的态度却很一致的。刘禹锡就一再声称自己的祖上“世为儒而仕”[1]，父“亦以儒学天宝末应进士”[2]，“家本儒素，业在艺文”[3]，“清白家传遗，诗书志所敦”[4]，这些都说明他是以儒学为根本。在刘禹锡的眼里，儒、释的社会作用是不同的，其《袁州萍乡县杨岐山故广禅师碑》云：“然则儒以中道御群生，罕言性命，故世衰而浸息；佛以大悲救诸苦，广启因业，故劫浊而益尊。”柳宗元的“统合儒释”，也是以儒学为根本，而且他所倡导的“文以明道”，依然立足于儒家的圣人之道。

可见，虽然刘禹锡曾说过“世间忧喜虽无定，释氏销磨尽有因”[5]、“衔杯本自多狂态，事佛无妨有佞名”[6]这类言辞，而且宗教都有让人们释放心理苦闷，追求心理平衡的作用，王维就曾声称“一生几许伤心事，不向空门何处销”[7]，但刘禹锡的文集中绝大多数的作品非关佛教，并在总体上体现了他是以儒教积极入世的思想为指导的。所以他自己所谓的“事佛而佞”，虽时有夸大的言辞，但只是为了强调佛教的社会作用而已。

综上所述，中唐时儒释道三教已经趋于融合，儒教依然占统治地位，道教的力量很衰微，佛教由于当时帝王的推崇而兴盛，形成了社会上佞佛的风气，文人士大夫们都与佛教有一定的联系，他们摆脱了六朝时只重佛教义理、谈玄说理的藩篱后，在对待佛道的问题上呈现出不同的态度：有提倡传统儒学、强烈的辟佛者；有将佛道作为精神寄托、心灵慰藉者；有研究其义理、夸大其社会作用者；也有精研佛教、兼容各种学说者等等。不管他们的态度有多大的差异性，都说明佛教对人们思想影响之大、之深。

①②《刘禹锡全集》外集卷九《子刘子自传》。

③《刘禹锡全集》卷一四《夔州谢上表》。

④《刘禹锡全集》卷二二《武陵书怀五十韵》。

⑤《刘禹锡全集》外集卷四《秋斋独坐寄乐天，兼呈吴方之大夫》。

⑥《刘禹锡全集》外集卷四《酬乐天斋满日裴令公置宴席上戏赠》。

⑦《全唐诗》卷一二八，王维《叹白发》。

第二节　柳宗元“统合儒释”思想探析
——及对其文学创作之影响

柳宗元曾勉励文畅要“统合儒释，宣涤疑滞”[①]，从中亦体现其自身对儒学、佛学以及其他学说所采取的兼容并举的态度。这种兼容之态不同于白居易等人，他们完全从实用的角度出发，漠视佛教义理，只将佛教作为心灵的慰藉。而柳宗元对佛教众多宗派的义理有非常深入的研究，这方面就连自称“事佛而佞”的好友刘禹锡也远远不及。尽管柳宗元和韩愈一样也尊崇儒学为根本，但由于他对佛道等学说的吸收，而受到韩愈的严厉批评。方介认为：“柳宗元与韩愈同尊儒学，而他对佛、道的取舍则与韩愈有别。韩愈一生力斥佛、道二教，对于老子思想亦加以排斥，仅略取庄子。柳宗元则以儒学为基础，吸收佛学与老、庄之精义，而黜弃佛、道二教之流弊。他们对于佛、道的取舍虽然颇有差异，但皆有见于二教之弊而推尊儒学，因此，仍有部分意见是相合的。”[②]此说很有见地。孙昌武先生亦有专著论及柳宗元的佞佛思想，精辟而又深邃[③]。但还有一些问题值得研究。本文主要从柳宗元的儒、释观入手，探析其理性包容佛教众多宗派思想的行为，并由此来解释他反对天命论、反对迷信、反对祥瑞的思想与其佞佛思想的矛盾性，以及佞佛思想对其文学创作的影响。

一

柳宗元以儒学为根本，很推崇《春秋》，曾曰：“《春秋》之道如日月，

① 《柳宗元集》卷二五《送文畅上人登五台遂游河朔序》。

② 方介《韩柳新论》，学生书局 1999 年 3 月初版，第 357 页。

③ 详见孙昌武《柳宗元传论》第九章《崇信佛教“统合儒释”》，人民文学出版社 1982 年版，第 283 页—309 页。孙昌武《柳宗元评传》第七章《尊崇佛教“统合儒释”》，南京大学出版社 1998 年版，第 320 页—368 页。

不可赞也。”[①]而陆质是当时摒弃旧经学，结合现实研究《春秋》的著名学者，柳宗元和刘禹锡等革新派人士都曾受其教诲，以求通经致用。柳宗元在《陆文通先生墓表》中揭示《春秋》旧论注疏之病，盛赞陆质“能知圣人之旨”。可见，柳宗元是鄙弃章句注疏烦琐之学而重视大义的，在《送徐从事北游序》中亦云：“苟闻传必得位，得位而以《诗》、《礼》、《春秋》之道施于事，及于物，思不负孔子之笔舌。能如是，然后可以为儒。儒可以说、读哉！”[②]他眼中的儒者是有远大政治理想，能“施于事，及于物”的改革时弊者。也正由于此种入世精神，他积极参加了永贞革新运动，成为其中的中坚人物。革新失败后，他被一贬再贬，仕途上遭受沉重打击，心绪趋于寂寥、落寞、愁怨，在无法排遣之中寄情于山水，托意于佛道。虽然此时儒家思想依然占有主导地位，但他大胆地对传统儒学进行了重新审视，极富怀疑和批判精神，在《非国语序》中表达写作之目的，他认为：“左氏《国语》，其文深闳杰异，固世之所耽嗜而不已也。而其说多诬淫，不概于圣。余惧世之学者溺其文采而沦于是非，是不得由中庸以入尧、舜之道。本诸理，作《非国语》。”[③]其六十七篇批驳了许多的谬说，如《三川震》中反驳周幽王灭亡由三川震决定之说：“山川者，特天地之物也。阴与阳者，气而游乎其间者也。自动自休，自峙自流，是恶乎与我谋？”[④]将自然之变化与人事分离开。在《神降于莘》中指出神之说的荒诞，认为“力足者取乎人，力不足者取乎神”[⑤]。《晋孙周》更言：“单子数晋周之德十一，而曰合天地之数，岂德义之言邪？又征卦、梦以符合之，皆不足取也。”[⑥]其著名的《天说》亦是驳斥天命论的力作，认为天不能赏功罚祸，“欲望其赏罚者大谬”、“欲望其哀且仁者，愈大谬矣”。可见，柳宗元是坚决反对天命、鬼神、祥瑞等迷信之说的，这也正符合儒家不信鬼神的传统。正因为其敏锐的思辨力和宽阔的视野，才能客观地对待并吸收诸子杂家以及佛道等学说。如《辩列子》称赏其远离是非、淡泊名利之道：

---

① 《柳宗元集》卷三一《答元饶州论春秋书》。

② 《柳宗元集》卷二五。

③④⑤⑥ 《柳宗元集》卷四四。

虽不概孔子道，然其虚泊寥阔，居乱世，远于利，祸不得逮乎身，而其心不穷。《易》之“遁世无闷”者，其近是欤？余故取焉。其文辞类《庄子》，而尤质厚，少为作，好文者可废耶？①

虽说柳宗元是以儒学为根本，但他自幼好佛，在贬谪之后更是精研佛学之义理，推崇佛教。他在《送巽上人赴中丞叔父召序》中曰：“吾自幼好佛，求其道，积三十年，世之言者罕能通其说，于零陵，吾独有得焉。”②又在《永州龙兴寺西轩记》中云：“余知释氏之道且久”、“因悟夫佛之道，可以转惑见为真智，即群迷为正觉，舍大暗为光明。”③而韩愈等辟佛者不是从佛教义理入手，而是从佛教对社会经济的不良影响以及对伦理纲常的破坏等角度出发来反佛。当然这些方面柳宗元也是反对的，但在儒、释之间的关系上两人存在严重的分歧。尽管韩、柳都以儒学为本，且交谊深厚，文学观趋于一致，“古文”创作上又互相推崇，都是“古文运动”的领袖人物，但在对待传统儒学的态度有所不同。韩愈严格遵守传统儒学，反对佛、道之学说，尤其将佛等同于夷狄，即使为佛徒文畅写的应酬文字④，也要表达儒学的圣人之道。柳宗元则不然，他更能包容其他学说，并灵活地与儒学结合起来，如他在《送文畅上人送五台遂游河朔序》中说：“真乘法印，与儒典并用”、“统合儒释，宣涤疑滞”。

柳宗元的“统合儒释”，不是泛泛而谈，而是从细微处把两者统一起来，比如儒家所倡导的孝，柳宗元认为佛家也倡导，其《送元暠师序》如是曰：

余观世之为释者，或不知其道，则去孝以为达，遗情以贵虚。今元暠衣粗而食菲，病心而墨貌，以其先人之葬未返其土，无族属以移其哀，行求仁者以冀终其心，勤而为逸，远而为近，斯盖释之知道者欤？释之书有《大报恩》十篇，咸言由孝而极其业。世之荡诞

① 《柳宗元集》卷四。

② 《柳宗元集》卷二五。

③ 《柳宗元集》卷二八。

④ 《全唐文》卷五五五《送浮屠文畅师序》。

慢弛者，虽为其道而好违其书。于元暠师，吾见其不违且与儒合也。

柳宗元将“去孝以为达，遗情以贵虚”的“荡诞慢弛”的佛教徒归为不知“道”之列，他所谓的佛教之道亦包括孝，也就是说，佛儒在根本上是相通的。所以僧人元暠讲孝在他眼中就不足为奇了。其实佛教原本崇奉涅槃，讲求众生平等，和中国的伦理道德要求很不一致，为了适应在中国的传播，就逐渐向中国的儒学传统靠拢，最终紧密结合在一起。柳宗元对佛教有深入的研究，自然就把握了佛、儒之间的关系。他的《送元十八山人南游序》就叙述了儒、佛融合之道：

太史公尝言：世之学孔氏者，则黜老子，学老子者，则黜孔氏，道不同不相为谋。余观老子，亦孔氏之异流也，不得以相抗，又况杨、墨、申、商、刑名、纵横之说，其迭相訾毁、抵捂而不合者，可胜言耶？然皆有以佐世。太史公没，其后有释氏，固学者之所怪骇舛逆其尤者也。今有河南元生者，其人闳旷而质直，物无以挫其志；其为学恢博而贯统，数无以蹶其道。悉取向之所以异者，通而同之，搜择融液，与道大适，咸伸其所长，而黜其奇衰，要之与孔子同道，皆有以会其趣，而其器足以守之，其气足以行之。不以其道求合于世，常有意乎古之“守雌”者。①

由此，我们可以窥见传统儒学者对佛教所持的否定态度，其中固然有儒学的根深蒂固、佛学自身的局限性，以致在某些方面还不能与儒学很好调合等这些因素存在，但更重要的是在他们的观念中，缺乏包容的思想。柳宗元则不然，他对各种学说都能比较客观地分析和接受，比如一改儒道相黜的看法，将老子视为孔子的异流。甚至认为杨、墨、申、商、刑名、纵横之说，以及佛学都可以用来佐世。他把它们的社会作用与儒家并提，不得不说是从根本上肯定了这些学说。而柳宗元在文中赞扬的元生，能以儒学会通各家，取其长而黜其短，又何尝不是他本人的态度呢？正因为柳宗元这种开放的包容众说的态度，引起韩愈的强烈不

① 《柳宗元集》卷二五。

满，他著文让李础带给柳宗元。但柳宗元在《送僧浩初序》中却认为：

> 儒者韩退之与余善，尝病余嗜浮图言，訾余与浮图游。近陇西李生础自东都来，退之又寓书罪余，且曰："见《送元生序》[①]，不斥浮图。"浮图诚有不可斥者，往往与《易》、《论语》合，诚乐之，其于性情奭然，不与孔子异道。退之好儒未能过扬子，扬子之书于《庄》、《墨》、《申》、《韩》皆有取焉。浮图者，反不及《庄》、《墨》、《申》、《韩》之怪僻险贼耶？曰："以其夷也。"果不信道而斥焉以夷，则将友恶来、盗跖而贱季札、由余乎？非所谓去名求实者矣。吾之所取者与《易》、《论语》合，虽圣人复生不可得而斥也。退之所罪者其迹也，曰："髡无缁，无夫妇父子，不为耕农蚕桑而活乎人。"若是，虽吾亦不乐也。退之忿其外而遗其中，是知石而不知韫玉也。吾之所以嗜浮图之言以此。与其人游者，未必能通其言也。且凡为其道者，不爱官，不争能，乐山水而嗜闲安者为多。吾病世之逐逐然唯印组为务以相轧也，则舍是其焉从？吾之好与浮图游以此。[②]

此是柳宗元针对韩愈的辟佛论全面反驳之文，在理由的阐述上更有感染力和说服力。他从两方面论之，先从佛之言论与《易》、《论语》相合有益于性情入手，再论儒学思想的博大精深、包容各家，而归纳出尊儒与崇佛之间并无矛盾的结论。至于韩愈一再提出"髡无缁，无夫妇父子，不为耕农蚕桑而活乎人"的反佛理由，柳宗元亦赞成，但他认为韩愈所见只是些表面现象，更反对以夷乱华之说。柳宗元还很推崇"凡为其道者，不爱官，不争能，乐山水而嗜闲安者为多"的佛教徒的高深的人格修养。可见，柳宗元无论对儒学，还是佛学等其他学说，评价还是比较客观的，他并不因为自己的嗜好，就有所偏颇，因而他的"统合儒释"说产生了深远的影响。

---

① 《送元生序》，或指《送元暠师序》，或指《送元十八山人南游序》，此两篇文中皆有儒、佛相融合之义。现尚无定论。根据上下文之意，《送元十八山人南游序》更妥些。

② 《柳宗元集》卷二五。

二

虽然中唐文士对佛教大都有所接受，但是他们心目中的“佛”的内涵却大相径庭，比如柳宗元所追求“统合儒释”的“释”，和他的好友刘禹锡自称“事佛而佞”的“佛”就不相同，前者指佛教的众多宗派，而后者虽是统称，却仅指佛教中的一个派别，即禅宗。由此我们可以在更深层次上了解柳宗元广阔的视野和深厚的佛学底蕴。在佛教的义理方面，柳宗元主要受天台宗、禅宗以及净土宗、律宗的影响，其中他受天台宗的影响最为深刻，对禅宗论述的最为透彻，至于其余二宗也略有涉及。

先看对柳宗元影响最大的天台宗。天台宗是佛学与中国儒学紧密结合的较早的宗派，这时佛学为了其传播的便利，不得不接受吸纳了儒学的一些内容，尽管依然存有宗教的虚构性，但却从原本虚无的“空”略微转向了对现实的真实关系的思考，因而比较关注现实人生，趋于世俗化。柳宗元接受天台宗，更多是在贬谪之后。永贞革新失败后，他被贬谪到南荒之地永州。由于没有房舍，只得暂寄居在龙兴寺中，与龙兴寺和尚重巽建立了深厚的友谊，这可从他的《巽上人以竹间自采新茶见赠酬之以诗》、《巽公院五咏》、《送巽上人赴中丞叔父召序》等作品中窥见。而重巽为天台九祖湛然的再传弟子，柳宗元在这一时期接触并研习了天台宗的有关教义。针对当时社会上的流弊，他在《送巽上人赴中丞叔父召序》中云：

> 今是上人穷其书，得其言，论其意，推而大之，逾万言而不烦；总而括之，立片辞而不遗。与夫世之析章句，征文字，言至虚之极则荡而失守，辩群有之伙则泥而皆存者，其不以远乎？①

文中批评两种僧侣，一种僧侣只注重“析章句，征文字”（如唯识宗、华严宗），致使佛教义理更加烦琐；一种僧侣（禅宗）则是将佛教义理推向极端，或太荒诞虚妄，或太局限拘泥，他们都违背了佛学的义理。柳宗元

① 《柳宗元集》卷二五。

称赞重巽对于佛教能“穷其书，得其言，论其意”，把握其中道，并将其视为“楚之南”之“善言佛”者。柳宗元还曾为重巽之师法证作《南岳云峰寺和尚碑》，其中引肃宗言曰：“予欲俾慈仁怡愉洽于生人，惟浮图道允迪。”①由此可窥见帝王对佛教之喜爱以及佛教的佐世作用。而文中更多阐释了天台宗的务实的倾向，如称赞法证师：“有来受律者，吾师示之以为尊严整齐，明列义类，而人知其所不为；有来求道者，吾师示之以为高广通达，一其空有，而人知其所必至。”更引师之将没之言云：“吾自始学至去世，未尝有作焉，然后知其动无不虚，静无不为，生而未始来，殁而未始往也。”和碑词中称许师“唯大中以告，后学是效”之言，无不体现了天台宗大师辨证思想和大中之道，富有现实性。又为《岳州圣安寺无姓和尚碑》法剑作碑云：“佛道逾远，异端竞起，唯天台大师为得其说。和尚绍承本统，以顺中道，凡受教者不失其宗。生物流动，趋向混乱，惟极乐正路为得其归。”②可知，柳宗元对天台学说无比推崇，将其视为佛教诸派中的正宗，甚至把佛教中的极乐世界当作人生的最终归宿。柳宗元还在《送琛上人南游序》中批评当时禅者颠倒事实的风气，认为“法之至莫尚乎《般若》，经之大莫极乎涅槃”，而《般若经》是天台宗所宗经典之一，琛上人能“观经得《般若》之义，读论悦‘三观’之理”，所以琛上人属于天台宗的，但是同时他亦信禅宗。这也说明，佛教虽然分成若干个宗派，尊奉的典籍以及理论上颇有差异，但并不妨碍它们之间的共性和人们对它们的包容性，佛教徒如此，柳宗元等士大夫也不例外。

尽管柳宗元极端推崇天台宗，但是他对之论述并不多，而把注意力更多地放在当时流行的禅宗身上。盛唐时的王维就笃信禅宗，每日焚香独坐，其诗歌亦带有一种静谧、幽深、空灵的禅理和禅趣。禅宗在中唐已经在士大夫中有广泛的影响，它已经从烦琐的义理论证转变成重视自我悟得“本性”的简易功夫，南宗禅更是一统天下，原因主要有两个，一是由于其修行方法更为简单易学，二是朝廷十分重视南宗禅，赐慧能谥为大鉴禅师，从而奠定了南宗禅的不可动摇地位。柳宗元和刘

① 《柳宗元集》卷七。

② 《柳宗元集》卷六。

禹锡都曾应邀为六祖作碑[①]，足见他们二人在禅宗界的地位和影响力。柳宗元在《曹溪第六祖赐谥大鉴禅师碑》中云："凡言禅皆本曹溪"，又云："孔子无大位，没以余言持世，更杨、墨、黄、老益杂，其术分裂，而吾浮图说后出，推离还源，合所谓生而静者。""其道以无为为有，以空洞为实，以广大不荡为归。其教人，始以性善，终以性善，不假耘锄，本其静矣。"这就指出了南宗禅的正统地位，把佛教"推离还源"，强调它始终如一的性善论，就和儒家传统结合起来，并有所补充。对柳宗元的此论述，苏轼亦大为称赞："柳宗元南迁，始究佛法，作《曹溪》、《南岳》诸碑，妙绝古今，而南华今无刻石者。长老重辩师，儒释兼通，道学纯备，以谓自唐至今，颂述祖师者多矣，未有通亮简正如子厚者。盖推本其言，与孟轲氏合，其可不使学者昼见而夜诵之！"[②]可见，禅宗的义理在柳宗元的眼中，与儒家的思想是有相通之处的。而且，他也与浩初[③]、文约[④]等禅师交往，互相学习切磋禅理。正因为他对禅的领悟，才有超脱自足的心理，有诗云："澹然离言说，悟悦心自足。"[⑤]

虽然中唐士大夫如柳宗元、刘禹锡等人都信奉、推崇禅宗，但此时的禅宗已经逐渐走向了极端，否定佛以及一切经论，脱离了实际，因此趋于虚妄荒诞，出现了所谓"狂禅"。而柳宗元由于被贬永州，当时的湖南正是禅宗兴盛之地，他又曾寄居寺庙，结交了不少有名的禅僧，自然就关注到禅宗末流的一些现象，他在《送琛上人南游序》中云：

> 法之至，莫尚乎般若；经之大，莫极乎涅槃。世之上士，将欲由是以入者，非取乎经论则悖矣。而今之言禅者，有流荡舛误，迭相

---

① 《柳宗元集》卷六《曹溪第六祖敕谥大鉴禅师碑》，《刘禹锡集》卷四《曹溪六祖大鉴禅师第二碑》。

② 苏轼撰、孔凡礼校点《苏轼文集》卷六六《书柳子厚大鉴禅师碑后》，中华书局 1986 年版。

③ 见《柳宗元集》卷二五《送僧浩初序》以及卷四二《与浩初上人同看山寄京华亲故》、《浩初上人见贻绝句欲登仙人山因以酬之》诗。

④ 《刘禹锡全集》卷二九《赠别约师》中云文约师："生证而悟入，南抵六祖初生之墟，得遗教甚悉"，显然是信奉南宗禅的，他与柳宗元"联栋而居者有年"。

⑤ 《柳宗元集》卷四二《晨诣超师院读禅经》。

师用，妄取空语，而脱略方便，颠倒真实，以陷乎己，而又陷乎人；又有能言体而不及用者，不知二者之不可斯须离也，离之外矣，是世之所大患也。①

此文柳宗元推崇天台宗、批驳禅宗，他认为当时的南、北禅宗中已经夹杂有诸多流弊。尽管南宗禅重视悟的结果，北宗禅强调悟的过程，但它们之间并无实质的区别，只是在悟道阶段中有所取舍罢了。柳宗元在文中看到南、北禅宗本质的一致性，所以在批判南、北宗禅极端化分别产生的荒诞、拘泥的现象之后，提出同一的解决方法，即要求禅宗回归佛教义理的根本，这无疑是正确的。其《龙安海禅师碑》②亦指责南北禅宗极端化所造成的迷失本性的流弊："佛之生也，远中国仅二万里；其没也，距今兹仅二千岁。故传道益微，而言禅最病。拘则泥乎物，诞则离乎真，真离而诞益胜。故今之空愚失惑纵傲自我者，皆诬禅以乱其教，冒于嚚昏，放于淫荒。"禅宗末流迷失本性不仅在教义上有所体现，而且还表现在相互的攻讦中。此文引如海法师之言来叙述南北禅宗之间的激烈的纷争：

由迦叶至师子，二十三世而离，离而为达摩。由达摩至忍，五世而益离，离而为秀、为能。南北相訾，反戾斗狠，其道遂隐。呜呼！吾将合焉。

柳宗元对龙安法师合南、北禅宗，"北学于惠隐，南求于马素，咸黜其异，以蹈乎中，乖离而愈同，空洞而益实"的中道的称赞，肯定了南、北禅宗本身，否定了禅宗的末流，这也反映了柳宗元比较客观、公正的宗教观。

除了禅宗外，柳宗元还颇欣赏律宗和净土宗。他在《南岳般舟和尚第二碑》中云："佛法至于衡山，及津大师始修起律教。由其坛场而出者，为得正法。其大弟子曰日悟和尚，尽得师之道，次补其处，为浮图者宗。"可见，律宗在当时是有一定影响力的。《南岳大明寺律和尚碑》更将律宗之律与儒家之仁义并提，无疑提高了律宗的地位，曰："儒以礼立

① 《柳宗元集》卷二五。
② 《柳宗元集》卷六。

仁义，无之则坏；佛以律持定慧，去之则丧。是故离礼于仁义者，不可与言儒；异律于定慧者，不可与言佛。”“凡浮图之道衰，其徒必小律而去经”，从中可知律在律宗中的决定性作用。柳宗元还在此碑志的铭文中强调说：“儒以礼行，觉以律兴。一归真源，无大小乘。大明之律，是定是慧。丕穷经教，为法出世。”而其中的“定”、“慧”不仅是律宗之本，也是禅宗等其余宗派所尊奉的，因此尽管佛教各派别之间的义理有所区别，但实质却是相同的，这也是柳宗元信奉多个宗派的原因之一。他曾在《送濬上人归淮南觐省序》[①]中云：

> 金仙氏之道，盖本于孝敬，而后积以众德，归于空无。其敷演教戒于中国者，离为异门，曰禅、曰法、曰律，以诱掖迷浊，世用宗奉。其有修整观行，尊严法容，以仪范于后学者，以为持律之宗焉。

这里，柳宗元称佛教“本于孝敬”，又在《送元暠师序》中赞扬元暠之孝与儒相合，其实是佛教为了其在中国的传播而在义理上作的调整，符合中国本土的传统，因而受到民众的喜爱。佛教追求空无境界，但柳宗元将禅、法、律并用来规范修行者，这无疑摆脱了禅宗末流蔑视一切的弊病，让修行者从约束中悟得佛理真谛。净土宗和律宗不同，律宗讲究严格的戒律和义理修养，而净土宗不重视佛教义理，只是宣扬所谓的来生，规劝民众要诚心念佛，才能往西方的极乐净土，因而这种修行方式比较容易。柳宗元的《永州龙兴寺修净土院记》云：

> 彼佛言曰：“西方过十万亿佛土，有世界曰极乐，佛号无量寿如来。其国无有三恶八难，众宝以为饰；其人无有十缠九恼，群圣以为友。有能诚心大愿，归心是土者，苟念力具足，则往生彼国，然后出三界之外。其于佛道无退转者，其言无所欺也。”[②]

净土宗强调的就是此“诚”字，所谓“诚心大愿”因为它得道方法简单易行，所以在民间十分流行，白居易、柳宗元等士大夫亦热衷于此，如柳宗元就在《南岳弥陀和尚碑》中称赞代宗时的法照国师云：“凡化人，立中

---

① 《柳宗元集》卷二五。

② 《柳宗元集》卷二八。

道而教之权，俾得以疾至。故示专念，书涂巷，刻溪谷，丕勤诱掖，以援于下。”①

以上是对柳宗元所信奉的多个佛教宗派的分析，由此我们可了解他对佛教的认识和态度，在他眼中，佛教“本于孝敬”之说和儒学提倡之孝完全融合，佛教中律的地位亦等同于儒学中仁义的地位，而且佛教中的不同派别，不管是否重视佛教义理，有所长，他就取之，而对之流弊，则去之。柳宗元的这种包容、客观的态度不但表现在佛教上，也体现在他的道教思想上。

尽管柳宗元反对道教，但却能接受道家的老庄思想。这一点和韩愈很相似。柳宗元任蓝田县尉时，想借鉴老子的处世态度，曾云：“益学《老子》，‘和其光，同其尘’”②，并以此为自得。其贬谪时期所作的山水游记中，大都融有道家的某些思想，如《始得西山宴游记》中云：“悠悠乎与颢气俱，而莫得其涯；洋洋乎与造物者游，而不知其所穷。”“心凝形释，与万化冥合。”这种境界和庄子所云的：“上与造物者游，而下与外死生、无终始者为友”③的逍遥思想很一致。在贬谪时期，他始终坚持以儒学为主：“至永州七年矣，蚤夜惶惶，追思咎过，往来甚熟，讲尧舜孔子之道亦熟，益知出于世者之难自任也。”④虽然柳宗元杂有老庄思想，佛教思想，但对道教的呼吸吐纳、服食丹药等修行方式以及追求长生不老之说都予以坚决的否定。如他拒绝周君巢所赠丹药时，认为应该坚持儒家的圣人之道，即使不太长寿，而道却能久远，其云：

> 今夫山泽之臞，于我无有焉。视世之乱若理，视人之害若利，视道之悖若义；我寿而生，彼夭而死，固无能动其肺肝焉。昧昧而趋，屯屯而居，浩然若有余；掘草烹石，以私其筋骨而日以益愚，他人莫利，己独以愉。若是者愈千百年，滋所谓夭也，又何以为高明之图哉？⑤

他赞赏圣人之道的佐世之用，批评道教煮丹炼药以求自身长寿，无补于

---

① 《柳宗元集》卷六。

②④ 《柳宗元集》卷三三《与杨诲之第二书》。

③ 《庄子 · 天下第三十三》。

⑤ 《柳宗元集》卷三二《答周君巢饵药久寿书》。

世的愚蠢行为。正因为他反对道教的无所事事，所以也反对人们入道。他曾规劝娄图南勿遁为道士，曰：

若苟焉以图寿为道，又非吾之所谓道也。夫形躯之寓于土，非吾能私之。幸而好求尧、舜、孔子之志，唯恐不得；幸而遇行尧、舜、孔子之道，唯恐不慊，若是而寿可也。求之而得，行之而慊，虽夭其谁悲？今将以呼嘘为食，咀嚼为神，无事为闲，不死为生，则深山之木石，大泽之龟蛇，皆老而久，其于道何如也？①

柳宗元在此文中认为“君子之出，以行道也；其处，以独善其身也”，而道士的呼吸吐纳以及“无事为闲，不死为生”的做法，和木石、龟蛇等毫无思想的生物一样，都远离了道，徒耗生命而已，且不会有什么益处。所以他反对通经博学、才名出众的娄秀才入道教。柳宗元不但从理论上阐释道教的弊病，而且从李睦州炼道教的所谓吐纳服气之功，导致日益衰老的实例中揭示其对身心的危害性：“以为兄由服气以来，貌加老，而心少欢愉，不若前去年时。”②柳宗元痛斥服气书之虚妄，从正反两方面劝他放弃此种方法，云：

愚愿椎肥牛、击大豕、刲群羊、以为兄饩；穷陇西之麦、殚江南之稻，以为兄寿。盐东海之水以为咸，醯敖仓之粟以为酸，极五味之适，致五藏之安，心恬而志逸，貌美而身胖，醉饱讴歌，愉怿欣欢。流声誉于无穷，垂功烈而不刊，不亦旨哉？孰与去味以即淡，去乐以即愁，悴悴然肤日皱，肌日虚，守无所师之术，尊不可传之书，悲所爱而庆所憎，徒曰：“我能坚壁拒境，以为强大。”是岂所谓强而大也哉？③

柳宗元指出道教在饮食、精神、肉体等各方面对人们造成的压抑摧残，倡导和谐恬淡、自由愉快的生活方式。当然，对于道教的修行方式他列举的例子有片面性，评价也比较激烈，但从中反映了柳宗元积极认真的生活态度。

① 《柳宗元集》卷二五《送娄图南秀才游淮南将入道序》。
②③ 《柳宗元集》卷三二《与李睦州论服气书》。

总之，柳宗元的“统合儒释”虽然以儒学为根本，但有其自身的特点，台湾的方介认为：“韩愈对于传统儒学，多加接受而少有批判，他尊天命，信鬼神，重仁义，谈心性，就思想型态以观，是继承了孟子一路。柳宗元对传统儒学则富有怀疑、批判的精神，他不信天命，驳斥鬼神，重视中道，就思想型态以观，则较近荀子一路。”①此分析是很有道理的，但就柳宗元将佛教本于孝敬、尊崇性善来看，又与孟子的观点比较一致，所以他应该是兼取了孟子和荀子。虽然柳宗元“统合儒释”，能包容多种学说以及宗教派别，却很反对道教，认为它无补于世，神仙不死及吐纳服气的养生方法只是无稽之谈，但这并不影响他对老、庄等道家思想的接受和运用。

由此就有一个问题，一般的哲学书将柳宗元的思想归之于唯物主义，那么如何解释柳宗元的“统合儒释”思想和其不信鬼神，不信天命，批判迷信思想之间的矛盾关系呢？讨论这个问题比较困难，首先宗教与迷信这两者往往交织在一起，它们之间的界限实在是太模糊了。而柳宗元思想的矛盾性固然有此原因，但社会环境、自身境遇以及对世界的认知程度等方面也有不容忽视的影响。他佞佛一方面是受到中唐时代风气的濡染，另一方面，他在贬谪之后，心情苦闷抑郁，也在寻找一种精神寄托和慰藉，或托意于佛典，或寄情于山水，《钴鉧潭西小丘记》云：“悠然而虚者与神谋，渊然而静者与心谋”②。虽然柳宗元信奉佛教，但对佛教中一些神话传说却不信任，如《南岳大明寺律和尚碑阴》云：

> 又言师始为童时，梦大人缟冠素舄来告曰：“居南岳大吾道者，必尔也。”已而信然。将终，夜有光明，笙磬之音，众咸见闻。若是类甚众。以儒者所不道，而无染勤以为请，故末传焉。③

可见，此文中柳宗元虽勉强记载了神异之事，却有疑虑。因为他从来就否定有所谓的神灵，云：“宗元以罪大摈废。……然犹未尝肯道鬼神等

① 方介《韩柳新论》，学生书局 1999 年 3 月初版，第 370 页。

② 《柳宗元集》卷二九。

③ 《柳宗元集》卷七。

事”①。他在《时令论》、《断刑论》、《贞符》、《非国语》和《天对》等著作中都坚决地反对迷信思想，对于道教无所事事，只服食丹药、吐纳服气以求长生不老的修身之法更是予以无情地批判。而他之所以重视佛教，是因为佛教的义理深邃，可以教化人，有助于佐世。他还曾在柳州重修大云寺，鼓励人们崇尚佛教，用以改变当地的迷信巫术思想：“董之礼则顽，束之刑则逃，唯浮图事神而语大，可因而入焉，有以佐教化”②。柳宗元还认为佛教虽不象儒家那样强调“礼”治与“刑”治，却能殊途同归，在潜移默化之中培养人的仁爱之心：“崇佛庙，为学者居。会其徒而委之食，使击磬鼓钟，以严其道而传其言。而人始复去鬼息杀，而务趣于仁爱”③。

总之，柳宗元的“统合儒释”，能够以儒学为根本，兼容佛教多个宗派以及其他学说，剔除其中的流弊，发挥其修身佐世功用，就此意义上说，他的眼界比韩愈更宽广，比白居易更深刻，比刘禹锡更全面。这种包容性使其能更客观地观照世界。虽然他的佞佛思想与其反天命、反迷信的主张有自相矛盾的地方，但就对世界的认知性而言是有进步意义的。也正因为这种矛盾性，才凸现其丰富的思想内涵和包容的认知态度。

三

柳宗元“统合儒释”的思想，对他的创作有很大的影响。《柳宗元集》④中涉及佛教的诗文不少，第六、第七两卷全为释教碑和碑铭，共计十一篇；第二十五卷中赠僧侣之文占九篇；第二十八卷中记寺庙之文有六篇；一百六十余首诗中，酬赠僧侣、谈禅说理的诗有十七首。由于柳宗元是谪迁人，加上长期生活在永州、柳州等偏远之地，所以很少有人请其作碑志。文集中之所以有十一篇释教碑，原因主要有三方面，一是

---

① 《柳宗元集》卷三二《答周君巢饵药久寿书》。

②③ 《柳宗元集》卷二八《柳州复大云寺记》。

④ 《柳宗元集》，中华书局 1979 年版。

他所在的贬谪之地靠近南宗禅的发源地，二是在仕途挫折、心情郁闷时，作文以佛教为慰藉，三是他深研佛理，广结僧人，在佛教界有很高的声望，如他应请写《曹溪第六祖赐谥大鉴禅师碑》。中唐时的文坛，文士与僧人有密切的交往，以柳宗元、刘禹锡为例，他们与灵澈[①]、元暠[②]、方及[③]、浩初师[④]等僧人都有交谊。`对于佛徒、文士之间的交往，柳宗元认为：

> 昔之桑门上首，好与贤士大夫游。晋、宋以来，有道林、道安、远法师、休上人，其所与游，则谢安石、王逸少、习凿齿、谢灵运、鲍照之徒，皆时之选。由是真乘法印，与儒典并用，而人知向方。[⑤]

他盛赞晋、宋以来谢安石、王羲之、习凿齿、谢灵运、鲍照等文士与名僧支道林、释道安、慧远、慧休等的交游之风，他们促进了儒、释间的交流。而六朝时期，佛、儒还未完全融合，儒者也只注重佛理之研究，并使之逐渐玄虚。到了中唐，三教才完全融合，文坛与佛教间的关系更加紧密，文士好谈佛论经，僧人喜作诗论文。这种相互间的渗透有其优点，但也存在一些弊病，柳宗元在《送方及师序》认为：

> 代之游民，学文章不能秀发者，则假浮屠之形以为高；其学浮屠不能愿悫者，则又托文章之流以为放。以故为文章浮屠，率皆纵诞乱杂，世亦宽而不诛。[⑥]

文中揭露了所谓“诗僧”、“文僧”放诞虚伪的实质，批评社会对这些丑恶现象的纵容。虽然柳宗元倡导儒释融合，广结僧人，但对于文士入佛教

---

① 见《刘禹锡全集》卷一九《澈上人文集纪》与卷二九《送僧仲剬东游兼寄呈灵澈上人》，《柳宗元集》卷四二《韩漳州书报澈上人亡因寄二绝》与《闻澈上人亡寄杨侍郎》。

② 见《刘禹锡全集》卷二九《送僧元暠南游》并引，《柳宗元集》卷二五《送元暠师序》。

③ 见《刘禹锡全集》卷二九《送僧方及南谒柳员外》并引，《柳宗元集》卷二五《送方及师序》。

④ 见《刘禹锡全集》卷二九《海阳湖别浩初师》，《柳宗元集》卷二五《送僧浩初序》、《与浩初上人同看山寄京华亲故》、《浩初上人见贻绝句欲登仙人山因以酬之》。

⑤ 《柳宗元集》卷二五《送文畅上人登五台遂游河朔序》。

⑥ 《柳宗元集》卷二五。

的行为并不赞同，他在《送文郁师序》[1]中就讥讽文郁师“读孔氏书，为诗歌逾百篇，其为有意乎文儒事”而终“遁而之释”的行为，但面对仕途的险恶，不得不肯定佛教对文郁师等的慰藉作用，文末慨叹云：“吾思当世以文儒取名声，为显官，入朝受憎媢，讪黜摧伏，不得守其土者，十恒八九。若师者，岂可讪而黜耶？”类似《送方及师序》[2]、《送文郁师序》这样的赠僧侣文，柳宗元共有九篇，虽都与佛徒有关，但非关佛理，非关虚妄，都立足于现实，深入浅出地阐明儒、释间的关系，非常有说服力。和柳宗元的六篇记寺庙文相比，后者在说理的深度上要稍逊色一些。无论是释教碑还是记寺庙文，柳宗元虽是记录实事，但因为其中一些段落充斥佛教术语以及深奥的佛理，读之有虚妄之感，这就不可避免地影响其文学性，如《龙安海禅师碑》中云：

> 推一而适万，则事无非真；混万而归一，则真无非事。推而未尝推，故无适；混而未尝混，故无归。块然趣定，至于旬时，是之谓施用；茫然同俗，极乎流动，是之谓真常。[3]

《永州龙兴寺修净土院记》中也是如此：“上人者，修最上乘，解第一义。无体空折色之迹，而造乎真源，通假有借无之名，而入于实相。境与智合，事与理并。故虽往生之因，亦相用不舍。”[4]相对而言，柳宗元酬赠僧人、谈禅说理的十七首诗歌比较有文学气息，一些诗歌体现了禅理、禅趣。如《晨诣超师院读禅经》[5]，整首诗虽是细致描写悟道过程，但其中禅语很少，完全通过清新的自然景色来烘托得道之乐趣，尤其是“日出雾露余，青松如膏沐”两句诗尽得造化之妙，而诗末两句“澹然离言说，悟悦心自足”既刻画出喜悦的心理，又给人以想象的空间。

柳宗元的佛学思想不但对释教碑、记寺庙、送僧诗等有极大的影响，而且也潜移默化影响着他的山水游记以及在永州、柳州创作的一些山水诗歌，这些作品风格上飘逸、淡泊、清泠，寄托着作者寂寞、幽怨和

---

①② 《柳宗元集》卷二五。

③ 《柳宗元集》卷六。

④ 《柳宗元集》卷二八。

⑤ 《柳宗元集》卷四二。

哀伤的情愫，细细体味，包含有佛学的某种内心体验，如《至小丘西小石潭记》中所云："四面竹树环合，寂寥无人，凄神寒骨，悄怆幽邃"①，以及《钴鉧潭西小丘记》中所记："枕席而卧，则清泠之状与目谋，瀯瀯之声与耳谋，悠然而虚者与神谋，渊然而静者与心谋。"② 这些山水游记有个共同点，都营造了一种寂寥、幽深、清净的环境，作者在其中暂时忘却了尘世间的烦恼，这和佛学讲究定、慧除去欲念以求心灵解脱、慰藉是极其相似的。而其山水诗也是在静谧之中流淌着怅然若失的情绪。他的寓言讽刺意味很浓，在结构方法上都借鉴了佛典譬喻的方法，大都通过反面例子来阐明人生哲理。

所以，柳宗元"统合儒释"的思想，都是着力于佐世之用的现实性，他对儒、佛、道等学说的兼容，充分体现了他的包容之心，而他对佛教流弊的批判和对道教的否定更体现了他客观审视世界的态度。虽然他坚决反对天命、反对迷信、反对鬼神，但由于时代的限制，思想中还存留一些迷信的影子，而宗教和迷信又是纠缠在一起，往往难以辨别，但正是这种矛盾性、复杂性，才让柳宗元的思想更有生命力。并且，他的佛学思想还对他的生活方式、文学创作都产生了一定的影响，贬谪之后的他有时也在佛学之中寻求一种精神慰藉，利用文学作品来宣泄某种情绪，产生了不少佳作。

---

①② 《柳宗元集》卷二九。

第三章

柳宗元的《天对》、《天说》思想

关于天人关系的论述古已有之。孙昌武先生将之归类为三个层次：第一层是肯定“天”是有意志，能主宰一切的，或体现为具体的人格神，或表现为抽象的“天命”、“天意”；第二层是“天”与“人”能合其德，人可以“以德配天”；第三层是“天人感应”说，天能赏善罚恶。这是一种唯心的“天人合一”思想[①]。

柳宗元对于天和人的关系有自己独特的理解。他敢于挑战天意、神明，我们从他撰写的《天对》、《天说》、《非〈国语〉》等诗文中可以清楚地感知。当然，柳宗元尝试对天、人关系的规律研究，是有其现实意义的，并非单纯是哲学领域的探索，而是对他政治上积极进取、而仕途命运多舛的反思，这种“进取”的热情、决心与“惩罚”的无情、严酷之间的矛盾性让其不得不重新审视人生，但他决不听命于天意，在他内心深处，始终涌动着对自然朴素的观念，天并不能干预人事，更不能惩恶扬善。

一

柳宗元的《天对》[②]篇主要针对屈原的《天问》而言的，在《天对》篇

① 孙昌武《柳宗元评传》第三章，第156页。

② 《柳宗元集》卷一四。

的“补注”中云《天问》的写作宗旨:“假《天问》以稽疑而泄愤懑”,似乎表明了屈原的创作初衷,有怀才不遇之思。并引晁补之言“宗元为《天对》以媲《天问》,虽问对相反,其于发扬则同”,可见,柳宗元这篇诗歌很受后人的褒扬。

屈原的《天问》篇,全文针对上天宇宙、各种自然现象和历史现象,包括神话传说等提出了一百七十多个问题,当然这些问题到现在为止很多也无法科学地回答。但从他的字里行间,透出尝试阐释自然和人生的意图,这是他愁肠百结后的洒脱之叹。我们要关注的是柳宗元如何回答屈原问天、问人生的各种问题的,从中就能清晰归纳出他的天人观点。

如《天对》云:“问曰:遂古之初,谁传道之?上下未形,何由考之?冥昭瞢暗,谁能极之?冯翼惟像,何以识之?明明暗暗,惟时何为?”显然,屈原诘问太始之初的形成原因。柳宗元的回答是:“本始之茫,诞者传焉。鸿灵幽纷,曷可言焉!”他开篇就抛出了自己的立场,根本不相信太始之初的相关传说,认为这些均是虚妄之言。

而对于神话传说、历史故事、以及天能赏罚善恶的探讨,柳宗元则用大量的事例进行否定,否定的目的在于强调上天根本就不能赏罚功用,天和人之间是不能互相干预的。譬如:“问:鸱龟曳衔,鲧何听焉?顺欲成功,帝何刑焉?永遏在羽山,夫何三年不施?”屈原认为鸱龟相助或曳或衔,鲧有什么神圣德行?治理川谷亦有功劳,尧帝为何对他施刑?将鲧禁闭羽山三年还不放还他,这都是为什么呢?柳宗元的回答是“胡离厥考”,这些都没有实证,鲧的遭遇也从一个侧面反映了人事的不公正,天意又体现在哪里呢?“问:女娲有体,孰制匠之?对:娲躯虺号,占以类之。胡日化七十,工获诡之!”女娲是中国古代神话传说中的造物神,传说形体能一日七十变,因此屈原发问谁能画出她的相貌来?柳宗元直截了当地说,女娲的人首蛇身,完全是民间的杜撰。“问:天命反侧,何罚何佑?对:天邈以蒙,人么以离。胡克合厥道,而诘彼有违。”柳宗元直面天能赏罚人事的荒谬说法,指出天与人是相互分离的。

柳宗元还对历史现象进行了客观的分析,进一步印证其天人观点。“问:彼王纣之躬,孰使乱惑?何恶辅弼,谗谄是服?对:纣无谁使惑,惟志为首。逆图倒视,辅谗以戮宠。”民间历来认为商纣为妖女妲己所惑,残害忠良，专用谄媚之人，因此天要灭纣。而柳宗元则认为商纣王自身才是造成国灭人亡的首恶，与上天有什么关系呢？柳宗元更直接指出："问：皇天集命，惟何戒之？受礼天下，又使至代之？对：天集厥命，惟德受之。胤怠以弃，天又佑之。"屈原直接提出了问题的关键，既然每个国君都说自己是受天命而称王的，天意不可违，但为什么称王者并不畏天而时时自我戒惧呢？既然是天意，为什么又有朝代的更迭和他姓称王呢？这个问题反问得极其尖锐，柳宗元剥去了王权天授的虚伪面具，认为"德"才是决定因素，君王无德，自然会有人替代的。

对于自己为何写《天问》篇，屈原解释为"何试上自予，忠名弥彰。"原来，在屈原矛盾的内心深处，有根深蒂固的忠君思想，他并不想替代谁，而是想用这大气磅礴、滔滔不绝的发问彰显自己的忠义之心。对此，柳宗元亦表示赞同，他也想通过《天对》篇来表达自己的天人观念，在他的理念中，天地、元气、阴阳等都是客观存在的，不必附会上虚妄的阐释，从而误导民众。从这层意义上说，他的学说秉承了荀子所倡导的"天行有常，不为尧存，不为桀亡"[①]中关于天人关系的观点。

二

中唐文士是如何看待天人关系的呢？韩愈关于天人关系的直接阐释现已不存，我们只能从柳宗元的答复中得到印证。柳宗元《天说》[②]云：

> 韩愈谓柳子曰："若知天之说乎？吾为子言天之说。今夫人有疾痛、倦辱、饥寒甚者，因仰而呼天曰：'残民者昌，佑民者殃！'又仰而呼天曰：'何为使至此极戾也？'若是者，举不能知天。夫果蓏、饮食既坏，虫生之；人之血气败逆壅底，为痈疡、疣赘、瘘痔，虫生之；木朽而蝎中，草腐而萤飞，是岂不以坏而后出耶？物坏，虫由之生；

---

① 《荀子·天论篇》。

② 《柳宗元集》卷一六。

元气阴阳之坏，人由之生。虫之生而物益坏，食啮之，攻穴之，虫之祸物也滋甚。其有能去之者，有功于物者也；繁而息之者，物之雠也。人之坏元气阴阳也亦滋甚：垦原田，伐山林，凿泉以井饮，窾墓以送死，而又穴为堰溲，筑为墙垣、城郭、台榭、观游，疏为川渎、沟洫、陂池，燧木以燔，革金以熔，陶甄琢磨，悴然使天地万物不得其情，幸幸冲冲，攻残败挠而未尝息。其为祸元气阴阳也，不甚于虫之所为乎？吾意有能残斯人使日薄岁削，祸元气阴阳者滋少，是则有功于天地者也；繁而息之者，天地之雠也。今夫人举不能知天，故为是呼且怨也。吾意天闻其呼且怨，则有功者受赏必大矣，其祸焉受罚亦大矣。子以吾言为何如？”

从引文中，我们可归纳出韩愈的看法，在他眼里，有人把人生的不幸诸如疾痛、倦辱、饥寒等感受归之于天，因而会在痛苦绝望中呼天抢地、怨天尤人。韩愈认为这种人并不能知天，人生的不幸是由于元气阴阳败坏而产生的结果，这种结果甚至比自然界食物腐败生虫子还更可怕。正因为人类违背了自然规律，不断损害自然界，因而产生了诸多弊端，产生了“天地之雠”，最后自食恶果。韩愈认为，上天听到了百姓的呼号，必定会大大奖赏出面制止这种恶果继续扩大之人，重重处罚不明事理、继续破坏之人。很明显，韩愈目睹了人类违背自然规律而遭际的种种惩罚，只得用呼天怨天的不明智态度来解释，他解决问题的方法简单而非理性，只是寄希望于上天的意志，既然有那么多人呼天怨天，那上天就应该有所表示，应该能惩恶扬善。其实，韩愈习惯将政治、人生与天意紧密联系起来，他反对“永贞革新”，就将朝廷政权、人事更迭一律归之于天意，在其所著《顺宗实录》卷三里评论李纯被立为皇太子时曰：“内外盛言王伾、王叔文专行断决，日有异说。又属频雨，皆以为群小用事之应。至将册礼之夕，雨乃止；迨行事之时，天气清朗，有庆云见。识者以为天意所归。”[①]而当永贞革新失败时，其亦归之于天。可见，韩愈

① 韩愈撰、马其昶校注《韩昌黎文集校注》文外集下卷，上海古籍出版社 1987 版，第 705 页。

赋予天人关系更多的是政治是非的意义，这成为其评价政治形势、官员品格、人生意义的出发点，必然会带来一系列有失偏颇的评价。

而柳宗元并不认同韩愈的这种观点，其在《天说》一文中予以坚决的反驳：

> 柳子曰："子诚有激而为是耶？则信辩且美矣。吾能终其说。彼上而玄者，世谓之天；下而黄者，世谓之地；浑然而中处者，世谓之元气；寒而暑者，世谓之阴阳。是虽大，无异果蓏、痈痔、草木也。假而有能去其攻穴者，是物也，其能有报乎？繁而息之者，其能有怒乎？天地，大果蓏也；元气，大痈痔也；阴阳，大草木也。其乌能赏功而罚祸乎？功者自功，祸者自祸，欲望其赏罚者大谬；呼而怨，欲望其哀且仁者，愈大谬矣。子而信子之仁义以游其内，生而死耳，乌置存亡得丧于果蓏、痈痔、草木耶？"

柳宗元认为，韩愈的观点是激进的，天地、元气、阴阳和果蓏、痈痔、草木一样，不存在主观意识和主宰能力，因而就无所谓因果报应和赏功罚祸，大自然是"功者自功，祸者自祸"，想上天能够对善恶进行赏罚完全出于个人的主体观念，因而是谬误的。应该说，柳宗元完全驳斥了韩愈的天命观，进一步指出天不存在意志，不能主宰人生的祸福。我们从柳宗元参与革新的积极态度以及被贬谪后并无悔意的表现来看，他并没有认为上天是要惩罚他。

三

柳宗元的好友刘禹锡也参与了这场辩论。其写作目的主要是因为觉得柳宗元反驳韩愈的文笔甚好，但观点有点偏激，不能详尽阐释天人的关系，因此撰写《天论》来加以辨析。刘禹锡在《天论·上》[①]中认为：

> 世之言天者二道焉。拘于昭昭者，则曰："天与人实影响：祸必以罪降，福必以善徕，穷厄而呼必可闻，隐痛而祈必可答，如有物的

① 《刘禹锡集》卷五。

然以宰者。”故阴骘之说胜焉。泥于冥冥者，则曰：“天与人实相异：霆震于畜木，未尝在罪；春滋乎堇荼，未尝择善；跖、蹻焉而遂，孔、颜焉而厄，是茫乎无有宰者。”故自然之说胜焉。余之友河东解人柳子厚作《天说》，以折韩退之之言，文信美矣，盖有激而云，非所以尽天人之际。故余作《天论》，以极其辩云。

刘禹锡也认为上天不能赏善罚恶，但他认为柳宗元的观点是有偏激的。一般大家都把天命解释为两点：一是所谓的“阴骘之说”，天人影响，上天是有先知先觉的、灵验印证的，能够降祸福于人间，因此民众需要向上天虔诚祈求；一是“自然之说”，天人无感应的联系，比如雷霆击打了牲畜和树木，并非它们有原罪；春雨滋润了植物，并非这些植物是善良的。恶人逍遥而好人遭罪，这些都说明天是没有意志控制人事的。

同时，在《天论·上》中，刘禹锡提出了自己的观点：

大凡入形器者，皆有能有不能。天，有形之大者也；人，动物之尤者也。天之能，人固不能也；人之能，天亦有所不能也。故余曰：天与人交相胜耳。其说曰：天之道在生植，其用在强弱；人之道在法制，其用在是非。阳而阜生，阴而肃杀；水火伤物，木坚金利；壮而武健，老而耗眊，气雄相君，力雄相长：天之能也。阳而蓺树，阴而揫敛；防害用濡，禁焚用光；斩材窾坚，液矿硎铓；义制强讦，礼分长幼；右贤尚功，建极闲邪：人之能也。

刘禹锡提出了一个重要命题，那就是“天与人交相胜”，但凡有形的器物都不是万能的，上天，是有形之物中最大的，人是动物中最突出的，但是天和人都有自己的能和不能，因此说，天人的关系就是相互占据优势而已。天使万物生息，四季更迭；而人重法制和礼义，崇尚贤达和功业。

在刘禹锡的眼里，“人能胜乎天者，法也”，人能够不依赖所谓天的意志生活，“福兮可以善取，祸兮可以恶召，奚预乎天邪”？有功就要赏赐，有罪恶就必须惩罚，这与上天有什么关系呢？刘禹锡倡导的是一个公正严明的法制社会，“法小弛则是非，赏不必尽善，罚不必尽恶”，如果法制不太严格，鱼龙混杂，那将会导致不公正，赏罚不分明。民众就会形成认为福或许可以诈取，祸害或许可以免除的侥幸心理，最后还会归之于天命说。倘使法制完全败坏，那么彻底是非不分，善恶颠倒，人能胜天的功能就完全丧失了。刘禹锡把天和人的作用分得十分清楚，天能生养万物，而人能治理万物。韩愈把一切归之于天意，而柳宗元则把天人截然分离，刘禹锡针对这两种观点认为单纯从个人的角度出发理解天人关系是片面的。

> 余曰：天恒执其所能以临乎下，非有预乎治乱云尔；人恒执其所能以仰乎天，非有预乎寒暑云尔。生乎治者，人道明，咸知其所自，故德与怨不归乎天；生乎乱者，人道昧，不可知，故由人者举归乎天。非天预乎人尔。

刘禹锡认为，天与人各有所能，天不能主宰人世。生于政治清明的社会，赏罚得当，德和怨自然不归之于天意。而生于政治混乱的时代，缺乏公理和公正，民众根本无法理解善恶的结果，因而只能愚昧地仰赖于天意而已。

在刘禹锡的《天论·中》里，充分运用譬喻说明天与人的关系，如他曾用旅途说明"必强有力者先焉"，说明人的先天因素的重要性。然而"群次乎邑郛，求荫于华榱，饱于饩牢，必圣且贤者先焉"，说明人后天的德行的重要性。因而他印证了"天与人交相胜"的结论，不能盲目归之于天命，"吾固曰：是非存焉，虽在野，人理胜也；是非亡焉，虽在邦，天理胜也。然则天非务胜乎人者也。何哉？人不幸则归乎天也。人诚务胜乎天者也。何哉？天无私，故人可务乎胜也"。

而在《天论·下》中，刘禹锡从古代的历象、人事充分说明无所谓"天命"：

> 纪纲或坏，复归其始。尧、舜之书，首曰"稽古"，不曰稽天；幽、厉之诗，首曰"上帝"，不言人事。在舜之廷，元凯举焉，曰"舜用之"，不曰天授；在殷高宗，袭乱而兴，心知说贤，乃曰"帝赉"。尧民之余，难以神诬；商俗以讹，引天而驱。由是而言，天预人乎？

人类建立了自己的纲纪，如果纲纪坏了，就归罪于天。尧舜时代的书，开头只说"稽古"，不归之于天；而周幽王和周厉王这些暴君统治的时代，诗篇首先谈论的就是“上帝”；在尧帝、舜帝这些明君统治时，重用贤臣绝不借助于天意，百姓们也不相信天意；而商王即位的时候，政治混乱，提拔人才还不得不假借于上帝托梦的手段。刘禹锡通过对比得出结论，认为上天根本不能预知人事。也许正因为刘禹锡的这种观点，他一直期盼自己在政治上有所作为。

四

刘禹锡的这些文字被柳宗元看到后，他立即进行了仔细的研究，就天人关系进行了三点更为确切的解释。

第一，他强调刘禹锡的观点与他如出一辙，极其相似。其在《答刘禹锡〈天论〉书》[①]中云：

> 宗元白：发书得《天论》三篇，以仆所为《天说》为未究，欲毕其言。始得之，大喜，谓有以开明吾志虑。及详读五六日，求其所以异吾说，卒不可得。其归要曰：非天预乎人也。凡子之论，乃《天说》传疏耳，无异道焉。谆谆佐吾言，而曰有以异，不识何以为异也。

柳宗元认为刘禹锡在《天论》中阐释的中心是“非天预乎人”的观点，是自己《天说》篇观点的解释、注疏而已。从这里可以看出，柳宗元和刘禹锡的观点在本质上是一致的，他们都认为天是没有意志的，不能干预人事。但柳宗元并不赞同刘禹锡的譬喻方式，认为他的譬喻说服力较弱，论证前后矛盾。

第二，在此文中，柳宗元对刘禹锡提出的天能生植、天与人交相胜的观点表示怀疑。上天孕育万物，是天意自为，还是人力所达？柳宗元认为不能确定，上天并不为人事而谋划：

> 子之所以为异者，岂不以赞天之能生植也欤？夫天之能生植久矣，不待赞而显。且子以天之生植也，为天耶？为人耶？抑自生

① 《柳宗元集》卷三一。

而植乎？若以为为人，则吾愈不识也。若果以为自生而植，则彼自生而植耳，何以异夫果蓏之自为果蓏，痈痔之自为痈痔，草木之自为草木耶？是非为虫谋明矣，犹天之不谋乎人也。彼不我谋，而我何为务胜之耶？

柳宗元不能如刘禹锡那样简单地将天与人进行区别，“所谓交胜者，若天恒为恶，人恒为善，人胜天则善者行。是又过德乎人，过罪乎天也”。天和人本来有恶和善的分别吗？怎么会有人胜天的说法呢？柳宗元对这个说法并不赞同。刘还云“天之能者生植也，人之能者法制也”，柳宗元亦表示反对，他认为：

生植与灾荒，皆天也；法制与悖乱，皆人也，二之而已。其事各行不相预，而凶丰理乱出焉，究之矣。凡子之辞，枝叶甚美，而根不直取以遂焉。

万物的繁盛与灾荒，是上天造成的；人世法制的严明和混乱，都是人为的，天与人均有自己对立的两个方面而已。因此，天和人之间并不能互相干预，凶丰理乱这些不同的结果都是自己特征的体现而已。由此，柳宗元否定刘禹锡未能直接触及天与人的本质。

第三，柳宗元认为刘禹锡关于天与人关系的譬喻并不恰当，柳云：

是非存亡，皆未见其可以喻乎天者。若子之说，要以乱为天理、治为人理耶？谬矣。若操舟之言人与天者，愚民恒说耳；幽、厉之云为上帝者，无所归怨之辞尔，皆不足喻乎道。

柳宗元反驳了刘禹锡《天论》中的一系列譬喻，在他的眼里，旅者是人，或出发旅行，或辅佐朝政，为何撇开人的本身要分天胜和人胜呢？同样的道理，是非存亡，本来与上天就没有任何必然的联系，刘禹锡以此说理显得牵强附会。还有一个比喻，行人驾扁舟行于平静的河流之上，惬意洒脱；当行人驾此扁舟行于险恶江湖之中时，则险象环生，刘禹锡以此想证明人力和天意的关系，但柳宗元却认为是俗世之人的偏见。对于古代暴君的统治喜用上帝之旨意来进行掩饰的比喻，柳宗元也否定其说服力。其实，在他眼里，天和人之间是没有相互干预的关系的。

卞孝萱、卞敏先生认为:柳宗元把社会混乱作为“天理”,把社会安定作为“人理”,是误解了刘禹锡《天论》中关于“是非存”则“人理胜”,“是非亡”则“天理胜”,并且《答刘禹锡〈天论〉书》中的“乱为天理、治为人理”观点是把社会的范畴强加于自然界,是不恰当的[①]。这种观点是很有道理的。其实刘柳二人对天人关系都有自己的立足点,柳宗元强调的是天与人的独立性,天不能干预人事,天不能赏善罚恶,他旗帜鲜明地反对长久存在的天命说。而刘禹锡则是补充论证柳宗元的说法,他将古代的“阴骘之说”和“自然之说”这两种说法综合起来,阐释了天人的关系就是相互占据优势而已,当然,我们不得不承认,刘禹锡为天人交相胜所做的譬喻值得推敲,但这种思想在当时的确已是一个极大的进步。

由此我们可以看出,柳宗元、韩愈、刘禹锡关于天人关系的观点,实际也是他们处世原则的反映,韩愈对于人生喜欢简单归之于天命,不愿意审视残酷的现实,有逃避之嫌疑,而刘柳是用积极的心态和果敢的行动参与革新,矢志不渝,显然是激进和坚韧的。虽然“永贞革新”迅速失败,但这并不影响他们变革的心志,虽然二人皆处于贬谪的困苦之地,精神时有低落和颓废,但始终不变的是他们对天意的清醒态度,对政治与人生的辩证看法。

---

① 卞孝萱、卞敏《刘禹锡评传》,南京大学出版社 1996 年版,第 198 页。

第四章

柳宗元的民本思想

在贬谪地永州、柳州，柳宗元经受了精神和肉体的双重痛苦，在偏远之地担任地方官，亲自参加农事活动，有感于地方官吏的横征暴敛，百姓的民不聊生，促使他更能设身处地地体会民众的愿望和需求，解决当地民众的实际困难，同时也传达了自己贬谪在南荒之地的惆怅与落寞之情。

一

先看柳宗元在偏远之地的内心独白。柳宗元被贬谪后，不但孑然一身，而且百病缠身。因为政治上的激进，他成为朝臣争相非议和攻讦的对象，完全被孤立了，在《寄许京兆孟容书》①中云：

> 伏蒙赐书诲谕，微悉重厚，欣跃恍惚，疑若梦寐，捧书叩头，悸不自定。伏念得罪来五年，未尝有故旧大臣肯以书见及者。何则？罪谤交积，群疑当道，诚可怪而畏也。以是兀兀忘行，尤负重忧，残骸余鬼，百病所集，痞结伏积，不食自饱。或时寒热，水火互至，内消肌骨，非独瘴疠为也。

在这封书信中，柳宗元描述了自己在永州的生活状态，不但缺乏故旧的

---

① 《柳宗元集》卷三〇。

关心与问候，周围更多的是来势汹涌的毁谤和诘难，几乎让其无法生存，加上永州瘴疠的缘故，柳宗元贫病交加，几乎无法生存。柳宗元在给许孟容的书信中，试图阐释自己参与革新的一些理由，认为“很忤贵近，狂疏谬戾，蹈不测之辜，群言沸腾，鬼神交怒”，同时认为“年少气锐，不识几微，不知当否，但欲一心直遂，果陷刑法，皆自所求取得之，又何怪也”？当然，我们从中可以看出柳宗元并非为参与革新而检讨，而是认为自己的年少气盛、执著一心导致了最后的恶果。同时，他对自己当时的生存处境进行了进一步的描述：

今抱非常之罪，居夷獠之乡，卑湿昏雾，恐一日填委沟壑，旷坠先绪，以是怛然痛恨，心肠沸热。茕茕孤立，未有子息。荒隅中少士人女子，无与为婚，世亦不肯与罪大者亲昵，以是嗣续之重，不绝如缕。每当春秋时飨，孑立捧奠，顾眄无后继者……摧心伤骨，若受锋刃。

柳宗元为自己没有子嗣而伤感痛苦，特别是由于罪臣的身份，不能与当地士人女子联姻，这种身份上的差异性扰乱了作者的心绪。在这种恶劣的环境中，柳宗元并未坠入颓废，在这封书信中，他列举了管仲、匡章、直不疑、张苍、韩信、邹阳、贾谊、董仲舒、刘向等人前失意后得志的故事，用以激励自己：“今以恇怯淟涊，下才末伎，又婴恐惧痼病，虽欲慷慨攘臂，自同昔人，愈疏阔矣！”

在这种恶劣的环境下，过目不忘的柳宗元开始变得健忘，在《寄许京兆孟容书》中不无遗憾地说：

神志荒耗，前后遗忘，终不能成章。往时读书，自以不至抵滞，今皆顽然无复省录。每读古人一传，数纸已后，则再三伸卷，复观姓氏，旋又废失。

在《杨京兆凭书》中柳宗元更将当时穷愁潦倒的生活与心境描绘出来：

凡为文，以神志为主。自遭责逐，继以大故，荒乱耗竭，又常积忧恐，神志少矣，所读书随又遗忘。一二年来，痞气尤甚，加以众疾，动作不常。眊眊然骚扰内生，霾雾填拥惨沮，虽有意穷文章，而病夺其志矣。每闻人大言，则蹶气震怖，抚心按胆，不能自止。又永州多火灾，五年之间，四为天火所迫。徒跣走出，坏墙穴牖，仅免燔灼。书籍散乱毁裂，不知所往。一遇火恐，累日茫洋，不能出言，又安能尽意于笔砚，矻矻自苦，以危伤败之魂哉？①

在此文中，他谈及贬谪地的恶劣环境，瘴疠之气，火灾频发，书籍烧毁，徒足而出，狼狈不堪，加上身体疾病，而不能专意于文学创作。而实际上，这段坎坷经历使其更深层次接触到下层民众的生活，对此更有切身体会。

从柳宗元的字里行间，我们能够了解他的一系列做法，通过不断调整自己的心绪，以便尽快适应所在地的风俗、气候、语言，在《与萧翰林俛书》中云：

居蛮夷中久，惯习炎毒，昏眊重膇，意以为常。忽遇北风晨起，薄寒中体，则肌革瘆懔，毛发萧条，瞿然注视，怵惕以为异候，意绪殆非中国人。楚、越间声音特异，鴂舌啅噪，今听之怡然不怪，已与为类矣。……用是更乐瘖默，思与木石为徒，不复致意。②

从中我们看出柳宗元萧飒寂寞的神情，尽管他竭尽全力地入乡随俗，在蛮夷之乡待得时间久了，语言、气候都能有所适应，但他的内心充满了惆怅与失落，因而表现为“与木石为徒”，保持缄默。同时，他也保持着自己的愚性情结和渔翁情结，依然坚持自己的理想，这两种情结后面有专章论述。

二

柳宗元很注重民生，他对贞观时期君臣以民为本、休养生息的政策非常欣羡。其所作的《视民诗》③就抒发了对唐太宗君臣与民生息功德的歌颂，在称赏房玄龄、杜如晦的同时，他强调“帝视民情”、“帝怀民

①② 《柳宗元集》卷三〇。

③ 《柳宗元集》卷一。

视”，并表达了对“士实荡荡，农实董董，工实蒙蒙，贾实融融”这种和谐社会秩序的憧憬，认为只有这样，才能使老百姓安居乐业，永享太平。正因为有这样的境界，他对当时吏治混乱，百姓税赋沉重的现实有清醒的认识，虽然被贬谪在南荒之地，他也要实践自己的民生理想。柳宗元不断克服在贬谪之地生活的种种困难和不便，更难得的是他能入乡随俗，帮助当地的百姓革除时弊，谋求自由、幸福的生活。

虽然“永州以僻隅，少知人事”①，但在韩愈的《柳州罗池庙碑》中详细记载了柳宗元以礼法治理、民心顺应的诸多美谈，其文云：

> 柳侯为州，不鄙夷其民，动以礼法。三年，民各自矜奋，曰：“兹土虽远京师，吾等亦天氓，今天幸惠仁侯，若不化服，则我非人。”于是老少相教语，莫违侯令。凡有所为，于其乡间，及于其家，皆曰：“吾侯闻之，得无不可于意否？”莫不忖度而后从事。凡令之期，民劝趋之，无或后先，必以其时。于是民业有经，公无负租，流逋四归，乐生兴事，宅有新屋，步有新船，池园洁修，猪牛鸭鸡，肥大蕃息。子严父诏，妇顺夫指，嫁娶葬送，各有条法，出相弟长，入相慈孝。先时，民贫以男女相质，久不得赎，尽没为隶。我侯之至，按国之故，以傭除本，悉夺归之。大修孔子庙，城郭巷道，皆治使端正，树以名木，柳民既皆悦喜。②

在这段文字中，韩愈传达了柳宗元四个方面的民本思想：

第一，柳宗元尊重当地的民众，并不鄙夷他们，这是与民相处的根本。而经过几年的实际相处，当地的百姓也懂得柳宗元一心为公的良苦用心，所以自觉听从他，维护并自觉遵守他颁布的法令，这为地方经济的繁荣和稳定打下了坚实的基础。

第二，柳宗元提高了民众的生活水准，使人民能安居乐业。“民业有经，公无负租，流逋四归，乐生兴事，宅有新屋，步有新船，池园洁修，猪牛鸭鸡，肥大蕃息”短短的三十六字反映了老百姓在住、行、吃、业、税

---

① 《答元饶州论政理书》，《柳宗元集》卷三二。

② 韩愈撰、马其昶校注《韩昌黎文集校注》卷七“碑志”。

等各方面的情况，生动地再现了当时的繁荣景象：民众生活富足，政府财政充裕，以前出门寻求生计的百姓都回到家乡，勤劳生产，居有新屋，行有新船，池园洁净整饬，牲畜饲养蕃息。

第三方面，柳宗元重视当地民众礼法的教育，使之深入民心。无论是家庭关系，还是婚丧嫁娶都有规矩可循，促使了社会的和睦。这还不够，柳宗元为了提倡礼治，大修孔子庙，对城郭巷道等都进行了治理，栽种了名木，促进了生存环境的优化，这些都让柳州的民众为之惊喜。在《非国语上·料民》篇中，柳宗元同样对圣人之道推崇备至，其云："吾尝言，圣人之道，不穷异以为神，不引天以为高，故孔子不语怪与神。"从中，亦反映出作者对孔子之道的理解，周幽王的覆灭并非料民所至，而是悖乱引起的，孔子引领读书人更多地思考现实人生，而非神怪这些虚无缥缈的东西，孔子的礼教得到了柳宗元的大力推行，因而在柳州大修孔子庙。

第四，柳宗元彻底废除了柳民因贫而沦为奴婢的恶习，拯救黎民苍生于水火之中。"先时，民贫以男女相质，久不得赎，尽没为隶。我侯之至，按国之故，以傭除本，悉夺归之。"当时，柳州这种以男女抵债而沦为奴婢的现象非常普遍。韩愈对柳宗元革除当地弊病的勇气和魄力赞不绝口，多次提及这个事例。比如，韩愈在《柳子厚墓志铭》中更详细地记载了这次解放奴婢的过程：

> 元和中，尝例召至京师。又偕出为刺史，而子厚得柳州。既至，叹曰："是岂不足为政邪？"因其土俗，为设教禁，州人顺赖。
>
> 其俗以男女质钱，约不时赎，子本相侔，则没为奴婢。子厚与设方计，悉令赎归。其尤贫力不能者，令书其傭，足相当，则使归其质。观察使下其法于他州，比一岁，免而归者且千人。[①]

我们从上文可以得知，柳宗元善于整治当地的吏治，加强官员与民众的联系，为当地百姓解决实际问题，得到了百姓的尊重。在当地流行一种不好的风俗，以自家的男女为人质换取钱财，到了约定的日期不能赎

① 韩愈撰、马其昶校注《韩昌黎文集校注》卷七"碑志"。

回，那么按照惯例，人质就要变成奴婢，终身失去了自由。柳子厚经过调查后下令，全部赎回这些人。对于家庭特别贫困，无法赎回的人质，就让债主和他们立下字据，让他们用自己在债主家的日常劳动折算成工钱来抵债，一旦还清了债务就允许归家。这种方法推行后很有成效，一年后，得益于这种政策获得自由回家的就有上千人。自然，柳宗元得到了当地百姓的认可和拥戴。《新唐书》本传中亦记载了柳宗元这个事例，还补充说“已没者，出己钱助赎”①，对于因债务无法偿还已经成为奴婢的人，柳宗元甚至拿出自己的钱来帮助赎回，反映了其爱民如子的心理。

柳宗元的声名不仅仅是由于其文学上博大精深的造诣，还包括他在民众中良好的口碑和心理预期。难怪“南方为进士者，走数千里从宗元游，经指授者，为文辞皆有法”②。

三

柳宗元重视民众、重视农耕的观点在其《非国语》篇中就有精彩的分析。如《非国语上·不藉》中认为：“然而存其礼之为劝乎农也，则未若时使而不夺其力，节用而不殚其财，通其有无，和其乡闾，则食固人之大急，不劝而劝矣。”③柳宗元认为劝农耕的根本是不夺民力，注意节用的结果。柳宗元在贬谪地担任地方官的时候，始终以民为中心，这种思想从其《非国语上·无射》篇中可窥见一斑，对于何谓“乐”，乐的作用，柳宗元做出了自己的诠释：

> 曰：“圣人既理定，知风俗和恒而由吾教，于是乎作乐以象之。后之学者述焉，则移风易俗之象可见，非乐能移风易俗也。”曰：“乐至不能化人也，则圣人何作焉？”曰：“乐之来，由人情出者也，其始非圣人作也。圣人以为人情之所不能免，因而象政令之美，使之存

---

①② 《新唐书》卷一六八。

③ 《柳宗元集》卷四四。

> 乎其中，是圣人饰乎乐也。”所以明乎物无非道，而政之不可忘耳。孟子曰：“今之乐犹古之乐也”“与人同乐，则王矣。”吾独以孟子为知乐。①

上述这段话是柳宗元针对“乐”的功能进行发问的，他认为，音乐和移风易俗没有什么必然的内在联系，音乐也不能感化人。音乐之所以和美好的政令有关联，这是圣人为音乐美化的缘故。柳宗元非常赞赏孟子的观点，就是古今音乐是相同的，与人同乐，关注民众，才是根本。对于这种观点他也付诸了实践。

柳宗元自身处境艰难，刚到永州的时候，他无处可依，只得住在寺庙里，与龙兴寺的主持和尚重巽关系很好。后来移居到冉溪，就是“愚溪”。这段经历使得他更关注民生，通过对农耕生活的描绘更深刻地解读底层百姓的生活。永州的土地贫瘠，老百姓的生活比较贫困，在《囚山赋》中柳宗元一反视自然山水为自由的观点，而归之为“囚”，云“侧耕危获苟以食兮，哀斯民之增劳”②，反映了农民穷困潦倒的生活状态。《钴鉧潭记》本是叙写钴鉧潭的激流曲折、清凌透彻，以至于作者“乐居夷而忘故土”，不料此处的农夫打破了平静，指出农村生活的沉重负担来，文云：

> 其上有居者，以予之亟游也，一旦款门来告曰：“不胜官租私券之委积，既芟山而更居，愿以潭上田贸财以缓祸。”予乐而如其言。③

通过这位居者的言语，反映出当地农民的赋税之重，“不胜官租私券之委积”，已经无法承受官府各种名目的税赋，不得已搬到钴鉧潭，依山而居，愿意把以前潭上的良田来交易抵债，勾画了当时农民凄凉悲剧的生活。

---

① 《柳宗元集》卷四四。

② 《柳宗元集》卷二。

③ 《柳宗元集》卷二九。

其实，这种刻画底层民众赋税之重的作品有很多，譬如《捕蛇者说》①更为直接，全篇围绕官府横征暴敛，永州之民不堪其重负，“死者相藉”，不得不像蒋氏那样通过冒死捕捉一种毒蛇来抵税赋的事实，说明“苛政猛于虎”，作者更是直呼，“孰知赋敛之毒，有甚是蛇者乎”？无疑这是柳宗元揭露永州民众遭受官府盘剥，流离失所，命如草芥的真实写照。类似这样描述的诗歌，还有《秋晓行南谷经荒村》等。其云：“黄叶覆溪桥，荒村唯古木。寒花疏寂历，幽泉微断续。”②揭示了农村荒无人烟、了无生趣的凄凉景象。

柳宗元还在《种树郭橐驼传》中指出官府盲目干涉农事过多，得不偿失，文曰：

> 问者曰：“以子之道，移之官理，可乎？”驼曰：“我知种树而已，理，非吾业也。然吾居乡，见长人者好烦其令，若甚怜焉，而卒以祸。旦暮吏来而呼曰：‘官命促尔耕，勖尔植，督尔获，早缫而绪，早织而缕，字而幼孩，遂而鸡豚。’鸣鼓而聚之，击木而召之。吾小人辍飧饔以劳吏者，且不得暇，又何以蕃吾生而安吾性耶？故病且怠。若是，则与吾业者其亦有类乎？”

他用郭橐驼种树的道理作比喻，借郭橐驼之口讲出自己对官民关系的看法。柳宗元认为，官吏“好烦其令”，根本不考虑老百姓的实际生活情况，高高在上发号施令，不但没有引导老百姓的正常生产和生活，反而造成更大的不利和干扰，最后“而卒以祸”。我们从早晚小官吏的叫喊中可以得知他们盲目的干涉，如“官命促尔耕，勖尔植，督尔获，早缫而绪，早织而缕，字而幼孩，遂而鸡豚”“鸣鼓而聚之，击木而召之”，他们一会儿打鼓召集，一会儿鼓梆召集，传达长官的命令：或催促耕地，或鼓励种植，或督促收割，或催促早些煮蚕茧抽丝，或早些织布，或嘱咐抚养好孩子，或叮咛喂食鸡猪，下层百姓不得不疲于奔命，应接不暇，要花大量时间去招待这些小吏，哪里又会人丁兴旺，人心安定呢？对于官府这种

---

① 《柳宗元集》卷一六。

② 《柳宗元集》卷四三。

呆板简单、多此一举、费时费力的行动，柳宗元表示强烈的不满。官府频繁发号施令，从表面看是要督促人民增产增收，改善民生，实际是破坏了正常的农事生产，危害极大，敏锐的柳宗元正是看到了这种体制的危害，故予以批评。

四

对于当地的农村生活，柳宗元进行了深入了解，并亲自躬耕，不遗余力地揭露了官府的暴政，十分同情农民的悲惨遭际。他在《答元饶州论政理书》中认为："不唯充赋税养禄秩足己而已，独以富庶且教为大任"，同时他在文中提出：

> 夫弊政之大，莫若贿赂行而征赋乱。苟然，则贫者无赀以求于吏，所谓有贫之实，而不得贫之名；富者操其赢以市于吏，则无富之名而有富之实。贫者愈困饿死亡而莫之省，富者愈恣横侈泰而无所忌。

柳宗元认为，社会最大的弊政就是贿赂腐败导致征收赋税的混乱。他对贫困和富裕两个阶层进行了对比，得出贫困之人有其实而无其名，因为无钱贿赂而更加贫困；而富贵者有富之实而无富之名，凭借其财力，用贿赂的办法得到更多的财富，依然奢侈而无所顾忌。因此他认同孔子所说的"不患寡而患不均，不患贫而患不安"。他主张要依照贫富的差别来收取税赋，这种观点在当时无疑是石破天惊的，刘禹锡等人也十分赞同。

我们可以看出，柳宗元完全是站在普通民众的立场上，为减少老百姓的税赋而呼号。他具有真正的民本思想，这点在《送薛存义之任序》[1]一文中有充分的反映，其云：

> 凡吏于土者，若知其职乎？盖民之役，非以役民而已也。凡民之食于土者，出其十一佣乎吏，使司平于我也。今受其直怠其事者，天下皆然。岂惟怠之，又从而盗之。向使佣一夫于家，受若直，

① 《柳宗元集》卷二三。

怠若事,又盗若货器,则必甚怒而黜罚之矣。以今天下多类此,而民莫敢肆其怒与黜罚何哉?势不同也。势不同而理同,如吾民何?有达于理者,得不恐而畏乎!

柳宗元认为地方官应该认清自己的职责。对于老百姓的管理工作,并不是要役使百姓,这种观点非常有见底。同时,他认为对于凡是以土地为生的农民,更要考虑为他们谋取生存之道,而不是在其位不谋其政,更有甚者压榨盘剥农民,朴实的民众不敢伸张正义,这些赃官和监守自盗的盗贼又有什么区别呢?柳宗元的态度非常坚决,应该将这些贪官污吏法办。

正因为柳宗元有这种朴素的民生思想,所以他的《田家诗》三首①皆以农民为视角,关注他们所遭受的税赋盘剥,其一云:

蓐食循所务,驱牛向东阡。鸡鸣村巷白,夜色归暮田。札札耒耜声,飞飞来乌鸢。竭兹筋力事,持用穷岁年。尽输助徭役,聊就空自眠。子孙日以长,世世还复然。

第一首诗歌写出了农民赋役的沉重。前面四句颇有乡村生活的情调,早出晚归,驱牛、鸡鸣、耒耜、乌鸢等图景构成了典型的耕种场面。然而就在貌似欢快田园生活的背后,柳宗元指出这些农民虽然竭尽全力,却终年贫困,他们的收获都缴纳了官府的徭役,甚至还欠下更多的债务,一无所有的他们虽然被榨干了一切,却只能默默忍受。而这种现象并非偶然,而是波及子孙,"世世还复然",这与白居易的《观刈麦》中的贫妇人"家田输税尽,拾此充饥肠"的悲惨场面极其相似,都反映了官府对农民无情的压榨和盘剥。

而《田家诗》(其二)集中抒写官吏的残暴:

篱落隔烟火,农谈四邻夕。庭际秋虫鸣,疏麻方寂历。蚕丝尽输税,机杼空依壁。里胥夜经过,鸡黍事筵席。各言官长峻,文字多督责。东乡后租期,车毂陷泥泽。公门少推恕,鞭扑恣狼藉。努力慎经营,肌肤真可惜。迎新在此岁,唯恐踵前迹。

① 《柳宗元集》卷四三。

柳宗元在农忙后宁静的院落中，直截了当指出“蚕丝尽疏税，机杼空依壁”、“公门少推恕，鞭扑恣狼藉”，农民将收获的蚕丝都当做了税赋，而纺丝用的机杼只能白白靠着墙壁，无人问津。当里胥从这里经过的时候，依然受到了农民的热情接待，他们谈及长官的呵斥，不由胆战心惊。面对一贫如洗的农民，官府还是强行逼迫收租。可怜的民众只得渴望来年能有个好收成。这种无可奈何的语气勾勒出农民苦苦挣扎的身影，当然对于这种情形，柳宗元也是非常愤懑。

《田家诗》其三云：

> 古道饶蒺藜，萦迴古城曲。蓼花被堤岸，陂水寒更渌。是时收获竟，落日多樵牧。风高榆柳疎，霜重梨枣熟。行人迷去住，野鸟竟棲宿。田翁笑相念，昏黑慎原陆。今年幸少丰，无厌饘与粥。

这首诗歌和前两首诗歌均不同，在古道、蒺藜、蓼花、堤岸、陂水、樵牧、榆柳、霜重、梨枣、野鸟等静止的意象中，营造了一种恬淡丰收的场面，这种场景甚至使人忘却了赋税的沉重，向往起田园生活的惬意和美好来，难怪行人迷途难返，可田翁朴实的话语一下子又勾起了人们的警觉和伤感来，今年是个好收成，夜晚还要谨慎小心防盗，亦不用担心家中没有稠粥喝了。以上三首诗歌运用生动的形象刻画、对话描写，忠实客观地反映了农村流离失所、惨淡度日的生活图景，含蓄而又深刻地体现了柳宗元对官吏横征暴敛的憎恶，对挣扎在贫困和死亡线上下层民众的深切同情的民本思想。

柳宗元还有一些农村诗主要抒发自己贬谪在南荒之地的惆怅之情的，比如《首春逢耕者》，表面写农事生产的，实则借此抒怀，诗云：

> 南楚春候早，余寒已滋荣。土膏释原野，百蛰竞所营。缀景未及郊，穑人先耦耕。园林幽鸟啭，渚泽新泉清。农事诚素务，羁囚阻平生。故池想芜没，遗亩当榛荆。慕隐即有系，图功竟无成。聊从田父言，款曲陈此情。眷然抚耒耜，回首暮云横。[①]

① 《柳宗元集》卷四三。

柳宗元在幽静的山林中，望着清澈的新泉，亲身体味着农民稼穑的辛苦。想到自己被贬谪到此地，成为“羁囚”，“故池”、“遗亩”都荒芜败落，不由地羡慕起隐居生活，自己一直追求的抱负竟然都是过往烟云，在寂寞之中，只有二三好友还有音信往来。刘禹锡与柳宗元交往最为密切，刘在《答道州薛郎中论书仪书》中云：“及谪官十年，居僻陋，不闻世论。所以书相问讯，皆昵亲密友，不容变更。”[①]柳宗元甚至在《贞符序》中说：“念终泯没蛮夷，不闻于时”[②]。而在和普通农夫的闲聊当中，诗人得到了某种领悟，竟然怅然若失，“眷然抚耒耜，回首暮云横”。类似的情绪还表现在《闻籍田有感》这首诗中，诗云：

> 天田不日降皇舆，留滞长沙岁又除。宣室无由问釐事，周南何处托成书？

元和五年十月，唐宪宗诏来年正月十六日东郊籍田。柳宗元闻此事，颇有感触，他用贾谊初被贬谪长沙王傅，后为帝王复诏入朝，以及天子封泰山，司马迁由于著书不得从行的两个例子，阐明自己留滞在永州，不得从行的遗憾和委屈。

总之，柳宗元尽管被贬谪在僻远的永州、柳州，但他并未因个人的得失而脱离民众。他和陶渊明的归隐田园完全不同：陶渊明是主动的，他厌倦了官场的倾轧和虚伪，孤傲地要求辞官归隐，不问世事，在农事生产中怡然自得，宠辱皆忘。而柳宗元是被动的，其被迫居于偏远之地，难以实现报国之志，并要作为一员地方官来管理当地的百姓。这种特殊的贬谪经历促使他更进一步地深入底层农民的生活，了解他们的疾苦，反映他们的心声，或抨击官府的贪得无厌，或揭露里胥的助纣为虐，或讽刺富贵者的肆无忌惮，或同情民众的税赋沉重，或大刀阔斧、革新时弊，在他的字里行间无不流淌着对民生的关注，以及对自己久呆于荒凉之地而无法更好地建功立业的惆怅落寞之情。

---

① 卞孝萱校订《刘禹锡集》卷一〇。

② 《柳宗元集》卷一。

第五章

柳宗元贬谪时期的文学创作心态

第一节　柳宗元文学创作的目的

——自我慰藉与文以明道

柳宗元本有济世之志，因为参加永贞革新运动，而被一贬再贬。尽管“统合儒释”的思想给他以精神支持，佛学以及其他学说给他以心灵慰藉，但由于长期生活在环境恶劣的永州、柳州，其创作心态也趋于复杂，呈现出两面性，一方面他依然关心时事，和韩愈一样倡导文以明道，而另一方面因为仕途受挫，不能实现自己的政治抱负，而产生一种失落、沮丧、郁闷、激愤的情绪，不得不投入于发愤著书中以宣泄，寻求别一种自我慰藉。而后者更为突出，集中体现在他的山水文学、诗歌以及辞赋等体裁的创作上。

柳宗元贬谪时期的文学创作是发愤之作，这在一定程度上符合儒家提倡的文学的怨刺功用的要求。而文学的怨刺功用首先表现在诗上。《论语·阳货》中记载：

> 子曰：“小子何莫学夫《诗》？《诗》可以兴，可以观，可以群，可以怨。迩之事父，远之事君，多识于鸟兽草木之名。”

孔子的“兴观群怨”中的“怨”，是指诗可以批评政治，但是必须是在仁和礼的规范之内。这和《毛诗序》中“发乎情，止乎礼义”的主张是一样的，大序中所言“诗者，志之所之也，在心为志，发言为诗。情动于中而形于言”，也得遵循此规范。而《礼记·经解》中亦云：“孔子曰：入其国，其教可知也。其为人也，温柔敦厚，《诗》教也。”这里未必就是孔子的原话，但就诗歌对社会现实的揭露、怨刺要“温柔敦厚”，要受礼义的约束而言，这是代表了儒家中庸之道的思想。刘勰《文心雕龙·明诗》篇里所云的：“诗者，持也，持人情性”①也是此意。朱自清在《诗言志辨·诗教》中认为：

> “温柔敦厚”是“和”，是“亲”，也是“节”，是“敬”，也是“适”，是“中”。这代表殷、商以来的传统思想。儒家重中道，就是继承这种传统思想。②

因为诗教要求中道的特点，所以就限制了诗反映社会的深度和广度。但就允许怨刺而论，还是很有积极意义的。

而《诗经》、《楚辞》等文学作品的实际内涵和儒家“温柔敦厚”的中道诗教理论并不尽吻合，其中有对痛苦境遇不满的强烈呼声，显露出“发愤”说③的痕迹。司马迁曰：“《诗》三百篇，大抵贤圣发愤之所为作也。此人皆意有所郁结，不得通其道也，故述往事，思来者。”④这就深刻揭示了《诗经》的主旨，发愤之作。屈原的写作更是如此，司马迁云：“余读《离骚》、《天问》、《招魂》、《哀郢》，悲其志”、“屈平疾王听之不聪也，谗谄之蔽明也，邪曲之害公也，方正之不容也，故忧愁幽思而作《离骚》”、“信而见疑，忠而被谤，能无怨乎？屈平之作《离骚》，盖自怨生也。”⑤对于这种发愤而著述的态度，司马迁是最有体会的，《史记·太史公自序》云：

---

① 刘勰著、范文澜注《文心雕龙注》，人民文学出版社1958年版，第65页。

② 朱自清《诗言志辨》，华东师范大学出版社1996年版，第132页。

③ 参见袁行霈、孟二冬、丁放《中国诗学通论》第一章第三节“发愤”说，安徽教育出版社1994年版，第66页—79页。

④ 司马迁《史记》卷一三〇《太史公自序》。

⑤ 司马迁《史记》卷八四《屈原贾生列传》。

太史公遭李陵之祸，幽于缧绁。乃喟然而叹曰："是余之罪也夫！是余之罪也夫！身毁不用矣！"退而深惟曰："夫《诗》、《书》隐约者，欲遂其志之思也。昔西伯拘羑里，演《周易》；孔子厄陈、蔡，作《春秋》；屈原放逐，著《离骚》；左丘失明，厥有《国语》；孙子膑脚，而论兵法；不韦迁蜀，世传《吕览》；韩非囚秦，《说难》、《孤愤》；《诗》三百篇，大抵贤圣发愤之所为作也。此人皆意有所郁结，不得通其道也，故述往事，思来者。"①

他从许多贤圣人穷困愁苦而发愤著书的例子中寻觅到生存的价值和勇气。他还在《报任安书》中说："所以隐忍苟活，函粪土之中而不辞者，恨私心有所不尽，鄙没世而文采不表于后也。"而之后，发愤说被许多人接受，譬如梁代刘勰在《文心雕龙·情采》中云："志思蓄愤，而吟咏情性，以讽其上，此为情而造文也"②。唐代韩愈则云："大凡物不得其平则鸣"③、"和平之音淡薄，而愁思之声要妙；欢愉之辞难工，而穷苦之言易好"④等。

柳宗元亦是如此，其在《吊屈原文》⑤中称赞屈原"穷与达固不渝兮，夫唯服道以守义"的高洁志向，由屈之流放经历联系到自己的贬谪境遇，不由得产生"哀余衷之坎坎兮，独蕴愤而增伤"的穷愁发愤的思想。柳宗元在永贞革新失败之后，境遇十分艰难，其《寄许京兆孟容书》云：

凡事壅隔，很忤贵近，狂疏缪戾，蹈不测之辜，群言沸腾，鬼神交怒。加以素卑贱，暴起领事，人所不信。射利求进者，填门排户，百不一得，一旦快意，更造怨讟。以此大罪之外，诋诃万端，旁午构扇，尽为敌仇，协心同攻，外连强暴失职者以致其事。⑥

① 司马迁《史记》卷一三〇《太史公自序》。
② 刘勰著、范文澜注《文心雕龙注》，人民文学出版社 1958 年版，第 538 页。
③ 《全唐文》卷五五五韩愈《送孟东野序》。
④ 《全唐文》卷五五六韩愈《荆潭唱和诗序》。
⑤ 《柳宗元集》卷一九。
⑥ 《柳宗元集》卷三〇《寄许京兆孟容书》。

由于柳宗元在革新中得罪了不少政敌，因而在仕途失意之时，就倍受诬陷、攻讦。此文还认为："贤者不得志于今，必取贵于后，古之著书者皆是也。宗元近欲务此"，此是他郁郁不得志，发愤著书的原因之一，这和司马迁的穷愁著书说如出一辙。柳宗元还在《答吴武陵论〈非国语〉书》中云：

> 仆之为文久矣，然心少之，不务也，以为特是博弈之雄耳。故在长安时，不以是取名誉，意欲施之事实，以辅时及物为道。自为罪人，舍恐惧则闲无事，故聊复为之。然而辅时及物之道，不可陈于今，则宜垂于后。言而不文则泥，然则文者固不可少耶！①

这里，柳宗元指出贬谪前后写作目的的差异性，贬谪之前的写作只是"辅时及物"的辅助行为，居于次要的位置，但是贬谪之后，著书就成为表情达意的主要手段了。而《柳宗元集》中的作品也大都为其贬谪之后所作，这也从一个侧面印证了他自己的这一说法。尽管韩愈批评柳宗元的政治态度，但非常赞赏其穷愁为文的成就："士穷乃见节义"、"然子厚斥不久，穷不极，虽有出于人，其文学辞章，必不能自力以致必传于后如今无疑也。虽使子厚得所愿，为将相于一时，以彼易此，孰得孰失，必有能辨之者。"②

贬谪之后只得穷愁著书成为他埋头创作的一个原因，而另一个原因是他在南荒之地的幽怨情绪在文学创作中得到宣泄，并由此他寻求到一种心灵的慰藉。柳宗元在永州、柳州的生活极其艰苦，其《与李翰林建书》③云：

> 永州于楚为最南，状与越相类。仆闷即出游，游复多恐。涉野有蝮虺大蜂，仰空视地，寸步劳倦；近水即畏射工沙虱，含怒窃发，中人形影，动成疮痏。时到幽树好石，蹔得一笑，已复不

① 《柳宗元集》卷三一。

② 《全唐文》卷五六三韩愈《柳子厚墓志铭》。

③ 《柳宗元集》卷三〇。

乐。何者？譬如囚拘圜土，一遇和景出，负墙搔摩，伸展支体，当此之时，亦以为适，然顾地窥天，不过寻丈，终不得出，岂复能久为舒畅哉？明时百姓，皆获欢乐；仆士人，颇识古今理道，独怆怆如此。诚不足为理世下执事，至比愚夫愚妇又不可得，窃自悼也。

高步瀛分析此文，认为柳宗元“工于写情”、“蝮虺大蜂，射工沙虱等，虽属实物，而意含比况，若果尽如此，则永州诸游记乌能作哉？”[①]“工于写情”正是柳宗元创作的长处，此文描述了他心境的急剧变化，从环境极端恶劣、心情无比烦闷，一变为静谧幽雅环境中的悠然之乐，转而再变为身陷拘束中的郁闷、哀伤，情感如此跳跃、反复，都深刻揭示了贬谪时期柳宗元的一贯心态，即使能在自然之中偶然释怀，抑郁、苦闷、失意的情绪却始终挥之不去。所以，高步瀛对柳宗元笔下的永州风物与其山水游记的差异提出质疑，固然有一定的道理，他认识到了比况手法的运用，但更重要的是，无论是直抒胸臆的描写、还是含蓄婉约的抒情，都蕴涵着作者郁闷、伤感的情愫。我们从柳宗元的其他文章中亦可窥见其处境的艰难，如《与萧翰林俛书》中曰：“居蛮夷中久，惯习炎毒，昏眊重膇，意以为常。忽遇北风晨起，薄寒中体，则肌革瘆懔，毛发萧条，瞿然注视，怵惕以为异候，意绪殆非中国人。”[②]在《与李翰林建书》中又云：“今仆癃残顽鄙，不死幸甚。苟为尧人，不必立事程功，唯欲为量移官，差轻罪累，即便耕田艺麻，取老农女为妻，生男育孙，以供力役，时时作文，以咏太平。摧伤之余，气力可想。假令病尽已，身复壮，悠悠人世，越不过为三十年客耳。前过三十七年，与瞬息无异。复所得者，其不足把玩，亦已审矣。杓直以为诚然乎？”高步瀛认为柳宗元此言“愿为老农没世，且不可得，念岁月易逝，愈增悲怆”[③]。这种思想在《与萧翰林俛书》的结尾也有体现，表达了罪稍解后，对晚年生活的向往，文云：“然后

① 高步瀛《唐宋文举要》，上海古籍出版社 1982 年新 1 版，第 486 页。
② 《柳宗元集》卷三〇。
③ 高步瀛《唐宋文举要》，第 487 页。

收召魂魄，买土一廛为耕甿，朝夕歌谣，使成文章。”[1]归田隐居、闲适歌咏的思想是历代文人士大夫失意之后常有的想法，柳宗元当然也不例外，但他这种退隐以求闲适的想法只是他艰难处境中的一种安慰而已，他热切盼望有所作为，所以在南荒之地隐忍以求重新起用。但是他对被重新起用并不抱有希望：“凡人之黜弃，皆望望思得效用，而宗元独以无有是念。自以罪大不可解，才质无所入，苟焉以叙忧慄为幸，敢有他志？”[2]

由于柳宗元在贬谪之地心情郁闷，这时的文学创作，非常注重文学的慰藉功用。他在《与李翰林建书》中云：“仆近求得经史诸子数百卷，常候战悸稍定，时即伏读，颇见圣人用心，贤士君子立志之分。著书亦数十篇，心病，言少次第，不足远寄，但用自释。贫者士之常，今仆虽羸馁，亦甘如饴矣。”可见，他把著书当作一种自我慰藉，高步瀛认为他的这种态度是“读书安贫”[3]，符合儒家的处世方式。在柳宗元大多数的散文、游记、诗歌中，都表现了他贬谪之后悲愤、痛苦的心情，他曾说：“嘻笑之怒，甚乎裂眦，长歌之哀，过乎恸哭。庸讵知吾之浩浩，非戚戚之尤者乎？”[4]虽然柳宗元仕途失意，处在偏远的南荒之地，内心充满了激愤、抑郁、苦闷之情，也曾有归田隐居的思想，但他面对挫折有不屈的意志。其《愚溪对》曰：

> 吾茫洋乎无知，冰雪之交，众裘我絺；溽暑之铄，众从之风，而我从之火。吾荡而趋，不知太行之异乎九衢，以败吾车；吾放而游，不知吕梁之异乎安流，以没吾舟。吾足蹈坎井，头抵木石，冲冒榛棘，僵仆虺蜴，而不知怵惕。何丧何得，进不为盈，退不为抑，荒凉昏默，卒不自克，此其大凡者也。[5]

这里，柳宗元塑造了一位不畏险难、勇往直前的志士形象，这又何尝不

① 《柳宗元集》卷三〇。
② 《柳宗元集》卷三〇《与杨京兆凭书》。
③ 高步瀛《唐宋文举要》，第 488 页。
④ 《柳宗元集》卷一四《对贺者》。
⑤ 《柳宗元集》卷一四。

是他自己的生动写照呢？他还在《愚溪诗序》[①]中云："余以愚触罪"，并将居住周围之山水都命之曰"愚"，云："嘉木异石错置，皆山水之奇者，以余故，咸以愚辱焉"，有愚溪、愚丘、愚泉、愚沟、愚池、愚堂、愚亭、愚岛等。柳宗元自谓"愚"，是对现实排挤迫害贤人的讽刺，显示了自己不畏世俗、正直高洁的处世态度。他在去世前不久，还在《上襄阳李愬仆射献〈唐雅〉诗启》中曰："宗元身虽陷败，而其论著往往不为世屈，意者殆不可自薄自匿以坠斯时，苟有补万分之一，虽死不憾。"[②]他的论著，表达了自己不屈服于世俗的信心和决心，正是这种意志冲淡了其内心深处的郁闷、孤寂等消极情绪，注入积极的生活追求，从而给他以心灵的慰藉。

柳宗元贬谪之后为文的另一个原因，是他依然关心时事，和韩愈一样提倡要"文以明道"。而在韩愈之前，就有独孤及、梁肃等人谈及文与道的关系，他们所说的道都是指儒家之道。韩愈则比柳宗元更早地论及"文以明道"，曾曰："君子居其位，则思死其官；未得位，则思修其辞以明其道。我将以明道也，非以为直而加人也"、"自古圣人贤士皆非有求于闻用也。悯其时之不平，人之不义，得其道，不敢独善其身，而必以兼济天下也孜孜矻矻，死而后已"[③]。他还在《答李秀才书》中说："然愈之所志于古者，不惟其辞之好，好其道焉尔。"[④]可见，韩愈既重道，又重辞，尤其重道，他所重的道是尧、舜、禹、汤、文、武、周公、以至孔子、孟子代代相传的儒家的仁义之道[⑤]。他当时主张儒道的目的有两个，一是反释老思想，二是反对藩镇割据，王运熙、杨明在《隋唐五代文学批评史》中肯定其主张的积极作用，云：

韩愈倡言复古道，在当时自有其合理之处。中唐时，中央王朝统治力量削弱，藩镇割据，以致社会动荡，生产遭受破坏。故当时

① 《柳宗元集》卷二四。
② 《柳宗元集》卷三六。
③ 《全唐文》卷五五七韩愈《争臣论》。
④ 《全唐文》卷五五二韩愈《答李秀才书》。
⑤ 见《全唐文》卷五五八韩愈《原道》。

> 要求严守君臣之道，加强中央集权，具有有利于社会安定的意义。又当时寺院经济膨胀，僧侣地主兼并田地，亦不利于生产。韩愈复古道的具体内容，在很大程度上便是针对藩镇和佛寺而言。①

柳宗元提倡“文以明道”虽比韩愈稍晚，但他的主张更贴近于生活。在未贬谪之前，他的文、道观似乎只是为了论文而发的，这时的他重视道，反对藻饰之文，譬如他曾称赞柳浑曰：“凡为学，略章句之烦乱，采摭奥旨，以知道为宗；凡为文，去藻饰之华靡，汪洋自肆，以适己为用。”②又称赞独孤申叔说：“读书推孔子之道，必求诸其中。其为文深而厚，尤慕古雅，善赋颂，其要咸归于道。”③而他贬谪永州之后，才更明确地提出了“文以明道”的理论。其《答韦中立论师道书》云：

> 始吾幼且少，为文章，以辞为工。及长，乃知文者以明道，是固不苟为炳炳烺烺、务采色、夸声音而以为能也。凡吾所陈，皆自谓近道，而不知道之果近乎，远乎？吾子好道而可吾文，或者其于道不远矣。故吾每为文章，未尝敢以轻心掉之，惧其剽而不留也；未尝敢以怠心易之，惧其弛而不严也；未尝敢以昏气出之，惧其昧没而杂也；未尝敢以矜气作之，惧其偃蹇而骄也。抑之欲其奥，扬之欲其明，疏之欲其通，廉之欲其节，激而发之欲其清，固而存之欲其重，此吾所以羽翼夫道也。④

此处，他讲述了自己为文态度的变化，从原来的单纯重视文章的外在形式，转变为关注文章的内容，就是要文以明道，将“道”字放在首位。他又在《与吕道州温论〈非国语〉书》云：“今动作悖谬，以为僇于世，身编夷人，名列囚籍。以道之穷也，而施乎事者无日，故乃挽引，强为小书，以志乎中之所得焉。”“尝读《国语》，病其文胜而言尨，好诡以反伦，其道舛逆。而学者以其文也，咸嗜悦焉，伏膺呻吟者，至比六经，则溺其文必信

① 王运熙、杨明《隋唐五代文学批评史》，上海古籍出版社 1994 年版，第 489 页。
② 《柳宗元集》卷八《故银青光禄大夫右散骑常侍轻车都尉宜城县开国伯柳公行状》。
③ 《柳宗元集》卷一一《亡友故秘书省校书郎独孤君墓碣》。
④ 《柳宗元集》卷三四。

其实，是圣人之道翳也。”[1]他批评《国语》文胜而道翳的弊病，作《非国语》，以纠正其谬误。在革新时期，他忽视了文章的地位，而贬谪之后，他认识到士子为文的重要性，《与杨京兆凭书》[2]曰：“今之世言士者，先文章。文章，士之末也。然立言存乎其中，即末而操其本，可十七八，未易忽也。”“天下方理平，今之文士咸能先理。理不一断于古书老生，直趣尧舜之道、孔氏之志，明而出之，又古之所难有也。然则文章未必为士之末，独采取何如尔！宗元自小学为文章，中间幸联得甲乙科第，至尚书郎，专百官章奏，然未能究知为文之道。自贬官来无事，读百家书，上下驰骋，乃少得知文章利病。”尽管他认为文章是“士”之末节，不重视“立言”的重要性，但肯定文章是用来说理的，是阐明圣人之道的。这种思想在《报崔黯秀才论为文书》中亦有体现：“仆尝学圣人之道，身虽穷，志求之不已。”[3]他还云：“言道、讲古、穷文辞以为师，则固吾属事。”[4]

可见，柳宗元在革新时期并不注重文章，贬谪之后才穷愁著书，这种“发愤”态度古代其实早已有之，柳宗元学习之也是用来宣泄自己抑郁、寂寥、愤激的情绪，从而给自己以一种精神慰藉的。另外，他也从少时单纯注重文章的藻饰、文采，转变为强调“文以明道”，从而使其作品更有现实内容和真情实感。

第二节　柳宗元的文学理论与其贬谪文学的关系

柳宗元对诗歌、散文、辞赋等文学样式都有自己的独到见解，尽管只是一些只言片语，但这些理论对他贬谪时期的文学创作有一定的指导意义。如柳宗元在《杨评事文集后序》中云：

---

① 《柳宗元集》卷三一。
② 《柳宗元集》卷三〇。
③ 《柳宗元集》卷三四。
④ 《柳宗元集》卷三四《答严厚舆秀才论为师道书》。

> 文有二道：辞令褒贬，本乎著述者也；导扬讽谕，本乎比兴者也。著述者流，盖出于《书》之谟、训，《易》之象、繫，《春秋》之笔削，其要在于高壮广厚，词正而理备，谓宜藏于简册也。比兴者流，盖出于虞、夏之咏歌，殷、周之风雅，其要在于丽则清越，言畅而意美，谓宜流于谣诵也。兹二者，考其旨义，乖离不合。故秉笔之士，恒偏胜独得，而罕有兼者焉。厥有能而专美，命之曰艺成。虽古文雅之盛世，不能并肩而生。唐兴以来，称是选而不怍者，梓潼陈拾遗。其后燕文贞以著述之余，攻比兴而莫能极；张曲江以比兴之隙，穷著述而不克备。其余各探一隅，相与背驰于道者，其去弥远。文之难兼，斯亦甚矣。①

辞令褒贬，是指散文而言的，其作用主要在于论理、记事、抒情等。导扬讽谕，与比兴相连，是指诗歌而言的，其作用在于讽谏美刺、抒发情愫。曹丕首先确定了文的地位，《典论·论文》曰："盖文章，经国之大业，不朽之盛事"。又云："夫人善于自现，而文非一体，鲜能备善"、"夫文本同而末异，盖奏议宜雅，书论宜理，铭诔尚实，诗赋欲丽。此四科不同，故能之者偏也；唯通才能备其体"。这里，曹丕将文分为四体，总结出各自的特点。而陆机的《文赋》更细致，分成十类："诗缘情而绮靡，赋体物而浏亮。碑披文以相质，诔缠绵而凄怆。铭博约而温润，箴顿挫而清壮。颂优游以彬蔚，论精微而朗畅。奏平彻以闲雅，说炜晔而谲狂。"柳宗元则不同，他将文分成散文和诗歌两大类，他的这种综合分法，似粗实精，反映了中唐时候人们对言志抒情的诗歌、议论记叙的散文的认知程度，并不追寻文体表面的差异性，因而更深刻地揭示了作文的本质。在柳宗元的眼中，能兼擅文之二者的唐代只有陈子昂，而张说、张九龄等已经有所偏胜。其实相对而言，"辞令褒贬"之作的地位更受人瞩目。

柳宗元称赏陈子昂能兼备诗歌与散文二体，其实他自己的文学创作也是二者兼长的。在散文方面，他和韩愈并为中唐古文运动的领导人物。其古文，大都作于贬谪时期，峻洁幽深，意味隽永，这和韩愈的气

---

① 《柳宗元集》卷二一。

势恢弘、变化诡异很不一样。他的文中，最有成就的一说为论说文和赋体文，另一说则为论说杂文和讽谕杂文[①]。而论说文与赋体文中都包括讽谕文，而讽谕文与论说文的界限又不明确，比较而言，前者的分法便于本文的论述，再加上碑志、行状、表、序、记、奏、祭文等记叙文为第三类。他的论说文又可笼统分为二种，第一种宣扬其政治理念、哲学思想之文，如《天说》、《时令论》、《守道论》、《六逆论》、《封建论》与《非国语》等。第二种针对现实，暗含讽谕性的一些杂说、杂感，如《鹘说》、《捕蛇者说》、《谪龙说》、《复吴子松说》、《罴说》、《观八骏图说》、《敌戒》、《三戒》等。其骚体文是就广义而言，包括辞赋和文体之赋。辞赋有第二卷的《佩韦赋》、《瓶赋》、《牛赋》等九篇古赋[②]和第十八卷的《乞巧文》、《骂尸虫文》、《斩曲几文》等十篇骚文；文体之赋有《吊苌弘文》、《吊屈原文》、《吊乐毅文》等，除此之外，还包括对和答问，如《愚溪对》、《对贺者》、《天对》、《晋问》、《答问》、《起废答》等。另外，他的山水游记、和一些哀祭之文，如《祭杨凭詹事文》、《祭吕衡州温文》[③]等也可归入文体之骚赋。而碑志、行状、表、序等在其作品四十五卷中有三十卷，占三分之二，尽管这些篇章不代表其文学的主要成就，但从中我们也可窥见其贬谪心态对其创作的影响。

柳宗元反对骈文，倡导古文，并坚持用古文写作，取得了很高的成就。他对骈文一味注重形式是深恶痛绝的，曾在《乞巧文》中曰：

> 眩耀为文，琐碎排偶。抽黄对白，啽哢飞走。骈四俪六，锦心绣口。宫沉羽振，笙簧触手。观者舞悦，夸谈雷吼。独溺臣心，使甘老丑。嚚昏莽卤，朴钝枯朽。不期一时，以俟悠久。[④]

因为柳宗元在文坛的地位，即使在贬谪之后，也颇有从之学习为古文者，他都耐心给予指点。韩愈云："衡湘以南，为进士者，皆以子厚为师。

---

① 参见郭预衡《中国散文简史》第四编第八章，北京师范大学出版社 1994 年版，第 301 页—315 页。

② 根据《柳宗元集》第 1467 页《辨伪杂录》记载，疑其《愈膏肓疾赋》为伪作。

③《柳宗元集》卷四〇。

④《柳宗元集》卷一八。

其经承子厚口讲指画为文词者，悉有法度可观。”①而他在南迁永州之前，并不能深知为文之道，在《与杨京兆凭书》中曰：“自贬官来无事，读百家书，上下驰骋，乃少得知文章利病”，“凡为文，以神志为主。自遭责逐，继以大故，荒乱耗竭，又常积忧恐，神志少矣，所读书随又遗忘。一二年来，痞气尤甚，加以众疾，动作不常。眊眊然骚扰内生，霾雾填拥惨沮，虽有意穷文章，而病夺其志矣。”②这里，柳宗元讲述了自己贬谪以来的为文之道，认识到神志在为文时的重要性，他之所以在贬谪时期创作了大量的散文、诗歌、辞赋等作品，大都归于他本身的心境，既然在政治上无所作为，寂寥、无奈之中就采取古人的发愤著书来寄予自己的情感，从中寻求安慰。然而对于那些要拜他为师的士子，他不象韩愈那样勇于为师，在《答韦中立论师道书》③中云：“今之世，不闻有师，有辄哗笑之，以为狂人。独韩愈奋不顾流俗，犯笑侮，收召后学，作《师说》，因抗颜而为师。世果群怪聚骂，指目牵引，而增与为言辞。”此文中称自己：“虽常好言论，为文章，甚不自是也。不意吾子自京师来蛮夷间，乃幸见取。仆自卜固无取，假令有取，亦不敢为人师。”“平居望外，遭齿舌不少，独欠为人师耳。”在他的《答严厚舆秀才论为师道书》④中亦云：“若乃名者，方为薄世笑骂，仆脆怯，尤不足当也”，“仆之所拒，拒为师弟子名，而不敢当其礼者也。若言道、讲古、穷文辞，有来问我者，吾岂尝瞋目闭口耶?”柳宗元虽不愿意承担师弟子之名，但依然指导那些学子。他在《报袁君陈秀才避师名书》谈到不愿为师之事又云：“其所不乐为者，非以师为非，弟子为罪也。有两事，故不能：自视以为不足为，一也；世久无师弟子，决为之，且见非，且见罪，惧而不为，二也。”⑤

柳宗元虽不愿为人师，但对如何为文却有许多切实的方法，如他在《答韦中立论师道书》中云：“本之《书》以求其质，本之《诗》以求其恒，本之《礼》以求其宜，本之《春秋》以求其断，本之《易》以求其动，此吾所以取道之原也。参之谷梁氏以厉其气，参之《孟》、《荀》以畅其支，参之

① 《全唐文》卷五六三韩愈《柳子厚墓志铭》。

② 《柳宗元集》卷三〇。

③④⑤ 《柳宗元集》卷三四。

《庄》、《老》以肆其端，参之《国语》以博其趣，参之《离骚》以致其幽，参之太史公以著其洁。此吾所以旁推交通而以为之文也。”[1]又云：“大都文以行为本，在先诚其中。其外者当先读六经，次《论语》、孟轲书，皆经言；《左氏》、《国语》、庄周、屈原之辞，稍采取之；谷梁子、太史公甚峻洁，可以出入；余书俟文异日讨也。”[2]这里，反复强调学习古人之文章，他所取法的，以西汉之前的文章为主。此外，他并不厚古薄今，曾说：“诚使博如庄周，哀如屈原，奥如孟轲，壮如李斯，峻如马迁，富如相如，明如贾谊，专如扬雄，犹为今之人，则世之高者至少矣。由此观之，古之人未始不薄于当世，而荣于后世也。”[3]虽然柳宗元以儒家经典为主，但对先秦诸子以及其他学说也兼容并包，这对他的贬谪时期的文学创作有很大的影响，在他的作品中，释教碑是他佞佛的产物，送僧序及送僧诗是其与僧人结交的见证，《非国语》、《天说》等是他反对迷信思想的集中体现，山水游记的清冷意境寄寓他的郁闷情绪，一些山水诗歌更是凝练而委婉地抒发其悲凉、抑郁的心境等等。比如，他对屈原《离骚》等作品的“幽”、“哀”的特点，体会很深，这与他的个人遭遇很有关联，因而在《吊屈原文》[4]中云：“先生之貌不可得兮，犹仿佛其文章。託遗编而叹喟兮，涣余涕之盈眶。”“哀余衷之坎坎兮，独蕴愤而增伤。”其诗中也屡次提及屈原，《界围岩水簾》中云：“楚臣昔南逐，有意仍丹丘。”[5]在《献弘农公五十韵》[6]中云：“论嫌《齐物》诞，骚爱《远游》伤”，“鸣玉机全息，怀沙事不忘”。《游南亭夜还叙志七十韵》[7]云：“投迹山水地，放情咏《离骚》。”又如，柳宗元著名的山水游记，如《钴鉧潭西小丘记》、《至小丘西小石潭记》、《袁家渴记》、《石渠记》等，都从被弃置的山水中，捕捉到美丽之处，从中感悟人生。其《至小丘西小石潭记》从倾听泉水之声而心乐，又写游鱼“似与游者相乐”，于是乎作者也有一种解脱之乐。但这种

① 《柳宗元集》卷三四。
② 《柳宗元集》卷三四《报袁君陈秀才避师名书》。
③ 《柳宗元集》卷三〇《与杨京兆凭书》。
④ 《柳宗元集》卷一九。
⑤⑥ 《柳宗元集》卷四二。
⑦ 《柳宗元集》卷四三。

乐趣很快就让"寂寥无人，凄神寒骨，悄怆幽邃"的凄冷环境所替代，虽然如此，作者满怀的凄恻、幽怨之情也在自然的静谧之中得以释放，而有所慰藉。

可见，柳宗元的诗文创作，除了强调学习古人之外，还非常重视其抒情、慰藉的功能。他的山水文学如此，在永州、柳州时期的诗歌亦是如此，他将文学的抒发愤懑、描摹物象、审美愉悦的作用置于首位①。其《愚溪诗序》云：

> 溪虽莫利于世，而善鉴万类，清莹秀彻，锵鸣金石，能使愚者喜笑眷慕，乐而不能去也。余虽不合于俗，亦颇以文墨自慰，漱涤万物，牢笼百态，而无所避之。以愚辞歌愚溪，则茫然而不违，昏然而同归，超鸿蒙，混希夷，寂寥而莫我知也。②

他自称为"愚"，行为不合于时，是他寂寥之中的自我慰藉。他还在《上李中丞献所著文启》中曰："宗元无异能，独好为文章，始用此以进，终用此以退。今者畏罪悔咎，伏匿惴慄，犹未能去之。时时举首，长吟哀歌，舒泄幽郁，因取笔以书，纫韦而编，略成数卷。"③"长吟哀歌，舒泄幽郁"，就将其写作的目的揭示出来。描摹山水，寄寓情感是中国文人士大夫、僧侣、隐士等人的一种情结，柳宗元就曾在《送文郁师序》④中称赞文郁师："挟海溯江，独行山水间。翛翛然模状物态，搜伺隐隙，登高远望，悽怆超忽"，并认为"当世以文儒取名声，为显官，入朝受憎媢讪黜摧伏，不得守其土者，十恒八九"。这两者形成鲜明对比，其中包含着柳宗元对被贬谪命运的无限感慨，而他所认同的吟啸于山水间的行为，可以抚慰他的痛苦，寄托他的孤傲之情。

综上所述，柳宗元之所以在贬谪时期创作了大量的文学作品，取得了很高的艺术成就，是与他贬谪时期的心态分不开的，一方面是他在仕

① 参见王运熙、杨明《隋唐五代文学批评史》，上海古籍出版社1994年版，第539页。
② 《柳宗元集》卷二四。
③ 《柳宗元集》卷三六。
④ 《柳宗元集》卷二五。

途失意之后，继承古代士大夫发愤著书的传统，用创作来宣泄自己的苦闷、寂寥的情绪，从中寻求慰藉。另一方面他坚持"文以明道"的思想，积极关注现实，用文章来阐明圣人之道，反对忽视内容、只重外在形式的创作。并且他的文学理论对他贬谪时期的创作也有很大的影响，他所谓"辞令褒贬"的散文和"导扬讽谕"的诗歌分类，是将论理、记事、抒情、讽刺等手法并立，这些在其实际创作中都有所体现。他还重视学习古人为文之法，对各种学说兼容并包，比如屈原的作品，佛道思想等等，他都能吸其长处用来丰富自己的创作，不但拓展了视野，而且增加了深度。也正因为他诗歌、散文兼擅，又非常重视文学的审美、抒情、慰藉的功用，所以尽管他的文学创作大都受其贬谪心态和审美观念的影响，但形式各异，姿态多样，都值得细致的分析和探讨。

第三节　柳宗元的史官思想对其贬谪文学的影响

对于"史传"，刘勰曰："史者，使也。执笔左右，使之记也。古者，左者记事者，右者记言者。""观夫左氏缀事，附经间出；于文为约，而氏族难明。及史迁各传，人始区详而易览，述者宗焉。"[①]后人偏爱司马迁，主要是由于他行文真实生动，晓畅通达。但是刘勰同时指出史官的重担："然史之为任，乃弥纶一代，负海内之责，而赢是非之尤，秉笔荷担，莫此之劳。"[②]史学家必须忠于史实，既不溢美，也不苛求，应该按照历史的本来面貌还原历史。柳宗元的史官思想及其传记创作均依据上述原理，没有偏差，他的史官思想着重体现在他的《与韩愈论史官书》[③]、《与史官韩愈致段大尉逸事书》[④]这两篇文章中，他的传记文学，特别是"行状"文，突出体现了他的直笔史学追求。由于他和韩愈有关于史官

① 均见范文澜注《文心雕龙注》卷四"史传第十六"，人民文学出版社 1958 年版。
② 范文澜注《文心雕龙注》卷四"史传第十六"，人民文学出版社 1958 年版。
③④《柳宗元集》卷三一。

思想的论证，故我们先看韩愈的观点。

一

韩愈当时为史馆修撰，刘秀才不明其人，他写信勉励韩愈。因此韩愈在《答刘秀才论史书》[①]中提出其不愿为史官的理由，“夫为史者，不有人祸，则有天刑”，这个观点遭到了时人和后人的批驳，其中就包括在贬谪之地的柳宗元。韩愈此文曰：

> 六月九日，韩愈白秀才。辱问见爱，教勉以所宜务，敢不拜赐。愚以为凡史氏褒贬大法，《春秋》已备之矣。后之作者，在据事迹实录，则善恶自见，然此尚非浅陋偷惰者所能就；况褒贬邪？
>
> 孔子圣人，作《春秋》，辱于鲁、卫、陈、宋、齐、楚，卒不遇而死；齐太史氏兄弟几尽；左丘明纪春秋时事以失明；司马迁作《史记》，刑诛；班固瘐死；陈寿起又废，卒亦无所至；王隐谤退死家；习凿齿无一足；崔浩、范晔赤诛；魏收夭绝；宋孝王诛死；足下所称吴兢，亦不闻身贵而今其后有闻也：夫为史者，不有人祸，则有天刑，岂可不畏惧而轻为之哉！
>
> 唐有天下二百年矣，圣君贤相相踵，其余文武之士，立功名跨越前后者，不可胜数；岂一人卒卒能纪而传之邪？仆年志已就衰退，不可自敦率。宰相知其无他才能，不足用，哀其老穷，龃龉无所合，不欲令四海内有戚戚者，猥言之上，苟加一职荣之耳；非必督责迫蹙令就功役也；贱不敢逆盛指，行且谋引去。且传闻不同，善恶随人所见，甚者附党憎爱不同，巧造语言，凿空构立善恶事迹，于今何所承受取信，而可草草作传记令传万世乎？若无鬼神，岂可不自心惭愧；若有鬼神，将不福人。仆虽騃，亦粗知自爱；实不敢率尔为也。
>
> 夫圣唐钜迹，及贤士大夫事，皆磊磊轩天地，决不沈没。今馆

---

① 马其昶校注、马茂元整理《韩昌黎文集校注》外集上卷，上海古籍出版社 1987 年版。

中非无人，将必有作者勤而纂之。后生可畏，安知不在足下？亦宜勉之！愈再拜。

韩愈认为，作为史官，在评价历史事件的人物的时候一定会涉及褒贬之法，当然《春秋》一书做得很好。但是后来的作者，据说能秉笔直书，进行实录，善恶大家自能从中分辨，但是浅陋偷惰的史官不能达到此高度，更何况史书还需要作者的褒贬态度呢？刘勰也谈及史官"褒贬"的作用："褒见一字，贵踰轩冕；贬在片言，诛深斧钺。"①的确如此，对于正史，后人以此为信。然后，韩愈列举了不遇而死的孔子，直言不畏死亡的齐太史氏兄弟，劳碌而至失明的左丘明，受宫刑大辱的司马迁，被囚禁饥寒而死的班固，仕途沉浮、遭受非议的陈寿，被诽谤所毁、归死于家的王隐，以脚疾居里巷的习凿齿，因罪被诛杀的崔浩、范晔，魏收可叹无子嗣，死后还被仇家发冢弃骨，宋孝王被诛杀，就连直笔不屈的吴兢如今也销声匿迹。韩愈列举的这十几人，或为官书，或撰私书，才华具有，但均不得善终，或受疾病，或遭非议，或披刑罚，或被诛杀，或无声名。这些悲惨的人生遭际放在品德高尚、直笔耿介的史官身上，不得不让人唏嘘不已。也正是由于这种情愫，韩愈愤怒地认为，作为史官，不有人祸，就有天刑。这当然是愤激之语，但同时我们也能看到韩愈对史官的责任体味尤深，直笔褒贬谈何容易呀！接着，韩愈列举了唐代二百年来圣君贤相、文武之士众多，无法一一撰述，更何况自己年老体弱！就算自己勉为其难，当个史官，但面对"传闻不同，善恶随人所见"的现实，也无计可施。史料真假难辨，史官各抒己见，甚至有虚构史实，附党虚夸之风。在这种情形下，韩愈强调要自爱，不敢马虎行事。孙昌武先生在《柳宗元评传》中认为："这里当然包含着他对现状不满、怀才不遇的牢骚，有些显然是激愤之语，但确也流露出一种消极的观念和退避的态度。"②的确如此，但同时我们也应该看到，虽然是韩愈的愤激之语，却也是肺腑之言，不但史官如何甄别史实、把握直笔褒贬的尺度是个难

① 范文澜注《文心雕龙注》卷四"史传第十六"，人民文学出版社 1958 年版。

② 孙昌武《柳宗元评传》，第 312 页。

题，而且他们自身的前途和命运更是个谜。

当然，从上文来看，韩愈不愿为史官的态度比较矛盾，一方面他惧怕史官突遭变故的打击，另一方面他也是自谦，感慨自己年老体衰，恐辜负了史官的职责。实际上，他承担了《顺宗实录》的史官工作，并卓有成效，也践行了春秋大法。比如，他对于宫闱密事的刻画，对以王伾、王叔文"二王"为首的朋党集团给予明确的否定，"伾以侍书幸，寝陋，吴语，上所亵狎。而叔文颇任事自许，微知文义，好言事，上以故稍敬之，不得如伾出入无阻"。"叔文，越州人，以棋入东宫。颇自言读书知理道，乘间常言人间疾苦"[①]。"叔文诡谲多计"[②]，"已立太子，天下喜，而叔文独有忧色。常吟杜甫《题诸葛亮庙》诗末句云：'出师未用身先死，长使英雄泪满襟。'因歔欷流涕，闻者咸窃笑之"[③]。从其中的用语我们可知韩愈的褒贬态度，王伾被描述为弄臣、宠臣，王叔文也只是"自许"读书知理，"微知文义"，"好言事"，诡计多端的权臣，顺宗对其的态度比王伾要好一些，但也只是"稍敬之"。对于王叔文满腔忠君忧国情怀，韩愈用了"闻者咸窃笑"这样的例证，无非证明"二王"均是投机钻营、结党营私的小人。但是我们又不得不存疑，按照这样描述的二人，怎么能被委以重任，并专断独行，把持朝政，另外还提拔了刘柳、陈谏、韩晔、韩泰、凌准等有识之士呢？可见，他们并非是等闲之辈。韩愈的态度也印证了史官的矛盾之处，作为官方史书的编纂者，得体现官方的态度，当然他本人对"二王"也十分厌恶，甚至认为好友刘柳是仕途冒进，不择手段。另外，字里行间又显现当时敲诈勒索盛行于世的弊端，"贞元末，五坊小儿张捕鸟雀于闾里，皆为暴横以取钱物。至有张罗网于门，不许人出入者。或有张井上者，使不得汲水"[④]。变革迫在眉睫，"二王"集团也是应运而生，他们充分表达了自己改革的决心和力度，"叔文、执谊等益无所顾忌，远近大惧"[⑤]，这种处世态度不得不让人钦佩。由此，我们

① 马其昶校注、马茂元整理《韩昌黎文集校注》外集下卷《顺宗实录》卷五，第 721 页。
② 马其昶校注、马茂元整理《韩昌黎文集校注》外集下卷《顺宗实录》卷一，第 696 页。
③ 马其昶校注、马茂元整理《韩昌黎文集校注》外集下卷《顺宗实录》卷五，第 722 页。
④ 马其昶校注、马茂元整理《韩昌黎文集校注》外集下卷《顺宗实录》卷二，第 701 页。
⑤ 马其昶校注、马茂元整理《韩昌黎文集校注》外集下卷《顺宗实录》卷二，第 704 页。

就可以理解韩愈在《答刘秀才论史书》中的言论了。

二

柳宗元对于韩愈关于史官的态度并不认同，他在《与韩愈论史官书》一文中进行了全面细致的批驳，认为韩愈这封书信中关于史官的态度，他用“私心甚不喜”这五个字概括自己的感受，他认为韩愈既然受了史官这个差事，就应该履行其职责，否则虚受此职，“冒居馆下，近密地，食奉养，役使掌固，利纸笔为私书”，文中着重分析韩愈所谓的史官有刑祸之害：

> 且退之以为纪录者有刑祸，避不肯就，尤非也。史以名为褒贬，犹且恐惧不敢为；设使退之为御史中丞大夫，其褒贬成败人愈益显，其宜恐惧尤大也，则又扬扬入台府，美食安坐，行呼唱于朝廷而已耶？在御史犹尔，设使退之为宰相，生杀出入升黜天下士，其敌益众，则又将扬扬入政事堂，美食安坐，行呼唱于内庭外衢而已耶？何以异不为史而荣其号、利其禄也？
>
> 又言“不有人祸，则有天刑”。若以罪夫前古之为史者，然亦甚惑。凡居其位，思直其道。道苟直，虽死不可回也；如回之，莫若亟去其位。孔子之困于鲁、卫、陈、宋、蔡、齐、楚者，其时暗，诸侯不能行也。其不遇而死，不以作《春秋》故也。当其时，虽不作《春秋》，孔子犹不遇而死也。若周公、史佚，虽纪言书事，犹遇且显也。又不得以《春秋》为孔子累。范晔悖乱，虽不为史，其宗族亦赤。司马迁触天子喜怒，班固不检下，崔浩沽其直以斗暴虏，皆非中道。左丘明以疾盲，出于不幸。子夏不为史亦盲，不可以是为戒。其余皆不出此。是退之宜守中道，不忘其直，无以他事自恐。退之之恐，唯在不直、不得中道，刑祸非所恐也。

柳宗元认为，“史以名为褒贬”，史官应该自行坚持直笔来进行评价得失，而不应该心生畏惧，正如在其位得谋其政，假如韩愈当了宰相，手握大权，怎么能安享美食，歌舞升平地悠闲度日？这和韩愈当了史官，却害怕承担史官的职责是一个道理。刘勰云："然俗皆爱奇，莫顾实理。传闻而欲伟其事，录远而欲详其踪，于是弃同存异，穿凿傍说，旧史所无，我书则传，此讹滥之本源，而述远之巨蠹也。"[①]世俗之人最爱搜奇猎异，往往歪曲事实，以讹传讹，最后导致所录不能传之久远。柳宗元对这种盲从的行为极为反感，因此他要求史官能客观对待史实，不得随意穿凿附会，应该详近简远。此外，他还对韩愈在《答刘秀才论史书》提出的大胆之论"夫为史者，不有人祸，则有天刑"，进行了逐条辨析，认为他提及的十几位史官的悲剧人生并非是刑祸导致的结果，而是有其缘由的。史官应该"居其位，思直其道"，若为正义而死，则死而无憾，如果惧怕死亡，则就不能从事史官之职。孔子不遇而亡，柳宗元认为是昏聩的世道导致的，并非源于撰写史书之故；范晔被族诛，是因为他参与了谋反之事；司马迁遭受宫刑，是由于为投降的李陵辩解，惹怒了帝王；班固得罪洛阳令被拘下狱而死；崔浩由于暴露鲜卑族的"国恶"而遭族灭；左丘明由于得病而失明；孔子的学生子夏晚年由于子亡而哭瞎了双眼。这里面只有崔浩一人比较复杂，"崔浩沽其直以斗暴虏"，崔浩是由于修国史秉笔直书鲜卑贵族早期的发家史而受攻讦，惨遭灭族的，这应该算是由于修史而不得善终的史官了，不知为何柳宗元并不认同。其余诸人的确都不是由于担任史官而得刑祸的。柳宗元之所以这样辨析，主要还是劝慰韩愈不要过度担忧，史官即使直笔，也不会平白遭受祸端。

与此同时，柳宗元认为韩愈在为史官一职上应该做出表率作用，这是因为韩愈的才气和影响力决定的，绝不能推脱，柳文曰：

> 凡言二百年文武士多有诚如此者。今退之曰：我一人也，何能明？则同职者又所云若是，后来继今者又所云若是，人人皆曰我一人，则卒谁能纪传之耶？如退之但以所闻知孜孜不敢怠，同职者、后来继今者，亦各以所闻知孜孜不敢怠，则庶几不坠，使卒有明也。不然，徒信人口语，每每异辞，日以滋久，则所云"磊磊轩天地"者，

---

① 范文澜注《文心雕龙注》卷四"史传第十六"，人民文学出版社 1958 年版。

决必沈没，且乱杂无可考，非有志者所忍恣也。果有志，岂当待人督责迫蹙然后为官守耶？

又凡鬼神事，眇茫荒惑无可准，明者所不道。退之之智而犹惧于此。今学如退之，辞如退之，好议论如退之，慷慨自谓正直行行焉如退之，犹所云若是，则唐之史述其卒无可托乎？明天子贤宰相得史才如此，而又不果，甚可痛哉！退之宜更思，可为速为，果卒以为恐惧不敢，则一日可引去，又何以云"行且谋"也？今人当为而不为，又诱馆中他人及后生者，此大惑已。不勉己而欲勉人，难矣哉！

柳宗元认为如果韩愈能在唐代史官中做出榜样，那么后继者都会兢兢业业、不敢懈怠做好史官之事。否则，大家都懈怠推诿，道听途说，各执一词，不辨史实，天长日久，史书就会杂乱不堪，不以为信。他鼓励韩愈要有决心，有志气，勇于担任史官这一重任。柳宗元不信鬼神，他所推崇的正是韩愈的宗主作用，"今学如退之，辞如退之，好议论如退之，慷慨自谓正直行行焉如退之"，这样有史品、有史才的人在文坛实在是太少了，正因为如此，韩愈才是史官的不二人选。具备这样超群的能力，却由于惧怕文字刑祸，懦弱不敢为，柳宗元痛恨于此，故提出了严厉的批评。我们发现，虽然柳宗元谈论的是史书，倡导的却是文学中源于现实，无所惧怕，不假雕饰的真性情。由此我们理解了为什么他义无反顾参与永贞革新运动，为什么在革新失败后，他在永州、柳州保持自己至死不悔的信念的原因了，他要有所为。

三

柳宗元写官吏的传记颇得《史记》的真传，通篇不发议论，而是通过文字的记叙、选择典型事例刻画传主的性格和品德，反映自己的褒贬，比如《段太尉逸事状》①。作为"行状"类的文章，刘勰曰："状者，貌也。

---

①《柳宗元集》卷八。

体貌本原，取其事实，先贤表谥，并有行状，状之大者也。”①《文章辨体序说》中则云：“按行状者，门生故旧状死者行业上于史官，或求铭志于作者之辞也”“今采韩柳所作，载为楷式云。”②徐师增对此观点基本表示赞同，同时他进行了更详尽的说明：“盖具死者世系、名字、爵里、行治、寿年之详，或牒考功太常使议谥，或牒史馆请编录，或上作者乞墓志碑表之类皆用之。而其文多出于门生故吏亲旧之手，以谓非此辈不能知也。其逸事状，则但录其逸者，其所已载不必详焉，乃状纸变体也。”③看来“逸事状”这种文体更具有独创性。当代学者褚斌杰总结了传记文章的三种形式：“我国传记体文章，大致可以分为三种，一种是史书上的人物传记，称为‘史传’；一种是史书之外，一般文人学者所撰写的散篇传记；一种是用传记体虚构的人物故事，实际是传记小说。”④显然，韩柳两人写的传记基本符合第二类，他们从正史中的文武朝臣、高士名流转向了下层社会中的小人物，写法上也一变从前先交代此人的家庭背景的惯例，改为只选择具有代表性的事例进行刻画，这种写法为后人撰写传记文学提供了很好的范例。我们还得注意，行状文虽然属于传记文，但和传记文是有区别的，行状文和传记文的用途不同，行状文有两个特点：“一是它叙述人物的生平事迹，比较详尽，篇幅较长；二是传记文可以有褒有贬，而行状文则有褒无贬。”⑤这是因为行状文是古代一些官吏、名流死后，他的亲属、门人、故友为了替他求得朝廷的谥号或请求史馆为他立传扬名而作的，当然持褒扬的态度。

柳宗元在永州作的《段太尉逸事状》就是他提供给史馆的传记文，叙事谨严，性格突出，真实可信。当然，柳宗元既非段太尉的亲属，亦非是故友、门生，应该是得知段太尉的行事后，有翻案精神，认为其不是一介武夫，不是奋一时之勇，而是充满钦佩之情为其作传，从这一层上就比较可信。段太尉实有其人，叫段秀实，是泾州刺史，柳宗元根据其生

① 范文澜注《文心雕龙注》卷五“书记第二十五”，人民文学出版社1958年版。

② 吴讷《文章辨体序说》，人民文学出版社1982年版，第51页。

③ 徐师增《文体明辨序说》，人民文学出版社1982年版，第148页。

④ 褚斌杰《中国古代文体概论》（增订本），北京大学出版社1998年版，第432页。

⑤ 褚斌杰《中国古代文体概论》（增订本），第438页。

平事迹列举了三个事例：以勇、以理、以行说服汾阳王子郭晞严肃军纪，爱民如子；卖己马救大旱中的百姓，用仁爱之心使泾大将焦令谌羞愧难当；告诫家族，不贪钱财，保持气节。这三个事例构建了段太尉平和、善良、勇敢、高洁的官吏形象，饱含赞许之意。在文章末尾，柳宗元还说：

> 元和九年月日，永州司马员外置同正员柳宗元谨上史馆。今之称太尉大节者，出入，以为武人一时奋不虑死，以取名天下，不知太尉之所立如是。宗元尝出入岐、周、邠、斄间，过真定，北上马岭，历亭障堡戍，窃好问老校退卒，能言其事。太尉为人姁姁，常低首拱手行步，言气卑弱，未尝以色待物，人视之，儒者也。遇不可，必达其志，决非偶然者。会州刺史崔公来，言信行直，备得太尉遗事，覆校无疑。或恐尚逸坠，未集太史氏，敢以状私于执事。

从中，我们可以看出柳宗元撰写传记文章的谨慎，他表明以上这些事迹都是他和永州刺史崔能反复调查校对而来。对于其生平事迹，柳宗元亲自来往于岐、周、邠、斄之间，经过真定，北上马岭，查验了各种军事遗迹，并访问年老和退伍的士兵，通过他们来真切地了解段太尉，从而证明段太尉性格谦和、果敢、智慧、坚韧。还说永州刺史崔能“言信行直”，具备了史官直笔的特性。因此，此篇《段太尉逸事状》真实可信。

除此之外，我们还可看柳宗元的《与史官韩愈致段大尉逸事书》一文，予以佐证：

> 退之馆下：前者书进退之力史事，奉答诚中吾病，若疑不得实未即籍者，诸皆是也。退之平生不以不信见遇。窃自冠好游边上，问故老卒吏，得段太尉事最详。今所趋走州刺史崔公，时赐言事，又具得太尉实迹，参校备具。太尉大节，古固无有。然人以为偶一奋，遂名无穷，今大不然。太尉自有难在军中，其处心未尝亏侧，其莅事无一不可纪，会在下名未达，以故不闻，非直以一时取笏为谅也。
>
> 太史迁死，退之复以史道在职，宜不苟过日时。昔与退之期为史，志甚壮，今孤囚废锢，连遭瘴疠羸顿，朝夕就死，无能为也。第不能竟其业。若太尉者，宜使勿坠。太史迁言荆轲徵夏无且，言大

将军徵苏建，言留侯徵画容貌。今孤囚贱辱，虽不及无且、建等，然比画工传容貌尚差胜。《春秋传》所谓传信传著，虽孔子亦犹是也。窃自以为信且著。其逸事有状。

以上这段文字和《段太尉逸事状》中末尾的文字非常相似，之所以这样做，柳宗元是为了做到万无一失，既给史馆发信，又给史官韩愈发信，督其采纳。但是此文同时又给我们传递了两个信息，第一，用韩愈继司马迁之后为史官，激励韩愈"以史道在职，宜不苟过日"，要秉笔直书，勤奋写作，发扬史官不惧刑祸的精神。第二，抒发了自己贬谪在永州蛮荒之地百般痛楚，渴望举荐之情。"今孤囚废锢，连遭瘴疠羸顿，朝夕就死，无能为也"、"今孤囚贱辱"，自己作撰的传记人物，虽然没有像用药箱砸荆轲、勇救秦王的夏无且，亦没有驰骋沙场、宦海沉浮的苏建，但总比把张良画成美女的画工要强一些。柳宗元这种比喻，在字里行间似有望他人举荐之意。

四

柳宗元一共有三篇"行状"类文章，除了《段太尉逸事状》，还有《柳常侍行状》和《唐故秘书少监陈公行状》。后两者都是贬谪之前的作品，如《柳常侍行状》"谥议"中云"贞元十五年正月日……守集贤殿正字宗元谨上"。另一部传记作品《唐故秘书少监陈公行状》[①]，从此文篇末得知，该文作于"永贞元年八月五日"，当时柳宗元还担任尚书礼部员外郎。这一年八月四日，顺宗禅位；八月五日，改元永贞；八月六日，贬王伾为开州司马，王叔文为渝州司马；八月九日，李纯即位；九月十三日，贬刘柳等革新派人士为远州刺史，九月十四日加贬刘柳等人为远州司马，其中柳宗元被贬永州，刘禹锡被贬朗州。因此从写作时间来看，柳宗元应该意识到山雨欲来风满楼的紧急态势，革新势力已经明显失势。但是他的传记文中并未带有某些感伤情愫，而是客观评价传主陈京。

① 《柳宗元集》卷八。

从陈京的生平来看，陈京算仕途之达者，历任太子正字、咸阳尉、太常博士、左补阙、尚书膳部考功员外郎、司封郎中、给事中、秘书少监。对于这样一位担任朝廷重任的官吏，柳宗元此文不同于贬谪后撰写的《段太尉逸事状》，《段太尉逸事状》只着重刻画其典型事迹，对传主的里籍等并不重视。而贬谪前的《唐故秘书少监陈公行状》一文则是详细按照官方史书的行文惯例进行介绍：姓名、里籍、生平的一些活动等等。当然，这篇文章也是抓住了传主陈京"忠、孝、廉、文"四个特点来进行阐发的，如弹劾卢杞，以死谏君王，突出其忠；驳斥宦人，扬太宗之俭德，证明其孝；集贤整治，去腐倡廉，说明其廉；文章"深茂古老"，世传美名，赞扬其文。而我们翻检《新唐书》卷二〇〇"列传第一百二十五"《陈京传》的时候，发现其中采纳了柳宗元此文中关于陈京"忠"、"孝"的两个事例，行文也颇为相似，也从侧面证明了柳宗元直笔的价值所在。他继承了司马迁《史记》的笔法，善于选择传主最典型、最生动的事例进行刻画，从而使这类文章更具有生命力和文学价值。从这个意义上说，柳宗元的"行状"类文章对史官的编纂工作有很大的贡献。

韩愈也曾经写过类似的文章，如《张中丞传后叙》[①]，这也算是一篇翻案文章。但他的写法和柳宗元明显不同。柳宗元完全按照司马迁的足迹前进，从众人的疑虑中为段太尉正名。而韩愈则多为议论，从众多的猜忌、诋毁中为传主主持公道。韩愈在文章中曰："元和二年四月十三日夜，愈与吴郡张籍阅家中旧书，得李翰所为《张巡传》。翰以文章自名，为此传颇详密。然尚恨有阙者：不为许远立传，又不载雷万春事首尾。"可见，韩愈颇有史官的敏锐眼光，看到李翰所写《张巡传》并未涉及张巡的好友许远，故有意为其作传。通篇都是围绕下文开始的，"远虽材若不及巡者，开门纳巡，位本在巡上。授之柄而处其下，无所疑忌，竟与巡俱守死，成功名；城陷而虏，与巡死先后异耳"。张巡和许远死守睢阳，而后寡不敌众，城池破而境遇大相径庭，张巡被斩，而许远独存，故疑许远降敌。韩愈围绕这个事件通篇讨论三个问题：一是许远守城池

① 《韩昌黎文集校注》卷二，第 73 页。"雷万春"其人不详，一说为张巡之猛将"南霁云"之误。

是否得力？二是他们两人都未能守住城池算不算英雄？三是许远战败后独活是否降敌？韩愈论证的结果是，他们两人都是英雄，值得祭祀。这种写法符合韩愈文章的特点，好发议论。其实，韩愈整篇文章表达的都是一种史官的思想，如何辨别史实，如何褒贬史实。

当然，除了行状文，柳宗元还为一些名不见经传的小人物作传，这些人物的地位和影响虽与史官文学中的帝王妃子、群臣名流相去甚远，柳宗元却能用一两件事反映了人物的技能和品质，还会适当加入些议论，这和韩愈大发议论完全不同。如柳宗元的《种树郭橐驼传》、《童区寄传》，虽然有的篇章写作时间不详，却深刻地揭示了小人物身上的特点，说明了深刻的社会道理。

总之，我们通过韩柳史官思想的比较以及柳宗元自身的行状文的创作，可以得知柳宗元承继了《史记》的写法，在占有史实的基础上努力成一家之言，他认为史官至少要具备三种能力：第一，在其位谋其政，勇于承当史官职责，不惧刑祸，勤力而为。第二，要有春秋笔法，能甄别史实，直笔抒写。第三，提倡《史记》的抒写方式，用典型事例刻画形象，褒贬其中。这种态度对后世传记影响很大。

第六章

柳宗元的贬谪文学研究

柳宗元在贬谪时期，因为不能在仕途上实现自己的人生抱负，就致力于写作，既有理论著述，又有文学创作。前面我们已经讨论了柳宗元的贬谪心态和他的文学主张，而本文主要是从其贬谪文学层面入手，来探讨他的诗歌、辞赋以及散文创作（包括哀祭墓志文、朝廷颂歌）的特征。

第一节　柳宗元的诗歌创作

在中国诗歌史上，中唐诗坛以其风格纷呈、流派众多而占有非常重要的地位。尤其是韩孟诗派和元白诗派产生了比较广泛的影响，而在这两种流派之外，柳宗元、刘禹锡等人的诗歌也独树一帜，形成了他们特有的艺术风格，成为当时诗坛的杰出诗人。宋代的吴可在《藏海诗话》中很推崇柳诗："看诗且以数家为率，以杜为正经，余为兼经也。如小杜、韦苏州、王维、太白、退之、子厚、坡、谷、'四学士'之类也。"[①]严羽在《沧浪诗话·诗体》中还称柳诗为"柳子厚体"或"韦、柳体"[②]，足见柳诗之独特风格已为世人确认。

---

① 吴可《藏海诗话》，丁福保辑《历代诗话续编》，中华书局 1983 年版，第 333 页。

② 严羽著、郭绍虞校释《沧浪诗话校释》，人民文学出版社 1983 年版，第 58 页、第 59 页。

一

柳宗元的诗歌数量不多，根据《柳宗元集》[①]统计，第 42 卷录诗 69 首，第 43 卷录诗 77 首，再加上《外集补遗》中的《送元暠师诗》一首与第一卷中的雅诗歌曲，共计 160 余首[②]。总的来说，他是唐代诗坛上存诗较少的一人，但这并不影响他在诗歌史上的地位。他的诗歌的体裁和题材都很广泛。在体裁上，五古、七古、五律、五排、七律、绝句等都有不少佳作。在题材上，叙事诗、咏史诗、寓言诗、抒情诗等各有千秋。且绝大多数是贬官之后的作品，其中浓缩了他的身世经历和哀怨的情绪，具有独特的韵味。所以历代虽然多把柳诗与陶渊明、韦应物、韩愈、刘禹锡等人的诗作相比较，评价有高下之分，但是对柳诗特点的认识却很一致。

有宋一代及以后对柳诗有不少好评[③]。苏轼云："李、杜之后，诗人继作，虽间有远韵，而才不逮意。独韦应物、柳宗元发纤秾于简古，寄至味于澹泊，非馀子所及也。"[④]这里将韦诗、柳诗并列，将其韵味归结为"发纤秾于简古，寄至味于澹泊"。苏轼又分析曰："柳子厚诗在陶渊明下，韦苏州上。退之豪放奇险则过之，而温丽靖深不及也。所贵乎枯淡者，谓其外枯而中膏，似淡而实美，渊明、子厚之流是也。"[⑤]此言有三层意思，一是不再简单把韦诗和柳诗并列，而认为柳诗应该在陶诗下，韦诗上。二是韩愈作诗虽然追求雄奇，但在韵味上却不及柳宗元。三是认为柳诗虽然不如陶诗，但是他们的风格还是相似的，都是"外枯而中膏，似淡而实美"。宋代许顗《彦周诗话》亦云："柳柳州诗，东坡云在陶

---

① 《柳宗元集》，中华书局 1979 年版。

② 孙昌武《柳宗元传论》第 386 页的统计数字为 144 首，概未计雅诗歌曲在内。又《柳宗元集》第 42 卷、第 43 卷与《送元暠师诗》一首共计录诗为 147 首。

③ 参见本书第九章"柳宗元的接受与传播"。

④ 苏轼撰、孔凡礼校点《苏轼文集》卷六七《书黄子思诗集后》，中华书局 1986 年版。

⑤ 《苏轼文集》卷六七《评韩柳诗》。

彭泽下，韦苏州上，若《晨诣超师院读佛经诗》，即此语是公论也。”[①]仅从柳宗元的一首诗来论证苏轼的观点，显得很薄弱，但也从一个侧面反映了这不只是苏轼个人的观点。以上苏轼称赞柳诗的“发纤秾于简古，寄至味于澹泊”、“外枯而中膏，似淡而实美”评语也反映了其个人的诗歌审美的趣味，追求意在言外，韵味深长的境界，而这正符合中国古典诗歌言志抒情的美学追求，《毛诗序》曰：“诗者，志之所之也，在心为志，发言为诗。情动于中而形于言。”宋代曾季貍的《艇斋诗话》称：“柳子厚《觉哀》、《读书》二诗，萧散简远，秾纤合度，置之《渊明集》中，不复可辨。”[②]这里的“萧散简远，秾纤合度”含义和苏轼对柳诗风格的评价非常接近。南宋严羽赞赏柳诗亦是从这一角度，此与他品评诗歌的标准很一致，《沧浪诗话·诗辨》曰：“诗者，吟咏情性也。盛唐诸人惟在兴趣，羚羊挂角，无迹可求。故其妙处透彻玲珑，不可凑泊，如空中之音，相中之色，水中之月，镜中之象，言有尽而意无穷。”[③]虽然他是推崇的盛唐作品，但是柳诗也达到了他的“诗者，吟咏情性”、“言有尽而意无穷”的意境，所以多次论及，如在《沧浪诗话·诗评》中云：“大历以后，吾所深取者，李长吉、柳子厚、刘言史、权德舆、李涉、李益耳。”“唐人惟柳子厚深得骚学，退之、李观，皆所不及。若皮日休《九讽》，不足为骚。”[④]还在《答出继叔临安吴景仙书》中认为：“若柳子厚五言古诗，尚在韦苏州之上，岂元白同时诸公所可望耶？”[⑤]明代杨慎将韩愈、柳宗元归为晚唐的诗人，在《升菴诗话》卷十一中曰“晚唐惟韩柳为大家”[⑥]。

但也有人持不同看法，他们认为柳诗还不够平淡自然，境界上也较狭窄。对于柳诗与韩诗，宋代张戒的《岁寒堂诗话》卷上云：“柳柳州诗，字字如珠玉，精则精矣，然不若退之之变态百出也。使退之收敛而为子

① 许顗《彦周诗话》，何文焕辑《历代诗话》，中华书局 1981 年版，第 383 页。
② 曾季貍《艇斋诗话》，《历代诗话续编》，第 295 页。
③ 严羽著、郭绍虞校释《沧浪诗话校释》，人民文学出版社 1983 年版，第 26 页。
④ 严羽著、郭绍虞校释《沧浪诗话校释》，第 163 页、第 186 页。
⑤ 严羽著、郭绍虞校释《沧浪诗话校释》，第 252 页。
⑥ 杨慎《升菴诗话》，《历代诗话续编》，第 851 页。

厚则易，使子厚开拓而为退之则难。意味可学，而才气则不可强也。”① 他强调的是韩诗的变化和才气，而柳诗相对而言风格上则较局限，不够开阔。更多的议论是针对苏轼对柳诗、陶诗、韦诗的品评。譬如明代李东阳《麓堂诗话》:“陶诗质厚近古，愈读而愈见其妙。韦应物稍失之平易，柳子厚则过于精刻，世称陶韦，又称韦柳，特概言之。惟谓学陶者，须自韦柳而入，乃为正耳。”②他对三者的风格特点把握是很准确的，同时指出柳诗与韦诗各自的不足之处。清代“神韵派”的代表王士禛在《分甘馀话》言:“韦诗在陶彭泽下，柳柳州上。”其《论诗绝句》又云:“风怀澄淡推韦、柳，佳处多从五字求。解识无声弦指妙，柳州那得并苏州?”王士禛认为柳诗虽工，但远不及韦诗之高妙。综观苏轼和其他文人对柳诗的评价，应该说苏轼的人生遭际与柳宗元很相似，他更能体会诗人内心的独特感受，因而在论述中更契合诗歌本身。

且不论柳诗与韦诗的高低③，我们要注重的是苏轼“发纤秾于简古，寄至味于澹泊”、“外枯而中膏，似淡而实美”与王士禛“风怀澄淡”等对柳诗风格的评语。柳诗的这些特点与诗人长期的贬谪经历有关，而且此时期的诗歌构成他诗歌的主体。元好问在他的《论诗绝句三十首》中曰:“谢客风容映古今，发源谁似柳州深?朱弦一拂遗音在，却是当年寂寞心。”④“谢”是指谢灵运，他在贬谪时期寄情于山水，创作了不少山水诗篇，而柳宗元亦是谪迁人，他的创作心态和谢有相似之处，但心绪更为郁闷、哀怨，“寂寞”一词点中了柳宗元创作诗歌的情绪。宋代葛立方在《韵语阳秋》卷第十一中总结了诗人的曲折经历:

> 柳子厚可谓一世穷人矣。永贞之初，得一礼部郎，席不暖即斥去为永州司马。在贬所历十一年，至宪宗元和十年，例召至京师，

① 张戒《岁寒堂诗话》,《历代诗话续编》,第 459 页。

② 李东阳《麓堂诗话》,《历代诗话续编》,第 1379 页。

③ 参见刘开扬《唐诗论文集》中《论柳宗元的诗》,上海古籍出版社 1979 年版。赵昌平《韦柳异同与元和诗变》,《赵昌平自选集》,广西师范大学出版社 1997 年版。马自力《论韦柳诗风》,载《中国社会科学》1989 年第 5 期。

④ 郭绍虞笺释《元好问论诗三十首小笺》,人民文学出版社 1978 年版,第 72 页,《杜甫戏为六绝句集解 · 元好问论诗三十首小笺》合刊本。

喜而成咏。所谓"投荒垂一纪,新诏下荆扉"。又云"十一年前南渡客,四千里外北归人。"是也。既至都,乃复不得用,以柳州去。由永至京已四千里,自京徂柳又复六千,往返殆万里矣。故《赠刘梦得诗》云:"十年憔悴到秦京,谁料翻为岭外行。"《赠宗一诗》云:"一身去国六千里,万里投荒十二年。"是也。呜呼,子厚之穷极矣!观赠李夷简书云:"曩者,齿少心锐,径行高步,不知道之艰,以陷于大阨,穷踬陨坠,废为孤囚,日号而望,十四年矣。"当时同贬之士,程异为宰相,而梦得亦得召用,则子厚归之心为如何?然竟不生还,毕命于蛇虺瘴疠之区,可胜叹哉!韩退之有言曰:"子厚斥不久,穷不极,虽有出于人,其文学词章,必不能自力以致必传于后如今无疑也。虽使得所显于一时,以彼易此,孰得孰失?"①

从中可以体会出柳宗元在永州、柳州等蛮荒之地的心理感受将柳宗元视为"一世穷人"可谓一语中的。且现存的柳诗,绝大多数是他贬谪到永州以后的作品,富有地域特色的、艰苦而又似乎悠闲的生活表现在诗歌中,有一种简淡高逸的感觉,但细细品味,却包含有深沉的哀怨情愫,诗人在贬谪地的痛苦、忧郁的感伤情绪非常浓重。这和刘禹锡大不一样,虽然两人经历相同,但刘禹锡性格上趋于奔放,所以被称为"彭城刘梦得,诗豪者也。其锋森然,少敢当者"②。而柳宗元性格是内敛的,易感伤的,因此更多的是采取含蓄的方式来抒发自己深挚的感慨。以下将通过其作品来揭示其诗歌特点。

二

虽然柳宗元的年谱已有多种,比如宋代文安礼撰写的《柳先生年谱》、施子愉编写的《柳宗元年谱》以及台湾罗联添先生撰的《柳子厚年谱》等,但是由于缺乏材料,柳宗元的一些诗歌系年还不能确定,只能根

① 葛立方《韵语阳秋》,何文焕辑《历代诗话》,中华书局1981年版,第567页、第568页。
② 《白居易集》卷六九《刘白唱和集解》。

据诗意粗略归之于贬谪时期。为了便于分析，本文将其诗分成永州与柳州两个阶段，柳州的诗歌，亦包括柳宗元元和十年被贬为柳州刺史，出京赴任途中所作的诗，并且对于那些只能定为贬谪时期的诗作也尽量涉及之。先看他在永州时期的诗歌。

柳宗元贞元九年(793)登进士第，贞元十二年又登博学宏词科，后授集贤殿正字，正是少年得志之时。而且他自视很高："始仆之志学也，甚自尊大，颇慕古之大有为者。"[①]当他积极参与的永贞革新运动失败后，便在政治生涯中一落千丈，初贬邵州刺史，又加贬为更偏远的永州司马，在永州一呆就是十年。永州的地理环境十分恶劣，也往往是朝廷流囚的发配地。柳宗元看着陌生的地域风俗，更沉浸在被遗弃的寂寞和哀愁的思绪中，而他眼中的静谧的环境无形中添加了一种哀怨、冷清的氛围。这种情绪反映在他的诗歌中，就别有一番滋味在心头了。

柳宗元的各种诗体都很出色，尤其是五古。宋代杨万里的《诚斋诗话》云："五言古诗，句雅淡而味深长者，陶渊明、柳子厚也。"[②]他把柳宗元的五古和陶渊明并称，突出其"句雅淡而味深长"的特点。但是柳宗元的经历、情感和陶渊明有很大的不同，陶渊明因为不愿事乡里小儿，不为五斗米折腰而自己弃官隐居，而柳宗元是从朝廷的官员被贬谪到南荒之地的，因此他的五古除了韵味深长之外，更多的是落寞、哀伤的情调。如他的《中夜起望西园值月上》一诗：

> 觉闻繁露坠，开户临西园。寒月上东岭，泠泠疏竹根。石泉远逾响，山鸟时一喧。倚楹遂至旦，寂寞将何言。

此诗点出诗人夜不成寐时的体验，敏锐的听觉与视觉把黑夜、寒月、竹根等意象组合成静态的凄冷的画面。然而在凝滞之中却有些生气，远处石泉的响声以及山鸟的鸣叫声打破了死一样的沉静，让"寂寞"啮食着诗人失落的魂灵。"寂寞"就是此诗的主旨。类似这种较直白的五古诗还有《秋晓行南谷经荒村》：

---

① 《柳宗元集》卷三四《答贡士元公瑾论仕进书》。

② 杨万里《诚斋诗话》，《历代诗话续编》，第142页。

杪秋霜露重，晨起行幽谷。黄叶覆溪桥，荒村唯古木。寒花疏寂历，幽泉微断续。机心久已忘，何事惊麋鹿？

南谷，在永州的乡间。此诗描写了诗人经荒村去南谷所见到的景物，"黄叶"、"荒村"、"古木"、"寒花"、"幽泉"等很冷调的意象组成一幅深秋的荒凉的画面，可用一个"荒"字概括。由于柳宗元性格比较沉郁，所以他笔下的自然景物无论是欣欣向荣的还是萧瑟冷落的，题材是现实的还是古代的，隐隐约约都与其凄凉的心境难以分开。又如他的七言古诗《杨白花》，许觊《彦周诗话》载曰："杨华既奔梁，元魏胡武灵后作《杨白华歌》，令宫人连臂踏足歌之，声甚凄断。柳子厚《乐府》云：'杨白华，风吹渡江水，坐令宫树无颜色，摇荡春心几千里。回看落日下长秋，哀歌未断城乌起。'言婉而情深，古今绝唱也。"[①]用"古今绝唱"来形容柳宗元此诗，评价有些高，但"言婉而情深"的确道出了柳诗的特点。清代的沈德潜评论《杨白花》云："通篇不露正旨，而以'长秋'二字逗出，用笔用意在微显之间。"[②]"微显之间"既赞赏柳诗遣词造句的功力，又概括其诗意隐晦之特征。这就和他的好友刘禹锡的处世态度及心境很不相同，面对秋天的萧瑟，刘禹锡不是悲秋感伤，而是有"自古逢秋悲寂寥，我言秋日胜春朝。晴空一鹤排云上，便引诗情到碧霄"的豪情壮志[③]。

也正由于柳宗元的性格忧郁，心境悲凉，诗歌表达方式又在"微显之间"，所以永州的自然山水在其笔下就格外幽静，而这更衬托出"寂寞"之感。他的著名的《南涧中题》就是明显的例证，诗曰：

秋气集南涧，独游亭午时。迴风一萧瑟，林影久参差。始至若有得，稍深遂忘疲。羁禽响幽谷，寒藻舞沦漪。去国魂已游，怀人泪空垂。孤生易为感，失路少所宜。索寞竟何事？徘徊祗自知。谁为后来者，当与此心期！

《南涧中题》是他寄情于山水之间的产物，是游览了石涧后所作的。诗

① 许觊《彦周诗话》，《历代诗话》，第399页。

② 沈德潜《唐诗别裁集》卷八，上海古籍出版社1979年版，第253页。

③ 《刘禹锡全集》卷二六《秋词二首》其一。

歌前八句的意象是萧瑟的秋天、斑驳的树影、羁禽、幽谷、寒藻与孤独人，这些真实而又单调、冷清的景物无不围绕着诗人“独游”的情绪而组合成的，因此达到了很高的境界。王国维在其《人间词话》中云：“境非独谓景物也。喜怒哀乐，亦人心中之一境界。故能写真景物、真感情者，谓之有境界。否则谓之无境界。”①诗下面八句脱却真实的景物，一味将“独游”的郁闷情愫抒发到极致。这种复杂的情绪体现在浓缩的诗歌语言中，正如苏轼对柳诗所作的评价“柳子厚南迁后诗，清劲纡徐，大率类此”②，所言当为柳宗元南迁之后多数诗歌创作的风格。

柳宗元在贬谪永州时期，不但有流连山水的名篇，更有不少寄情于居住环境的佳作。他起初居无定所，曾寄住在龙兴寺，后又在法华寺构西亭以居。但是“五年之间，四为大火所迫”③。在南荒之地，他被朝廷重新起用的幻想逐渐破灭了，沮丧之中表达了“筑室茨草，为圃乎湘之西，穿池可以渔，种黍可以酒，甘终为永州民”④的决心。后终在冉溪处觅得一理想的住所，而改冉溪为愚溪，在其《愚溪对》和《愚溪诗序》中都论述“愚”之由来。究其原因，不过如《愚溪诗序》中所言“余以愚触罪”，恐辱没“皆山水之奇者”的愚溪、愚丘、愚泉、愚池、愚堂、愚亭、愚岛等，诗人以愚自嘲，事实上正是抒发了自己不愿与世俗同流合污，保持高洁志向的决心⑤。清代沈德潜评论其愚溪诗云：“愚溪诸咏，处连蹇困厄之境，发清夷澹泊之音，不怨而怨，怨而不怨，行间言外，时或遇之。”⑥“怨”字可以说把握住了其诗的核心。如《溪居》诗：

> 久为簪组累，幸此南夷谪。闲依农圃邻，偶似山林客。晓耕翻露草，夜榜響溪石。来往不逢人，长歌楚天碧。

“久为簪组累，幸此南夷谪”两句自然是反语，柳宗元之所以参加政治活

① 王国维著、王幼安校订《人间词话》，人民文学出版社 1960 年版，第 193 页，《蕙风词话·人间词话》合刊本。

② 《苏轼文集》卷六七《书柳子厚南涧诗》。

③ 《柳宗元集》卷三〇《与杨京兆凭书》。

④ 《柳宗元集》卷二四《送从弟谋归江陵序》。

⑤ 参见本书第七章“柳宗元的愚性情结与渔翁情结”。

⑥ 沈德潜《唐诗别裁集》卷四，上海古籍出版社 1979 年版，第 129 页。

动是很想实现自己的政治抱负，却被残酷的现实一再打击，诗中为自己脱却官场羁绊，贬谪到南荒之地而感到庆幸，一个“幸”字包含有无穷的韵味，这是诗人含泪的微笑，是充满愤恨之情的一种无奈之词。这种无奈就如他在《冉溪》中所言：“缧囚终老无余事，愿卜湘西冉溪地。”“闲”和“偶”字是在具体的层面上进一步阐述“幸”字，点出了诗人庆幸自己也有如古代的文士政治上遭受打击就退隐山林的悠闲生活，可惜这种隐逸的感觉只是些偶然现象。诗人看似超脱，实却掩盖不住自己寂寞、孤独的心境。近人高步瀛读之亦云：“清泠旷远。”[1]类似的五古诗还有《雨后晓行独至愚溪北池》、《初夏雨后寻愚溪》等。且看《雨后晓行独至愚溪北池》：

> 宿云散洲渚，晓日明村坞。高树临清池，风惊夜来雨。予心适无事，偶此成宾主。

此诗描述了愚池在雨后早晨的静中有动的幽雅而又活泼的景色，末两句隐晦地表达了诗人的满腹愁绪。近人高步瀛认为此时期柳诗：“诸诗皆神情高远，词旨幽隽”[2]。《初夏雨后寻愚溪》则缺乏“词旨幽隽”的韵味，它更直接表露出诗人的内在的情绪，“沈吟亦何事？寂寞固所欲”中的“寂寞”两字和此诗“独绕清溪曲”的“独绕”相呼应，把诗人的心境剖析透彻，当然诗味就淡了许多。愚溪也由于以上柳诗的存在而引人瞩目，不仅仅是其美丽的风景，更在于诗人的某种情愫。所以当柳宗元卒后，其好友刘禹锡的《伤愚溪三首》[3]引中云：

> 故人柳子厚之谪永州，得胜地，结茅树蔬，为沼沚，为台榭，目曰愚溪。柳子没三年，有僧游零陵，告余曰：“愚溪无复曩时矣！”一闻僧言，悲不能自胜，遂以所闻为七言以寄恨。

刘禹锡的“悲不能自胜”，既感叹柳生前失意的生活境遇，又痛惜知音逝后的更加凄凉的状况，而刘诗中“隔簾惟见中庭草，一树榴花依旧开”，

① 高步瀛选注《唐宋诗举要》，上海古籍出版社 1959 年版，第 113 页。
② 高步瀛选注《唐宋诗举要》，第 114 页。
③《刘禹锡集》卷三〇。

"柳门竹巷依依在，野草青苔日日多"等句无不切中"愚溪"寂寞与冷清的特征，而这正是柳诗所流露出的情绪。

柳宗元的五古诗清冷幽隽，绝句亦工巧深婉。宋代吴可的《藏海诗话》言："刘禹锡柳子厚小诗极妙"①。这种妙处就是柳诗更注重细微处，通过细腻的刻画逐步揭示某种情愫。如他的有名的五言绝句《江雪》，此诗约作于永州时，诗云：

千山鸟飞绝，万径人踪灭。孤舟蓑笠翁，独钓寒江雪。

柳宗元的山水诗和他的山水游记散文一样，有一个共同的艺术旨趣，就是往往把山水塑造得非常静谧和冷僻，在其中烘托出自己被贬谪后的凄凉却又清高与孤傲的情感，借此抒发胸中的郁闷不平之气。《江雪》也是如此，时间是在寒冷的冬季，周围的环境是群动皆息，突出静的感觉，而"孤舟"、"独钓"突出了老渔翁虽孤独却很高傲的态度，此也正是诗人的性格魅力所在。苏轼赞扬柳宗元的这首小诗，认为："郑谷诗云：'江上晚来堪画处，渔人披得一蓑归。'此村学中诗也。""人性有隔也哉，殆天所赋，不可及也已。"②宋代范晞文对《江雪》亦有极高评价："唐人五言四句，除柳子厚《钓雪》一诗之外，极少佳者。"③柳宗元此诗中的渔翁形象，也在另外的诗中有所体现。譬如他的《渔翁》诗：

渔翁夜傍西岩宿，晓汲清湘燃楚竹。烟销日出不见人，欸乃一声山水绿。回看天际下中流，岩上无心云相逐。

此篇作于永州，体裁虽不是绝句，但亦是山水之作，且诗中的抒情主人公也是渔翁，与《江雪》有极相似的写作手法。明王世贞《艺苑卮言》卷八"五流贬"中"贬窜"列入柳宗元刘禹锡，认为"穷则穷矣，然山川之胜，与精神有相发者"④。在柳宗元的贬谪诗中，山水与诗人情绪的紧密融合是一大特征。此诗用西山、清湘、楚竹等超凡脱俗的意象组合衬托出

① 吴可《藏海诗话》，《历代诗话续编》，第 337 页。
② 《苏轼文集》卷六七《书郑谷诗》。
③ 范晞文《对床夜语》卷四，《历代诗话续编》，第 432 页。
④ 王世贞《艺苑卮言》卷八，《历代诗话续编》，第 1085 页。

诗人孤傲的性格。宋黄徹认为:“欸乃一声山水绿,乃楚人歌声。”[①]在这种“不见人”与“山水绿”的感触中,营造了一种寂静、飘忽不定的氛围,正暗示诗人的某种不可捉摸的情愫,孤傲、寂寞、欢欣、旷达等交融在一起,使其有别样的意趣,东坡评此诗云:“诗以奇趣为宗,反常合道为趣。熟味此诗有奇趣,然其尾两句,虽不必无亦可。”[②]“奇趣”是对此诗特点的总结,但对于诗末两句是否应删,自东坡后就有不同的意见。如明王世贞《艺苑卮言》卷四曰:“独苏氏欲去柳宗元‘遥看天际’,……吾所未解耳。”[③]明李东阳《麓堂诗话》亦云:“柳子厚‘回看天际下中流,岩上无心云相逐’,坡翁欲削此二句,论诗者类不免矮人看场之病。予谓若止用前四句,则与晚唐何异?然未敢以语人。”[④]而清代沈德潜则云:“东坡谓删去末两语,余情不尽,信然。”[⑤]关于此两句的讨论恰恰说明柳诗在意蕴上趋于幽深,而东坡等人欲将其特点推向极致。

柳宗元永州时的诗歌,除了五古、绝句等外,五言排律在体现他的贬谪心境方面也有一定的地位,然而前人对之相当轻视。《柳宗元集》中现存五言排律约二十篇,有《同刘二十八院长述旧言怀感时书事奉寄澧州张员外使君五十二韵之作因其韵增至八十通赠二君了》、《弘农公以硕德伟材屈于诬枉左官三岁复为大僚天监昭明人心感悦宗元窜伏湘浦拜贺末由谨献诗五十韵以毕微志》、《酬韶州裴使君寄道州吕八大使二十韵》、《法华寺石门精室三十韵》、《游朝阳岩二十韵》等。先看《同刘二十八院长述旧言怀感时书事奉寄澧州张员外使君五十二韵之作因其韵增至八十通赠二君子》,此诗作于永州,因为刘禹锡有排律五十二韵寄张曙,柳宗元和诗却增至八十韵,难怪明人谢榛《四溟诗话》卷一云:“作诗不可用难字,若柳子厚《奉寄张使君》八十韵之作,篇长韵险,逞其问学故尔。”[⑥]虽然柳宗元有通过长篇排律来展示自己的才学,以和友

① 黄徹《碧溪诗话》卷一〇,《历代诗话续编》,第 396 页。
② 《苏轼佚文汇编》卷五,见《苏轼文集》第 2552 页。
③ 王世贞《艺苑卮言》卷四,《历代诗话续编》,第 1014 页。
④ 李东阳《麓堂诗话》,《历代诗话续编》,第 1370 页。
⑤ 沈德潜《唐诗别裁集》卷八,上海古籍出版社 1979 年版,第 253 页。
⑥ 谢榛《四溟诗话》卷一,《历代诗话续编》,第 1139 页。

人媲美的目的，但并不影响诗歌抒情的效果。比如“贮愁听夜雨，隔泪数残葩”二句就把自身在蛮荒之地的艰难处境和哀怨的情绪完全体现出来，而“共思捐珮处，千骑擁青緺”则用屈原《湘君》中捐玦遗珮的做法来表达自己虽受贬谪，还是愿意为国家出力的强烈愿望。柳宗元对自己通过排律显示才华的目的也并不掩饰，其《酬韶州裴曹长使君寄道州吕八大使因以见示二十韵一首》序云：

> 韶州幸以诗见及，往复奇丽，邈不可慕，用韵尤为高绝，余因拾其余韵酬焉。凡为韶州所用者置不取，其声律言数如之。

柳宗元见到裴礼①二十韵的五排，称赞其“高绝”，就用同韵写了一首五排，却不取其已经用过的，难度非常之大，显然有争奇斗险的目的。此诗虽用到一些险韵，但还是比较贴切地反映了诗人郁郁不得志的情绪。

这种不得志的郁闷情绪在其余长排中亦有体现。如《弘农公以硕德伟材屈于诬枉左官三岁复为大僚天监昭明人心感悦宗元窜伏湘浦拜贺末由谨献诗五十韵以毕微志》，此诗也是作于永州，题目中的弘农公是指杨凭，“屈于诬枉”是指杨凭曾受诬陷而被贬。柳宗元由他人的曲折经历而联系到自己的艰难身世，感慨万分，遂用古代张挚、虞翻、贾谊、邹阳、箕子、屈原等有才之忠臣不被重用的典型事例以自喻，“世议排张挚，时情弃仲翔。不言缧绁枉，徒恨纆徽长。贾赋愁单阏，邹书怯大梁。炯心那自是？昭世懒佯狂。鸣玉机全息，怀沙事不忘”。《法华寺石门精室三十韵》、《游朝阳岩遂登西亭二十韵》、《游南亭夜还叙志七十韵》等长排不是酬赠之作，而是诗人独自寄情于山水的产物。《法华寺石门精室三十韵》诗中的“拘情病幽郁，旷志寄高爽”两句概括了诗人在永州窘迫的生活境遇和游览法华寺的目的，而“殊风纷已萃，乡路悠且广。羁木畏漂浮，离旌倦摇荡”，又沉淀了心中的郁闷，燃起了被重新起用的渴望。《游朝阳岩遂登西亭二十韵》更多抒发了郁郁不得志的遗憾之情，“谪弃殊隐沦，登陟非远郊。所怀缓伊郁，讵欲肩夷巢”，“惜非

① 参见郁贤皓《唐刺史考全编》，安徽大学出版社 2000 年版，第 3188 页。“裴韶州”指裴礼，为杭州刺史裴倦之曾孙。

吾乡土，得以荫菁茆”。《游南亭夜还叙志七十韵》是柳宗元复杂心境的集中体现，豁达、忧虑、感伤等情绪交织在一起。他一面要“投迹山水地，放情咏离骚”，一面却“缅慕鼓枻翁，啸咏哺其糟。退想于陵子，三咽资李螬。斯道难为偕，沉忧安所韬”，对自己不能达到渔父及陈仲子的潇洒的人生态度而忧虑。“永遁刀笔吏，宁期簿书曹？”这种政治上的失意，最终使诗人发出“伊人不可期，慷慨徒忉忉”的痛楚之声，伊人是指的《左氏传》中记载的曾帮助知罃的郑贾人和《史记》中赐予范雎绨袍的魏须贾，连这种很一般的友人都不敢奢望拥有，心中便只有寂寞与伤感了。

柳宗元还有一些短篇的五排，如《酬娄秀才将之淮南见赠之什》、《酬娄秀才寓居开元寺早秋月夜病中见寄》等，均作于永州，诗中也都有寂寞之感。先看《酬娄秀才将之淮南见赠之什》，此诗的情感表述很复杂，“远弃甘幽独，谁言值故人”？是叙述自己甘愿过孤独生活的心境，而“海上销魂别，天边吊影身。只应西涧水，寂寞但垂纶”。则一方面说明与娄秀才的不舍之情，另一方面又表达出不甘独自落寞于蛮荒之地的悲伤。《酬娄秀才寓居开元寺早秋月夜病中见寄》也是酬答之诗，“壁空残月曙，门掩候虫秋”二句描绘了萧瑟的秋景，后人颇称道之，如《石林诗话》载蔡天启与张文潜论柳之五言警句，此被定为“集中第一”[①]，明人瞿佑非常赞同此说[②]，《艇斋诗话》亦认为此二句：“语意极佳”[③]。此处对衰败之景的绝妙描述渲染了“客有故园思，潇湘生夜愁”的离愁别绪，正是其笔下的偏冷色调的景物才可如此生动地描绘出诗人凄清、悲凉的心境。

柳宗元的五言排律在中唐占有怎样的地位呢？这先得了解当时排律的创作情况。中唐诗人对格律掌握非常好，在诗歌创作上又常互相唱和或互相酬赠，艺术上倾向于追求新奇，而排律就成为他们最喜爱的诗歌形式。在排律中，淡化了诗歌的言志抒情性，增加了描写和叙述成

---

① 参见叶少蕴《石林诗话》，《历代诗话》，第 409 页。

② 参见瞿佑《归田诗话》卷上，《历代诗话续编》，第 1243 页。

③ 参见曾季狸《艇斋诗话》，《历代诗话续编》，第 306 页。

分。尤其是元和时期，元稹、白居易彼此唱和，他们的百韵长律更注重展示才学，所以在诗歌的意趣上不觉有所欠缺。柳宗元的好友刘禹锡等也都作了排律，刘禹锡有《奉和中书崔舍人八月十五日夜玩月二十韵》、《武陵书怀五十韵》、《奉和吏部杨尚书太常李卿二相公策免后即事述怀赠答十韵》、《游桃源一百韵》等诗歌。明代的吴讷在《文章辨体》中引杨伯谦言云："唐初五言排律虽多，然往往不纯；至中唐始盛。若七言，则作者绝少矣。大抵排律若句炼字锻，工巧易能。唯抒情陈意、全篇贯彻而不失伦次者为难。"①徐师曾亦云："按排律原于颜（延之）谢（瞻）诸人，梁陈以还，俪句尤切，唐兴始专此体，而有排律之名。今自南宋讫于中唐，择其诗之工者，而以五、七言列之，亦以类从。大抵排律之体，不以锻炼为工，而以布置有序、首尾通贯为尚。"②吴、徐二人都认为中唐是排律的盛期，并指出排律的要点在于"抒情陈意、全篇贯彻"与"布置有序、首尾通贯"。而柳宗元的五排无论是在抒情方面，还是在篇章结构上都有很高的艺术水准，堪称中唐排律之名家。由于柳诗中的五排大都作于贬谪永州时期，也就是贬谪的初期，诗人政治上受到打击而有愤激的情绪，并将之表现在这种难度很大的文学样式中。一般来说，排律易流于形式整饬、风格典重，而内涵则缺乏艺术感染力，但柳作是以激愤心情的投入之作，部分地冲破了排律形式的局限性，故成就高于中唐诸人。而当作者心情趋于淡然时，就不太能创作出好的排律诗了。可见，创作心理对排律这种诗歌体裁是有一定的影响的。虽然柳宗元的五排诗蕴涵了他的真情实感，其中亦有不少的好诗句，在揭示其贬谪时期思想方面有一定价值，但也存在排律常见的弊病，就是用典偏多，字难句险，结构宏大，阅读时终觉滞重。

以上是对柳宗元永州创作的一些诗歌的分析论述，从中我们可以得知：诗人的心境对于诗歌创作潜移默化的影响，柳宗元此时的心境很

① 吴讷著、于北山校点《文章辨体序说》，人民文学出版社 1962 年版，第 56 页，《文章辨体序说 · 文体明辨序说》合刊本。

② 徐师曾著、罗根泽校点《文体明辨序说》，人民文学出版社 1962 年版，第 108 页，《文章辨体序说 · 文体明辨序说》合刊本。

复杂，他从受人器重的中坚人物一下子成为罪臣，被贬到僻远之地，时人又多有微词，这种心理上的落差使其不能平衡自己的心态，而产生了愤激、哀怨的情绪，带着这种情绪进行诗歌创作，作品中必然蕴涵着一种寂寞、悲凉之气，而柳宗元又善于用委婉曲折的表达方式，因而其诗歌风格都倾向于澄淡、清冷与幽深。

三

柳宗元在南荒之地永州度过了十年，元和十年(815)被征召回长安。他以为被重新起用的机会来了，因而在北归的诗中充满了兴奋与喜悦之情。可是迎接他的却是被任命为远州刺史，就是官虽进而地益远。他的心态更加悲凉，出京赴任途中以及到柳州任后的不少诗歌都抒写了他的百转愁肠。

先看柳宗元北归途中的诗，包括《界围岩水簾》、《长沙驿前南楼感旧》、《汨罗遇风》、《过衡山见新花开却寄弟》、《北还登汉阳北原题临川驿》、《离觞不醉至驿却寄相送诸公》、《善谑驿和梦得酹淳于先生》、《朗州窦常员外寄刘二十八诗见促行骑走笔酬赠》、《诏追赴都回寄零陵亲故》、《诏追赴都二月至灞亭上》等十余首，大都抒写其难以克制的兴奋之情。如《过衡山见新花开却寄弟诗》："故国名园久别离，今朝楚树发南枝。晴天归路好相逐，正是峰前回雁时。"此绝句用衡山花开、春暖雁归抒发自己对故园的思念之情以及北归的喜悦之情。他在永州诗中频繁出现的"愁"字荡然无存，心境转为开阔，又如《汨罗遇风》，诗云：

> 南来不作楚臣悲，重入修门自有期。为报春风汨罗道，莫将波浪枉明时。

此绝句一改昔日以屈原身世自喻的做法，而是将自己与屈原对比，完全摆脱了为楚囚十年的悲伤，对未来的仕途发展充满了憧憬。诗歌的后两句借"春风"、"波浪"之喻，抒发了自己春风得意，踌躇满志的心绪。这种愉快的心境在《朗州酬常窦员外寄刘二十八诗见促行骑走笔酬赠》中亦有体现："投荒垂一纪，新诏下荆扉。疑比庄周梦，情如苏武归。赐环留逸响，五马助征騑。不羡衡阳雁，春来前后飞。”诗人本来是在绝望之中，而朝廷的召回似乎让他绝路逢生，欣喜若狂之余又感慨万分，这种复杂的情感也充分浓缩在其诗《诏追赴都二月至灞亭上》中：“十一年前南渡客，四千里外北归人。诏书许逐阳和至，驿路开花处处新。”

但是柳宗元此种心情十分短暂，不久就被贬为远州刺史的命运打击殆尽。大喜大悲的感情跌宕，让诗人几乎难以承受，他的心境比在永州时更沮丧，诗中的情绪也就更为低落、痛楚了，这可从其《衡阳与梦得分路赠别》、《重别梦得》、《三赠刘员外》、《再上湘江》、《再至界围岩水簾遂宿岩下》、《商山临路有孤松往来斫以为明好事者怜之编竹成援遂其生植感而赋诗》等几首诗中窥见。譬如《衡阳与梦得分路赠别》：

> 十年憔悴到秦京，谁料翻为岭外行。伏波故道风烟在，翁仲遗墟草树平。直以慵疏招物议，休将文字占时名。今朝不用临河别，垂泪千行便濯缨。

明人谢榛云：“柳宗元《衡阳别刘禹锡》诗：‘今朝不用临河别，垂泪千行便濯缨。’至怨至悲，太不雅矣。”[①]“至怨至悲”语甚中肯，而“太不雅”则为苛评。此诗佳处在于直抒胸臆，一腔血泪倾泻而出，何暇计较雅驯与否？这种情绪在刘禹锡的《再授连州至衡州酬柳柳州赠别》中亦有反映，诗云“归目併随迴雁尽，愁肠正遇断猿时”，此与柳诗桴鼓相应。“愁肠”二字直接抒发了诗人的感慨。再看柳宗元的《重别梦得》诗：

> 二十年来万事同，今朝岐路忽西东。皇恩若许归田去，晚岁当为邻居翁。

此诗没有“愁”、“怨”、“恨”、“痛”等字眼，在平淡的叙述中却饱含诗人的无限的愁绪。前二句回忆自己与刘禹锡在仕途上相同的不幸遭遇，而此时诗人已隐约感到将来很难再有重逢的机会，更增添了内心的伤感，然而他却故意用轻松的语调平静叙述两人美好的将来，若皇帝允许他们归田隐居，那么他们一定要当邻居。在古代，政治上失意而归田隐居

---

① 谢榛《四溟诗话》卷四，《历代诗话续编》，第1216页。

是文士普遍的生活态度，但用在此处，就使诗人在焦灼期望中所流露出的情感更凄楚动人。柳宗元这种凄婉的心境同样也在他的《三赠刘员外》和《再上湘江》诗中有直接的体现。《三赠刘员外》云："信书成自误，经事渐知非。今日临歧别，何年待汝归？"《再上湘江》则有句云："不知从此去，更遣几时迴？"无不将诗人离别时的绝望的痛苦展现出来。

柳宗元带着更为失落的心情来到柳州，而在此地的诗歌创作少了永州诗歌的含蓄性，增添了直接性，将一"愁"字充分凸现出来。比如《登柳州峨山》："荒山秋日午，独上意悠悠。如何望乡处，西北是融州。"此诗中的荒山、秋日、独上、望乡都是引起伤感的元素，强烈的思乡之苦溢于言表。在柳州时期，诗人的七绝、七律都有不少佳作，如七绝有《与浩初上人同看山寄京华亲故》、《柳州二月榕叶落尽偶题》、《酬曹侍御过象县见寄》等。《与浩初上人同看山寄京华亲故》曰：

> 海畔尖山似剑芒，秋来处处割愁肠。若为化得身千亿，散向峰头望故乡。

此时的柳宗元由于政治上屡遭沉重的打击，生活在郁闷愁苦之中，正如韩愈在《祭柳子厚文》中所说："一斥不复，群飞刺天。"[①]秋天本又是萧瑟的季节，诗人在此时登山临水，更容易触景伤情，"肠断"充分表现了柳宗元此时的内心感受，而且周围的山峦很"尖"，犹如无数锋利的剑芒，更刺激了柳宗元的一种失落惆怅的情绪。宋代周紫芝的《竹坡诗话》评此诗云："议者为子厚南迁，不得为无罪，盖未死而身已在刀山矣。"[②]可见，"不得为无罪"是批评柳宗元的革新行为，"未死而身已在刀山"则揭示了宗元南迁后的艰险处境。在险境之中，诗人唯有幻想，因为有浩初上人同游，且柳宗元是非常精通佛典的，就以"化身千亿"来诉说自己广漠无边的郁闷和乡思。柳宗元柳州诗中的"愁思"总也离不开景物的衬托，这与他的永州诗很相似。但是在结构上一般先给情绪一个定位词，而后托意于景，例如《柳州二月榕叶落尽偶题》："宦情羁思

① 《全唐文》卷五六八。
② 周紫芝《竹坡诗话》，《历代诗话》，第357页。

共悽悽，春半如秋意转迷。山城过雨百花尽，榕叶满庭莺乱啼。”此诗先从诗人身为逐客，独在异乡的哀婉凄清的情绪写起，接着描绘柳州二月绝异于北方的百花凋谢、落叶满庭的奇特春景，而内蕴流落之感，情与景的相互映衬，将其宦情羁思抒发得淋漓尽致。柳宗元的这类诗歌都比较明显体现了他的更加孤独、伤感的情绪。沈德潜在《唐诗别裁集》中认为：“柳州诗长于哀怨，得《骚》之余意。”[①]此论十分精当，当然，实际上柳宗元的辞赋以及散文中也有一些篇章受到了屈原的影响。关于此点，将在下文中有所论述。

另外，柳宗元还有抒情很含蓄的七绝诗，如《酬曹侍御过象县见寄》诗：

> 破额山前碧玉流，骚人遥驻木兰舟。春风无限潇湘意，欲采蘋花不自由。

此诗虽没有“愁”等字眼，但哀怨之情与上面两首七绝相比，有过之而无不及。诗中用“骚人”指曹侍御，又用美好的意象“碧玉流”和“木兰舟”来表现当时的景象之佳。紧接着就用比兴的手法，“春风无限潇湘意”暗用南朝柳恽的《江南曲》之诗意，隐晦表达出友人不能相见的遗憾之情，柳恽诗云：“汀洲采白蘋，日暖江南春。洞庭有归客，潇湘逢故人。故人何不返？春花复应晚。不道新知乐，只言行路远。”此诗描述了诗人与故人相逢之后别离，殷殷期盼中的惆怅的心理，柳宗元即取此意。沈德潜云：“欲采蘋花相赠，尚牵制不能自由，何以为情乎！言外有欲以忠心献之于君而末由意，与《上萧翰林书》同意，而词特微婉。”[②]“言外有欲以忠心献之于君而末由意”，此言概是“骚人”之句引申之意，用屈原以自喻，而根据诗意，诗中的“骚人”应指曹侍御，沈说不免有穿凿之嫌，但就整首诗而言，也是说得通的，正因为此诗“微婉”，所以有不同的释意就不足为奇了。我们再结合柳宗元的《与萧翰林俛书》[③]来分析，

---

① 沈德潜编《唐诗别裁集》卷四，第 127 页。

② 沈德潜编《唐诗别裁集》卷二〇，第 669 页。

③《柳宗元集》卷三〇。

此文作于永州，文章对自己永贞革新时的“超取显美”的地位是肯定的，对那些妒忌和陷害他的人是非常反感和痛恨的，认为“仆辈坐益困辱，万罪横生，不知其端”。由此可见，柳宗元的这首诗在淡然的潇洒之中含有无限的哀怨之情。

柳宗元的柳州诗将远谪南荒后的思乡之意，不得志的郁闷之痛，以及他对友人、亲人的怀念之情等融会在一起，从而构成他复杂的心态，这在七律诗中亦有很好的体现。如《登柳州城楼寄漳、汀、封、连四州刺史》就是在飘荡的风物中寄托此种复杂情绪的力作，诗曰：

> 城上高楼接大荒，海天愁思正茫茫。惊风乱飐芙蓉水，密雨斜侵薜荔墙。岭树重遮千里目，江流曲似九迴肠。共来百粤文身地，犹自音书滞一乡！

这是柳宗元初到柳州时写的。从永贞革新失败后，刘、柳等人被贬谪为远州司马。直到唐宪宗元和十年(815)年初，柳宗元与韩泰、韩晔、陈谏、刘禹锡等五人才奉诏进京，却不料被贬谪为更加荒远的柳州、漳州、汀州、封州、连州为刺史。首联感物起兴，清代沈德潜云：“从登城起，有百端交集之感。”①其实“愁思”是统摄全诗的。第二联则写近景，描绘了自然界风雨之景，这些似乎引起了诗人痛苦的身世之感。第三联则将视野放开，写远景，从岭树遮住千里之目与江流曲折如九回之肠这两幅不同视角的画面中，给愁绪重重添上一笔。而尾联中叙述的音书无法传递的阻碍，更增加了诗人心中的凝重。又如《别舍弟宗一》：

> 零落残魂倍黯然，双垂别泪越江边。一身去国六千里，万死投荒十二年。桂岭瘴来云似墨，洞庭春尽水如天。欲知此后相思梦，长在荆门郢树烟。

此诗作于元和十一年(816)春，其时柳宗元的堂弟宗一从柳州到江陵去，诗中兼写身世之感与离别之情。诗人的自身遭遇浓缩成一组数字，“一身去国六千里”的“一”和“六千里”刻画出诗人孤寂的情怀以及贬地

---

① 沈德潜编《唐诗别裁集》卷一五，第488页。

之遥远，“万死投荒十二年”中的“万”及“十二年”透露出自己在久谪之地的种种险境，这是柳宗元贬谪生活的血泪描述，悲愤之情溢于言表。《竹坡诗话》虽有改“郢树烟”为“郢树边”等不适宜之举，但其对此诗“妙绝一世”的评说确不为过①。南宋严羽在他的《沧浪诗话·诗评》中认为：“唐人好诗，多是征戍、迁谪、行旅、别离之作，往往能感动激发人意。”②此言极是，柳宗元此诗既有别离之感，又有迁谪之叹，委婉的笔触之间无不流淌着切身之痛。柳宗元还有一首七律《柳州城西北隅种甘树》，虽不很“微婉”，却很有韵味：

> 手种黄甘二百株，春来新叶遍城隅。方同楚客怜皇树，不学荆州利木奴。几岁开花闻喷雪，何人摘实见垂珠？若教坐待成林日，滋味还堪养老夫。

诗中的“方同楚客怜皇树，不学荆州利木奴”，是表明自己种橘子是像屈原那样推崇橘树“闭心自慎，终不过失”、“秉德无私”③的品质，而不是如李衡那样种橘为子孙留下财产④。下面的“几岁”和“何人”实际上是诗人的一种质疑，集中体现了诗人孤寂的情怀。

可见，柳宗元赴柳州途中以及在柳州任上创作的诗歌，亦和他的心境有密切的关系，命运的大喜大悲，使其情绪上急剧地发生变化，这种心绪的起伏跌宕程度要远超过永州时期，原本愤激、哀怨而又略带期盼的心境，一变而为愁苦、怨恨和绝望。在这样的心理感受中所创作的诗歌多以七绝、七律见长，自然都围绕“愁”字展开，此种微婉缠绵之哀诗和北归途中直抒胸中快意之诗形成鲜明的对比，读之更觉凄婉动人。

四

以上分析了柳宗元贬谪时期“微婉”风格的诗歌创作与其心境的关

---

① 参见周紫芝《竹坡诗话》，《历代诗话》，第356—357页。

② 严羽著、郭绍虞校释《沧浪诗话校释》，人民文学出版社1983年第2版，第198页。

③ 屈原《橘颂》。

④ 详见《太平御览》卷九六六，果部三引《襄阳记》。

系，其实，“微婉”不仅是指词句的朦胧婉约，更指含义的深刻隽永。这种隽永也表现在他的咏史诗和寓言诗上。先看柳宗元的咏史诗，他的这一类诗并不多，有乐府古题《古东门行》、《咏史》、《咏三良》、《咏荆轲》等几首，微婉之中有着强烈的现实针对性。由此而言，咏史不仅是一种题材，而且是咏怀的一种特殊方式。如他的乐府古题《古东门行》，就是描写西汉“七国之乱”以讽刺发生在元和十年(815)强藩李师道遣人刺杀宰相武元衡的事件的，此诗大概写在此事件后不久。又如他的《咏史》：

> 燕有黄金台，远致望诸君。嗛嗛事强怨，三岁有奇勋。悠哉辟疆理，东海漫浮云。宁知世情异，嘉谷坐熇焚。致令委金石，谁顾蠢蠕群。风波欻潜构，遗恨意纷纭。岂不善图后，交私非所闻。为忠不内顾，晏子亦垂文。

此诗是歌颂乐毅的。陈子昂、李白等人都写过这个主题。但柳宗元却能别开新意，并不认为乐毅是背叛者，反而对其“为忠不内顾，晏子亦垂文”的行为表示赞赏。他的《吊乐毅文》中也抒发对乐毅的“大厦之骞兮，风雨萃之；车亡其轴兮，乘者弃之”[①]的英雄悲剧的同情。此诗亦影射顺宗时自己参与王叔文集团的革新运动，而当宪宗继位后却忠心被贬谪的事实，颇有身世之感。忠臣不被任用是古代咏史诗的常见主题，柳宗元也不例外。又如他的《咏三良》，《咏三良》是古代早就吟咏的题材，柳宗元用“壮躯闭幽隧，猛志填黄肠”的秦康公用三个贤臣为其父秦穆公殉葬的事情，与魏武子之子颗将其父爱妾出嫁的事件进行比较，发出了“殉死礼所非，况乃用其良？”“从邪陷厥父，吾欲讨彼狂”的呼声，指责朝廷对无辜贤良的残害。细细推敲，革新派人士无端被贬的境遇和三良的无辜遇害很相似，柳宗元为古人抱不平，实际是隐晦地替自己辩解，表达心中的不满。

此外，柳宗元的寓言诗也有微婉的特点。他特别擅长用动物来自喻，如《跂乌词》、《笼鹰词》、《放鹧鸪词》等，此点学界多有论述[②]。但自

---

① 《柳宗元集》卷一九。

② 参见孙昌武《柳宗元传论》，人民文学出版社 1982 年版，第 397—402 页。

喻中的微婉特点还很值得探讨，如《放鹧鸪词》这首七古诗：

楚越有鸟甘且腴，解嘲自名为鹧鸪。徇媒得食不复虑，机械潜发罹罝罦。羽毛摧折触笼籞，烟火煽赫惊庖厨。鼎前芍药调五味，膳夫攘腕左右视。齐王不忍觳觫牛，简子亦放邯郸鸠。二子得意犹念此，况我万里为孤囚？破笼展翅当远去，同类相呼莫相顾。

“机械潜发罹罝罦”，清人沈德潜认为是“暗指王叔文招之及罹祸事”①。的确，诗人参与革新被朝廷远贬的命运和鹧鸪觅食被机关轻而易举地捕获的遭遇极其相似，可见，沈说有一定的道理。诗中用齐宣王不忍杀觳觫之牛与简子将邯郸鸠放生之典来阐明自己把鹧鸪放生的理由，而受伤的鹧鸪正是自己为“万里孤囚”的窘境的衬映。“破笼展翅当远去，同类相呼莫相顾”，迫切地表达出诗人渴望离开南荒之地的强烈愿望，而不是如沈德潜所认为的那样：“见此后当自检束，勿更为所引也。”②其实，由于柳宗元诗歌创作有微婉的特点，有些诗的具体含义只能从字里行间去推测，比如他的《视民诗》，章士钊经过一番分析之后认为：“诗中所谓房、杜，并非歌颂唐初二公所谋所断之既得绩效，而乃企望向后如二公者，一遇国家革命摧陷廓清之机，庶几怀民视而立民极，驯至正百辟而抚四夷，允符诗人之所长言咏叹云尔。”③章又同时感叹曰：“嗟呼！若而摧陷廓清之功，子厚曾以寄托于伾、文辈，不幸而伾、文辈身死名裂，为天下笑，子厚衹得于长年贬窜之余，追怀蓄念，仰望太平，载咏载歌，低徊不置而已，岂不可悲？”④尽管章士钊对柳诗有些曲解，但就此诗的解释还是很合情理的。

柳宗元的田园诗亦写得很微婉。譬如《首春逢耕者》：

南楚春候早，余寒已滋荣。土膏释原野，百蛰竞所营。缀景未

① 沈德潜编《唐诗别裁集》卷八，第253页。
② 沈德潜编《唐诗别裁集》卷八，第254页。
③ 章士钊《柳文指要》，上海文汇出版社2000年版，第26页。
④ 章士钊《柳文指要》，第27页。

及郊，穑人先耦耕。园林幽鸟啭，渚泽新泉清。农事诚素务，羁囚阻平生。故池想芜没，遗亩当榛荆。慕隐既有系，图功遂无成。聊从田父言，款曲陈此情。眷然抚耒耜，迴首烟云横。

在南荒的农村遇耕者是作诗的引子，诗人由此想象"故池"、"遗亩"的荒芜景象，心头不觉一阵感伤，所以沈德潜云："因逢耕者而念及田园之芜，羁人心事，不胜黯然。"①而柳宗元另外一些田园诗则直陈现实弊病，譬如著名的《田家》三首，其中直接揭露了赋税的苛重和官府的急征暴敛，反映了下层百姓的痛苦生活。这些诗歌的诞生，大致有三方面的原因：第一，因为贬谪时期的诗人直接接触了社会底层，看到各种丑恶的现象，这为创作提供了最原始的素材。第二是诗人在诗歌创作中贯彻了"文以明道"的主张，要反映真实的现实人生。第三，正因为诗人直面现实，胸中愤懑、痛楚，以至于不吐不快。这种表达方式和柳宗元一贯的微婉风格并不对立，它们并存于诗人笔触间，不同的是，微婉的手法更为作者所青睐。

通过对柳宗元永州、柳州等诗歌的具体分析，可知他贬谪时期的心境对诗歌创作影响很大，由于他在柳州的心境比永州更寂寞、更痛苦、更绝望，因而诗歌中流露出的情绪也从落寞、哀怨转变为愁苦、凄婉。总的来说，柳诗的风格倾向于微婉、幽深，但他也有直陈胸臆之作，这两种表达方式并不矛盾，只不过柳宗元更偏爱前者。这样，柳诗就形成了自己的特色，而《岁寒堂诗话》认为柳宗元缺乏韩愈那样作诗的才气②，明代的李东阳批评柳诗"过于精刻"③，从他们这些角度出发难免不是苛评。柳诗之所以在中唐诗坛占有一席之地，就因为它具有自己的风格，体现了诗人独特的心境，正如明人陆时雍所说的那样："读柳子厚诗，知其人无与偶。"④

① 沈德潜编《唐诗别裁集》卷四，第130页。
② 参见张戒《岁寒堂诗话》，《历代诗话续编》，第459页。
③ 李东阳《麓堂诗话》，《历代诗话续编》，第1379页。
④ 陆时雍《诗镜总论》，《历代诗话续编》，第1420页。

第二节　柳宗元的辞赋创作

明人陆时雍曰:“刘梦得七言绝,柳子厚五言古,俱深于哀怨,谓《骚》之余派可。”①此言抓住了刘禹锡和柳宗元诗歌“哀怨”的特点。而柳宗元的贬谪经历更近于屈原,他又很崇拜屈原,所以更加自觉地在文学创作中学习《离骚》的精髓,故南宋严羽在《沧浪诗话·诗评》中曰:“唐人惟柳子厚深得骚学”②。除了诗歌以外,柳宗元的辞赋创作也深深地刻上了“骚学”的烙印,下文试作分析。

一

柳宗元共有“九赋”、“十骚”,学术界往往统称为辞赋,其实他对“赋”和“骚”所采取的手法是不同的。首先我们得对骚、辞、赋这些概念作一诠释,因为这几个名词往往混合使用。骚是特指屈原的《离骚》,后被用作与《离骚》相仿的楚辞作品的代称。辞亦指楚辞。但骚与赋在汉代并不分开,如扬雄云:“赋莫深于《离骚》”③,而班固则在他的《汉书·艺文志》中的“诗赋略”中将屈原作品直接归入到赋类,云:“屈原赋二十五篇”,又在《离骚序》中曰:“其文弘博丽雅,为辞赋宗,后世莫不斟酌其英华,则象其从容”。但是萧统编的《文选》中《离骚》没有归入赋类而是别立为“骚”。梁刘勰的《文心雕龙》中也分“辨骚”和“诠赋”篇,在《辨骚》中高度评价屈原的《离骚》曰:

> 其叙情怨,则郁伊而易感;述离居,则怆怏而难怀;论山水,则循声而得貌;言节候,则披文而见时。是以枚、贾追风以入丽,马、扬沿波而得奇。其衣被词人,非一代也。故才高者菀其鸿裁,中巧

① 陆时雍《诗镜总论》,《历代诗话续编》,第1420页。

② 严羽著、郭绍虞校释《沧浪诗话校释》,第186页。

③《汉书·扬雄传赞》。

者猎其艳辞，吟讽者衔其山川，童蒙者拾其香草。

而骚体又很适合抒发文士的哀怨和悲怆之情，其表达的手法也被后人学习模仿。就如近代吴曾祺在《涵芬楼文谈·诵骚第四》中所云：

> 大抵皆文人学士，蹉跎不遇，以写其抑郁无聊之思，而卒归于钟爱之旨。以其始于楚人，故统谓之楚辞。其独至之诣，一本于幽。幽者，非闇然无华之谓。敛其光气，而纳入沉郁顿挫之中。刘彦和称为"金相玉式"、"艳溢锱毫"，即谓此也。自后代赋家间用是体，而推而广之，如哀死之文，礼神之作，莫不以此为大宗。而其奇怪谲诡之谈，支离蔓衍，不可究诘，又为小说家之滥觞矣。唐宋以来作者，惟韩、柳二家，于此实有所得。此外则金之元遗山，亦可称为入室弟子，余人莫之敢望也。

他将骚定位于文人学士由于蹉跎不遇，以抒发其郁闷、幽怨心情的文体，就是抓住了它的抒情性，且赋借鉴了这种抒情方法。尽管很多人模仿学习骚体，但是他在唐宋作家中只推崇韩愈和柳宗元，这也从一个侧面反映了柳宗元骚赋的成就。

而赋的由来，历来认为是取自诗六义"风"、"雅"、"颂"、"赋"、"比"、"兴"中的"赋"。班固在《两都赋序》中云："赋者，古诗之流也。……或以抒下情而通讽谕，或以宣上德而尽忠孝，雍容揄扬，著于后嗣，抑亦《雅》《颂》之亚也。"挚虞在他的《文章流别论》中认为："赋者，敷陈之称，古诗之流也。古之作诗者，发乎情，止乎礼义。情之发，因辞以形之；礼义之旨，须事以明之。故有赋焉，所以假象尽辞，敷陈其志。……古诗之赋，以情义为主，以事类为佐；今之赋，以事形为本，以义正为助。"《文心雕龙·诠赋》曰："诗有六义，其二曰赋。赋者，铺也，铺采摛文，体物写志也"，"然赋也者，受命于诗人，而拓宇于《楚辞》也。……遂客主以首引，极声貌以穷文，斯盖别诗之原始，命赋之厥初也。"都是着重指出赋的体物铺排之功能。清人刘熙载在他的《艺概·赋概》中认为："赋起于情事杂沓，诗不能驭，故为赋以铺陈之。斯于千态万状、层见迭出者，吐无不畅，畅无或竭。"强调的也就是赋无所不包、刻意搜罗的特点。可见，赋中尽管包含有抒情的成分，但铺陈是其最重要的手法，而楚辞重视的却是抒情的功能。就如陆机在他的《文赋》中所云:"诗缘情而绮靡,赋体物而浏亮。"虽然骚的词句很典丽,但是赋在这方面走得更远,历来都被认为是辞藻过于华丽。曹丕云:"诗赋欲丽"(《典论·论文》),皇甫谧称赋为"美丽之文"、"辞必尽丽"(《三都赋序》)。刘勰在《文心雕龙·丽辞》中认为:"扬马张蔡,崇盛丽辞,如宋画吴冶,刻形镂法,丽句与深采并流,偶意共逸韵俱发"。

尽管骚和赋在起源、抒情性以及辞藻华丽等方面有所区别,但是骚一般并入赋类。如清代姚鼐的《古文辞类纂》分类不像《文选》那样复杂,辞赋类又分赋、骚、七等名目,而是并收辞赋为一类的,对此他解释说:"昭明太子《文选》,分体碎杂,其立名多可笑者。后之编集者,或不知其陋而仍之。"[①]程章灿在《魏晋南北朝赋史》中亦认为:"在汉代,赋虽有辞、赋、颂等不同名称,其实质往往一致,应统归入赋体。楚辞卓然自成一体,仍可视为广义的赋之一体。至于后代的仿作,则更应当归入赋体,看作骚体的赋。"[②]他把刘勰《文心雕龙·诠赋》中所说的"铺采摛文,体物写志"认定是构成赋体的充要条件,是赋体的基本特征[③]。按照这个标准,骚就很自然被并入广义范围上的赋类了。

其实,骚赋作为赋体的一个类名出现比较晚,直到清康熙时陆棻等编《历朝赋格》才专设"骚赋"一格,这样就和古赋分开了。而实际的创作却很早,贾谊是用骚体写赋的第一人。根据《史记》记载,贾谊因为被谗,被贬为长沙太傅。他的这段经历与屈原也是十分相似的,在被贬途中又恰至屈原被放后经常出没的湘水,所以有非常有切身的体会,就在《吊屈原赋》中抒发与屈原《离骚》相仿的思想感情。对此,刘勰在《文心雕龙·哀吊》中云:"自贾谊浮湘,发愤吊屈,体同而事覈,辞清而理哀,盖首出之作也。"但是唐代"古文运动"的前驱者却对骚赋有看法,他们皆从儒家的立场出发,对屈原、宋玉等人的辞赋作品以及后人的模仿之作提出批评意见。如李华说:"屈平、宋玉,哀而伤,靡而不返,六经之道

① 姚鼐《古文辞类纂序目》。
② 程章灿《魏晋南北朝赋史》,江苏古籍出版社 2001 年版,第 11 页。
③ 程章灿《魏晋南北朝赋史》,第 12 页。

遁矣。论及后世，力足者不能知之，知之者力或不足，则文义寖以微矣。”[①]独孤及记载萧颖士的看法是“扬、马言大而迂，屈、宋词侈而怨，沿其流者或文质交丧，雅郑相夺”[②]。他们这种观点，都是指责骚赋的哀怨之气和其讲求文采辞藻的特点，但是他们没有看到恰恰是这种独特性构成了楚辞的风格。正因为骚赋特别适合文士抒发内心的情怀，且本身的句式整饬而有所变化，所以柳宗元亦学习之，在《答韦中立论师道书》中曰：“参之《离骚》以致其幽”。其《吊屈原文》亦云：“哀余衷之坎坎兮，独蕴愤而增伤。”此外，在他的贬谪时期的诗歌中也屡次提及，如《游南亭夜还叙志七十韵》中的“投迹山水地，放情咏《离骚》”，还曾多次借用屈原《橘颂》的典故，“橘柚怀贞质，受命此炎方”[③]，“方同楚客怜皇树”[④]，表示自己要与屈原一样，赞赏并保持橘树那种“受命不迁”的坚定品格。他在永州遇赦时，也是立刻想到了屈原：“南来不做楚臣悲，重入修门自有期”[⑤]，虽然这首诗的情绪与屈原大不同，但却从一个侧面反映了柳宗元喜以自己的命运与屈原相比较。他还经常想到屈原的结局：“屈子之悁微兮，抗危辞以赴渊”[⑥]。柳宗元赞赏并学习屈原，是因为柳宗元一生的经历和屈原非常相似，在政治上他们都积极要求改革时弊，而当改革失败后又都有长期的贬谪生活的经历，且始终坚持自己的理想。但也有不同之处，屈原苦闷之极选择了自沉清流的解脱，而柳宗元却在贬谪地为当地的发展做了许多切实的工作。他的辞赋体文学，其抒情小赋《惩咎赋》等明显借鉴了骚赋，不仅是继承了屈原的精神，而且对传统的形式做了大胆的革新，这体现在他的骚文中，不再局限于美人、香草等意象，而是运用了各种寓言故事，针对现实，作了辛辣的讽刺，感人至深。所以刘昫评论柳宗元的辞赋时曰：“既罹窜逐，涉履蛮瘴，崎岖堙厄。蕴骚人之郁悼，写情叙事，动必以文，为骚文数十篇，

① 《全唐文》卷三一五，《赠礼部尚书清河孝公崔沔集序》。

② 《全唐文》卷三八八，《唐故殿中侍御史赠考功郎中萧府君文章集录序》。

③ 《柳宗元集》卷四三《南中荣橘柚》。

④ 《柳宗元集》卷四二《柳州城西北隅种柑树》。

⑤ 《柳宗元集》卷四二《汨罗遇风》。

⑥ 《柳宗元集》卷二《闵生赋》。

览者为之悽恻。”①

另外，辞赋与骚赋相互影响和融合，还产生了被人称为“诗体”的四言赋。一般认为四言赋始于扬雄的《逐贫赋》。扬雄此赋设为扬子与贫问答，用以表现自己仕途失意、生活困顿的遭遇和安贫乐道的思想，它以四言为体而弃骚句特色的“兮”字不用。在曹明纲的《赋史概论》中总结认为：“四言诗体赋的诞生，既可看作是四言诗对赋体演变所产生的一种影响，同时也可认为是辞赋与骚赋二体相互融合的结果。”②柳宗元古赋中的《牛赋》，也是四言体赋的代表作。以下按照《柳宗元集》中的“古赋”和“骚”的分类来分析柳宗元辞赋的特点，从而确定其辞赋在中唐的地位。

二

柳宗元的古赋有《佩韦赋》、《瓶赋》、《牛赋》、《解祟赋》、《惩咎赋》、《闵生赋》、《梦归赋》、《囚山赋》、《愈膏肓疾赋》③等九篇。就内容而言，又可分为抒情与咏物两类。除了《瓶赋》、《牛赋》两篇外，其余七篇都是抒情短赋。

《佩韦赋》④，作赋的由来在开首就有交代：“柳子读古书，睹直道守节者即壮之，盖有激也。恒惧过而失中庸之义，慕西门氏佩韦以戒，故作是赋。”佩韦是用以自缓的，柳宗元羡慕西门豹的行为是因为其符合中庸之道。以下通篇三分之二从引用孔子等古人的行为来印证这个道理。虽说例证很多，但柳宗元依然在其中表达了自己的心志：

> 纷吾守此狂狷兮，惧执兢而不柔。探先哲之奥谟兮，攀往烈之洪休。曰沈潜而刚克兮，固谠人之嘉猷。嗟行行而踬踣兮，信往古

① 《旧唐书》卷一六〇《柳宗元传》。

② 曹明纲《赋史概论》，第 104 页。

③ 《柳宗元集》第 1467 页，“辨伪杂录”疑《愈膏肓疾赋》为伪作。章士钊亦认为此非柳文，详见《柳文指要》卷二，第 60 页。

④ 《柳宗元集》卷二。

之所仇。彼穹壤之廓殊兮，寒与暑而交修。执中而俟命兮，固仁圣之善谋。

从“嗟行行而踬踣兮”、“彼穹壤之廓殊兮”这些伤感的语句来看，当是柳宗元被贬之后所作的。章士钊认为：“据穹壤廓殊一语，可见此赋作于永贞失败以后。”①这是很有道理的。在永贞革新运动中，柳宗元进入了权力的中心，但是很快就被一贬再贬。这种仕途的曲折经历使作者心中抑郁、愁闷，正如章士钊分析所云：“吾意此种委屈心迹，在子厚执笔草此赋时，定往复于胸而无法自休，古事云云，亦涉笔所至之装点语尔。”②对于自己被贬谪的遭遇，柳宗元称之为“祟”，《说文》云：“祟，神祸也。”那么他是如何面对的呢？这就有了《解祟赋》③。此赋第一段云：

柳子既谪，犹惧不胜其口，筮以《玄》，遇“干”之八。其赞曰：“赤舌烧城，吐水于瓶。”其测曰：“君子解祟也。”喜而为之赋。

不但点明了写作的大致时间，亦隐晦表达了自己渴望解脱的心理。赋中极写“九泉焦枯而四海滲涸”时的火焰之烈，而此烈火被视为祸，解祸的方法是作者到《太玄》中搜寻，“去尔中躁与外挠，姑务清为室而静为家。苟能是，则始也汝迩，今也汝遐。”有了清静的心境，才能在祸害中“释然自得，以泠风濯热，以清源涤瑕”。达到一种逍遥的境界。综观柳宗元在南荒的境遇：贫病交加，心情郁闷，这些无不是祟，他最终找到的解决方法就是“清”“静”，让自己的心态更加平和，而在这表面的平和之中却隐藏着更深的哀怨。所以他会在贬谪永州时期寄情于山水，写出许多韵味隽永的篇章。但是章士钊的《柳文指要》中对此赋如是说：

赋辞写舌火之炽盛，不廑烧城而已，并毁天地而有余。忽而往搜太玄之奥，吐水于瓶，燎原浸息，是犹置杯水于坳堂之上，而使北溟之鲲，游泳于其中。此经为齐物之谬论，纬以唯心之极思，夫自

① 章士钊《柳文指要》，第38页。
② 章士钊《柳文指要》，第40页。
③《柳宗元集》卷二。

来接近唯物如子厚一流学者，实不应挟笔乱道乃尔，吾因疑《解祟赋》未必亲子厚作。何况扬子云除辞赋外，其品质若思致，都与子厚无接近处，子厚亦似故避其名而不提，今乃题标《太玄》，列举赞测，抑何与其平日之为人、之为文，太相径庭也耶？姑志此疑，以待考实。①

也就是说章士钊对柳宗元的这篇赋的真伪是存有疑问的，理由是柳宗元此处用《太玄》中玄虚之物阐发事理，这和他一贯的文风不相符。的确，柳宗元很厌恶迷信、虚无的东西，比如在《贞符》中，阐发了“生人之意”，而反对符瑞和封禅，他认为：“受命不于天，于其人，休符不于祥，于其仁，惟人之仁，匪祥于天，匪祥于天，兹惟贞符哉，未又丧仁而久者也，未又恃祥而寿者也。”在他的眼中，凡大电、大虹、巨迹、白狼等都是些虚妄之言用以欺骗民众的，并非是什么受命之证。此外，他的《天对》、《非〈国语〉》、《天说》都批判“天命”观。但是《解祟赋》不是虚无的，尽管其中有些玄虚的描述，都只是借《太玄》中的某些元素来表达自己贬谪后的心态调整的过程而已，就这个意义上说，决非是如章氏所论述的那样。

柳宗元还有一篇赋题目和《解祟赋》很相似，就是《惩咎赋》②。“咎”，《说文》曰：“灾也。”和“祟”的意思基本一样。此赋名为“惩咎”，《新唐书》本传云：“宗元不得召，内闵悼，悔念往吝，作赋自儆，曰《惩咎》。”实际上此赋并无丝毫的悔意，此作也是作于永州，完全脱却了《解祟赋》的隐晦的手法，而是直接抒发了自己的人生感慨，他怀着“不顾虑以周图兮，专兹道以为服。谗妬搆而不戒兮，猶断断于所执”的信念，参加了政治革新运动。可是世人对于革新派的态度有许多的误解，韩愈虽然在政治思想、哲学思想等方面和柳宗元存在分歧，却一直与柳宗元保持很好的交谊，他所作的《柳子厚墓志铭》对柳的评价还是比较客观、公正的，可是他对于柳参加革新运动也是持批评意见的，认为柳：“不自

① 章士钊《柳文指要》，上海文汇出版社 2000 年版，第 47 页。

② 《柳宗元集》卷二。

贵重顾藉，谓功业可立就，故坐废退。”①但柳宗元对于自己的行为并无悔恨之意，在《惩咎赋》中云：

> 哀吾党之不淑兮，遭任遇之卒迫。势危疑而多诈兮，逢天地之否隔。欲图退而保己兮，悼乖期乎曩昔。欲操术以致忠兮，众呀然而互嚇。进与退吾无归兮，甘脂润乎鼎镬。幸皇鉴之明宥兮，累郡印而南适。惟罪大而宠厚兮，宜夫重仍乎祸谪。既明惧乎天讨兮，又幽慄乎鬼责。

他慨叹的是革新派人士倍受打击，一贬再贬，而谗毁之言又使他们处于进退两难的地步。看似自称“罪大”有惧祸思想，实际是有不平之气。赋中对于贬谪途中衰败景物的描写和《离骚》非常相像，飘风、孤舟、幽日、黝云、哀猨、穷冬等意象和抒情主人公的孤独的形魂融合在一起，无不抒发了其内心的哀怨的情绪，因而有“哀吾生之孔艰兮”的喟叹。由于柳宗元性格偏于沉郁，又特别倾慕屈原，也曾想“沉渊而殒命”以求“蔽罪以塞祸”。屈原的自沉汨罗江是因为他不愿与世俗同流合污，要保持自己高洁志向而采取的行为。这种不为世所容的感受同样体现在柳宗元身上，可他顾虑重重，伤感自己无子而不能赴死。在贬谪永州之后，柳宗元对仕途感到沮丧的，有一种终老于此的感觉，“为孤囚以终世兮”，而在赋的最后，他依然有这种预感，但态度就很积极，很乐观：

> 曩余志之修蹇兮，今何为此戾也？夫岂贪食而盗名兮，不混同于世也。将显身以直遂兮，众之所宜蔽也。不择言以危肆兮，固群祸之际也。御长辕之无桡兮，行九折之峨娥。却惊棹以横江兮，泝凌天之腾波。幸余死之已缓兮，完形躯之既多。苟余齿之有惩兮，蹈前烈而不颇。死蛮夷固吾所兮，虽显宠其焉加？配大中以为偶兮，谅天命之谓何！

在叹息自己不平遭遇的同时，柳宗元表明他自己生活的志向。虽然自己不被容于社会，就如如驾无桡的车子上高山，乘无棹的小舟横大江那

---

① 《全唐文》卷五六三。

样处处有险境，但自己决无畏惧，即使终老于南荒之地也不悔恨。这种气概在柳宗元的诗文中是较少见的，这是柳宗元的抑郁的个性所决定的，但哀怨之中的激愤的情绪也会有所体现的。这篇《惩咎赋》，实际上是"咏怀"，抒发了柳宗元被贬之后的心灵痛楚与哀伤之情。晁补之取此赋于《续楚辞》，为之序曰：

宗元窜斥崎岖蛮瘴间，堙阨感郁，一寓于文，为《离骚》数十篇。《惩咎》者，悔志也。其言曰，苟余齿之有惩兮，蹈前烈而不颇。后之君子，欲成人之美者，读而悲之。①

晁氏认为柳宗元的辞赋有郁闷之气是很对的，但将此赋视为悔志之作，就只注意到赋的表面文字，而未真正体悟作家的心境。

象《惩咎赋》这样直接抒发情感的赋在柳宗元的辞赋中较少见，他的大多数的赋都是学习了楚辞，采用了比拟、联想、夸张的手法，来揭示自己内心的感受。比如《闵生赋》②，从自己的切身的遭遇中，抒发了心中怀才不遇的郁闷之气，曰"哀吾生之险阨兮，纷丧志以逢尤。气沉郁以眇兮，涕浪浪而常流"，"合喙而隐志兮，幽默以待尽"。此赋紧接着用比拟手法，进一步论证世俗环境的险恶和自己怀才不遇的痛楚：

骐骥之弃辱兮，驽骀以为骋。玄虬蹶泥兮，畏避鼋鼍。行不容之峥嵘兮，质魁垒而无所隐。鳞介槁以横陆兮，鸱啸群而厉吻。

此处学习了《怀沙》和《卜居》的写法，将骐骥与驽骀的遭遇进行对比，实际上是为有才之士鸣不平。在比拟之后，心情更加沉重压抑，因而有"心沉抑以不舒兮，形低摧而自愍"的感受。作者将骐骥与驽骀作比还觉得不能够诠释自己的思想，就采用《离骚》和《九章》中的一些表现手法，用虞舜、屈原坎坷的悲剧命运来自喻：

① 晁补之《续楚辞》、《变离骚》二书今已不存，只在《鸡肋集》卷三六中存有《离骚新序》、《续楚辞序》、《变离骚序》三篇文章，见《影印文渊阁四库全书》本。现从朱熹《楚辞集注》附录《楚辞后语》以及韩愈、柳宗元等文集旧注中可见晁之遗文。此处见《柳宗元集》卷二《惩咎赋》题下注引。

② 《柳宗元集》卷二。

> 重华幽而野死兮，世莫得其伪真。屈子之悁微兮，抗危辞以赴渊。古固有此极愤兮，矧吾生之藐艰。列往则以考己兮，指斗极以自陈。

此赋中有“肆余目于湘流”，“余囚楚、越之交极兮”之言，可知作于永州。作者胸中的郁闷之气始终不能散去，无论是用动物作比拟还是将古人以自喻，加上在僻远的南荒之地，他受到严酷环境的考验，就如赋中所言：

> 壤汙潦以坟洳兮，蒸沸热而恒昏。戏凫鹳乎中庭兮，蒹葭生于堂筵。雄虺蓄形于木杪兮，短狐伺景于深渊。

在环境恶劣和心境沮丧的双重压迫下，他还是有一种“虑吾生之莫保”的不祥的预感。

正因为柳宗元有这种不祥的预感，他在诗文中表现出对故园强烈的怀恋之情。《梦归赋》是柳宗元贬谪到永州很长时间后所作的，开首就表明作此赋的原因：“罹摈斥以窘束兮，余惟梦之为归”，在窘迫的境遇中有了思归之意，不能释怀，就成了梦。这篇赋总体上学习了屈原的《离骚》和《远游》，表面上诉说了恋乡之情，而在平静豁达之中却别有一种辛酸，是对被贬谪远州命运的哀伤，也是对故园永不可见的预测后的幽怨。梦是有感而生的，既然故园让作者魂牵梦绕，似乎在梦境中应该是些美好的意象，但是在其笔下却是颓败的景象“原田芜秽兮，峥嵘榛棘。乔木摧解兮，垣庐不饰”。梦回故园带给他的不是欣喜若狂，而是精神上更大的失落，“魂恍惘若有亡兮，涕汪浪以陨轼”。当他从并不美妙的梦境中回到现实时，面对永州艰险的环境，苦闷更深了，此时他所能作的就是如何宽慰自己，在赋中提到的孔子欲居九夷、老子去周远遁、庄子之逍遥游的古人之逸事，都是在强调自己虽处远州不恋故乡：“苟远适之若兹兮，胡为故国之为慕？”可是表面的恬静还是掩饰不了他的失落，“膠余衷之莫能舍兮，虽判析而不悟”。可见，他的梦归，是他失落心境的另一种体现方式。虽说永州的山水别是一种风味，柳宗元亦有不少著名的山水游记，如《游黄溪记》、《始得西山宴游记》等，其笔下风景无不美丽幽静，但字里行间无不透露出凄神寒骨的孤独韵味。这种凄美的孤独感在柳宗元的山水游记中表现得含蓄婉转，而在他的《囚山赋》中体现就很明显了。根据赋中所言“积十年莫吾省者兮”，当是柳于元和九年在永州所作。此时，柳宗元已经被贬永州十年了，情绪非常低落，虽然他在诗文中有退隐的想法，只不过是他的愤激之语，他还有幻想，想再次为朝廷重用，所以他才会把此地的山水等风物看成是囚笼，这就和陶渊明等人截然不同，陶渊明认为官场才是樊笼，《归园田居》云：“久在樊笼里，复得返自然”，在《归去来兮辞》中认为：“实迷途其未远，觉今是而昨非”。这是因为陶渊明对官场无所依恋，自愿辞官回乡，而柳宗元却是被迫贬官的，他们思想的出发点不一样，自然对待“退隐”的态度也不同，周围景物所诠释的情感也就很不同了。柳宗元在此赋中的委屈和愁苦之情溢于言表，“胡井眢以管视兮，穷坎险其焉逃。顾幽昧之罪加兮，虽圣犹病夫嗷嗷”。而结句“谁使吾山之囚吾兮滔滔”的慨叹更增添了其内心的悲凉。晁补之在录这篇赋于《变骚》之中，曰：

> 《语》云：仁者乐山。自昔达人，有以朝市为樊笼者矣，未闻以山林为樊笼也。宗元谪南海久，厌山林不可得而出，怀朝市不可得而复，丘壑草木之可爱者，皆陷阱也，故赋《囚山》。淮南小山之辞，亦言山中不可以久留，以谓贤人远伏，非所宜尔，何至以幽独为狴牢，不可一日居哉？然终其意近《招隐》，故录之。①

这种解释是很有道理的，符合柳宗元的贬谪心态。

总之，柳宗元的抒情赋虽然学习了屈赋，但是两者相比，柳赋远不如屈赋气势磅礴、慷慨悲凉，而且缺乏其丰富的想象力和情绪的感染力，但是柳赋也有特点，就是在形式上更短小精致，抒情上更直截了当，在短小的篇幅中凸现其精心的布局，将自己感慨与愤懑、哀怨与愁苦以及渴望与期盼等复杂的情绪交织在一起，从而使赋这种在中唐并不为人所看重的文体焕发出光彩。

柳宗元的古赋除了抒情赋，还包括两篇咏物赋，《瓶赋》与《牛赋》。尽管《文选》和《文苑英华》中对赋的分类很琐碎，但多数作品的题材还

① 《柳宗元集》卷二《囚山赋》题下注引。

是集中在咏物上，范围非常之广泛，大至天地岁时、自然山水、宫殿京都，小到日常器皿、草木虫鱼、飞禽走兽。楚辞开创了咏物写志的传统，清人刘熙载在他的《艺概·赋概》中认为屈原的《橘颂》"纯乎赋体"。但是汉代以后的大多数咏物赋，如工笔画，多描摹物态，罗列典故，内容上往往空洞单薄。柳宗元则不然，他也非常赞赏屈原的《橘颂》，并借鉴其写作方法，从而使《瓶赋》、《牛赋》等作品都达到了托物咏怀，寓意深婉的程度。先看《瓶赋》，这与扬雄的《酒箴》很类似，都是采用了对比的手法。《酒箴》篇幅很短，通篇用反语，先写"藏水满腹"的井边之瓶而被疏远，而后与"尽日盛酒"的鸱夷却受重视的待遇作比较，末尾对酒的质疑给予世俗的社会以辛辣的讽刺，颇有一种"众人皆醉吾独醒"的味道。而《瓶赋》则将两者品质进行正面直接的对比，作者的爱憎之情一看即知，首先抓住鸱夷隐藏的实质，引诱人"视白成黑，颠倒妍媸。己虽自售，人或以危。败众亡国，流连不归"，而赞赏瓶之"清白可鉴，终不媚私"，"利泽广大"，"功成事遂，复于土泥"的毫无怨言、淡泊名利的思想。鸱夷在此赋中是比喻那些颠倒是非、祸国殃民的小人，用瓶以自喻，表达自己正直、淡泊的生活态度。而且此赋对他自身的坎坷遭遇似乎有一种诠释，"绠绝身破，何足怨咨？功成事遂，复于土泥"，"何必巧曲，徼觊一时"，表面是写瓶之淡然高洁的处世方式，实际也是表达了柳宗元对参与永贞革新运动无后悔之意，虽然时人认为他是想速进，但是他自己却不认为参与革新运动是取巧的行为。苏轼认为：

> 或曰：柳子厚《瓶赋》，拾《酒箴》而作。非也。子云本以讽谏设问以见意耳。当复有答酒客语，而陈孟公不取，故史略之，子厚盖补亡耳。然子云论屈原、伍子胥、晁错之流，皆以不智讥之；而子厚以瓶为智，几于信道知命者，子云不及也。子云临忧患，颠倒失据，而子厚尤不足观，二人当有愧于斯文也耶！[①]

① 见《苏轼佚文汇编》卷五《书柳文瓶赋后》，苏轼撰、孔凡礼校点《苏轼文集》第 2543 页，中华书局 1986 年版。

的确如此，扬雄的《酒箴》，有问无答，皆是反语，而子厚的《瓶赋》进一步补充，从正面阐明自己的观点，用瓶以自喻。晁无咎也把此赋录于《变骚》中，且曰：

> 昔扬雄作《酒箴》，谓鸱夷盛酒，而瓶装水，酒甘以喻小人，水淡以比君子。故鸱夷以亲近托车而肥，而瓶以疏远居井而羸，此雄欲同尘于皆醉者之词也。故宗元复正论以反之，以谓宁为瓶之洁以病己，无为鸱夷之旨以愚人。盖更相明，亦犹雄为《反骚》，非反也，合也。①

这正抓住了柳宗元写作此赋的目的。其实，柳宗元赋中用以比兴的意象和屈原不太一样，屈原喜用美人香草来喻自己的高洁品格，而用众女恶草喻妒贤嫉能的阴险小人，而柳更爱用平凡的事物作比兴，像《瓶赋》中的鸱夷与瓶，《牛赋》中的牛与羸驴。《牛赋》是柳宗元古赋中另一篇出色的咏物赋，也是其被贬谪到永州之后的有感之作。《牛赋》从牛的“魁形巨首。垂耳抱角，毛革疏厚”的魁伟形象写到其耕种的勤劳奉献，无私淡泊的可贵品质，和羸驴“不耕不驾，藿菽自与。腾踏康庄，出入轻举”“善识门户，终身不惕”的不劳而获、逢迎投机而又志得意满的举止进行了鲜明的对比，从而喟叹“命有好丑，非若能力”，揭示时世的不公，自有一种怨愤之气于其中。苏轼被贬后，曾书此赋遗琼州僧道赟，并在《书柳子厚牛赋后》同情牛之遭遇，哀叹岭外以杀牛等方法来祈福的愚昧性，云：“中国人以沉水香供佛，燎帝求福；此皆烧牛肉也，何福之能得，哀哉！”②

总之，柳宗元的古赋，无论是抒情小赋，还是咏物赋，都继承了屈赋比兴抒情的传统，形式上虽不如屈赋汪洋恣肆，想象不如其丰富多彩，结构上也不如其宏伟巨大，但却有其特点，就是形式上偏于短小精巧，抒情上收敛集中，表达的意象上更接近于现实生活，将自己的喜怒明确而又委婉地显现出来，从而赋予赋新的生命。

---

① 《柳宗元集》卷二《瓶赋》题下注引。

② 苏轼撰、孔凡礼校点《苏轼文集》卷六六，中华书局 1986 年版，第 2058 页。

三

柳宗元古赋中的《瓶赋》、《牛赋》用比兴、对比的手法，揭露现实中的不合理现象，极有讽刺性与批判性，就如他的寓言文一样。这种讽刺与批判的手法还明显体现在他的十篇骚体文中，包括《乞巧文》、《骂尸虫文》、《斩曲几文》、《宥蝮蛇文》、《憎王孙文》、《逐毕方文》、《辨伏神文》、《愬螭文》、《哀溺文》、《招海贾文》等。

《乞巧文》是柳宗元就七夕乞巧而作的。七夕乞巧本是民间风俗，用以驱拙乞福的。而柳借题发挥，将“臣有大拙，智所不化，医所不攻，威不能迁，宽不能容”而导致的“进退唯辱”的窘境，和巧夫谄媚巧诈所拥有的“颠倒逢嘻”的场面对比，而表明自己的志向，“抱拙终身，以死谁惕”。拙、巧也就成为人品的评价标准，从中我们也可体会出作者的内心，他不畏惧仕途的进与退，依旧坚持自己的做人原则。此文中的“巧”是代指人品的奸诈虚伪，而柳骚中有不少诠释此种恶劣的物体，如尸虫、曲几、蝮蛇、王孙等。《骂尸虫文》通过道士之口说出尸虫之害：

> 有道士言：“人皆有尸虫三，处腹中，伺人隐微失误，辄籍记。日庚申，幸其人之昏睡，出谗于帝以求飨。以是人多谪过、疾疠、夭死。”

柳宗元把贬谪之祸归于善于进谗言的尸虫，一种传说中寄生在人体上的“阴秽小虫”。并由此痛斥其搬弄是非，颠倒黑白，“以曲为形，以邪为质；以仁为凶，以僭为吉；以淫谀谄诬为族类，以中正和平为罪疾；以通行直遂为颠蹶，以逆施反斗为安佚。谮下谩上，恒其心术，妒人之能，幸人之失”。尸虫这种近乎变态的对人的肆意谗毁，影射了现实中嫉贤妒能的小人，也是对执政者善恶不分的讽刺。在结尾部分，作者提出要除掉尸虫，才会“祸无所伏，下民百禄”。而《斩曲己文》的寓意更委婉些，从“欹形诡状，曲程诈力”的曲木制成之器是不祥之物，和“人道甚恶，惟曲为先”进行类比，柳宗元对不才者进的现象产生了强烈的不满，所以要“斩曲几”，反对谗毁诡曲的小人行径。对于谗毁之小人，柳宗元或骂、或斩，或敬而远之，《宥蝮蛇文》中的“宥”，就是原谅、宽恕的意思。此文借僮之口说出蝮蛇直接或间接对人性命的严重威胁，用以比喻那些阴险毒辣的小人。作者虽恨其“志蕲害物，阴妒潜狙”，却只采取“与汝异途，不相交争”的疏远态度。而樵竖、农夫则不然，遇之必将其“余力一挥，应手糜碎”，暗示了小人的最终结局。柳宗元的骚文中还有运用像其古赋《瓶赋》、《牛赋》的对比手法，来揭露谗毁小人的，如《憎王孙文》，写了“居异山，德异性、不能相容”的两种动物——善者猨和恶者王孙，赞赏“德静以恒，类仁让孝慈”的猨的君子行为，痛恨王孙“德嗓以嚣”、“外以败物兮，内以争群。排斗善类兮，哗骇披纷。盗取民食兮，私己不分。充嗛果腹兮，骄傲欢欣”的小人的种种劣行。并联系到自己的贬谪“余弃山间久”，就更加痛恨王孙：“然则物之甚可憎，莫王孙若也。”这种深恶痛绝的情绪舍弃了含蓄性，达到了喷发的顶点，“王孙兮甚可憎”的感叹语句就重复出现了三次之多。作者更对纵容小人横行的当权者提出不满意见：“噫，山之灵兮，胡独不闻?”“噫，山之灵兮，胡逸而居?”

柳宗元的骚文，除了无情揭露谗毁小人的卑劣嘴脸之外，对人性的其他一些弱点如肆意妄为、虚伪阴险、贪婪无度、唯利是图等也有所揭露。在《逐毕方文》中，从毕方是传说中的一种鸟，见之则会产生火灾写起，联系到永州在元和七年、八年夏频发火灾，损失惨重，“焚伤羸老兮，炭死童孩。叫号隳突兮，户骇人哀”，“民气不舒兮，僵踣颠颓”。而根据禹书所言，是怪鸟毕方所为，所以要驱逐之。作者要驱逐怪鸟，实际上是要祛除人性中肆意妄为、阴险诡异的一面。《辨伏神文》也是如此，伏神是医生治疗柳宗元“病痞且悸”的良方，然而柳宗元食之却病加重。原来是卖药者欺骗患者把“老芋”当伏神出售，导致病人“误而为饵兮，命或殆而”。由此，柳宗元颇有感慨：“世之以芋自售而病乎人者众矣，又谁辨焉!”“物固多伪兮，知者盖寡。考之不良兮，求福得祸。”揭露了社会中多伪善之人，他们对社会的祸害是潜在的，又是无穷的，因而十分危险。柳宗元此番议论也流露出他人生遭际的慨叹，由于他参加了革新运动，世人多认为其求速进而依附小人，对其多有斥责之辞，更有谗言在毁坏其名声，他因此感到痛恨与厌恶。又如《愬螭文》，其中深刻揭露了永州城西江中的怪螭之害:“蟉形决目,潜伺窥兮。膏血是利,私自肥兮。岁既大旱,泽莫施兮。妖猾下民,使颠危兮。充心饱腹,肆敖嬉兮”、“蔑弃无辜,逞怪姿兮”,而此螭象征着社会上贪婪狡猾、傲慢凶残的人。《招海贾文》中的“海贾”也是指人性中的一种弱点,“死为险魄兮,生为贪夫”,是指趋利贪婪之人。此文晁补之取之续《楚辞》,认为与屈原《招魂》很相似:“《招海贾文》虽变其义,盖取诸此也。宗元以谓崎岖冒利,远而不复,不如已故乡常产之乐,亦以讽世之士行险侥倖,不如居易以俟命云。”这段话抓住了此文的主旨,柳宗元在文中就此意提出两个问题:“咨海贾兮,君胡以利易生而卒离其形?”“咨海贾兮,君胡乐出幽险而疾平夷?”而文中所列举的历史人物如范蠡去相为富贾,吕不韦、桑弘羊等人从贾人而入仕的“逍遥纵傲世所趋”,在作者眼中,他们是趋利为愚的,所以要召唤世上的趋利者回归本性。从柳宗元以上的骚文中可以发现这样一个规律,就是他总是用比喻等含蓄的手法来隐晦批判人性中的丑恶面。但是也有一篇例外,《哀溺文》就是从一个善游者落水,不愿舍弃腰间金钱终于被溺死的故事,直接批判世俗中贪婪之人“不让禄以辞富兮,又旁窥而诡求。手足乱而无如兮,负重踰乎崇丘”,指出他们最终会“既浮颐而灭膂兮,不忍释利而离尤”。并且作者推今鉴古,认为世俗间少有释利而保其生者,“前既没而后不知惩兮,更揽取而无时休”,导致“与害偕行兮,以死自绕”的结果。

通过对柳宗元的九赋、十骚等具体作品的分析,我们可以总结出其辞赋的特点:柳宗元的辞赋虽然继承了屈赋比兴抒情的传统,但更多的是开拓与创新,在形式上趋于简短紧凑,在题材上贴近日常生活,在抒情上突破个人情愫,完全抛却了屈赋中美人、众女、香草、恶草以及虚无缥缈的意境,更为细致地将人性的各种弱点和丑陋面婉转而深刻地揭示出来。难怪严羽在《沧浪诗话 · 诗评》中很推崇柳宗元的辞赋,称其为“唐人惟柳子厚深得骚学”。这个评价是否得当呢?中唐文人虽不以辞赋著称,但都还继承传统,有所创作,尤以柳宗元、刘禹锡等人的辞赋作品较多,而且刘柳关系密切,就更有可比性,所以将刘禹锡之赋与之相比,就可以较为公允地看出柳宗元在中唐赋坛上的地位。

刘禹锡与柳宗元是挚友,贬谪经历又极其相似,文学成就相当,辞赋作品在其文学创作中亦占有一定比例,《刘禹锡集》卷一就录有九篇赋:《问大钧赋》、《砥石赋》、《楚望赋》、《伤往赋》、《何卜赋》、《谪九年赋》、《望赋》、《山阳城赋》和《秋声赋》等。但是和柳赋相比,刘赋在创新上就相形见绌了。尽管刘禹锡的辞赋也都作于其贬谪时期,如《问大钧赋》序中曰:"始余失台郎为刺史,又贬州司马,俟罪朗州,三见闰月。人咸谓数之极,理当迁焉。因作《谪九年赋》以自广。"《楚望赋》序中亦云:"予既谪于武陵,其地故郢之裔邑,与夜郎诸夷错杂。"其赋也都继承了屈赋比兴抒情的传统,基本围绕个人的贬谪情绪,篇幅上又较长,未能脱却屈赋的窠臼而形成自己辞赋的特点。在刘禹锡的辞赋中,没有咏物赋,都是抒情赋,每篇赋的面貌似乎都很相似,自然界的意象一般是凄冷、孤寂、缥缈的,抒情主人公的情绪是幽怨、哀伤、悲凉的,在某种程度上和柳宗元的诗歌以及山水游记不谋而合,但就赋本身而言,缺乏广阔的题材、崭新的视角以及新鲜的语言。刘禹锡的辞赋都表达了自己悲伤孤寂的心境,譬如《楚望赋》中流露出的怀恋故园的寂寥落寞的心绪,《伤往赋》中抒发的感伤、落寞的情怀。即使其《秋声赋》中偶尔出现"嗟乎!骥伏枥而已老,鹰在鞲而有情。聆朔风而心动,眄天籁而神惊。力将痑兮足受绁,犹奋迅于秋声"这样有昂扬斗志的语句,但就整篇赋而言,基调依旧是哀怨的,此赋序中就有写作的原由:"吟之斐然,以寄孤愤",又赋中一系列衰败意象的组合,无论是露蝉、朔雁、废井、荒园,无不在寂寥之中寄托其别离之思,悲凉之感。总之,刘禹锡的辞赋完全是其个人情绪的抒发和流淌,尽管很有感染力,但缺乏柳赋那样的触及现实生活的广阔性,但也不能由此说明刘禹锡缺乏这方面的观察力和表现力,他的一些政治讽刺诗和柳赋一样,也深刻揭露了社会的各种阴暗面,如《聚蚊谣》中用蚊虫"喧腾鼓舞喜昏黑,昧者不分聪者惑"比喻政治环境之黑暗和政敌的暗中伤人,"我躯七尺尔如芒,我孤尔众能我伤"。而《飞鸢操》中用飞鸢的飞黄腾达却举止卑劣来加以讥讽:"天生众禽各有类,威凤文章在仁义。鹰隼仪形蝼蚁心,虽能戾天何足贵。"但就辞赋这种体裁而言,刘禹锡的辞赋无论就内容的丰富性、还是形式的创新性都不如柳赋。

综上所述,柳宗元的辞赋作品虽然继承了屈赋的比兴抒情的传统,但在实际运用中拓展了其抒情的领域，从抒发个人的情绪中解脱出来，赋予它以真实深刻的社会内容，形式上也一改冗长拖沓的毛病，更加精练短小，抒情内容更加明确集中，语言更加凝练丰富，意境也就更开阔了。和同时代的刘禹锡等人的辞赋作品相比，柳赋无论就题材的深度、手法的创新上都有其独到之处，因此成为唐代辞赋创作中备受推崇的人，而此后，在辞赋领域中就很难发现象柳赋那样有创新特色的作品了。

第三节　柳宗元的文学散文创作

在中国传统文学批评中，柳宗元是一位"古文"家。明代以后，他还被尊为"唐宋八大家"之一。而"古文"的定义也有广义和狭义之分。广义而言，古文包括各种体裁的散文作品，既有纯粹的文学创作，又包括时事议论、应制实用等文字。狭义上讲，古文只是指有文学性质的创作。其实，"我国古代文学观念始终不够明晰，这特别表现在散文领域，文学和非文学的界限往往不清。我国古代散文早在先秦时代就已充分发展，但它是与学术文、应用文混合在一起的（所谓文、史、哲不分），并非是一种独立的审美形态。而在以后的发展中，散文作品一直秉承了这样的特点，审美性的散文虽也有出现，但占据主流的仍是将应用文、学术文加以文学化。这就在理论上和实践上对如何界定文学散文形成了困难。一般地说，诗、赋属于文学作品是明确的，但文学散文和非文学散文却一直没有清楚的划分。"①《柳宗元集》共 45 卷，其中诗 2 卷，《非〈国语〉》2 卷，除此之外文就占 41 卷，由此可知其文章所占的比例和地位。"若从文学史之角度考察，则他的议论文在写法上并未脱离先秦散文之窠臼，在修辞上亦未见有特异之创造。以学术论文之标准衡量，多为杰构；以文学散文之标准衡量，则未必能入围中。但是，柳宗元的杂文、寓言、山水游记诸作，却佳篇比比皆是，此数种体裁，在他手里

① 褚斌杰《中国古代文体概论》，北京大学出版社 1990 年版，第 497 页。

都有使人耳目一新的创获。他的这一类文章，实为中唐文体文风改革之最高成就，足以垂不朽于中国散文史上。”[①]此言精辟总结了柳宗元文学散文的成就，并和他一般性的理论著述、应用文章区别开来。而我们着重要研究的也是他的狭义上的散文，即文学散文[②]。

一

在柳宗元的文学散文中，除了辞赋外，占有较大比例的是杂文、寓言和山水记。这里，将辞赋和杂文分开，而在罗宗强等著的《隋唐五代文学史》则把柳宗元的骚也归入杂文，云：“《乞巧文》以下数篇，柳《集》入骚体。就其内容而言，则为杂文。其中序用散体，而辞用骈体。把这种文体写成杂文，是柳宗元的一种创造，很难把它们断然归入骈体文或散体文中。”[③]关于杂文，范晔《后汉书·文苑传》中就提及，杜笃“所著赋、诔、吊、书、赞、七言、女诫及杂文，凡十八篇”，赵壹“著赋、颂、箴、诔、书、论及杂文十六篇”等，此处的杂文指并不能归体的文章。而刘勰曾在《文心雕龙·杂文》中曰：“藻溢于辞，辞盈乎气，苑囿文情，故日新殊致”、“详夫汉来杂文，名号多品：或典诰誓问，或览略篇章，或曲操弄引，或吟讽谣咏，总括其名，并归杂文之区；甄别其义，各入讨论之域”[④]。刘勰所说的“杂文”，是指韵文，范围亦很广，其中包括应制文书和诗歌，这与现在文学意义上所说的杂文大不相同的，但就其重视“杂文”的辞藻文情而言，已经符合文学散文的基本要求了。固然，柳宗元的此类骚有杂文的一些特征，但就分类而言，归入辞赋一类更恰当些。而唐代的“古文运动”，不仅在语言等方面推动了散文的革新，并且也丰富了文体，比如韩愈在论说文中开创了“原”、“解”等，柳宗元在杂记文中开创了山水游记等。就文学意义上的杂文，《柳宗元集》中的“对”、“问答”、

① 罗宗强、郝世峰、项楚、李剑国《隋唐五代文学史》，高等教育出版社 1994 年版，第 399 页。

② 关于柳宗元应用文章的分析评述，参见本章第四节、第五节。

③ 罗宗强、郝世峰、项楚、李剑国《隋唐五代文学史》，第 401 页。

④ 刘勰著、范文澜注《文心雕龙注》，人民文学出版社 1958 年版，第 256 页。

"说"、"吊赞箴戒"、"铭杂题"、"序"、"记"七类计 14 卷的大部分都是杂文，亦包括寓言、山水游记。

在柳宗元寓言题材的作品中，有诗有骚有文。诗歌有《跂乌词》、《笼鹰词》、《放鹧鸪词》等，骚有《骂尸虫文》、《斩曲几文》、《宥蝮蛇文》等，文有《临江之麋》、《黔之驴》、《永某氏之鼠》、《鹘说》、《谪龙说》、《罴说》、《蝜蝂传》等。对于这些作品本身，学术界有较多的研究，而对其创作成因方面的研究则较少。总体而言，这些寓言都是讽喻性的作品，他亦是继承了中国文学创作的传统，更多的则和他的贬谪心态密不可分。寓言通过一个故事，达到劝喻和讽刺的作用，这在先秦的诸子散文中很流行，如《孟子》、《韩非子》、《庄子》等文章，此时的寓言在整篇文章中只起辅助说明的作用。而柳宗元的寓言，多为动物寓言，虽然篇幅短小，却直指现实，寓意深刻，结尾往往用一两句精辟之语点出寓意。前面已经对其诗歌和骚进行了研究，此处就其寓言文作一探讨。其《三戒序》云："吾恒恶世之人，不推己之本，而乘物以逞，或依势以干非其类，出技以怒强，窃时以肆暴，然卒迨于祸。有客谈麋、驴、鼠三物，似其事，作《三戒》。"①可见，柳宗元的寓言是针对现实中的各种丑恶现象而作的，目的使人们以此为戒。比如他的《黔之驴》，关于该寓言的本意已经难以知晓，或以为作者讽刺现实生活中的腐朽无能之辈，或认为他是在抨击政敌，但都是指出平庸不才无能之人要守本份。《永某氏之鼠》和《临江之麋》，既批判了仗势欺人的寄生者，又抨击了偏爱它们、纵容它们作恶的人等。无论是忘己之身、"至死不悟"②的麋，"形之龙也类有德，声之宏也类有能"③的驴，还是"以其饱食无祸为可恒"④的鼠，都是讽刺现实生活中的人。又如《罴说》和《鹘说》，《罴说》⑤，用猎人能"能吹竹为百兽之音"，玩弄权术、虚借外势终丧命的故事，说明"今夫不善内而恃外者，未有不为罴之食"的道理，寓意很深刻，或指出唐朝廷"不善内而恃外"政策的失败，或指政治中的斗争。《鹘说》⑥和上面几篇的寓言大不同，通过赞扬鹘鸟的"仁义"之心，所谓"恒其道，一其志，不欺其

①②③④《柳宗元集》卷一九。

⑤⑥《柳宗元集》卷一六。

心”，从而抨击现实中见利忘义的风气。《蝜蝂传》也是这样，通过蝜蝂这种善负小虫贪心而负重至死的故事，认为人之贪婪犹如蝜蝂，因而发出大段议论，云：

> 今世之嗜取者，遇货不避，以厚其室，不知为己累也，唯恐其不积。及其怠而踬也，黜弃之，迁徙之，亦以病矣。苟能起，又不艾。日思高其位，大其禄，而贪取滋甚，以近于危坠。观前之死亡不知戒。虽其形魁然大者也，其名人也，而智则小虫也，亦足哀夫！[①]

这里，柳宗元所谓的蝜蝂之贪心，象征着现实中的人们的贪得无厌、自私愚妄的行为，而这种恶劣本性只能使人走向死路。柳宗元将这种贪婪性推及到政治领域，其中包含着他自己在其中的人生感悟，现实中确实有一味求取高官爵禄、永不满足者，甚至他参加永贞革新运动，时人也多认为其求速进，依附王叔文等小人，他的叹息中未尝不有其人生的感慨呢？他的另一首寓言《谪龙说》则是直接针对自己的被贬谪的经历有感而发的，用谪龙被贬七日，众人始狎而后惧祸，谪龙复还之事，认为“非其类而狎其谪不可哉”[②]，这些又何尝不是他自己贬谪经历的切身体会呢？在柳宗元贬谪之后，时人多有微词，甚至落井下石，使其一贬被贬。可见，他在贬谪时期的寓言文并不多，但都比较深刻地揭露了世情百态。罗宗强等著的《隋唐五代文学史》中对其寓言文的评价很是公允：“这些作品，就技巧而言，简洁深刻固为其成功处；然就结构言，则较为单一，故事在前，议论在后；行文则大抵带着杂文的痕迹。从寓言的角度说，并非成熟之作。”[③]

柳宗元杂文中的山水游记，以其独特的审美感受和成熟的艺术技巧，成为其作品中最受人瞩目的部分，尤其是他的著名的“永州八记”等作品，学术界有非常之多的研究了。他的贡献在于他奠定了山水游记这一体裁的地位，将自己贬谪之后的复杂的生活感受融入自然山水之

---

① 《柳宗元集》卷一七。

② 《柳宗元集》卷一六。

③ 罗宗强、郝世峰、项楚、李剑国《隋唐五代文学史》，第 404 页。

中。而山水文学在晋、宋就很流行了，无论是诗歌，还是文，都出现了一个创作的高潮，这是因为佛、道等思想影响到文坛，在文人士大夫中形成了喜爱静谧山林的风气，这种趋向闲适、隐逸的生活态度影响到他们的文学创作，寂静、幽深的自然景物就成为作品中描写的重点。对于这种看似流连风景的作品，刘勰曰："宋初文咏，体有因革，庄老告退，而山水方滋；俪采百字之偶，争价一句之奇，情必极貌以写物，辞必穷力而追新，此近世之所竞也。"[①]这里并没有否定山水诗，因为它比玄言诗更具现实内容，此处只是指出山水诗一味注重对偶、词句等外在形式，以及在描写景物上追求穷形尽相的特点，而这些都对抒发情感有些不利。山水诗这种体裁到唐代有了极大的发展，尽管诗人们对六朝山水诗注重辞藻华丽、新奇，全篇讲究对偶，全景式的描摹自然，以及流露出的无奈、颓废的情绪很反感，但却吸收了这种体裁在情、景融合等表现形式上的优点，运用到实际的文学创作中去，王、孟山水田园诗派和岑、高的边塞诗派就是如此，在艺术技巧上借鉴其长处，善于描绘自然风光，各有其独特的视角和感受力。李、杜两大家也写出了许多山水诗的名作，如李白的《独坐敬亭山》[②]、《山中问答》[③]等诗，一改其狂情幻态，或在自然的静谧中流露出孤独之意，或抒发自己的淡然的闲适心情。杜甫的山水诗，如其著名的《登高》[④]，用夔州秋天的特定环境，渲染出诗人孤寂、惆怅的"穷愁"心境来，正如清人赵翼所说"杜少陵一生穷愁，以诗度日"，"诗人之穷，莫穷于少陵"[⑤]。唐代，山水诗逐步兴盛起来，但散文却并非如此，因为"古文运动"的兴盛，"文以明道"思想的提倡，文坛上存在贬低山水文学的倾向，描摹山水被视为逃避现实，追求六朝骈体，无补于世的文学。但是柳宗元却不然，他虽也支持"古文运动"，主张"文以明

---

① 刘勰著、范文澜注《文心雕龙注》卷二《明诗第六》，人民文学出版社 1958 年版，第 67 页。

② 《全唐诗》卷一八二《独坐敬亭山》。

③ 《全唐诗》卷一七八《山中问答》。

④ 杜甫著、仇兆鳌注《杜诗详注》卷二〇，中华书局 1979 年版，第 1766 页。

⑤ 赵翼撰，霍松林、胡主佑校点《瓯北诗话》卷二，人民文学出版社 1963 年版，第 15 页、第 26 页。

道”，但在长期的贬谪永州、柳州的生涯中，将那里的山水作为描摹对象，不但继承了六朝山水文的传统，并开拓了散文创作的新视野。

柳宗元的山水文，集中在《柳宗元集》卷二九中，包括《钴鉧潭西小丘记》、《至小丘西小石潭记》等十一篇，都是他贬谪之后的作品，这些作品是他在贬谪之地的复杂心态的反映，怀才不遇的痛楚、小人谗毁的激愤、艰苦生活中的寂寞等等这些情绪无不啮食着他的魂灵，强烈的无奈之中所观照到的被弃置的美丽的山水，和他的自身遭遇不谋而合，这种呼应饱含着他的人生感受，寄托着他的人生理想。他曾在贬谪永州后，说：“吾尝静处以思，独行以求，自以上不得自列于圣朝，下无以奉宗祀，近丘墓，徒欲苟生幸存，庶几似续之不废。是以傥荡其心，倡佯其形。”[①]这里表明了他内心的一种苦闷，所以他常在寂静之处寻求心灵的解脱。韩愈亦十分称赞柳宗元的文学才能，认为柳宗元被贬谪后：“居闲，益自刻苦，务记览，为词章，汎滥停蓄，为深博无涯涘，而自肆于山水间。”[②]就连他在与众人欢饮时，也是“以合山水之乐”[③]，寄情山水成为其排遣苦闷的一种方式。《新唐书》本传云柳宗元“既窜斥，地又荒疠，因自放山泽间，其堙厄感郁，一寓诸文”[④]。寄情山水，求取慰藉成为柳宗元创作山水文的主要目的。而南荒之地的山水本无多少特色，从他作品中的多数描写来看，多是荒芜的，但在他的山水游记中，南荒之地却拥有峻峭挺拔的山峰，奔腾清澈的溪流等，这些绝妙秀丽的景色无不透露出自然界的生机，他曾曰：“北之晋，西适豳，东极吴，南至楚、越之交，其间名山水而州者以百数，永最善。”[⑤]在自然界的美妙景色中，他“日与其徒上高山，入深林，穷迴溪，幽泉怪石，无远不到。到则披草而坐，倾壶而醉”[⑥]。这种寻觅自然幽境的怡然自得的情绪，有他努力寻求精神解脱的影子。他对自然有一种独特的感受力，正因为这种

① 《柳宗元集》卷一四《对贺者》。
② 《全唐文》卷五六三《柳子厚墓志铭》。
③ 《柳宗元集》卷二四《序饮》。
④ 《新唐书》卷一六八。
⑤ 《柳宗元集》卷二九《游黄溪记》。
⑥ 《柳宗元集》卷二九《始得西山宴游记》。

感受力才可能从平凡的山水中看出美感，其实这些山水最大的美就在于寂静之美。而这种寂静多源于它们本身的被忽略、被遗弃，如柳宗元的《始得西山宴游记》、《钴鉧潭西小丘记》、《石渠记》等作品，他从这些被人们忽略、弃置的自然中，寻觅到寂静悠远之美，也包含了他被贬谪的身世之感，充满了哀怨、郁闷不平的情绪。这种寂静之感一定程度上和他的佛教信仰有关，柳宗元一直笃信佛教，追求其静谧的悟道过程，这种体味与其游览山水的心境融合在一起，更衬托出作者的心情的落寞。尽管柳宗元的山水游记大都浸润在自己的愁苦之中，但偶尔还会将视野放到广阔的社会生活中去，揭示现实生活中的矛盾，如《钴鉧潭记》写潭上居者"不胜官租私券之委积，既芟山而更居，愿以潭上田贸财以缓祸"①，这就反映了当时农民的困苦生活，他们不堪忍受租赋和高利贷的双重压迫，不得不逃入深山。

总之，柳宗元的山水游记，是他的散文中的最成功之作，他将自己的复杂心境完全融入别致的景物之中，两者相互衬托，情与景更加曲折幽深，"他的山水游记的特色，是在清冷幽美的境界中表现一种抑郁悲愤的情怀，深藏着一种难以排遣的无可奈何的悲哀。他的山水游记，境界多是幽美类型的，凄神寒骨、寂寞冷落，如含泪荷花，如雪天万树琼枝"②。的确如此，美妙的山水虽能使柳宗元暂得其乐，但心头的痛楚却时时涌上来而无法抚平，正如他在《与李翰林建书》中所说的那样：

> 仆闷即出游，游复多恐。涉野有蝮虺大蜂，仰空视地，寸步劳倦；近水即畏射工沙虱，含怒窃发，中人形影，动成疮痏。时到幽树好石，暂得一笑，已复不乐。何者？譬如囚拘圜土，一遇和景出，负墙搔摩，伸展支体，当此之时，亦以为适；然顾地窥天，不过寻丈，终不得出，岂复能久为舒畅哉？③

① 《柳宗元集》卷二九。

② 罗宗强、郝世峰、项楚、李剑国《隋唐五代文学史》，第405页。

③ 《柳宗元集》卷三〇。

二

柳宗元文学意义上的杂文，除了寓言、山水游记外，在“对”、“问答”、“说”、“吊赞箴戒”、“铭杂题”、“序”、“记”这七类体裁中也有许多佳作，脱却了辞藻华丽的外在形式，着眼于描绘现实。明代的王世贞在《艺苑卮言》中就云：“文至于隋唐而靡极矣，韩、柳振之，曰敛华而实也。”①他的杂文，“此类文章大抵虚构故事，设喻引譬，发泄胸中郁积，评论人事世态，见解深刻而文字精警尖刻，义旨含蕴而言辞则锋芒毕露”②。他的杂文，有敏锐的视角，论辩非常之大胆，多运用讽刺手法，包含有一种郁愤不平的强烈感情。

“对”和“问答”都是采取问答的形式。刘勰在《文心雕龙·杂文》中云：“宋玉含才，颇亦负俗，始造对问，以申其志，放怀寥廓，气实使之。”③柳宗元的这两种体裁也是如此。“对”包括《柳宗元集》卷十四的《设渔者对智伯》、《愚溪对》、《对贺者》、《杜兼对》、《天对》等五篇，“问答”包括《柳宗元集》卷十五的《晋问》、《答问》、《起废答》等三篇。“说”，包括《柳宗元集》卷十六的《天说》、《鹘说》、《捕蛇者说》、《谪龙说》、《罴说》、《观八骏图说》等十一篇，说和论很相似，但又有所不同。刘勰《文心雕龙·论说》云：“论者，伦也；伦理无爽，则圣意不坠。”“论也者，弥纶群言，而研精一理者也。”④论是指论断事理，范围很广泛。而“说”则不然：“说者，悦也。兑为口舌，故言咨悦”“凡说之枢要，必使时利而义贞；进有契于成务，退无阻于荣身。自非谲敌，则唯忠与信，披肝胆以献主，飞文敏以济辞，此说之本也。”⑤这里的“说”，明显是有游说的意思，而唐代的“说”文，虽也是理论性的文章，但偏重于说明、解说的功用，更有杂文的特性，类似于随笔，就是将作者的瞬间的感触、心得记录下来，因

① 王世贞《艺苑卮言》卷四，《历代诗话续编》，第 1020 页。
② 罗宗强、郝世峰、项楚、李剑国《隋唐五代文学史》，第 399 页。
③ 刘勰撰、范文澜注《文心雕龙注》，人民文学出版社 1958 年版，第 254 页。
④ 刘勰撰、范文澜注《文心雕龙注》，第 326 页、第 327 页。
⑤ 刘勰撰、范文澜注《文心雕龙注》，第 328 页、第 329 页。

而很有感染力。刘勰又将哀吊文、颂赞文、铭箴文分开论述，而吊文其实也是祭文中的一种。刘勰《文心雕龙·颂赞》曰："颂者，容也，所以美盛德而述形容也。""赞者，明也，助也。"[①]也就是颂有歌功颂德之意，而赞却没有。《文心雕龙·铭箴》云："铭者，名也，观器必也正名，审用贵乎盛德。""箴者，所以攻疾防患，喻鍼石也。"[②]都有规劝、告戒之义。而《柳宗元集》则分为"吊赞箴戒"、"铭杂题"两类，"吊赞箴戒"指《柳宗元集》卷十九《吊苌弘文》、《吊屈原文》、《吊乐毅文》、《梁丘据赞》、《忧箴》、《三戒》等十五篇[③]，"铭杂题"包括《柳宗元集》卷二〇中的《剑门铭》、《涂山铭》、《井铭》等十二篇[④]，这里的"铭杂题"内容很广，既包括古代所说的铸金刻石以之记功、记事，亦包括柳宗元在日常生活中的杂感，如《咸宜》、《鞭贾》、《东海若》。他的"序"很多，包括《柳宗元集》卷二一、卷二二、卷二三、卷二四、卷二五，共 59 篇，内容有题序和赠序两类。"记"分布在《柳宗元集》卷二六、卷二七、卷二八、卷二九中，共 36 篇，其中亦包括山水游记 11 篇。柳宗元的这些杂文，题材或取自历史上的人物、事件、言论，或取自于日常琐事中的杂感，以小见大，在细腻的叙事刻画和精辟的论述中，来阐明自己的观点，脱却了一般文章泛泛而谈的毛病。

在他的杂文中，有一部分内容涉及到他个人的遭际，其中流露出他被贬谪的愤激与哀怨之情，而他用自己的亲身经历来论述就很有说服力。如他的《愚溪对》、《对贺者》、《答问》、《起废答》、《娄二十四秀才花下对酒唱和诗序》等。在这些文章中，柳宗元通过主客问答的自嘲形式，来阐明自己的思想。《愚溪对》[⑤]有溪神与自己的关于命名"愚"的一段对话，此神质问作者："今予甚清与美，为子所喜，而又功可以及圃

① 刘勰撰、范文澜注《文心雕龙注》，第 156 页、第 158 页。

② 刘勰撰、范文澜注《文心雕龙注》，第 193 页、第 194 页。

③ 《柳宗元集》卷一九中的《伊尹五就桀赞》，据书末的《辨伪杂录》中所引何焯《义门读书记》中所言，疑为伪作。

④ 据《柳宗元集》末的《辨伪杂录》中所言，疑"铭杂题"中的《寿州安丰县孝门铭》、《舜禹之事》、《谤誉》、《吏商》等四篇为伪作。

⑤ 《柳宗元集》卷一四。

畦,力可以载方舟,朝夕者济焉。子幸择而居予,而辱以无实之名以为愚,卒不见德而肆其诬,岂终不可革耶?”但柳宗元认为:“唯触罪摈辱愚陋黜伏者,日侵侵以游汝,闯闯以守汝。”且自己艰难的处境,使自己“进不为盈,退不为抑,荒凉昏默”。最终使溪神涕泣交流地信服。而这种“愚”恰恰是作者高尚人格的体现。《对贺者》是写自京师来者见柳宗元并不颓废,所以反而为贺。但柳宗元认为自己的面貌不足以表现自己“嘻笑之怒,甚乎裂眥,长歌之哀,过乎恸哭”①的哀怨之心理。在《答问》②中,通过主客间的问答,细致地描摹出作者的心态,先通过客之口说出此时自己的窘境:“先生貌类学古者,然遭有道不能奋厥志,独被罪辜,废斥伏匿。交游解散,羞与为戚,生平向慕,毁书灭迹。他人有恶,指诱增益,身居下流,为谤薮泽。骂先生者不忌,陵先生者无谪。”然后通过柳宗元的回答,将其自身的遭遇与仕途显达者在德、理、学、文四方面进行比较,而喟叹贤者的忍辱没世,“卓诡倜傥之士之遇明世也,用智能,显功烈,而幺眇连蹇,颠顿披靡,固其所也”。而此皆反语,从中揭示出所谓贤德之士的虚伪鄙陋的真面目,突出自己鄙弃世俗,不畏艰险的坚定个性,因而才会有“躐躐蓬藋,乐吾囚兮。文墨之彬彬,足以舒吾愁兮”的语句。又如《起废答》③,文中用众人之言永州东祠躄浮图和中厩病颡之驹,虽是无德无能的丑陋,沉默十年后却遇契机,得以“起废”重用之事,来和自己贬谪永州十年作比较,虽自己“腹溢儒书,口盈宪章,包今统古,进退齐良”,却“一废不复”,不得不归咎于自己“病乎德”。在作者的自嘲之中,我们颇能其内心对贤能之才受冷遇,平庸之辈却高升的现状的悲凉感,讽刺意味极其浓烈。柳宗元亦将自己的哀怨情绪归于不遇,曾云:“余既困辱,不得预睹世之光明,而幽乎楚、越之间,故合文士以申其致,将俟夫木铎以间于金石。大凡编辞于斯者,皆太平之不遇人也。”④

柳宗元的杂文除了描写自身的遭遇外,更多的是来源于日常生活

---

① 《柳宗元集》卷一四。

②③ 《柳宗元集》卷一五。

④ 《柳宗元集》卷二四《娄二十四秀才花下对酒唱和诗序》。

的一些杂感。这些杂感涉及的面很广，包括政治、哲学、文学、人生等各个领域，但他的视角却很小，从细微之处发挥，来窥视这纷繁芜杂的大千世界，富有新意。《观八骏图说》[①]就是如此，它并不是一篇画评，是从《八骏图》中所描绘的骏马的怪形而生发开来，批评八骏"咸若骞若翔，若龙凤麒麟，若螳螂然"，这些和传说中所言的伏羲牛首、女娲蛇形、孔子倛头一样是奇异之说，而其实千里马与凡马长相、习性都一样，圣人与凡人也并没有什么不同，并云："诚使天下有是图者，举而焚之，则骏马与圣人出矣。"柳宗元此文，完全是借题发挥，阐述了他的求"圣人"于凡人之中的主张。他的爱憎情绪就往往流露在他的细微之处，又如《鞭贾》[②]，从富者子花重金购买了一鞭"其内则空空然，其理若粪坏"，来抨击鞭贾用伪劣之鞭而求取高价的丑恶嘴脸，进而柳宗元联系到人之空空而求其高位者，包含着他愤世嫉俗的情绪，十分自然巧妙。他的杂文的确很有新意，《敌戒》这篇文章从秦与六国等例子的存亡关系中窥出"敌存而惧，敌去而舞，废备自盈，秖益为痡"[③]的道理。

在杂文中，他还喜用对比的手法来帮助说明，有时还联系到他的佛教修养方面。在《连山郡复乳穴记》[④]中借"穴人"之口描绘出采石钟乳的艰辛，"乳穴必在深山穷林，冰雪之所储，豺虎之所庐"。地方官吏若贪戾嗜利，民众则谎称钟乳告罄，若官吏明而志洁，民众则"复乳穴"，这种对比从另一个侧面揭露了地方官吏对百姓的无情压榨，而百姓面对酷役的反抗也是处于劣势地位的。《东海若》[⑤]亦是如此，先用东海若神用二个大瓠分别置污秽之物，其一瓠违背事实，仍夸夸其谈，执迷不悟："秽者自秽，不足以害吾洁；狭者自狭，不足以害吾广；幽者自幽，不足以害吾明。"而另一瓠则乞求祛除污物，还其洁净之身。作者用这两者对比还不够，又用二位佛徒修行来说明同样的道理，一僧处污秽之中而妄求"空"，一僧去秽、去恶终得正果，用来阐明正确取舍的重要性。

---

① 《柳宗元集》卷一六。

② 《柳宗元集》卷二〇。

③ 《柳宗元集》卷一九。

④ 《零陵郡复乳穴记》，应为《连山郡复乳穴记》，理由详见《柳宗元集》卷二八题下注。

⑤ 《柳宗元集》卷二〇。

看来，对比手法的运用非常有助于增加文章的说服力。

柳宗元的杂文还有立意新颖，善于从平凡的事例叙述中逐步表露观点的特点，士子辛殆庶亦称柳:“文宜叙事”①。如《捕蛇者说》②，从蒋氏三代捕捉毒蛇之遭遇而最终推出“苛政猛于虎”的结论，反映当时社会赋敛之重。又如《梁丘据赞》，梁丘据本是齐景公的宠臣，又称为“媚士”，与君王同悲喜，一般这种宠臣多是谗谀之人，受人鄙视，而柳宗元却能看到他的优点，赞扬他“梁丘之媚，顺心狎耳。终不挠厥政，不嫉反己。晏子躬相，梁丘不毁。恣其为政，政实允理。时睹晏子食，寡肉缺味。爱其不饱，告君使赐。中心乐焉，国用不坠。”③还有《潭州杨中丞作东池戴氏堂记》，叙述了杨凭所作东池、以及戴氏堂之美景，盛赞戴氏不愿出仕的高洁行为:“戴氏以泉池为宅居，以云物为朋徒，据幽发粹，日与之娱，则行宜益高，文宜益峻，道宜益懋，交相赞者也。”④而这些赞誉之词都是用以衬托杨凭之德行的，的确很巧妙。

此外，柳宗元也有抒情意味很浓的杂文，集中表现在他的哀吊文中，如《吊苌弘文》、《吊屈原文》、《吊乐毅文》等。《吊苌弘文》⑤对苌弘之死忠非常赞赏，“知不可而愈进兮，誓不偷以自好”、“大夫死忠兮，君子所与”，但文中也包含着“指白日以致愤兮，卒颓幽而不列”的幽怨之气。柳宗元对历史人物往往有他自己的独到见解，如对乐毅有功却受谗毁，惧死而被迫背燕降赵的经历表示理解，他并不责备乐毅的背叛，而是同情其功美而废的不平的遭遇，其《吊乐毅文》云:“惜功美之不就兮，俾愚昧之周章”，“谅遭时之不然兮，匪谋虑之不长”⑥，其中亦有其自身遭遇的感慨。这种感慨，尤以对屈原表现得最深沉，这是因为柳宗元自身坎坷的贬谪经历和受谗毁被放逐的屈原很相似，其《吊屈原文》⑦反复赞扬屈原不与世俗同流合污、“穷与达固不渝兮”的精神，对屈氏之高洁志向无比钦佩，故读其作品会有“涣余涕之盈眶”、“哀余衷

① 《柳宗元集》卷二二《送班孝廉擢第归东川觐省序》。
② 《柳宗元集》卷一六。
③⑤⑥⑦ 《柳宗元集》卷一九。
④ 《柳宗元集》卷二七。

之坎坎兮，独蕴愤而增伤”的表现。从中我们可以知道，柳宗元的杂文中蕴涵着他的深沉的情感，难怪韩愈对柳文有“雄深雅健，似司马子长”[1]的评价，就连自视很高，“于文章少所推让”[2]的皇甫湜亦认为韩愈此评甚恰当。

尽管柳宗元的杂文中有七类体裁，但多以偶然的杂感居多，这些杂感无论是叙事还是抒情，大都笔触细腻，富有新意，于细微之处见其深刻的意蕴。其实，他的杂文中也有气势恢弘，论说恣肆的篇章，且非常之简洁。柳宗元曾称赞韩愈为文“猖狂恣睢，肆意有所作”[3]，而他自己的要求是：“吾虽少为文，不能自雕斫，引笔行墨，快意累累，意尽便止”[4]。其《天对》[5]，这是对答屈原《天问》“怀疑自遂古之初，直至百物之琐末，放言无惮，为前人所不敢言”[6]中的一百七十几个问题的独特的篇章，例如：“问：女娲有体，孰制匠之？对：娲躯虺号，占以类之。胡日化七十，工获诡之！”这里，柳宗元认为女娲之说为诡。“问：水滨之木，得彼小子。夫何恶之，媵有莘之妇？对：胡木化于母，以蝎厥圣！喙鸣不良，谩以诡正。尽邑以垫，孰译彼梦！”看来，柳宗元对木中得子之说颇不以为然。他的《天说》[7]是反驳韩愈天命论的文章，从“天”不是支配意志的主宰物，而是自然之物谈起，进而论述“天”本无所谓“怨”，从而彻底否定天赏功罚祸的作用。文章从自然具体的物象入手，这就将抽象的元气、阴阳等具体化，脱却了其神秘之态。并且，柳宗元在阐述自己不信天命，不信鬼神思想时，角度也是具体、细小的。比如他的《道州毁鼻亭神记》[8]，作者赞赏薛伯高“除秽革邪”，克服畏惧“楚俗之尚鬼而难谕”的困难，去鼻亭神而明教的行为，而这正是他个人的主张。《永州龙兴寺息壤记》[9]质疑所谓的“息壤”，认为“今是土也，夷之者不

---

①② 《刘禹锡全集》卷一九《唐故尚书礼部员外郎柳君集纪》。

③ 《柳宗元集》卷三四《答韦珩示韩愈相推以文墨事书》。

④ 《柳宗元集》卷三四《复杜温夫书》。

⑤ 《柳宗元集》卷一四。

⑥ 鲁迅《坟·摩罗诗力说》，人民文学出版社 1980 年版，第 62 页。

⑦ 《柳宗元集》卷一六。

⑧⑨ 《柳宗元集》卷二八。

幸而死，岂帝之所爱耶？南方多疫，劳者先死，则彼持锸者，其死于劳且疫也，土乌能神？”无不论述有力，行文峻洁。

综上所述，柳宗元的杂文数量众多，题材又极其丰富，突破了唐代“古文运动”偏重形式革新的藩篱。他的杂文，并非泛泛而谈，而是善于从细微之处入手，从中发现问题，逐步剖析出深刻隽永的思想，用简洁的语言刻画深刻的内涵。就其杂文视角之新颖、叙述之绵密而言，柳宗元在中唐处于一个至高点。因此，他的杂文对以后的散文创作产生了不可低估的影响，晚唐的小品文和宋代的“古文运动”都或多或少受其影响。

三

除了杂文，柳宗元的文学散文还包括他的传状文、碑志文、祭文[①]等等。传状文中有“史传文”，即史书上的人物传记，另外还有普通人的散篇传记以及用传记体虚构的传记小说。唐代韩、柳所提倡的“古文运动”，虽还是着重形式上的改变，但却促进了传记文学的发展，柳宗元的传记文学在中唐就占有很高的地位。墓志文，又可称为碑铭，指刻在石碑上的文字，多叙述死者的生平和功绩。祭文，它有固定的格式，指为祭奠死者而写的哀悼文章，多为亡亲故友而作的，抒情性很强，而诔文的性质和祭文很相似。但在《柳宗元集》中，卷九将墓志与“表铭碣诔”归于一类之中，据此标准，其集中以“传”命名的有 8 篇，行状 3 篇，碑志文占 60 篇[②]，祭文 29 篇[③]。

关于柳宗元的传和行状，学界多有研究。但柳宗元的传和行状很有特点，行状就是史传文，抓住传主的典型事迹，比较详尽地来刻画人物的性格，且多褒义，譬如《段太尉逸事状》，记叙了段秀实的三件逸事：

---

① 关于柳宗元的哀祭墓志文，在本章第四节有专门论述。

② 据《柳宗元集》末的《辨伪杂录》所云，疑卷五中的《饶娥碑》为伪作，亦不包括在 60 篇内。

③ 据《柳宗元集》末的《辨伪杂录》所云，疑卷四一的《雷塘祷雨文》为伪作，亦不计于 29 篇内。

智斗不法，勇服郭晞；代民交税，羞死焦令谌；拒收财物，对朱泚早有戒备。从中表现出段秀实不畏强暴，仁爱百姓，廉洁自律，颇有政治远见的个性，揭示出中唐时藩镇拥兵自重对社会的危害性[①]。宋代的宋祁修《新唐书》时就采用了此文。但柳宗元的传就不同于史传文，多是描写生活中最普通的人，从其品质的一个细微之处来挖掘其深层含义，大发议论，对社会上美丑不分、是非颠倒的现象予以尖锐的讽刺。如《种树郭橐驼传》写郭橐驼善种树，能"能顺木之天，以致其性焉尔"[②]，借此来讽刺当时的吏治昏败。《李赤传》中的逐臭之人李赤以及《河间传》中操守败坏的河间妇也无不影射现实。《宋清传》赞赏"市人"宋清虽卖药而富，却不唯利是图之品节，从而对社会提出质疑：

> 吾观今之交乎人者，炎而附，寒而弃，鲜有能类清之为者。世之言，徒曰"市道交"。呜呼！清，市人也，今之交有能望报如清之远者乎？幸而庶几，则天下之穷困废辱得不死亡者众矣，"市道交"岂可少耶？或曰："清非市道人也。"柳先生曰："清居市不为市之道，然而居朝廷、居官府、居庠塾乡党以士大夫自名者，反争为之不已，悲夫！然则清非独异于市人也。"[③]

柳宗元的这些作品，命之曰"传"，其实就是小说，稍微包含了一些离奇之事，如《李赤传》中李赤迷恋厕鬼，他的《谪龙说》虽未归入"传"，亦充满了传奇色彩。柳宗元对这种写作方式并不以为奇，在其《读韩愈所著〈毛颖传〉后题》[④]中，他对韩愈的《毛颖传》这篇寓言体的传奇文就很赏识，认为读之"若捕龙蛇，搏虎豹，急与之角而力不敢暇"，亦"有益于世"，这就肯定了虚构题材的艺术性和社会作用。但他的这类小说，和唐传奇大不同，鲁迅云："传奇者流，源盖出于志怪，然施之藻绘，扩其波澜，故所成就乃特异，其间虽亦或托比讽喻以纾牢愁，谈祸福以寓惩劝，而大归则究在文采与意想，与昔之传鬼神明因果而外无他意者，甚异其

---

① 参见本书第五章第三节"柳宗元的史官思想对其贬谪文学的影响"。

②③《柳宗元集》卷一七。

④《柳宗元集》卷二一。

趣矣。”①总之，尽管柳宗元的文中偶尔有传奇的色彩，但都不是传奇小说，他大都随意取材于日常生活中的平凡人、平凡事，从中来管窥现实世界，反映现实人生，这和他贬谪时期的心态是一致的，他要抒发心中的郁闷之气，要“文以明道”，从辛辣的讽刺中求取慰藉。虽然他的小说议论的成分较多，语言亦不够精当，但就其是在小说创作上所作的探索而言，他应当占有一席之地。

柳宗元的散文中还存在大量的碑志文、哀祭文，但和韩愈相比，还显得少了许多，这是因为他被贬谪南荒之后，就远离了政权中心，加上为罪囚，时人将其革新行为视为依附小人，以求速进，而多以指责，请他写碑志传状的人自然就少了。而在贬谪时期，由于他“统合儒释”思想的影响，精研佛典，又和僧人们交往密切，文集中有给和尚写的三卷碑文就不足为奇了。总体上说，碑志文大都是应邀而作，易流于夸大其辞、歌功颂德，而成为“谀墓”，柳宗元的有些作品也不能例外，如他的《终南山祠堂碑》。但他的大多数作品并非是为达官贵人而作，而是有感而发，感情真挚动人。如《唐故衡州刺史东平吕君诔》②中赞吕温：“君有智勇孝仁，惟其能，可用康天下；惟其志，可用经百世。”“世读君之文章，歌君之理行，不知二者之于君其末也。”在《故永州刺史流配驩州崔君权厝志》中在叙述崔简经历之后，一语概其能力，于文章“君又益工。博知古今事，给数敏辩。善谋画”③。这些有感而发的作品都是比较客观地就墓主的一样品质而加以表彰，所以真实、感人，言辞也非常自然贴切。柳宗元的祭文，则言辞整饬，由于作于贬谪时期，和他的哀怨的心绪产生共鸣，在反复的哀叹声中，情感趋于炽烈，如《祭杨凭詹事文》叹云：“天道悠远，人世多虞，寄心双表，长恨囚拘。”④又如《祭吕衡州温文》⑤，痛惜吕温这样的高洁之士竟然早死，将批判的矛头直指不公正的“天”：

呜呼天乎！君子何厉？天实仇之；生人何罪？天实仇之。聪

---

① 鲁迅撰《中国小说史略》，上海古籍出版社 1998 年版，第 44—45 页。

②③《柳宗元集》卷九。

④⑤《柳宗元集》卷四〇。

明正直，行为君子，天则必速其死。道德仁义，志存生人，天则必夭其身。吾固知苍苍之无信，莫莫之无神，今于化光之殁，怨逾深而毒逾甚，故复呼天以云云。

文中类似这样愤激的语句还有“岂非修正直以召灾，好仁义以速咎者耶?”“海内甚广，知音几人?”柳宗元的墓志铭类、哀祭文在第六章第四节中专门论之。

综上所述，柳宗元的文学散文，无论是其杂文以及其中的寓言文、山水文，还是他的传记文，包括传、行状、碑志文、祭文等等，大都是他仕途失意，“沈伏远郡”[①]所作的，其文学成就时人都是一致认同的，如刘禹锡云：“初，贞元中，上方嚮文章，昭回之光，下饰万物。天下文士，争执所长，与时而奋，粲焉如繁星丽天。而芒寒色正，人望而敬者，五行而已。河东柳子厚，斯人望而敬者欤!”[②]高步瀛认为此言足见“子厚之文见重当时”[③]。就连很自傲的韩愈，也颇欣赏柳文，曰：“子之自著，表表愈伟。不善为斫，血指汗颜。巧匠旁观，缩手袖间。”[④]尽管刘昫对柳宗元参与永贞革新不满，但对其文学地位也是予以肯定的：

贞元、大和之间，以文学耸动缙绅之伍者，宗元、禹锡而已。其巧丽渊博，属辞比事，诚一代之宏才。如俾之咏歌帝载，黼藻王言，足以平揖古贤，气吞时辈。[⑤]

柳宗元的文学散文，虽多是随意而作，但决不是泛泛而论，他的视角极其敏锐而新颖，能从生活的细微之处刻画出世情百态来，他或在简单峻洁的寓言故事中揭示出的人性的某些弱点，或在优美静谧的山水之中诉说自己抑郁哀怨的心境，或由日常生活中偶然的杂感来管窥整个现实世界，或在传记文学的描写刻画中感悟人生，这些丰富细腻的情感的真实流露增加了其文学的感染力。相比之下，其文学散文中所存在的

---

① 《刘禹锡全集》外集卷一〇《祭柳员外文》。

② 《刘禹锡全集》卷一九《唐故尚书礼部员外郎柳君集纪》。

③ 高步瀛撰《唐宋文举要》，第522页。

④ 《全唐文》卷五六八《祭柳子厚文》。

⑤ 《旧唐书》卷一六〇。

议论过多、结构单一、言辞不够精当等缺点，就显得微不足道了。

第四节 柳宗元的哀祭墓志文创作

柳宗元的墓志铭类、哀祭文的数量在中唐作家中应该算比较多的，根据《柳宗元集》[①]统计，卷五碑 9 篇、卷六碑 5 篇、卷七碑铭 6 篇、卷九表铭碣诔 10 篇、卷一〇志 9 篇、卷一一志碣诔 11 篇、卷一二表志 6 篇、卷一三志 13 篇、卷一九吊赞箴戒 4 篇（本卷共 15 篇，除去箴戒、赞图、赞琴等 11 篇）、卷四〇祭文 15 篇、卷四一祭文 15 篇、外集和外集补遗的墓志、墓石、志文 8 篇，去除集末辨伪存疑的 3 篇，共计有 111 篇。而与其并称、同时代的《刘禹锡集》[②]中只有 28 篇墓志碑铭祭文[③]。《柳宗元集》中有这么大数量的墓志哀祭文，这同当时的风气是分不开的。时人捧金为请当时的文坛名流为亲戚好友等作墓志，出于礼貌与俸金的缘故，作者可能会对墓主人有所虚美。比如，当时由于韩柳在文坛的名气很大，不少事主慕名而来，请其代写墓志。韩愈就写了不少谀墓的文字，受到学界的讥讽。当然，我们也不得不承认，在墓志和哀祭文中，有情真意切的作品。按照柳宗元的耿直性格和鲜少虚美的文笔，他的此类作品抒写了他对中唐社会政治、人情、亲情、佛教等诸多的感受和体会，成为当时社会生活的另一个绝佳的透视点。

一

从《柳宗元集》中的分类来看，分为碑、碑铭、表铭碣诔、志、表志、吊文、祭文七类。为了更好地分析柳宗元的作品，我们先看古代关于墓志

① 《柳宗元集》，中华书局 1979 年版。

② 卞孝萱校订《刘禹锡集》，中华书局 1990 年版。

③ 根据《刘禹锡集》卷二碑上 4 篇、卷三碑中 5 篇、卷四碑下释门铭记 8 篇、卷四〇墓志祭文 11 篇。

哀祭文的分类定义。刘勰的《文心雕龙》分为“诔”“碑”“哀”“吊”四类，其中“诔碑”篇云：“诔者，累也。累其德行，旌之不朽也。”“详夫诔之为制，盖选言录行，传体而颂文，荣始而哀终。论其人也，暖乎若可觌；道其哀也，悽焉如可伤：此其旨也。”[①]明代吴讷认为：“（诔）皆述其世系行业而寓哀伤之意。厥后韩退之之于欧阳詹，柳子厚之于吕温，则或曰诔辞，或曰哀辞，而名不同。……大抵诔则多叙世业，故今率仿魏晋，以四言为句；哀辞则寓伤悼之情，而有长短句及楚体不同。”[②]徐师曾云：“按诔者，累也，累列其德行而称之也。……其体先述世系行业，而末寓哀伤之意，所谓‘传体而颂文，荣始而哀终’者也。”[③]由此可见，诔注重赞扬墓主人的德行，末尾有伤悼之意。《柳宗元集》中有诔辞 2 篇《衡州刺史吕君诔》、《虞鸣鹤诔》。

《文心雕龙》云：“碑者，埤也。上古帝皇，纪号封禅，树石埤岳，故曰碑也。”“夫碑实铭器，铭实碑文，因器立名，事光于诔。是以勒石赞勋者，入铭之域；树碑述已者，同诔之区焉。”[④]在刘勰的眼里，诔的特点是要宣扬人的美德，从赞美主人到哀叹主人的亡故。而碑是立碑宣扬。徐师曾在《文体明辨序说》墓志铭包括权厝志、后志、归祔志、迁祔志、墓砖记、盖石文、坟版文、葬志文、坟记、壙志、壙铭、埋铭、塔铭、塔记等。墓碑文包括碑、碑文、墓碑、神道碑、神道碑铭、碑颂、塔碑颂等。《柳宗元集》中有碑志 66 篇，如《终南山祠堂碑》、《湘源二妃庙碑》、《曹溪大鉴禅师碑》等。

吴讷在《文章辨体序说》中认为：“墓碣，近世五品以下所用，文与碑同。墓表，则有官无官皆可，其辞则叙学行德履。墓志，则直述世系、岁月、名字、爵里，用防陵谷迁改。埋铭、墓记，则墓志异名。古今作者，惟昌黎最高。……（碑铭）然无其美而称者谓之诬；有其美而弗称者谓之蔽。诬与蔽，君子之所弗由也欤！”[⑤]墓碣文亦称为碑铭、碣、碣颂，“古

---

① 范文澜注《文心雕龙注》“诔碑第十二”。
② 吴讷《文章辨体序说》，第 53—54 页。
③ 《文体明辨序说》，第 154 页。
④ 范文澜注《文心雕龙注》“诔碑第十二”。
⑤ 吴讷《文章辨体序说》，第 52—53 页。

者碑之于碣，本相通用，后世乃以官阶之故，而别其名，其实无大异也”①。墓表亦称神道表，类似碑碣。《柳宗元集》中有墓碣文 5 篇，包括《国子司业阳城遗爱碣》、《兵部郎中杨君墓碣》、《故御史周君碣》、《万年令裴府君墓碣》、《校书郎独孤君碣》。

吴讷在《文章辨体序说》中认为：“墓表，则有官无官皆可，其辞则叙学行德履。”《柳宗元集》中有墓表 4 篇：《文通先生陆给事墓表》、《先侍御史府君神道表》、《叔父殿中侍御史墓表》、《弘农令柳府君石表辞》。

对于“哀”“吊”，刘勰在《文心雕龙》中也进行了区分，他认为：“哀者，依也。悲实依心，故曰哀也。”“吊者，至也。诗云：神之吊矣，言神至也。君子令终定谥，事极理哀，故宾之慰主，以至到为言也。”②吴讷曰：“迨后韩柳欧苏，与夫宋世道学诸君子，或因水旱而祷于神，或因丧葬而祭亲旧，真情实意，溢出言辞之表，诚学者所当取法者也。大抵祷神以悔过迁善为主，祭故旧以道达情意为尚。若夫谀辞巧语，虚文蔓说，固弗足以动神，而亦君子之所厌听也。”③徐师曾云：“按哀辞者，哀死之文也，故或称文。夫哀之为言依也，悲依于心，故曰哀；以辞遣哀，故谓之哀辞也。”④“按祭文者，祭奠亲友之辞也。”⑤“按吊文者，吊死之辞也。……古者吊生曰唁，吊死曰吊，亦此意也。或骄贵而殒身，或狷忿而乖道，或有志而无时，或美才而兼累，后人追而慰之，并名为吊。”⑥《柳宗元集》中有吊文 4 篇，30 篇祭文，哀祭文的情感力量更强，如《吊苌弘文》、《吊屈原文》、《祭吕衡州温文》、《祭弟宗直文》等。

《文体明辨序说》“谥议”条云：“故历代以来，有帝后谥议，臣僚美恶谥议，传于今。而其体有四：一曰谥议，二曰改议，三曰驳议，四曰答驳议(亦曰重议)。观其往复论辩，岂得已哉，不过欲归于是非之公而

---

① 《文体明辨序说》，第 151 页。
② 范文澜注《文心雕龙注》“哀吊第十三”。
③ 吴讷《文章辨体序说》，第 54 页。
④ 《文体明辨序说》，第 153 页。
⑤ 《文体明辨序说》，第 154 页。
⑥ 《文体明辨序说》，第 155 页。

已。”[①]譬如《柳宗元集》中卷八《柳常侍行状》谥议附。

以上这些分类繁琐而又有所重复，褚斌杰在《中国古代文体概论》中将此类文章分为两大类，一类为哀祭文，一类为墓志文。他认为：“祭文，是古代为祭奠死者而写的哀悼文章。古代祭祀天地山川时，往往有祝祷性的文字，称祭文、祈文或祝文，后来丧葬亲友，也用祭文致追念哀悼之意。”[②]祭文一般是在祭奠时宣读的。根据性质，他把诔文和哀辞归之于祭文。墓志文，褚斌杰将之总结出三种类型：记功碑文、宫室庙宇碑文和墓碑文。尤以墓碑文数量最大。我们就按照这样的分类来研究柳宗元的哀祭墓志文。

二

我们先看柳宗元的哀祭文。为了突出其哀祭文的特点，笔者特意选择了其对好友吕温的悼念，分别有诔文、祭文和诗歌。《柳宗元集》中的诔辞只有两篇：《唐故衡州刺史东平吕君诔》、《虞鸣鹤诔》。在《唐故衡州刺史东平吕君诔》中，柳宗元着重描绘吕温的生平事迹，哀悼其英年早逝。吕温，和柳宗元是同乡，进士出身，后授集贤殿校书郎。他和柳宗元、刘禹锡、王叔文、韦执谊等人交往颇多，得王叔文推荐，任左拾遗。之后以侍御史的身份入吐蕃。所以他并未直接参与永贞革新运动。元和三年，由于和宰相李吉甫的矛盾，恰好李吉甫有病召医士陈登诊视，吕温得知后遂弹劾其交接术士。唐宪宗调查后认为此事为虚妄，遂贬吕温为道州刺史。后徙衡州刺史。其在二地颇有建树，名声甚佳。然而不幸病故，才四十岁。柳宗元扼腕叹息，在这篇诔文中，他充分肯定了吕温的才华和品格：“君有智勇孝仁，惟其能，可用康天下；惟其志，可用经百世。”对于他的亡故，柳宗元用民众的哀悼表达了自己的心情：“君之卒，二州之人哭者逾月。湖南人重社饮酒，是月上戊，不酒去乐，会哭于神所而归。余居永州，在二州中间，其哀声交于北南，舟船之下

① 《文体明辨序说》，第 152 页。

② 《中国古代文体概论》，第 426 页。

上，必呱呱然，盖尝闻于古而睹于今也。君之志与能不施于生人，知之者又不过十人。世徒读君之文章，歌君之理行，不知二者之于君其末也。”柳宗元刻画了吕温在道州和衡州当地的影响力，他得到了当地百姓的尊崇和怀恋。同时，柳认为，当时的人只知道读吕温的诗文、赞其政绩，却不懂得吕温博大的胸怀和远大的志向。从这个角度来看，这篇诔文的确是很有创见的，超越了一般诔文的深度。

吕温生前与刘柳交往甚多。吕温歿后，其子捧遗草谒刘禹锡，刘禹锡为之作《唐故衡州刺史吕君集纪》①，其中谈及其才华出众达到“绝人远甚”的地步，而吕温豁达坦荡的性格特征从以下这段话中可以充分领略，“年益壮，志益大。遂拨去文学，与俊贤交，重气概，核名实，歆然以致君及物为大欲。每与其徒讲疑考要，王霸富强之术，臣子忠孝之道，出入上下百千年间，诋诃角逐，叠发连注。得一善，辄盱衡击节，扬袂顿足，信容得色，舞于眉端”。吕温自有其人格魅力，因此对于吕温的早逝，刘柳二人均有哀悼的诗歌。刘禹锡在《哭吕衡州，时余方谪居》②一诗中曰：

> 一夜霜风凋玉芝，苍生望绝士林悲。空怀济世安人略，不见男婚女嫁时。遗草一函归太史，旅坟三尺近要离。朔方徙岁行当满，欲为君刊第二碑。

一句“空怀济世安人略”点出了吕温怀才不遇的苦闷，“苍生望绝士林悲”突出了朋友、民众的伤悼以及其志向难以实现的伤痛。除此之外，柳宗元还有《同刘二十八哭吕衡州，兼寄江陵李元二侍御》一诗，诗云：

> 衡岳新摧天柱峰，士林憔悴泣相逢。只令文字传青简，不使功名上景钟。三亩空留悬磬室，九原犹寄若堂封。遥想荆州人物论，几回中夜惜元龙。

这是和刘禹锡的悼诗，故称“同刘二十八”，“李、元”是指贬谪在江陵的李景俭、元稹。可见，这首诗有自叹身世之感，比刘禹锡的诗更加深沉，

---

① 《刘禹锡集》卷一九。
② 《刘禹锡集》卷三〇。

更有内涵。首句将吕温之死比作南岳天柱峰崩塌，突出吕温的名声之高大。“士林憔悴泣相逢”，此情此景，均是柳宗元目睹耳闻，直接抒发了民众的伤悼之情。第三、第四句称赏吕温的文章、政绩足以流芳百世，但却生不逢时，其实也是自己的愤懑之语。五、六句读之倍感凄凉，这样一位品德高尚、劳苦功高的地方官，一生受尽了挫折，生前屡遭贬谪，死后只留下清贫与魂寄他乡的凄凉。难怪柳宗元在尾联中用汉末刘表、刘备、许汜等人品评天下豪杰，盛赞广陵太守陈登（字元龙），陈元龙不幸 39 岁卒的典故，表达了对吕温英年早逝的哀伤和叹息。

对于吕温心灵的寂寞感和知音难觅的感受，柳宗元在《祭吕衡州温文》中更是直抒胸臆，予以呼应，抒发了天妒英才，怀才不遇的愤懑和呼喊，其文云：

> 维元和六年，岁次辛卯，九月癸巳朔某日，友人守永州司马员外置同正员柳宗元，谨遣书吏同曹、家人襄儿，奉清酌庶羞之奠，敬祭于吕八兄化光之灵。
>
> 呜呼天乎！君子何厉？天实仇之；生人何罪？天实仇之。聪明正直，行为君子，天则必速其死。道德仁义，志存生人，天则必夭其身。吾固知苍苍之无信，莫莫之无神，今于化光之殁，怨逾深而毒逾甚，故复呼天以云云。
>
> 天乎痛哉！尧、舜之道，至大以简；仲尼之文，至幽以默。千载纷争，或失或得，倬乎吾兄，独取其直。贯于化始，与道咸极。推而下之，法度不忒。旁而肆之，中和允塞。道大艺备，斯为全德。而官止刺一州，年不逾四十，佐王之志，没而不立，岂非修正直以召灾，好仁义以速咎者耶？
>
> 宗元幼虽好学，晚未闻道，洎乎获友君子，乃知适于中庸，削去邪杂，显陈直正，而为道不谬，兄实使然。呜呼！积乎中不必施于外，裕乎古不必谐于今，二事相期，从古至少，至于化光，最为太甚。理行第一，尚非所长，文章过人，略而不有，素志所蓄，巍然可知。贪愚皆贵，险很皆老，则化光之夭厄，反不荣欤？所恸者志不得行，功不得施，蚩蚩之民，不被化光之德；庸庸之俗，不知化光之心。斯

言一出，内若焚裂。海内甚广，知音几人？自友朋凋丧，志业殆绝，唯望化光伸其宏略，震耀昌大，兴行于时，使斯人徒，知我所立。今复往矣，吾道息矣！虽其存者，志亦死矣！临江大哭，万事已矣！穷天之英，贯古之识，一朝去此，终复何适？

鸣呼化光！今复何为乎？止乎行乎？昧乎明乎。岂荡为太空与化无穷乎？将结为光耀以助临照乎？岂为雨为露以泽下土乎？将为雷为霆以泄怨怒乎？岂为凤为麟、为景星为卿云以寓其神乎？将为金为锡、为圭为璧以栖其魄乎？岂复为贤人以续其志乎？将奋为神明以遂其义乎？不然，是昭昭者其得已乎，其不得已乎？抑有知乎，其无知乎？彼且有知，其可使吾知之乎？幽明茫然，一恸肠绝。鸣呼化光！庶或听之。

柳宗元这篇祭文的抒情力量要远远超越其诔文。在此祭文中，柳宗元主要表达了三层内容：第一，天妒英才。柳宗元认为："君子何厉？天实仇之；生人何罪？天实仇之。聪明正直，行为君子，天则必速其死。道德仁义，志存生人，天则必夭其身。吾固知苍苍之无信，莫莫之无神，今于化光之殁，怨逾深而毒逾甚，故复呼天以云云。"对于正直、智慧、勇敢的才俊，上天不是心存怜惜，相反是要其速死，夺其志向。柳的呐喊无疑是对上天不公、人世不公的一种批判和反驳。通过吕温这位备受当地民众爱戴的地方官的陨落，柳宗元愤怒指责上天不能扬善惩恶，而是是非不明，忠奸不分。第二，柳宗元认为自己是吕温的知音，正因为如此，他了解吕的内心，然而世人只知道吕在当地的善行和仁政，文章的超逸俊拔，文采斐然，却不懂得他的志向，从这个层面讲，吕温是相当寂寞和孤独的。"所恸者志不得行，功不得施，蚩蚩之民，不被化光之德；庸庸之俗，不知化光之心。斯言一出，内若焚裂。海内甚广，知音几人？自友朋凋丧，志业殆绝，唯望化光伸其宏略，震耀昌大，兴行于时，使斯人徒，知我所立。今复往矣，吾道息矣！虽其存者，志亦死矣！"柳宗元这些革新派人士都被贬谪到偏远之地，与他们交往的朋友是非常少了，只有这些志同道合的挚友还存有联系，吕温的早逝，无疑对革新派来说是一种损失。因此，柳宗元对于同道中人吕温的去世，无疑是伤痛不已的。第三，柳宗元呼天抢地，为吕温及自己的结局鸣不平。吕温也是被贬官的，他的逝去将留有怎样的结局？柳宗元通过想象，觉得其或许会“将结为光耀以助临照乎？岂为雨为露以泽下土乎？将为雷为霆以泄怨怒乎？岂为凤为麟、为景星为卿云以寓其神乎？将为金为锡、为圭为璧以栖其魄乎？岂复为贤人以续其志乎？将奋为神明以遂其义乎？”吕温也许会化为雨露泽于下土；也许会幻为雷霆，发出怨怒；也许会化为祥物、珍宝栖其魂魄。柳宗元通过两个反问句悲怆地揭示了吕温的遗憾：他不能再作为贤臣实现其人生志向，不能成为神明再来实现他的仁义。至此，柳宗元的伤痛之情达到了顶点。可见，他的这篇哀祭文要比诔文更富有情感，更动人心魄。毫不夸张地说，此篇哀祭文可和韩愈的《祭十二郎文》相媲美。

三

在柳宗元的哀祭文中，还有一类吊文，这是作者抒发对敬仰的古代先贤情感的文章，如《吊屈原文》、《吊乐毅文》等。

其实关于屈原的吊文、辞赋颇多，这些作家都和屈原一样有相同的遭际，都是怀抱忠诚，却被馋毁，或流放，或贬谪，在文章中他们都抒发了怀才不遇的痛苦，对先贤屈原忠心不二、坚韧不屈的精神无限敬仰。著名的有贾谊的《吊屈原赋》，柳宗元的《吊屈原文》等。

贾谊的《吊屈原赋》借古喻今，作于其遭受毁谤与排挤，被贬为长沙王太傅之时。这种仕途的沉浮与屈原极其相似，因而他用赋这种文体直接表达了对屈原生前不幸的同情，并与之比较，揭露了当时混淆是非、忠奸不分的黑暗现实，从而抒发了自己郁郁不平的情怀。其赋云：

> 谊为长沙王太傅，既以谪去，意不自得；及度湘水，为赋以吊屈原。屈原，楚贤臣也。被谗放逐，作《离骚》赋，其终篇曰：“已矣哉！国无人兮，莫我知也。”遂自投汨罗而死。谊追伤之，因自喻，其辞曰：
>
> 恭承嘉惠兮，俟罪长沙；侧闻屈原兮，自沉汨罗。造托湘流兮，

敬吊先生。遭世罔极兮，乃殒厥身。呜呼哀哉！逢时不祥。鸾凤伏窜兮，鸱枭翱翔。阘茸尊显兮，谗谀得志。贤圣逆曳兮，方正倒植。世谓随夷为溷兮，谓跖、跻为廉；莫邪为钝兮，铅刀为铦。吁嗟默默，生之无故兮。斡弃周鼎，宝康瓠兮。腾驾罢牛，骖蹇驴兮；骥垂两耳，服盐车兮。章甫荐履，渐不可久兮。嗟苦先生，独离此咎兮。

讯曰：已矣！国其莫我知兮，独壹郁其谁语？凤漂漂其高逝兮，固自引而远去。袭九渊之神龙兮，深潜以自珍；偭蟂獭以隐处兮，夫岂从虾与蛭螾？所贵圣人之神德兮，远浊世而自藏；使骐骥可得系而羁兮，岂云异夫犬羊？般纷纷其离此尤兮，亦夫子之故也。历九州而其君兮，何必怀此都也？凤凰翔于千仞兮，览德辉而下之；见细德之险徵兮，遥曾击而去之。彼寻常之污渎兮，岂能容夫吞舟之巨鱼？横江湖之鳣鲸兮，固将制于蝼蚁。……

贾谊遭诬陷被贬长沙，这里的湘江自然引起了诗人的愁绪，他用“逢时不祥”概括了屈原的不幸，同时也抒发了自己的不幸。屈原用死诠释了自己不能同流合污、保持自己高洁志向的决心和勇气。贾谊在叹息之余，慨叹知音难觅，正如辞赋中所说“国其莫我知兮”。“无论在精神上还是体制形式方面，贾谊赋都明显对屈赋有所继承。他们同有不世之才和为国尽忠报效之心，又同有不为所用、遭馋被放的悲愤之情，因而辞情风貌多有相类。”①

贾谊的这种情绪柳宗元亦有之。柳宗元被贬谪在荒僻之地，他欣赏屈原的美政思想，他之所以参与永贞革新运动，是因为中唐面临社会危机，作为有政治远见、有高度责任感和使命感的诗人，自然积极投身于这场变革。结局虽然失败了，自己被孤立了，时人多有讥讽，但柳宗元从未改变自己的政治主张，而且无丝毫悔意。他在《吊屈原文》中曰：

后先生盖千祀兮，余再逐而浮湘。求先生之汨罗兮，览蘅若以荐芳。愿荒忽之顾怀兮，冀陈词而有光。

① 袁行霈主编《中国文学史》(第二版)第一卷，第156页。

先生之不从世兮，惟道是就。支离抢攘兮，遭世孔疚。华虫荐壤兮，进御羔袖。牝鸡咿嚘兮，孤雄束咮。哇咬环观兮，蒙耳大吕。堇喙以为羞兮，焚弃稷黍。犴狱之不知避兮，宫廷之不处。陷涂籍秽兮，荣若绣黼。榱折火烈兮，娱娱笑舞。谗巧之哓哓兮，惑以为《咸池》。便媚鞠恧兮，美愈西施。谓谟言之怪诞兮，反寘瑱而远违。匿重痼以讳避兮，进俞、缓之不可为。

何先生之凛凛兮，厉针石而从之。但仲尼之去鲁兮，曰吾行之迟迟。柳下惠之直道兮，又焉往而可施？今夫世之议夫子兮，曰胡隐忍而怀斯？惟达人之卓轨兮，固僻陋之所疑。委故都以从利兮，吾知先生之不忍；立而视其覆坠兮，又非先生之所志。穷与达固不渝兮，夫唯服道以守义。矧先生之悃愊兮，蹈大故而不二。沉璜瘗珮兮，孰幽而不光？荃蕙蔽匿兮，胡久而不芳？

先生之貌不可得兮，犹仿佛其文章。托遗编而叹喟兮，涣余涕之盈眶。呵星辰而驱诡怪兮，夫孰救于崩亡？何挥霍夫雷电兮，苟为是之荒茫。耀夸辞之曭朗兮，世果以是之为狂。哀余衷之坎坎兮，独蕴愤而增伤。谅先生之不言兮，后之人又何望。忠诚之既内激兮，抑衔忍而不长。芈为屈之几何兮，胡独焚其中肠？

吾哀今之为仕兮，庸有虑时之否臧！食君之禄畏不厚兮，悼得位之不昌。退自服以默默兮，曰吾言之不行。既媮风之不可去兮，怀先生之可忘！

柳宗元此文是再贬为永州司马时所作，“余再逐而浮湘”，当他面对湘江，自然回忆起先贤屈原被馋毁遭流放，披发行吟在江滨，怀石自投汨罗江而死之事，而有所感触。他赞扬屈原的高贵品质：其一，“先生之不从世兮，惟道是就”。正因为其坚持正义，才为小人所馋毁。其二，褒扬屈原服道守义，既不为利所图，也不袖手旁观，“穷与达固不渝”。其三，屈原的行动可谓狂，但在柳宗元看来，怀抱忠诚无从施展才能，因而“独蕴愤而增伤”。其四，柳宗元联系自身，慨叹自己一片忠心，却仕途坎坷，进而反思。通篇来看，柳宗元对屈原的赞赏更加明确和精辟，联系自身更加紧密，因而说服力和感染力也更强。

柳宗元的另一篇吊文《吊乐毅文》，则更加具有传奇色彩。乐毅是战国后期杰出的军事家，曾拜燕上将军，辅佐燕昭王，曾统帅联军攻打齐国，连下七十余城，报了强齐伐燕之仇。乐毅有功却遭齐国田单离间馋毁，畏惧投降赵国。柳宗元以乐毅有功而不被信任，惧走他国之事，借以自喻。文曰：

许纵自燕来，曰：燕之南有墓焉，其志曰"乐生之墓"。余闻而哀之。其返也，与之文使吊焉。

大厦之骞兮，风雨萃之。车亡其轴兮，乘者弃之。呜呼夫子兮，不幸类之。尚何为哉？昭不可留兮，道不可常。畏死疾走兮，狂顾徬徨。燕复为齐兮，东海洋洋。嗟夫子之专直兮，不虑后而为防。胡去规而就矩兮，卒陷滞以流亡。惜功美之不就兮，俾愚昧之周章。岂夫子之不能兮，无亦恶是之遑遑。仁夫对赵之悃款兮，诚不忍其故邦。君子之容与兮，弥亿载而愈光。谅遭时之不然兮，匪谋虑之不长。跽陈辞以陨涕兮，仰视天之茫茫。苟偷世之谓何兮，言余心之不臧。

柳宗元在此文中没有将乐毅和自身联系起来，但从其字里行间，我们可以体会出作者对乐毅功高而遭馋毁，惧死降赵行为的肯定，同情其不平的境遇。虽然"专直""功美"，却"陷滞以流亡"，这种尴尬的处境是昏庸的统治者造成的，实属"遭时之不然"。其实这又何尝不是柳宗元被贬谪后的心声呢？

此外，《柳宗元集》中有很特别的一篇赞文，叫《梁丘据赞》[①]。梁丘据是齐景公的嬖臣，晏子看不惯他，认为他"君悲亦悲，君喜亦喜"。然而梁丘据的可贵之处在于"终不挠厥政，不嫉反己。晏子躬相，梁丘不毁。迩其为政，政实允理。时睹晏子食，寡肉缺味。爱其不饱，告君使赐。中心乐焉，国用不坠。后之嬖君，罕或师是。导君以谀，闻正则忌。馋贤协恶，民蠹国杞。呜呼！岂惟贤不逮古，嬖亦莫类。梁丘可思，又况晏氏？激赞梁丘，心焉孔憔瘁！"柳宗元激赞梁丘子，是因为他虽然是

① 《柳宗元集》卷一九。

嬖臣，媚主顺君，但他心术很正，不但不馋毁晏子，相反还关心晏子的生活状况，与国无害，齐国由于有了晏子而强大。相反有些臣子“馋贤协恶”、“民蠹国杞”，最终导致国家败亡。难怪注引韩醇曰：“梁丘据不毁晏子之贤，是诚可取。公之窜逐远方，左右近臣无一人为之地者，其曰激赞梁丘，诚有以哉！”①柳宗元以此说明永贞革新失败后朝廷内外小人对自己的馋毁之声，痛惜无梁丘子这样善良、忠诚的近臣。这种题材在古代的赞文中是绝无仅有的。

四

柳宗元的墓志文从涉及的对象看大致又可分为四类：为已故亲属撰写的碑文，如《叔父殿中侍御史墓表》、《先太夫人归祔志》、《亡妻弘农杨氏志》等。为宫室庙宇、历史先贤撰写的碑文，如《箕子碑》、《道州文宣王庙碑》、《柳州文宣王新修庙碑》、《终南山祠堂碑》、《湘源二妃庙碑》、《太白山祠堂碑》等。为官宦撰写的墓志文，如《相国房公德铭之阴》、《文通先生陆给事墓表》、《故御史周君碣》、《永州刺史崔公墓志》、《永州刺史崔君权厝志》等。为佛门僧侣等撰写的碑，如《曹溪大鉴禅师碑》、《龙安海禅师碑》、《南岳云峰寺和尚碑》、《衡山中院大律师塔铭》等。

我们首先探讨柳宗元为已故亲属撰写的碑文。《先太夫人河东县太君归祔志》②是写柳宗元母亲“弃代于永州零陵佛寺”后，灵柩由永州归葬故土时作者的悲痛心情的。此文对享年 68 岁的母亲卢氏生前的事迹介绍非常质朴感人，主要选择了三个典型的事例：一是其生前颇通诗书，勤俭持家，育子女以孝仁；二是友善亲友，礼节备至，深受尊敬；三是柳宗元被贬永州后，其母教之云：“汝唯不恭宪度，既获戾矣，今将大儆于后，以盖前恶，敬惧而已。苟能是，吾何恨哉！明者不悼往事，吾未尝有戚戚也。”母亲并未责怪跟随柳宗元贬谪永州，她心中并无忧伤和

① 《柳宗元集》卷一九《梁丘据赞》注引，第 523 页。

② 《柳宗元集》卷一三。

埋怨，相反还安慰孩子，今后要吸取教训，有所觉悟不再犯错。对于母亲的去世和归祔，柳宗元心中有双重不孝的愧疚：第一重，柳宗元因贬谪连累母亲迁至偏远他乡，天气炎热，缺医少药，水土不服，导致亡故。文云："窜穷徼，人多疾殃，炎暑熇蒸，其下卑湿，非所以养也。诊视无所问，药石无所求，祷祠无所实，苍黄叫呼，遂遘大罚。""徙播疠土，医巫药膳之不具，以速天祸，非天降之酷，将不幸而有恶子以及是也。又今无适主以葬，天地有穷，此冤无穷。"第二重，柳宗元不能亲自护送母亲的灵柩归葬而自责、哀伤。文云："其孤有罪，衔哀待刑，不得归奉丧事以尽其志"、"太夫人有子不令而陷于大僇"、"孤囚穷絷，魄逝心坏"。

柳宗元性格上受父亲的影响比较大，其《先侍御史府君神道表》[①]对于父亲柳镇也是如实记叙，并无虚美之词。他选择了父亲生平的五个事例进行刻画：第一，赞扬父亲的道义。柳镇还未入仕时，心志淡泊，性情温和，饱读诗书，"以植于内而文于外，垂声当时"。镇隐居在王屋山，"间行以求食，深处以修业"，虽贫穷，却"忘其忧"。第二，突出父亲为文尖锐，世不能容；性格秉直，不畏强权，终免于耻的品质。晋州的长官十分暴虐，嗜杀成性，下属不敢与之争论。唯有柳镇"独抗以理"，几受刑罚，终于顶住了长官的压力。第三，柳镇当地方官的时候，政绩斐然，受人尊敬。"考绩皆最，吏人怀思，立石颂德"。第四，柳镇秉公执法，平反冤案。柳镇担任殿中侍御史之前，朝廷中有人"诬陷正士，以校私仇"，柳镇参与三司，整治吏治，公正廉明。第五，柳镇绝不徇私情，高度自律。柳宗元贞元九年登进士第。"上问有司曰：'得无以朝士子冒进者乎？'有司以闻。上曰：'是故抗奸臣窦参者耶！吾知其不为子求举矣。'"儿子参加科举，柳镇并不为之说情，可见他高尚的品德。柳宗元通过这五件事例勾画出父亲淡然处世、耿直中正、关心民生、秉公执法、不徇私情的形象，这种写法更突出了柳宗元平淡中造绚烂，平凡中见性情的笔法，因而此种碑文十分感人，真实可信。

对于父母的墓志，柳宗元写得十分朴实动人，绝不虚夸。对于已故

---

① 《柳宗元集》卷一二。

的妻子杨氏的墓志亦是如此，一片真情寓于言语之间，《亡妻弘农杨氏志》中着重刻画了杨氏的孝顺和敦厚，文曰："夫人既归，事太夫人，备敬养之道，敦睦夫党，致肃雍之美。主中馈，佐烝尝，怵惕之义，表于宗门。太夫人尝言：'自吾得新妇，增一孝女'。"寥寥几笔，刻画了杨氏孝敬老人、持家有道、温柔贤惠的形象。就是这样一位贤妻，不幸 23 岁病故，柳宗元不禁直呼老天不公："以夫人之柔顺淑茂，宜延于上寿；端明惠和，宜齿于贵位；生知孝爱之本，宜承于余庆。是三者皆虚其应，天可问乎？"足见柳宗元一往情深，他在志中甚至表示要"之死同穴，归此室兮"。

五

柳宗元为宫室庙宇、历史先贤撰写的碑文数量亦不少，如《箕子碑》、《道州文宣王庙碑》、《柳州文宣王新修庙碑》、《终南山祠堂碑》、《湘源二妃庙碑》、《太白山祠堂碑》等。这些碑文总体来看，宫室庙宇碑文多为祭祀、求雨、祈福等目的而建造，从文学审美的层面看，价值不大。倒是他撰写历史先贤等碑文的描述具有较高的文学价值。

柳宗元的《箕子碑》①歌颂箕子忠君爱民的仁爱之心，文章列举了当时的三位仁人的遭际：一位是微子，殷商贵族，屡次劝谏纣王，不被采纳，后惧祸出走。武王克商后，其肉袒出降，被封于宋。一位是比干，殷商贵族，忠勇直谏，后被纣王杀害剖心而亡。一位是箕子，纣王的叔父，作为一位具有高度政治和社会责任感的臣子而言，他对暴戾的商纣王屡谏不已，终被纣王囚禁。周武王灭纣后，释放了箕子，箕子终念殷商，不忍周之释，因而走之朝鲜，建东方君子国。武王闻之，因以朝鲜封之。箕子的遭际和前面两位仁人相比，不难看出，其人忠而义故不走，勇而谋故不亡，国亡走故不辱。难怪文章一开头就指出其三道皆有："凡大人之道有三：一曰正蒙难，二曰法授圣，三曰化及民。殷有仁人曰箕子，实具兹道，以立于世。"箕子的功劳体现在以上三个方面："正蒙难"、"法

① 《柳宗元集》卷五。

授圣”、“化及民”。“正蒙难”是指箕子面对纣王的暴虐，“辱于囚奴”，心忧天下。“法授圣”是指武王灭纣后，箕子出《洪范》大法教之治国之理。“化及民”是指箕子不忍周之释，走之朝鲜后，“推道训俗，惟德无陋，惟人无远”，他强调用德行进行治理，用礼义开导百姓，教授耕田养蚕抽丝纺织的技能。老百姓十分信仰，丰衣足食，秩序井然，民风淳朴。唐朝为箕子立碑，柳宗元为之作碑文应该说是别有一番用心的，其不赞比干直谏死忠，亦不称赏微子惧祸出走，而是高度褒扬箕子能审时度势，保存实力，“明哲在躬，不陋为奴”，“隐忍”而生，最终实现了自己仁政的理想。其实，这又何尝不是柳宗元心中的理想呢？

除了先贤外，柳宗元在《唐故特进赠开府仪同三司扬州大都督南府君睢阳庙碑》[①]一文中生动地刻画了唐朝参与平定安史之乱的将士南霁云忠、勇、烈的形象。其文分成四个层次：第一层，突出了南霁云的勇、谋、义、烈的性格特质。安禄山造反，张巡和许远守睢阳。南霁云，“天与拳勇，神姿机智，艺躬百中”，他和张巡等人“义气悬合，讦谋大同”。当叛军进攻睢阳的时候，“忠谋朗然，万夫齐力”，“出战则群校同强，入守而百雉齐固”。南霁云奋勇杀敌，斩贼人二十，杀敌万余人。然而叛军群集而来，“贼徒乃弃疾于我，悉众合围”。眼看寡不敌众，南霁云杀出重围，去请救兵。柳宗元对其求救兵的过程写得非常细致，突出了南霁云忠、烈、义的个性特征：“诸侯环顾而莫救，国命阻绝而无归。以有尽之疲人，敌无已之强寇。公乃跃马溃围，驰出万众，抵贺兰进明乞师。进明乃张乐侑食，以好聘待之。公曰：‘弊邑父子相食，而君辱以燕礼，独何心欤？’乃自噬其指曰：‘啖此足矣！’遂恸哭而返，即死孤城。”第二层，柳宗元列举了周苛、臧洪等忠义之士反被害的事例，表达了自己强烈的不满之情。虽然南霁云和张巡、许远一起被朝廷表彰立庙睢阳，受后人赞颂，但是柳宗元认为，正是由于南霁云等人的死忠，为朝廷克敌赢得了宝贵的时间。能从这个角度看待问题，的确柳宗元的视角非同一般，文曰：

---

① 《柳宗元集》卷五。

于戏！睢阳之事，不唯以能死为勇，善守为功；所以出奇以耻敌，立慬以怒寇，俾其专力于东南，而去备于西北，力专则坚城必陷，备去则天讨可行。是故即城陷之辰，为克敌之日。世徒知力保于江、淮，而不知功靖乎丑虏。论者或未之思欤！

第三层，称颂南霁云的品德，刻碑文传诵之，文中所说盖精辟之言，"惟公信以许其友，刚以固其志，仁以残其肌，勇以振其气，忠以摧其敌，烈以死其事，出乎内者合于贞，行乎外者贯于义，是其所以奋百代而超千祀者矣"。南霁云的"信"、"刚"、"仁"、"勇"、"忠"、"烈"等品质柳宗元用具体的事例都给予深刻的诠释，最后归于"贞""义"二字，难怪后世尊崇备至。第四层为铭文，铭文中最值得一提的还是柳宗元的批判精神，他在称颂南霁云"贞以图国，义惟急病。临难忘身，见危致命。汉宠死事，周崇死政。烈烈南公，忠出其性"的同时，对当时靠近睢阳的许叔冀、尚衡、贺兰进明等人为一己私利，见死不救的态度予以尖锐的批评，对南霁云等忠义之士的境遇表示极大的同情，"浩浩列士，不闻济师"。由此可见，虽然柳宗元的这篇碑铭和传状文很类似，都是根据生平事迹刻画了主人公的高贵品质，不同的是，一般传状文会选择几个典型的事例汇聚起来，而此碑文仅仅围绕南霁云在战斗中的种种表现这一件事来刻画其人，并进行品评，具有时代的锋芒和批判意义，难能可贵。在南霁云孤军奋战的叙述中，有着柳宗元英雄失志、孤独寂寞的慨叹。

柳宗元另一篇碑文《饶娥碑》①亦很独特，不是写古代圣贤，亦非如南霁云这样的忠义之士。主人公饶娥只是一位普通的少女，十四岁，其父由于醉酒打渔而亡，不见尸首。文云："娥闻父死，走哭水上，三日不食，耳鼻流血，气尽伏死。明日尸出，鼋鱼鼍蛟浮死万数，塞川下流。鄱旁下民悲感怨号，以为神奇。县人乡人会钱具仪，葬娥鄱水西横道上。追思不足，相与作石，以诒后世。"从文本来看，这个故事属于虚构的故事，宣扬的是饶娥这位女子的孝道感天动地。此文的成功之处在于言简意赅地交代了故事的背景，用寥寥数语刻画了女子的"至德"，其碑辞

① 《柳宗元集》卷五。

则更加动人：

> 蒸蒸在家，其父世渔。饮酒不节，死乎风涛。匍匐来哭，号天以呼。颜目耳鼻，膏血交流，三日顿踣，气竭形枯。父尸既出，孝质已殂。龟鳖鼋鼍，有蛟洎鱼，充流溢岸，旁出仰浮。见怪形异，适与我谋。鄱民哀号，或以颂歌。

这篇碑文刻画了身份极为普通的女性，言辞中用大量的例证宣扬了古代女性的孝道，思想虽然传统，亦无复杂情节，却如一篇小说，撰写得自然动人，这为碑文的写作提供了另外一种模本和思路，即不一定写大人物、大事件，小人物、小事件一样有可贵之处。

六

柳宗元为官宦撰写的墓志文占有较大的篇幅，如《相国房公德铭之阴》、《文通先生陆给事墓表》、《故御史周君碣》、《永州刺史崔公墓志》、《永州刺史崔君权厝志》等。

我们来看其作《相国房公德铭之阴》①。房琯，曾官居相位，宦海沉浮，历史评价褒贬不一，或云其好高谈阔论，不切实际；或讽其战术僵化，以致大败；或赞其安民有方，政声远播。对于这样一位有争议的高官，在给房琯作的墓志中，柳宗元不像其他墓志那样重视主人公生平具体事迹的刻画，而是围绕"公"字展开阐释：

> 天子之三公称公，王者之后称公，诸侯之入为王卿士亦曰公。有土封，其臣称之曰公。尊其道而师之，称曰公。楚之僭，凡为县者皆曰公。古之人通谓年之长老曰公。故言三公若周公、召公，王者之后若宋公，为王卿士若卫武公、虢文公、郑桓公。其臣称之，则列国皆然。师之尊若太公。楚之为县者若叶公、白公。年之长老若毛公、申培公。而大臣罕能以姓配公者，虽近有之，然不能著也。唐之大臣以姓配公最著者曰房公。房公相玄宗，有劳于蜀，人咸服

① 《柳宗元集》卷九。

其节；相肃宗，作训于岐，人咸尊其道。惟正直慈爱，以成于德。用是进退，所居而事理辩，所去而人哀号。

柳宗元强调的是房琯之所以被称为“公”的荣耀，可见其德高望重，虽然他不是王者之后，不是诸侯王卿，没有土封，不属年老者，不是师尊，却拥有唐代少有的“房公”称呼。通过这样的比较，我们可以得知柳宗元作碑文的技巧的确是千变万化，他用简略的语句总结了房琯的历史功绩：其一，房琯有节。其当丞相辅佐唐玄宗的时候，“有劳于蜀”，当安史之乱叛军杀入长安，玄宗仓皇入蜀的时候，房琯奔驰上谒，属于忠君。其二，房琯有道。唐肃宗即位，房琯从蜀中至，仍居相位，辅佐之，同至凤翔。众人都尊其道。其三，房琯有德。在柳宗元的视野中，房琯的性格“正直慈爱”，明辨是非，爱民如子，受人尊崇。因此，柳宗元毫不掩饰地认为正是由于房琯的治理有方，才会“县怀其化”“州濡其泽”“州人大悦”。通篇的文字无不显示了柳宗元对良政的赞赏和渴望。

《唐故给事中皇太子侍读陆文通先生墓表》①是其给老师陆质作的墓表，应作于永州②。永贞元年九月，陆质卒。此年柳宗元等人皆被贬谪，陆质幸以死得免。从文章的内容来看，柳宗元突出了陆质的三大贡献：第一个贡献，全面肯定陆质在《春秋》研究方面的成就。文章对当时注解《春秋》的不良风气进行了讥讽：

孔子作《春秋》千五百年，以名为传者五家，今用其三焉。秉觚牍，焦思虑，以为论注疏说者百千人矣。攻讦很怒，以辞气相击排冒没者，其为书，处则充栋宇，出则汗牛马，或合而隐，或乖而显。后之学者，穷老尽气，左视右顾，莫得而本。则专其所学，以訾其所

① 《柳宗元集》卷九。

② 根据《柳宗元集》卷三一《答元饶州论〈春秋〉书》校勘记[一]中所云：“‘宗元始至是州，作《陆先生墓表》，今以奉献，与宣英读之。’是州，谓永州也。”而《柳宗元集》卷九《唐故给事中皇太子侍读陆文通先生墓表》引韩注后云：“此表作于邵州明矣。”但笔者认为《答元饶州论〈春秋〉书》、《唐故给事中皇太子侍读陆文通先生墓表》均应作于永州。我们可从前者文中得知，这是柳宗元写给韩晔的，韩晔永贞元年九月被贬池州刺史，后朝议贬之太轻，十一月加贬为饶州司马。柳宗元十一月被贬为永州司马。可见，《答元饶州论〈春秋〉书》应该作于永州，“宗元又出邵州”，“宗元始至是州”，可知《陆文通先生墓表》应为初到永州时所作。

异，党枯竹，护朽骨，以至于父子伤夷。君臣诋悖者，前世多有之。甚矣，圣人之难知也。

柳宗元认为，后世注疏《春秋》时，并不重视其本意，而是相互攻讦，各行其是，各执己见，虽然注疏汗牛充栋，却毫无建树。导致后学者不知所措，无所适从。这种恶劣的风气极大地影响了文坛。柳认为到了陆质的手里，深入研究《春秋》，辨明真伪，这种情况才得以根本改观，陆质"能知圣人之旨。故《春秋》之言，及是而光明。使庸人小童，皆可积学以入圣人之道，传圣人之教，是其德岂不侈大矣哉！"《四库全书总目》卷二六《经部·春秋类一》记载了浙江汪启淑家藏本《春秋集传纂例》十卷、内府藏本《春秋微旨》三卷、江苏巡抚采进本《春秋集传辨疑》十卷，其中在《春秋集传辨疑》中可谓一语中的总结了陆质《春秋》学的贡献：

然《左氏》事实有本，而论断多疏；《公羊》、《谷梁》每多曲说，而《公羊》尤甚。汉以来各守专门，论甘者忌辛，是丹者非素。自是书与微旨出，抵隙蹈瑕，往往中其窾会。虽瑕瑜互见，要其精核之处，实有汉以来诸儒未发者，固与凿空杜撰、横生枝节者异矣。

第二个贡献，陆质讲道授业、书而志之，成为一代巨儒，文曰：

既读书，得制作之本，而获其师友。于是合古今，散同异，联之以言，累之以文。盖讲道者二十年，书而志之者又十余年，其事大备，为《春秋集注》十篇、《辩疑》七篇、《微旨》二篇。明章大中，发露公器。其道以圣人为主，以尧、舜为的，苞罗旁魄，膠轕下上，而不出于正。其法以文、武为首，以周公为翼，揖让升降，好恶喜怒，而不过乎物。既成，以授世之聪明之士，使陈而明之，故其书出焉，而先生为巨儒。

柳宗元突出了陆质能够广泛借鉴，通今博古，辨别异同，勤奋为文的特点，其文"以圣人为主"，包罗万象，文正理通。正因为他这种严谨的治学态度，学术观点传之于聪明人士，他的《春秋集注》才会广为流传。第三个贡献，陆质为人，讲求"仁爱"之心。以上两个贡献都是围绕陆质的治学态度和治学影响而谈的，第三个贡献文中论及虽非常简单，但却突出了陆质当高官以及任台州、信州刺史地方官的时候，不断传其道，如“守人知仁”，“侍东宫，言其所学，为《古君臣图》以献，而道达乎上”。陆质的思想到底对柳宗元的影响有多大，我们只是从侧面得知。但从史料来看，陆质的确有意图对皇太子的思想进行影响，《新唐书·陆质传》（卷一六八）云：“质素善韦执谊，方执谊附叔文窃威柄。用其力召为给事中。宪宗为太子。诏侍读。质本名淳，避太子讳，故改。时执谊惧太子怒己专，故以质侍东宫，阴伺意解释左右之。质伺间有所言，太子辄怒曰：‘陛下命先生为寡人讲学，何可及它？’质惶惧出。”可见，革新派希冀通过陆质侍太子东宫而想左右之的想法未能奏效，从中可窥见陆质的讲学必有惊世骇俗之论，故遭到太子的强烈斥责。柳宗元在赞赏陆质思想的同时，亦在惋惜陆之思想不得行于世，故在《唐故给事中皇太子侍读陆文通先生墓表》的末尾慨叹道：“呜呼！先生道之存也以书，不及施于政；道之行也以言，不及睹其理。门人世儒，是以增恸。”可见，陆质的学说虽然受到当政者的注意，但并未得到真正的实施。虽然陆质是朝廷官员，但在柳宗元眼里，他更是一位讲授《春秋》大义的巨儒，这种将主人公学术贡献与政治贡献联系起来的叙述方式在其墓表中是独树一帜的。

柳宗元的《唐故朝散大夫永州刺史崔公墓志》亦很独特，其围绕永州刺史崔敏家族的三件事迹进行刻画，第一件事突出崔氏家族“有功”。唐玄宗逃往蜀地，太子讨贼，后玄宗内禅于太子，其父崔漪治兵于朔方，迎之，是为唐肃宗，“玄宗南巡，内禅圣嗣，府君以谋画定命，起一旅以复天下，厥功载焉”。为何作者叙述此事，主要是想突出崔氏家族对唐帝王登基的作用，以此衬托崔敏的家庭影响。第二件事突出崔敏的“德”与“能”。在其历任地方官时，“承世德之清源，浚之以蠲洁，以端其志；采群言之枝叶，植之以茂实，以修其能”。“推以直道”。甚至当扬州地方官时，他还能在紧张的官吏生活中“优游有裕”。第三件事就是崔敏有“恩惠”于民，文曰：

公克有声，迁永州刺史朝散大夫。惟是南楚，风浮俗鬼，户为胥徒，家有禳梗。大者虐鳏孤以盗邦赋，殴愚蒙以神讹言。悖于政经，莫有禁御。公于是修整部吏，黜侵凌牟渔者数百人，以付信于下，而征贡用集；擒戮妖师，毁焄蒿淫昏者千余室，以举正群枉，而田闾克和。宽以容物，直以率下。邦人方安其理，搢绅犹郁其望。

崔敏为永州刺史时，努力改变当地崇尚鬼怪的陋习，惩治借助神的名义盗取、讹诈老百姓钱财的恶行，整顿吏治，斩杀妖师，取缔当地装神弄鬼之场所千余间，倡导仁政，恢复生产，因而民众顺服，声望极高。其实柳宗元任永州、柳州地方官时，亦十分关注当地的民风治理，比如他曾努力革除当地借债，习惯以子女抵押，到期不还就沦为家奴的陋习。

七

柳宗元还为佛门僧侣等撰写了不少碑，如《曹溪大鉴禅师碑》、《龙安海禅师碑》、《南岳云峰寺和尚碑》、《衡山中院大律师塔铭》等。中唐，帝王崇奉佛教，文人士大夫热衷佛教，他们与僧侣交往颇多，加上柳宗元"统合儒释"的思想，在这样的背景下，他写了不少相关的碑文，以此表达对佛教的认识。我们来研究柳宗元这类碑文的文学特征。

《曹溪第六祖赐谥大鉴禅师碑》注引："苏轼尝曰：'子厚南迁，始究佛法，作《曹溪》、《南岳》诸碑，绝妙古今。"[①]此类文章当然免不了要谈禅说理，但从结构上看，主要突出了大鉴禅师的性格特征和深远的影响力。文章先谈及赐谥的缘由，是由于扶风公马揔在岭南三年，由于佛氏第六祖未有称号，故上疏于上。诏令大鉴禅师，塔为"灵照之塔"。这个诏令确定了曹溪禅的地位，故"告于其祠，幢盖钟鼓，增山盈谷，万人咸会，若闻鬼神。其时学者千有余人，莫不欣踊奋厉，如师复生；则又感悼涕慕，如师始亡"。文章对儒佛的分析非常精辟，突出了佛教统合的特点，强调其静，更多的是讲述大鉴禅师如何求得心法的过程：

孔子无大位，没以余言持世，更杨、墨、黄、老益杂，其术分裂，而吾浮图说后出，推离还源，合所谓生而静者。梁氏好作有为，师

① 《柳宗元集》卷六。

达摩讥之，空术益显。六传至大鉴。大鉴始以能劳苦服役，一听其言，言希以究，师用感动，遂受信具。遁隐南海上，人无闻知。又十六年，度其可行，乃居曹溪。为人师，会学去来尝数千人。其道以无为为有，以空洞为实，以广大不荡为归。其教人，始以性善，终以性善，不假耘锄，本其静矣。中宗闻名，使幸臣再征，不能致，取其言以为心术。其说具在，今布天下，凡言禅皆本曹溪。大鉴去世百有六年，凡治广部而以名闻者以十数，莫能揭其号。乃今始告天子，得大谥，丰佐吾道，其可无辞。

柳宗元刻画大鉴禅师，抓住其性格特征"始以能劳苦服役"，后闻道隐遁修行，"遁隐南海上，人无闻知"。等到修行成功后，"又十六年，度其可行，乃居曹溪"。南宗禅的影响极大，强调顿悟，追求"其道以无为为有，以空洞为实，以广大不荡为归"。当然，其教化作用也是非常明显的，"其教人，始以性善，终以性善，不假耘锄，本其静矣"。就其性善的理论，与儒家其实是一脉相通的。柳宗元在言语间将禅师的隐忍、勤学、苦修、悟道、灵性的特征展露无遗，同时也为我们揭示了佛法的修行特点。

柳宗元对于禅师的刻画均抓住他们的修行特点，每位僧侣绝无相似之处。如《南岳弥陀和尚碑》[①]生动地再现了般州和尚的异德：

公始居山西南岩石之下，人遗之食则食，不遗则食土泥，茹草木。其取衣类是。南极海裔，北自幽都，来求厥道。或值之崖谷，羸形垢面，躬负薪樵，以为仆役而媟之，乃公也。凡化人，立中道而教之权，俾得以疾至。故示专念，书涂巷，刻谿谷。丕勤诱掖，以援于下。不求而道备，不言而物成。人皆负布帛，斩木石，委之岩户，不拒不营。祠宇既具，以洎于德宗，申诏褒立，是为弥陀寺。施之余，则与饿疾者，不尸其功。

此僧率性而为，栖息于岩石之下，餐风露宿，甚或食土泥草木，羸弱不堪，蓬头垢面，正是这样的苦修造就了其德行，处于无欲、无求、不言之中，却得佛教的大义，受到民众的追崇和信任。

---

① 《柳宗元集》卷六。

《岳州圣安寺无姓和尚碑》则完全通过和尚的言语概括其性格特征,“有名无姓,世莫知其闾里宗族。所设施者有问焉,而以告曰:‘性,吾姓也。其原无初,其胄无终,承于释师,以系道本,吾无姓耶?法剑云者,我名也。实且不有,名恶乎存?吾有名耶?性海,吾乡也;法界,吾宇也。戒为之墉,慧为之户,以守则固,以居则安。吾闾里不具乎?度门道品,其数无极;菩萨大士,其众无涯。吾与之戚而不吾异也,吾宗族不大乎?’”看似法名为法剑的和尚,忘记了尘世的俗名,他用佛教的理念概括了人世间的一切疑问,告诫人们何必停留在人世万物的纠结上。看似玄妙,却有悟性。他具有反驳的精神,“或讥以有为,曰:‘吾未尝作。’”“或讥以有迹,曰:‘吾未尝行。’”通过这一系列言行就可懂得此无姓和尚的“狂”与“慧”。

《龙安海禅师碑》①虽然其谈禅说理的成分较大,但在结构上更加完整,文章首先批判诬禅之风:

> 佛之生也,远中国仅二万里。其没也,距今兹仅二千岁。故传道益微,而言禅最病。拘则泥乎物,诞则离乎真,真离而诞益胜。故今之空愚失惑纵傲自我者,皆诬禅以乱其教,冒于嚣昏,放于淫荒。其异是者,长沙之南曰龙安师。

时人或拘泥于物,或荒诞不经,甚至沦为愤世嫉俗、恣肆自傲的狂禅,导致对禅宗的社会评价极低,认为其影响了社会教化。和以上这些狂妄之说不同的就是龙安禅师,这里点出了主人公地位的特殊性。其次谈及龙安禅师的贡献,他认为之前南北宗禅不分青红皂白,互相攻讦,导致了禅宗地位的下降。龙安禅师能将南宗禅与北宗禅合二为一,求同存异,辩证对待,这种态度更加务实,唯有这样才能得其“真常”。文章接着从侧面论述龙安海禅师的影响力,许多官吏尊其为师,执弟子礼。最后点明其弟子谒柳宗元为碑,故文章追叙其入佛的因缘,“师始为释,其父夺之志,使仕,至成都主簿,不乐也。天宝之乱,复其初心。尝居京师西明寺,又居岣嵝山,终龙安寺,葬其原”。谈及龙安禅师的慧根,由

① 《柳宗元集》卷六。

于他对俗世、权力的不屑，才导致其遁入佛门。此文文笔质朴，线索清晰，人物性格突出，碑文犹如行状。

八

以上分析了柳宗元哀祭文、墓志文的典型之作，总体来看，其文并无韩愈谀墓之嫌，而是呈现出自己特有的写作风格，归纳起来主要有以下六大特点：

第一，柳宗元的文体很丰富，相似题材能写出不同凡响的效果。根据前面的统计来看，《柳宗元集》中包括碑、碑铭、墓表、碑志、墓碣、祭文、吊文、诔文等，数量之多，大大超过了同时期的刘禹锡。在同一类作品中，叙述的手法也绝不相同，对于同一位主人公，比如其对好友吕温的悼念，分别有诔文、祭文，还有诗歌形式，祭文的感情比诔文等更加充沛和真诚，因而更能感动人。

第二，柳宗元在撰写哀祭文、墓志文时，注意选择墓主生前的典型事例进行刻画，甚至喜欢做翻案文章。比如《吊乐毅文》，乐毅是忠还是奸，这个问题值得深思。他本是燕上将军，屡立战功，却遭齐国田单离间馋毁，惧祸降赵。柳宗元本意就是以乐毅有功而不被信任，惧走他国之事，借以自喻。又如《梁丘据赞》，柳宗元塑造了一位特别的嬖臣梁丘据。他虽然是嬖臣，但他心术很正，与国无害，作者甚至痛惜当世无梁丘子这样善良、忠诚的近臣。这些无疑为后世的墓志文开拓了新的领域。

第三，柳宗元为亲属所作的墓志文，绝不虚夸，在朴实的叙述中见其真性情，抒情色彩浓烈。柳宗元的《先太夫人河东县太君归祔志》是写柳宗元母亲在永州去世，灵柩由永州归葬故土之事。柳宗元通过母亲勤俭持家、友善亲友、宽容教子三个事例，足以把自己悲怆、自责的心情刻画出来。同理，柳宗元为父亲柳镇书写的《先侍御史府君神道表》，着重刻画了父亲淡泊名利、耿直坚韧、关注民生、秉公执法、以及不徇私情的事例，在矛盾冲突中构筑其正直坦荡的官吏形象。对于亡妻，则言简意赅，《亡妻弘农杨氏志》一文突出了其孝悌的特征。读柳宗元的这类墓志，感受其亲情的疏泄，抒发了内心深沉之爱。

第四，柳宗元对墓志的主人不分贵贱，一视同仁，注意挖掘其身上的闪光点。比如柳宗元的《箕子碑》歌颂箕子忠君爱民的仁爱之心；《唐故特进赠开府仪同三司扬州大都督南府君睢阳庙碑》称颂唐朝平叛将士南霁云忠、勇、烈、义；《饶娥碑》赞扬平凡少女饶娥哭父丧命的孝道。

第五，柳宗元为官宦撰写的墓志文都是围绕其最突出的地位进行描绘的，如《相国房公德铭之阴》突出其"公"的价值评价；《文通先生陆给事墓表》突出其"文通"的特点，围绕《春秋》大义的注疏和传播展开。

第六，柳宗元为佛门僧侣撰写的碑文各具特色，摒除了以往一味谈佛论理的毛病，更多是从僧侣的个性特征入手，绝无雷同。如《曹溪大鉴禅师碑》塑造其隐忍的性格；《南岳弥陀和尚碑》再现了般州和尚不拘常态的异德；《岳州圣安寺无姓和尚碑》刻画了其无知无畏的语言。

当然，柳宗元亦有少部分碑志文写得索然寡味，如《终南山祠堂碑》、《湘源二妃庙碑》、《太白山祠堂碑》等，均为祭祀、求雨、祈福等目的，文学价值不高。

综上所述，柳宗元的哀祭文、碑志文突破了以往此类体裁单调甚至虚夸的局限性，达到了与传状文同样的艺术效果，主人公不分贵贱，并能围绕主人公的特质，选择最典型的事例，用丰富生动的言语，用不同寻常的行为，塑造出其鲜明的个性，从这个意义上看，柳宗元提升了此类作品的艺术性和审美性，为后世的写作乃至研究提供了很好的范例和借鉴。

第五节　柳宗元贬谪后的朝廷颂歌创作

柳宗元被贬谪后，虽身处蛮荒之地，但依然热切地关注国家的政治，特别是平定藩镇作乱的情况，每一次平定都带给他极大的鼓舞和振奋。在《柳宗元集》中，除去伪作[1]，柳宗元共上表38次[2]，奏状18篇[3]，名篇有《为裴中丞贺克东平赦表》、《为裴中丞谢讨少卿贼表》、《贺诛淄青逆贼李师道状》等，还有"雅诗歌曲"[4]中的《献平淮夷雅表一首》、《平淮夷雅二篇》(并序)、《唐铙歌鼓吹曲十二篇》(并序)等等，大部分作品为贬谪后所作，可见他虽为"罪臣"，远贬蛮荒之地，但仍心系朝廷，对唐王朝采取的一系列的削藩行动以及取得的胜利唱出了自己的朝廷颂歌。

一

其实在柳宗元生活的中唐，宦官专权，藩镇割据，宫廷与地方内外勾结，民不聊生，他和刘禹锡等有识之士之所以参与革新运动，还是想革除社会弊病，但痼疾已不可除，连推行他们的革新主张有时甚至还得借助宦官的势力。当革新失败后，柳宗元远贬永州、柳州，虽然音信不通，但他并未就此消沉，而是对国家命运更充满了关切之情。在永州，他撰写了《唐铙歌鼓吹曲十二篇》(并序)[5]：

> 负罪臣宗元。言：臣幸以罪居永州。受食府廪，窃活性命，得视息，无治事，时恐惧，小闲，又盗取古书文句，聊以自娱。
>
> ……汉歌词不明纪功德，魏、晋歌，功德具。今臣窃取魏、晋义，用汉篇数，为唐铙歌鼓吹曲十二篇，纪高祖、太宗功能之神奇，因以知取天下之勤劳，命将用师之艰难。每有戎事，治兵振旅，幸歌臣词以为容，且得大戒，宜敬而不害。
>
> 臣沦弃即死，言于不言，其罪等耳。犹冀能言，有益国事。不敢效怨怼默已。谨冒死上。

在序言中，柳宗元自称"负罪臣"，行文一方面透露出自己在永州的凄清

---

① 根据《柳宗元集》的《辨伪杂录》统计。

② 剔除疑似伪作，《柳宗元集》卷三七录"表"22篇，卷三八录"表"16篇，共计38篇。

③ 剔除疑似伪作，《柳宗元集》卷三九录"奏状"18篇。

④⑤ 《柳宗元集》卷一。

和寂寞，另一方面表达了对唐高祖、唐太宗立国之丰功伟绩的由衷钦佩，表达了“知取天下之勤劳，命将用师之艰难”的理解。他盼望当朝“每有戎事，治兵振旅”，歌唱自己的颂歌而凯旋。此类雅诗歌曲，强调了帝王的功德，宣扬了国家统一的思想。譬如：

> 隋乱既极，唐师起晋阳，平奸豪，为生人义主，以仁兴武。为晋阳武第一。
>
> 晋阳武，奋义威。炀之渝，德焉归？氓毕屠，绥者谁？皇烈烈，专天机。号以仁，扬其旗。日以昇，九土晞。诉田圻，流洪辉。有其二，翼馀隋。斮枭鷙，连熊螭。枯以肉，勍者羸。后土荡，玄穹弥。合之育，莽然施。惟德辅，庆无期。

这首雅诗是歌唱唐太宗在晋阳起义兵反隋炀帝的史实，诗歌痛斥隋炀帝的暴政，失德而亡其国，反复颂扬唐太宗德行高尚而得天下，一个“德”字反映了柳宗元的政治主张。

中唐时期，不断有地方节度使谋反，朝廷进行了多次征讨。柳宗元未贬谪前就在《辩侵伐论》[①]中明确表达了自己对削藩的主张。其文对“伐”和“侵”进行了历史的辩证：

> 《春秋》之说曰：“凡师有钟鼓曰伐，无曰侵。”《周礼·大司马》九伐之法曰：“贼贤害人则伐之，负固不服则侵之。”

这是《左传·庄公二十九年》和《周礼·夏官司马》中认定的“伐”和“侵”的区别，前者倾向于形式，后者倾向于行为，“贼贤害人则伐之，负固不服则侵之”，侵犯贤人、戕害百姓的定义为“伐”，仰仗自己险固不服统治作乱的叫“侵”。对于被讨伐的人，柳宗元认为得先“声其恶于天下”，“必有以厌于天下之心”，然后才能进行正义的讨伐。对于征伐的条件，柳宗元也进行了总结，他认为：

> 然犹校德而后举，量力而后会，备三有余而以用其人：一曰义有余，二曰人力有余，三曰货食有余。是三者大备，则又立其礼，正

① 《柳宗元集》卷三。

其名,修其辞。

柳宗元强调征伐的三个先决条件,必须是正义的立场,人力充裕以及财物齐备,三者必须具备。当然,其中最重要的一个条件就是“德”,它代表正义。因此,柳宗元在总结周代衰亡,春秋时期战乱频繁的原因时,也是用了“德”这个字眼:

是故以无道而正无道者有之,以无道而正有道者有之,不增德而以遂威者又有之,故世日乱。

“不增德”反映了他对春秋时期战乱纷纷现象的认识,正因为不重视德行的操守,没有正义的立场和正统的观念,因此各诸侯国各自为政,互相攻侵,世风日下。由此,我们可以看出,柳宗元把战争的“义”放在了首位。他也是按照这个标准来评价中唐政权和藩镇割据之间的征伐战争的。

譬如,唐宪宗元和十二年,朝廷派裴度平定了淮西镇吴元济的叛乱,这是削藩行动的重大胜利。柳宗元闻之,非常高兴,撰写了《献平淮夷雅表》①和《平淮夷雅二篇》②。其《献平淮夷雅表》云:

臣宗元言:臣负罪窜伏,为尚书笺奏十有四年。圣恩宽宥,命守遐壤,怀印曳绂,有社有人。

柳宗元在文中自叙了自己十四年来的坎坷遭际,从朝廷重臣礼部员外郎的职位,贬谪为邵州刺史,又被贬为永州司马。元和十年,召回京师,不料又被贬为柳州刺史。柳宗元连贬三次,但他并不以为恨,还觉得“圣恩宽宥”。其实柳宗元并不认同自己是仕途冒进的人,参与永贞革新就该受惩罚,之所以这么说,想必是客套之辞。接着他对自己的写作目的做了交代:

臣伏自忖度,有方刚之力,不得备戎行,致死命,况今已无事,思报国恩,独惟文章。

①② 《柳宗元集》卷一。

对于平定吴元济的叛乱，柳宗元自然有君权神授的思想，言辞夸张得很，“金鼓一动，万方毕臣。太平之功，中兴之德，推校千古，无所与让”。但同时，柳宗元对于自己不得于沙场建功而悔恨，虽一心想着为国分忧，报答君恩，如今只得在穷乡僻壤作文章来报恩。

中唐的征讨行动很多，在《献平淮夷雅表》一文中，柳宗元列举了众多藩镇造反被平定的事例，文曰：

> 臣伏见陛下自即位以来，平夏州，夷剑南，取江东，定河北。今又发自天衷，克翦淮右，而大雅不作。臣诚不佞，然不胜愤懑。伏以朝多文臣，不敢尽专数事，谨撰平淮夷二篇，虽不及尹吉甫、召穆公等，庶施诸后代，有以佐唐之光明。谨昧死再拜以献。

唐宪宗即位后，永贞元年冬，夏绥银节度留后杨惠琳谋反，后被朝廷诛杀。永贞元年八月，剑南西川节度使韦皋死后，其行军司马刘闢自称留后，元和元年十月为朝廷讨伐伏诛。元和二年镇海节度使李锜造反，后被俘伏诛。元和四年，成德军节度使王承宗反，后投降。元和七年，魏博节度使田季安卒，其子怀谏自封承之，后军中之将田兴掌权，以六州归于朝廷。直到元和九年，彰义军节度吴少阳卒，其子吴元济自知军事，后伏诛。通过以上这六个例证，我们可以清晰感受到中唐社会地方藩镇拥兵自重的势力和野心，以及与朝廷作对而谋反的频率，王权受到了空前的挑战。可以说，中唐此时是内外交困，矛盾也日趋复杂，乃至激化。朝官往往结为朋党，专为私利，勾结宦官，外通藩镇，互相倾轧。藩镇谋逆成为这个混乱幽暗时代的视点。在文中，柳宗元强调自己并非佞臣，对于地方藩镇势力的强大和贰臣之心深恶痛绝。同时，他也指出，自己敬献的文章虽然比不上古代的贤臣，但也希望对唐朝的统治有所帮助。

二

柳宗元的《平淮夷雅二篇》（并序），其中《皇武》篇以宰相裴度挥师讨伐淮西为题材，称赏其用兵神勇。我们一方面称赏唐宪宗打击藩镇割据势力的勇气和决心，但另一方面我们更佩服裴度的杰出战功。他和武元衡都是主张坚决打击藩镇割据势力和朝廷佞臣的主将。因而像他们这样正直、忠诚之士便不断遭到黑暗势力的暗杀，宰相武元衡早朝途中遇刺身亡。

但是裴度从未惧怕，他对削藩的艰难有充足的思想准备。淮西吴元济叛乱，朝臣惧之，主和招降。但裴度绝不妥协。元和十二年，朝廷以宰相裴度为门下侍郎、同平章事，领淮西宣慰处置使，平定了吴元济的叛乱，这是他一生最辉煌的功绩。柳宗元与他交情笃厚，对他十分倾慕。在《皇武》篇中柳宗元借裴度宣扬“天子圣神”说，并对他理想的田园生活进行了描绘，当然不忘对皇恩浩荡的称赏：

> 淮夷既平，震是朔南。宜庙宜郊，以告德音。归牛休马，丰稼于野。我武惟皇，永保无疆。

《方城》篇则是以唐、邓、隋节度使李愬领兵入蔡为内容的，着重描述他足智多谋，如何克服重重困难，生擒吴元济的。文云：

> 其良既宥，告以父母。恩柔于肌，卒贡尔有。维彼攸恃，乃侦乃诱。维彼攸宅，乃发乃守。

李愬首先生擒吴元济的骁将丁士良，并亲为之解缚。丁士良为之动容，降之，并生擒贼将吴秀琳的谋士陈光洽，迫使吴秀琳投降。李愬厚待吴秀琳，与之谋取蔡州。吴指出取蔡州的关键是得到李祐这个人。后生擒李祐，用其策略，战无不胜。从这环环相扣的描述中，我们可以感知李愬用人的独特之处，征讨行动十分注重策略，表现了他对人才的重视程度。因而他才能在“雨雪洋洋，大风来加”，即风雪交加、旌旗冻裂、人马冻死的恶劣环境中赢得了平叛的最后胜利。因此，柳宗元对李愬赞不绝口：

> 蔡人率止，惟西平有子。西平有子，惟我有臣。畴允大邦，俾惠我人。于庙告功，以顾万方。

其实，韩愈曾以行军司马的身份亲随裴度参与了平定淮西，以功受刑部侍郎，并受诏令撰写了歌功颂德的《平淮西碑》，对裴度削藩的气度和功绩给予极高的美誉。柳宗元《献平淮夷雅表一首》“评注”引先儒穆伯长云：“韩《元和圣德》、《平淮西》，柳《雅章》之类，皆辞严义伟，制述如经，能崒然耸唐德于盛汉之表。”可见韩、柳此类文章的艺术性和经典性。

韩愈在《平淮西碑》（并序）①中刻画了唐宪宗统治时期藩镇半独立性质的嚣张气焰，凸显了裴度等极少数朝廷要员革除时弊的决心，同时对唐宪宗改变对藩镇的姑息政策、坚决支持削藩征伐的气魄赞不绝口，其文云：

> 睿圣文武皇帝既受群臣朝，乃考图数贡，曰："呜呼！天既全付予有家，今传次在予，予不能事事，其何以见于郊庙？"

之后，唐宪宗陆续平定了一些地方节度使的叛乱。但是，对于军事力量强大的藩镇来说，这些行动还不足以震慑。元和九年吴元济叛乱，韩文对其叛乱的原因有精辟的说明：

> 九年，蔡将死；蔡人立其子元济以请，不许。遂烧舞阳，犯叶襄城，以动东都，放兵四劫。

吴元济的叛乱是藩镇长期割据与中央加强集权之间不可调和的矛盾。纵观中唐时期藩镇反叛的原因，不少情况都是身为节度使的父亡，其子妄图自命继之；或主将卒而军中夺权争斗，不听帝命。这些地方割据势力长期拥兵自重，导致他们权力欲望的极度膨胀，而朝廷原先对他们也是姑息忍让。

但是，在朝廷中像裴度这样身居高位、富有正义感、力主平叛的官员是占绝对少数的，大部分官员对吴元济的势力和兵力都非常惧怕。唐宪宗正是看到了裴度的决心和勇气，遂命讨伐之。韩文如实反映了当时朝廷中的两种观点：

> 皇帝历问于朝，一二臣外，皆曰："蔡师之不廷授，于今五十年，传三姓四将，其树本坚，兵利卒顽，不与他等。因抚而有，顺且无事。"大官臆决唱声，万口和附，并为一谈，牢不可破。
>
> 皇帝曰："惟天惟祖宗所以付任予者，庶其在此，予何敢不力！况一二臣同，不为无助。"

---

① 韩愈撰、马其昶校注《韩昌黎文集校注》卷七"碑志"，上海古籍出版社 1987 年版。

从中，我们可以窥见唐宪宗统治时为何会出现元和中兴的局面了，皇帝能够力排众议，支持削藩行动，加强中央集权统治。他任命裴度督战，李愬等人各以兵进战。当然，李愬“用所得贼将，自文城因天大雪疾驰百二十里，用夜半到蔡，破其门，取元济以献”的这段战绩成就了自己的功勋，蔡地恢复了往日的平静，老百姓无不欢欣鼓舞，终于告别了“夫耕不食，妇织不裳；输之以车，为卒赐粮”的艰难日子，因此“蔡之卒夫，投甲呼舞；蔡之妇女，迎门笑语”，反映了民众朴素的和平的愿望。四年时间，终于平定了强藩吴元济的叛乱，足见地方割据势力的强大，裴度等人当然都受到了朝廷极高的封赏。

其实，不管是韩愈的《平淮西碑》还是柳宗元的《献平淮夷雅表》等雅诗歌曲，都极力称赏了裴度主战、督战、平叛的功劳，未能把破贼、擒贼的李愬凸显出来，这种做法遭到非议。笔者认为，这种评价并不为过，原因有四：一是没有宰相裴度积极削藩的决心和倡议，唐宪宗就不可能下决心打掉强藩吴元济；二是在实际平叛的过程中，裴度被任命为淮西宣慰处置使，兼彰义军节度使等职，进行督战，这种地位决定了他的功勋；三是坚持不懈，隐忍苦战。他能顶住朝廷内外的压力，经过与吴元济残部四年不懈的战争，最终剿灭了这股强大的地方势力；四是柳宗元、韩愈等人与裴度的交情笃厚，关注点自然在主帅裴度身上，并非其好大喜功。总的来说，韩柳对裴度和李愬的评价还是客观公正的。

三

强藩吴元济被平定后，强藩淄青镇李师道惧，后起兵叛乱。朝廷派兵平定，元和十四年，叛军内部矛盾激化，淄青都知兵马使刘悟，斩杀李师道以降。李师道所管辖的十二州淄、青、登、莱、沂、密、郓、曹、濮、齐、兖、海被平定后，朝廷分李师道的领地为三道，各命节度使，朝廷下诏大赦天下。柳宗元又向朝廷上表《柳州贺破东平表》[1]，还替桂管观察使

---

① 《柳宗元集》卷三八。

裴行立写了表章《为裴中丞贺克东平赦表》①、《代裴中丞贺分淄青为三道节度表》②。我们从中能看出柳宗元的措辞虽然有些阿谀奉承,但对削藩和平叛的态度是十分明确的。如《柳州贺破东平表》曰:

帝德广运,唐命惟新,霾曀廓清,天地贞观,率土臣庶,庆抃无涯。

柳宗元提及"剪蜀平蔡",将藩镇之恶比喻为"凶妖"。其"守在蛮荒,获承大庆,抃蹈之至,被万恒情",突出了柳宗元虽身处僻远之地,却心系朝廷,表达了平定藩镇作乱后的欣喜之情。

这种情绪在《代裴中丞谢讨黄少卿贼表》③、《为裴中丞举人自代伐黄贼表》④文中都有体现。《代裴中丞谢讨黄少卿贼表》中的黄洞首领黄少卿,他曾拥兵自重,有扩张的野心,不断滋扰周围的州邑,还攻打邕、管等州,为害一方。唐宪宗统治时,桂管观察使裴行立与容管经略使阳旻争欲讨伐之,最后皇帝下诏裴行立平之。文章极力称赏唐宪宗的统治,"受命上玄,底宁下土",虽有阿谀之嫌,但相比较而言,唐宪宗算是名至实归,他在中唐是削藩行动最为果敢和最有成效的一个帝王,极大地巩固了中央集权的统治,震慑了地方割据势力。文章直接把这些地方割据势力比成"疥癣"、"狐鼠"。柳宗元在《贺诛淄青逆贼李师道状》⑤中对藩镇的批评亦十分尖锐:

蠢尔凶渠,敢行悖乱,缔交于雷霆之下,效逆于化育之辰,逞豺声以欺天,恣狼心而犯上。

对于这些地方割据势力,《代裴中丞谢讨黄少卿贼表》一文称赏裴中丞平乱的决心和信心:

尽瘁事国,期毕命于戈矛;不宿于家,思奋身于原野。即以今日某时出师就道,便披榛蹶石,摩垒陷坚,荡清海隅,永息边徼。

---

①②③④《柳宗元集》卷三八。

⑤《柳宗元集》卷三九。

柳宗元在《为裴中丞伐黄贼转牒》[①]中进一步揭示地方割据势力的暴虐、暴敛、滋扰百姓等危害，真切表达了自己的憎恶之情，其云：

> 黄少卿等历稔逋诛，举宗肆暴。恃狡兔之穴，跧伏偷安，凭孽狐之丘，跳踉见怪。以为威弧不射，天网可逃。侵逼使臣，黷犯王略，恣其毒虐，速我诛锄。

黄少卿等逆贼以家族为中心，横行暴敛，成为中唐时的边患，他们前后曾攻陷了唐十余州。柳宗元痛恨这些地方割据势力的恶行，将朝廷平叛的行为命之为“天讨之辰”、“鬼诛之罪”。对平叛有为的官员亦不吝辞藻：

> 孔大夫贞直冠时，清明格物，全体许国，一心在公，兵精食浮，为日固久。容府阳中丞以义烈为己任，勋袭太常；安南李中丞以英武为家风，业传彝器。并膺邦寄，克达皇威。南则浮海济师，共集堂堂之阵，东则横江誓众，用成善善之功。

文章对御史大夫岭南节度使孔戣、御史中丞容管经略使阳旻、御史中丞安南都护李象古等人一心为国、忠勇义烈、英武有力、无往不胜的功绩给予高度的评价和肯定。

可见，柳宗元虽然一贬再贬，长期处于永州和柳州等僻远之地，但他革除时弊的态度并未发生改变，他依然关注时事，为国分忧，不断地为唐王朝的削藩政策和胜利战果欢呼呐喊，特别是朝廷平定了强藩吴元济和李师道后，他为之兴奋不已，不但自己写了不少表和奏状，还为朋友上表呼号。孙昌武先生认为：“柳宗元生当统一还是分裂两种势力激烈斗争的关键时期，他的有关议论就表现出更为强烈的现实感。”[②]笔者认为，柳宗元撰写这些朝廷颂歌的目的主要有三个：一是由于自身长期目睹中唐时代中央集权的软弱，不满朝廷对藩镇割据势力采取的姑息态度，柳终于看到了唐宪宗执政后强有力的削藩行动和辉煌战果，由衷地表示高兴。这当然是最直接的感受。二是他的好友宰相裴度力

① 《柳宗元集》卷三九。

② 孙昌武《柳宗元评传》第五章，264 页。

主抗战，亲为督帅，经历了几年艰苦卓绝的征战，终于平定了一方霸主吴元济，震慑了其他地方割据势力，维护了社会的安定。三是希望通过这些表和行状等引起当权者的注意，更希望好朋友的推荐，能够重新启用被贬谪边远之地的自己，从而实现人生的抱负。正是基于这些目的，我们不可避免地会看到其中有些词句有阿谀之嫌，如经常称赞当朝帝王是天命所授，皇恩清明浩荡等等，其实古代官员上表朝廷一般都会有些客套话，这亦不足为奇。

第七章

柳宗元的愚性情结与渔翁情结

柳宗元在贬谪时期，性格中形成两种情结，一种是“愚”情结，一种是“渔翁”情结，看似根本无关的两个词语，却有着深刻的内涵关联。

一

柳宗元立志高远，曾有永贞革新被重用时一飞冲天的热情，也有一贬再贬到如永州、柳州这样僻远之地的黯淡失神，他的心境可谓是高低起伏，落差悬殊。在贬谪地这种恶劣的生存环境中，柳宗元用“愚”性来修身养性，乐观地面对生活。他曾在《惩咎赋》[①]中抒发自己的赤胆忠心，赋云：

> 惩咎愆以本始兮，孰非余心之所求？处卑污以闵世兮，固前志之为尤。始余学而观古兮，怪今昔之异谋。惟聪明为可考兮，追骏步而遐游。洁诚之既信直兮，仁友蔼而萃之。日施陈以系縻兮，邀尧、舜与之为师。上睢盱而混茫兮，下驳诡而怀私。旁罗列以交贯兮，求大中之所宜。曰道有象兮，而无其形。推变乘时兮，与志相迎。不及则殆兮，过则失贞。谨守而中兮，与时偕行。万类芸芸兮，率由以宁。刚柔驰张兮，出入纶经。登能抑枉兮，白黑浊清。

---

① 《柳宗元集》卷二。

蹈乎大方兮，物莫能婴。

其实，“惩咎”本意是反思自己的过错，欲更改之。但从文章的字里行间，我们发现他喜欢说反话，点出了社会环境的“卑污”，尽管自己才华出众，汇聚了一批有识之士，欲有所作为，可政治险恶，小人当道，“混茫”与“怀私”则概括了周围的不利环境。柳在此赋中对无咎获罪表达了强烈的不满之情：

> 愚者果于自用兮，惟惧夫诚之不一。不顾虑以周图兮，专兹道以为服。谗妒构而不戒兮，犹断断于所执。哀吾党之不淑兮，遭任遇之卒迫。势危疑而多诈兮，逢天地之否隔。欲图退而保己兮，悼乖期乎曩昔。欲操术以致忠兮，众呀然而互吓。进与退吾无归兮，甘脂润乎鼎镬。幸皇鉴之明宥兮，累郡印而南适。惟罪大而宠厚兮，宜夫重仍乎祸谪。既明惧乎天讨兮，又幽慄乎鬼责。

他用“愚者”自称，描述了革新派如何满怀热情，励精图治，但总被小人馋毁嫉妒，就是这样，他们也绝不后悔。同时，柳宗元感叹像王伾、王叔文这样行为端正的有识之士，上任不久就被罢黜贬谪。在他们周围，宦官当道，顺宗有病退位，宪宗主持朝政，而朝臣们的讥讽之声不绝于耳，其中也包括好友韩愈，韩也认为“二王、刘柳”等人都是激进分子，太追逐名利了。鉴于这种恶劣的政治环境，柳宗元在尽忠朝廷的同时，偶尔思想中会夹杂着知难而退、明哲保身的私念。在仕途“进”和“退”的矛盾纠葛中，柳宗元无力抗争。革新失败后，永贞元年九月，柳宗元初贬邵州刺史，同年十一月，再贬为永州司马。当然，我们从文字中，欣喜地看到柳宗元并未消沉，他虽然自称“罪大”获谪，并且语气很委婉地拜谢皇恩，实际是为自己进行辩解与呼号，他并不认可别人所谓的急功近利。

柳宗元在贬谪之后，特别喜爱永州城西郊外的小溪，在《愚溪诗序》[①]中，柳宗元对“愚”的情结做了充分的阐释，这条小溪原来是有名字的，叫“冉溪”或“染溪”，“冉溪”是由于所谓“冉氏”居住于此而得名，

---

① 《柳宗元集》卷二四。

而“染溪”是指此溪水能染，有特别的功用。但柳宗元却将其更名为“愚溪”，其云：

> 余以愚触罪，谪潇水上。爱是溪，入二三里，得其尤绝者家焉。古有愚公谷，今予家是溪，而名莫定，士之居者犹龂龂然，不可以不更也，故更之为愚溪。

这里，柳宗元用一个字“愚”字概括了自己被贬谪的缘由，发人深省。像韩愈这样与柳宗元有相当交往的人，都不理解他，甚至批评他，认为其跟随王伾、王叔文这些小人，妄图超取显美，无非是自导蹇涩，自取其辱。柳宗元认为只是自己的“愚”性，才得罪了朝廷。柳宗元所谓“愚”的内涵极其丰富：

第一，“愚”性的革新愿望。在饱读儒家圣贤之书，科举顺达的基础上，柳宗元要积极入世，推行自己对社会理想化的主张。柳宗元在贞元九年(793)21 岁就高中进士科，与他同榜的还有他的至交好友刘禹锡。柳宗元受父亲柳镇的影响很大，柳镇曾入朝为官，也因反对权臣而被贬官，后来平反，父亲这种正直坦荡、不畏权贵的处世态度为柳宗元所认可和接受。事实证明，柳宗元一生的坎坷经历正是他坚持理想，不畏世俗的深刻反映。

第二，革新中坚韧的“愚”性。柳宗元少年得志，从集贤殿书院正字，调补京兆府蓝田县尉。贞元十九年(803)年入朝为监察御史里行，算是春风得意的仕途进取了。他在意气风发的时候，根本不顾及周围朝臣的诋毁、污蔑和嘲讽，而是要积极推行自己的革新主张，还为饱受非议的王伾、王叔文等人辩解。比如，他对王叔文非常钦佩，当王叔文母亲卒，柳宗元为之撰《为户部王叔文陈情表》[1]，其中刻画了王叔文高尚的人品：

> 臣以庸微，特承顾遇，拔自卑品，委以剧司。夙夜兢惶，唯思答效，至诚终恳，天眷所知。

---

① 《柳宗元集》卷三八。

从中我们可以看出，柳宗元对王叔文不辞劳苦、兢兢业业、报效朝廷的态度予以全面的肯定。而且，柳宗元自己在革新过程中也是勇往直前，绝无退缩的。

第三，贬谪后的"愚"性凸显。柳宗元其实在贬谪后一直有所奢望，他并不承认自己有任何过错，相反，他重新审视自己，希望朝廷能重新启用自己。在《与裴埙书》①中曰：

> 比得书示勤勤，不以仆罪过为大故，有动止相悯者，仆望已矣。世所共弃，惟应叔辈一二公独未耳。仆之罪，在年少好事，进而不能止。俦辈恨怒，以先得官。又不幸早尝与游者，居权衡之地，十荐贤幸乃一售，不得者诪张排根，仆可出而辩之哉！性又倨野，不能摧折，以故名益恶，势益险，有喙有耳者，相邮传作丑语耳，不知其卒云何。中心之衍尤，若此而已。既受禁锢而不能即死者，以为久当自明。今亦久矣，而嗔骂者尚不肯已，坚然相白者无数人。

在这篇书信中，柳宗元依旧强调的是自己的"愚"性。在久贬之地，对自己同情的人也就几人而已。他用"世所共弃"点明了目前窘迫的处境，而对自己之所以有这种惨况的解释表明了柳宗元决不妥协的勇气，"年少好事，进不能止"之语恰从一个侧面说明柳参与革新的积极性，而"性又倨野，不能摧折，以故名益恶，势益险，有喙有耳者，相邮传作丑语耳"则是充分证明了柳性格的桀骜不驯与坚强不屈，虽处于极其恶劣的政治漩涡与谣言惑众的舆论中心，他依然个性十足。他甚至在文中提出这样的反问："圣上日兴太平之理，不贡不王者悉以诛讨，而制度大立，长使仆辈为匪人耶?"而现实又一次给柳宗元以巨大打击，真的使其在穷途之中消耗生命。

在《与萧翰林俛书》②一文中柳宗元揭示了同样的道理，自己参与革新并无过错，世人无端对自己的无情诋毁和中伤，源于他们对自己仕途晋升迅速而产生的嫉妒之心，文云：

> 然仆当时年三十三，甚少，自御史里行得礼部员外郎，超取显

①② 《柳宗元集》卷三〇。

美，欲免世之求进者怪怒媢嫉，其可得乎？凡人皆欲自达，仆先得显处，才不能逾同列，声不能压当世，世之怒仆宜也。

二

由此，我们理解柳宗元为何屡次称自己有“愚”性了。这种“愚”性情结是柳宗元展示自己人格的精辟概括，在继承父亲的耿直、磊落、坚韧品格的同时，他形成了自己直截了当、真率坦然、激进务实的性格特征，正因为这种个性，才能在改革中“超取显美”，成为革新派中的风云人物，也因为这种特立独行的个性，而遭受更多的非议和中伤。韩愈在《柳子厚墓志铭》[①]中用“俊杰廉悍”、“踔厉风发”、“率常屈其座人”等字句来形容柳的个性，充分证明了柳十分张扬的性格。正是这种张扬的个性，显现了柳宗元的“愚”性，从内而外散发出的真诚与才气，有些咄咄逼人。

在柳宗元的《愚溪诗序》里，叙述的不过是一条普通的小溪，而这条小溪因为注入了柳的“愚”性而有了醇厚的内涵和审美的意义。从“愚溪”的更名，直到出现了“愚丘”、“愚泉”、“愚沟”、“愚池”、“愚堂”、“愚亭”、“愚岛”等景物意象，处处流露出愚性特征。文章无论引经据典，还是描述愚溪风物，短短的一篇序言，就出现了 17 处“愚”字，真可谓匠心独运。序文曰：

嘉木异石错置，皆山水之奇者，以余故，咸以愚辱焉。

这当然是柳宗元的谦辞，哪里是“愚”字辱没了愚溪的风物，而是用“愚”字为当地山水、嘉木、怪石、山泉、丘陵、沟渠、池水、山亭、岛屿更增添了“大智若愚”的韵味和雅致。当然，之所以命之为“愚”，柳宗元在不经意间透露了心中的视角，虽然这种山水“不可以灌溉”、“大舟不可入”、“不能兴云雨”，在常人的眼中是一无用处。但柳宗元却认为“无以利世，而适类于余”，这条溪适合自己的审美标准，能让自己心情放松和愉悦就

① 《韩昌黎文集校注》卷七。

足够了：

　　溪虽莫利于世，而善鉴万类，清莹秀澈，锵鸣金石，能使愚者喜笑眷慕，乐而不能去也。余虽不合于俗，亦颇以文墨自慰，漱涤万物，牢笼百态，而无所避之。以愚辞歌愚溪，则茫然而不违，昏然而同归，超鸿蒙，混希夷，寂寥而莫我知也。

以上这段文字更进一步说明愚溪的魅力所在，愚溪“善鉴万类，清莹秀澈，锵鸣金石”，内心澄澈洁净，荡涤尘垢，无所避讳，勇往直前，美不可言，这正是柳宗元的内心写照。在他不媚于世俗的个性中，他和愚溪的孤独行径合二为一了，因此他眷恋它、欣赏它，用文墨慰藉自己寂寞而凄怆的灵魂。在凄清的景物中，柳宗元用比喻的方式，抒发了自己的心声：世人无法和自己争夺愚溪；自己能够不受干扰，独立行事，譬如更名为愚溪。这才是真愚、真性情。可见，“愚”是柳宗元遭受仕途挫折后的反思，即使在这种恶劣的环境中，他也要孤芳自赏，独善其身，如愚溪一般，荡涤世界，存有自己的美。

柳宗元在《旦携谢山人至愚池》、《夏初雨后寻愚溪》等诗中亦提及“愚溪”的心理慰藉作用。在《旦携谢山人至愚溪》中云：

　　新沐换轻帻，晓池风露清。自谐尘外意，况与幽人行。霞散众山迥，天高数雁鸣。机心付当路，聊适羲皇情。

在这首诗歌中，柳宗元营造了愚溪静谧、幽深、淡然的氛围，用自号羲皇上人的陶渊明来自比，“池”、“风露”、“霞”、“山”、“雁”等意象组成了和谐自然的背景，寓情于景，“自谐尘外意”，突出了自己超然物外、随遇而安、忘情于世外的心境，真乃“愚”性的体现。

而在《夏初雨后寻愚溪》一诗中，柳宗元又是用寥寥几笔，刻画了愚溪的景物，借此来抒发自己寂寞、凄清的“愚”性感触。诗云：

　　悠悠雨初霁，独绕清溪曲。引杖试荒泉，解带围新竹。沉吟亦何事？寂寞固所欲。幸此息营营，啸歌静炎燠。

诗歌描绘了夏初雨后初晴诗人在愚溪的独特心理感受，一个“独”字折射出内心的平静和孤独，而“绕”、“引”、“试”、“解”、“围”等动词的使用，把作者徘徊不定、惆怅无限的心理刻画出来。“沉吟亦何事？寂寞固所欲”，更是点出了柳宗元此刻的心境，沉吟多时，原来是寂寞的缘故。“寂寞”真的是柳宗元要的感受吗？非也。他在人生的沉浮之中，领悟到了一种真谛，只有在这种几乎与世隔绝的环境中，才能“啸歌”，抒发内心的不满和郁闷。

而柳宗元的好友刘禹锡并未亲眼目睹愚溪之美景，然而他深知柳子厚对愚溪的偏爱，在愚溪寄托了故人多少的愁绪伤感与坚韧执着。在柳子殁三年后刘禹锡撰写了感人至深的《伤愚溪三首》(并引)：

> 故人柳子厚之谪永州，得胜地，结茅树蔬，为沼沚，为台榭，目曰愚溪。柳子没三年，有僧游零陵，告余曰："愚溪无复曩时矣。"一闻僧言，悲不能自胜，遂以所闻为七言以寄恨。
>
> 溪水悠悠春自来，草堂无主燕飞回。隔帘惟见中庭草，一树山榴依旧开。
>
> 草圣数行留坏壁，木奴千树属邻家。唯见里门通德榜，残阳寂寞出樵车。
>
> 柳门竹巷依依在，野草青苔日日多。纵有邻人解吹笛，山阳旧侣更谁过？①

从中，我们可以看出，柳宗元对愚溪的大力改造和修建，愚溪原来就具有得天独厚的自然风景，在这块“胜地”上倾注了诗人的一番心血，“结茅树蔬，为沼沚，为台榭”，因而草木繁盛、亭台池泉、曲径通幽。然而这一切在柳宗元卒后三年已经面目全非，柳宗元赋予生命意义的“愚溪”已杂草丛生，青苔覆地，墙垣破败，无人问津，只有山榴依旧盛开，偶尔有樵车出入。刘禹锡听说后“悲不能自胜”。这些曾经叱咤政坛、热衷革新的有为之士，不但遭受了贬谪边荒之地的痛楚，而且还要承受社会上的流言蜚语。在这种情况下，物是人非之感油然而生。其实，刘禹锡伤感的恐怕不单单是柳宗元卒后愚溪的颓败景象，更多的是对友人“愚”性情结的寂寞和孤独之感的共鸣。

---

① 卞孝萱校订《刘禹锡集》卷三〇。

可见,柳宗元的个性决定了其“愚”性,胆大倔强、坚韧执着,不圆滑,不通融,参与革新运动是他对现实不满的一种“愚”性爆发,而贬谪后遭受各种非议和诽谤,仍然不妥协退避,以“愚”自称的真情辩解,更是自己对人生之路百折不挠的信心和勇气。

三

柳宗元的“愚”性情结还表现在贬谪地的积极创作态度和创作成就上。他对屈原极其钦佩,因为他们都具有高尚的志向、正直的性情、曲折的经历以及不屈的个性。柳宗元承袭了屈原不懈追求真理的精神,并承继了司马迁等人发愤著书的传统,用自己的笔触刻画“愚”性。

我们应该看到古代文人凭吊屈原出发点并不一致。在柳宗元的《吊屈原文》[①]注引晁无咎序此文于《离骚》曰:“谊愍原忠,逢时不祥”,“雄则以义责原,何必沉身?”“及子厚得罪,与昔人离谗去国者异”“故补之论宗元之《吊屈原》,殆困而知悔者,其辞慚矣。”晁补之认为,贾谊过沅湘之地时,怜悯屈原赤胆忠心却被疏远的遭际,为之作赋凭吊;而扬雄却认为屈原虽然君臣不合、怀才不遇,也不应该自投汨罗江而死,为理想殉身这根本不是道义所为。而柳宗元此文并非如晁补之所评价的那样“殆困而知悔者,其辞慚矣”。柳宗元并未因贬谪而有所检讨,相反他更加坚信自己所选择道路的正确性,在文中坦言“余再逐而浮湘”,并用屈原不愿离楚、仲尼被迫离开鲁国、柳下惠三黜不去的事例充分说明自己对国家的忠诚,他羡慕屈原不随波逐流,能“不从世兮,惟道是就”,《吊屈原文》还云:

> 今夫世之议夫子兮,曰胡隐忍而怀斯?惟达人之卓轨兮,固僻陋之所疑。委故都以从利兮,吾知先生之不忍;立而视其覆坠兮,又非先生之所志。穷与达固不渝兮,夫惟服道以守义。

屈原以至诚之心报国,却遭受猜忌、排挤与流放,为什么遇到这样不公

① 《柳宗元集》卷一九。

平的境遇却怀报国的拳拳之心呢？只有这种通达事理的人才有这样的行为与气度，而浅陋之人则会有疑虑。他不能抛弃故都而从利，亦不能眼睁睁看着楚国衰亡而不顾惜。“穷”、“达”的境遇改变，屈原遵守的就是道义，所以他才会宁可赴死也不改变志节。柳宗元对此赞不绝口，他反思自己，“独蕴愤而增伤”，在僻远之地只是充满了怨愤而伤感，因此他要抗争：

> 吾哀今之为仕兮，庸有虑时之否臧。食君之禄畏不厚兮，悼得位之不昌。退自服以默默兮，曰吾言之不行。既媮风之不可去兮，怀先生之可忘！

柳宗元这段话语发人深省，如今的为官者很少去考虑政事的好坏。拿国家的俸禄唯恐不多，得到的官位唯恐不高。柳宗元劝诫自己，如果社会上苟且偷生的痼疾不去除，自己的主张、志向就无法推行，还是怀屈原之气度，退而自守沉默为好，继续保持自己高洁的品行。由此可见，柳宗元并不惭愧，而是在同样坎坷的人生经历中，他要“退自服以默默兮”，在其看似消极的举措中，实际蕴涵着“穷则独善其身”的传统思想，这种思想表现了柳宗元对屈原精神的坚守和自我的肯定。

柳宗元喜欢用古代贤而不达的故事来表达自己怀才不遇的思想。比如《吊乐毅文》[①]，乐毅本是燕国人，战功卓著，后为齐国离间谗毁，惧怕诛杀，而降于赵国。对于这样有争议的人物，若从忠君的角度看，根本没有什么可取之处。但柳宗元提出的问题是，什么原因造成了乐毅对故土的背离？毋庸置疑，乐毅本是位猛将，而不得不流亡他国，他的离去缘由和屈原如出一辙，都是离间计以及朝廷奸佞所为，只不过乐毅用另一种方式保存了自己。柳宗元“闻而哀之”，曰：

> 嗟夫子之专直兮，不考后而为防。胡去规而就矩兮，卒陷滞以流亡。惜功美之不就兮，俾愚昧之周章。岂夫子之不能兮，无亦恶是之遑遑。

---

① 《柳宗元集》卷一九。

乐毅离开故国，是被诽谤和谗言逼不得已的结果，因此燕惠王后来使人责备乐毅，得知这个原因后也很懊悔。乐毅是“遭时之不然”的结果。柳宗元同情乐毅的遭遇，其实也是对自己遭受非议和流言的另一种辩解。柳宗元的“愚”性就是通过这样一些壮志难酬、有功而不见知的仁人志士凸显出来的。

柳宗元倾慕先贤，并用“文以明道”的方式体现出“愚”性。他倡导政治革新、文学革新，给整个中唐带来了前所未有的震撼。虽然，政治革新很快失败，证明柳宗元以“愚”性，即用理想化的方式妄图进行激烈的政治变革根本是行不通的，但他始终不改变自己的初衷，他曾在《答周君巢饵药久寿书》①中云：

> 宗元始者讲道不笃，以蒙世显利，动获大僇，用是奔窜禁锢，为世之所诟病。凡所设施，皆以为戾，从而吠者成群。己不能明，而况人乎？然苟守先圣之道，由大中以出，虽万受摈弃，不更乎其内。

“虽万受摈弃，不更乎其内”就是柳宗元政治“愚”性的体现。在政治变革失败后，柳宗元把全部精力放在文学方面，他要用另一种方式实现自己的“愚”性理想。

在贬谪之地的十几年里，柳宗元著书立说，用自己的文学成就印证了发愤著书、不平则鸣的文学理论。他在《寄许京兆孟容书》中云：“贤者不得志于今，必取贵于后，古之著书者皆是也。宗元近欲务此，然才薄才劣”②，这显然是谦辞，从中我们可以感知其进行创作的原始动力。他的游记散文、人物传记、寓言辞赋、诗歌碑志、骚文书序等等都取得了突破性的成功。无论是描述“愚溪”的寂寥幽深，“渔翁”的悠闲自得，还是感叹“牛赋”的有功无益，讥讽蝜蝂的“不知为己累”，柳宗元一直用他冷峻、犀利、感性的笔触述说着自己的思想。

柳宗元的“愚”性情结，形成了他贬谪时期冷静淡薄、孤独执著、大胆刚毅的个性特征，他固守理想，坚持正义，倡导变革，关注民生，他用

① 《柳宗元集》卷三二。
② 《柳宗元集》卷三〇。

自己的人格魅力演绎着一个知识分子为官的轨迹。

四

柳宗元还具有另外一种情结，就是“渔翁”情结，关于这方面学界研究较多，大多认为所谓“渔翁”情结就是封建士大夫借鱼（或渔）来表达自己的隐逸之情，寻找一种自由、洒脱、独立的精神需求。笔者并不以为然。柳宗元的“渔翁”情结和唐代诗人张志和、王维等人的志趣并不相同。

张志和在仕途上亦大起大落，曾被贬官，后被赦。居于江湖，自号烟波钓叟。他的《渔父歌》五首[①]，着力描绘渔翁钓叟浪迹江湖的行为举止，用“青箬笠，绿蓑衣，斜风细雨不须归”刻画风雨渔翁的自在和惬意，用“钓台渔父褐为裘，两两三三舴艋舟”展示渔翁朴素的衣着以及高超的行舟本领，用“江上雪，浦边风，笑着荷衣不叹穷”称赏渔翁粗茶淡饭生活的自在，用“枫叶落，荻花干，醉宿渔舟不觉寒”描绘渔翁长期醉宿江湖之上的自然。从他的人生经历以及这些词的意象来看，张志和是位长期浪迹江湖，“乐在风波不用仙”，真正以渔翁角色生存的文士。

而王维则不然，经历了安史之乱的他，如惊弓之鸟，最后蜕变为半官半隐的诗人，他喜禅宗，如其《山居秋暝》“竹喧归浣女，莲动下渔舟”只不过在静谧的山林中增添了一丝渔翁的气息而已，始终处于渔翁的表层意象之上。

当然，柳宗元喜爱渔翁这个意象的深层次原因，与他们很相似，产生于贬谪之后的落寞心理，虽然他的体会比不上渔翁钓叟——张志和真正渔隐生活的深刻，但比王维的远观渔樵生活要真切得多，更可贵的是柳宗元用一种平和的心态、飘逸突兀的笔法展示自己对渔翁生活的欣羡和向往。其最有代表性的作品是《江雪》[②]和《渔翁》[③]诗，这两首诗分别塑造了寒江钓叟和西岩渔翁两个形象，从执着专注的神情刻画

① 郭茂倩《乐府诗集》卷八三《杂歌谣辞一》，中华书局1979年版。

②③《柳宗元集》卷四三。

到放旷飘逸的行动描绘，无不透露出作者孤独、洒脱的人生追求，这种从朝廷高官变为罪囚的痛苦经历促使诗人将目光注视到周围的山水，用传统的渔隐意向来表达自己高洁、坚韧的志向。其实，柳宗元执著坚韧与闲适自得这两种不同的心境与屈原在《渔父》中的表现有异曲同工之妙。屈原《渔父》云：

> 屈原既放，游于江潭，行吟泽畔，颜色憔悴，形容枯槁。渔父见而问之，曰："子非三闾大夫欤？何故至于斯？"屈原曰："举世皆浊我独清，众人皆醉我独醒，是以见放。"渔父曰："圣人不凝滞于物，而能与世推移。世皆浊，何不淈其泥而扬其波？众人皆醉，何不餔其糟而歠其醨？何故深思高举，自令放为？"屈原曰："吾闻之，新沐者必弹冠，新浴者必振衣，安能以身之察察，受物之汶汶者乎？宁赴湘流，葬于江鱼腹中。安能以皓皓之白，而蒙世俗之尘埃乎！"渔父莞尔而笑，鼓枻而去。乃歌曰："沧浪之水清兮，可以濯我缨；沧浪之水浊兮，可以濯我足。"遂去，不复与言。①

屈原通过自己与隐者渔父的一番问答，表明了自己坚持真理、不畏艰险的决心。屈原所发出的"举世皆浊我独清，众人皆醉我独醒"的呼号，正是其不愿随波逐流、坚持正义的体现，柳宗元的"愚"性情结和《江雪》诗就体现了这种个性。而渔父所说的，"世人皆浊，何不淈其泥而扬其波？""众人皆醉，何不餔其糟而歠其醨？"这两个反问句体现了隐者渔父的消极处世风格：入乡随俗，随遇而安，高蹈遁世。当屈原强调自己"宁赴湘流，葬于江鱼腹中。安能以皓皓之白，而蒙世俗之尘埃乎！"我们能够看到，屈原绝不妥协、执著抗争的勇气和决心，柳宗元的个性又何尝不是如此，在永州和柳州的十几年里，他丝毫也无任何悔意，对革新运动充满了肯定。一番对话的结果，渔父说服不了屈原，高歌"沧浪之水清兮，可以濯吾缨；沧浪之水浊兮，可以濯吾足"，飘然而去，这种态度与柳宗元《渔翁》诗中流露出的悠然自得的情绪很类似。而《渔父》中的对话，发人深省，此文是称赏屈原志

---

① 萧统编、李善注《文选》卷三三，上海古籍出版社 1986 年版。

向高远呢，还是称赏渔父怡然自得呢？我们不得而知。但有一点可以肯定，他们代表两种不同的生活态度，执著坚韧与旷达自由，而这两种生活态度在柳宗元“渔翁”诗中均有体现。

《江雪》一诗，约作于刚贬谪到永州时期，柳宗元的心情还未平静，他要用空灵静谧、毫无杂念的世界和人物形象来疏泄心中的郁愤。此诗虽只有二十字，却为我们立体地勾勒了一位寒江独钓老者的形象，“千山鸟飞绝，万径人踪灭”，营造了一种寒风凛冽、人迹罕至、飘渺洁净的世界，而这种洁净的世界恰恰和柳宗元所处污浊不堪、蝇营狗苟、落井下石的现实世界形成了鲜明对比。正是在这种大背景下，柳宗元在诗歌中塑造了一位傲然而立的老渔翁形象，“孤舟蓑笠翁，独钓寒江雪”，一叶小舟，一位老人，身披蓑衣，戴着斗笠，在冰天雪地中独钓。也许他留给我们的只是个背影，但这个背影是一种境界，老渔翁就在那个洁白无暇、冰凉透彻与世无争的幽静世界中，独自享受着生活的意蕴，他体现的就是柳宗元所追求的遗世独立、傲视一切、等待时机的个性，这种等待和蛰伏，正是他不能忘怀世事、期待重新启用思想的体现。

《渔翁》一诗的形象则是柳宗元心情平静下的产物。元和元年(806)正月，尊顺宗为太上皇，并改元“元和”，大赦天下；六月，“以册太后礼毕，赦天下系囚，死罪降从流，流以下递减一等”[①]；八月，参与永贞革新的八司马“左降官韦执谊，韩泰、陈谏、柳宗元、刘禹锡、韩晔、凌准、程异等八人，纵逢恩赦，不在量移之限”[②]。这次下诏，柳宗元欲重返朝廷的希望彻底破灭了，其在《寄许京兆孟容书》中云：“伏念得罪来五年，未尝有故旧大臣肯以书见及者。”[③]又在《与杨京兆凭书》一文中说：“凡人之黜弃，皆望望思得效用，而宗元独以无有是念。”[④]《与萧翰林俛书》亦云：“仆辈坐益困辱，万罪横生，不知其端。”[⑤]从这些言语中，我们可以得知柳宗元当时的心境，在贬谪之后，音信不通，极度缺乏故旧的关心，心情失落寂寞。但他同时阐明了自己的立场，被贬黜之后失去了重新得到重用的期盼。这当然并非其肺腑之言，只是一种激愤之辞而已。

①② 《旧唐书》卷一四《宪宗纪》

③④⑤ 《柳宗元集》卷三〇。

激愤之余，他并未颓废，并未悔恨，有一种坚韧的精神在支撑着他，激愤的情绪转化为淡然自若的态度，试图从周围的山水意象中寻求心理的平静和平衡，其山水游记如《至小丘西小石潭记》中云："潭中鱼可百许投，皆若空游无所依。"[①]《石渠记》中亦云："潭幅员减百尺，清深多鲦鱼。"[②]鱼，渔也。在这种幽深空灵的自然之中，柳宗元的《渔翁》诗蕴涵着飘逸中的凄清之情。此诗刻画了一位徜徉在美丽的自然山水中，自怜幽独、孤高傲世、悠然自得的"西岩渔翁"形象。"渔翁夜傍西岩宿，晓汲清湘燃楚竹"，是从旁观者的视角，用寥寥几笔勾画出此渔翁早出晚归、怡然自得的生活场景，平凡中见奇趣，"西岩"、"清湘"两个词语便把其幽静不凡的居住地以及清澈的水流点缀出来，一个"楚"字赋予了浓厚的地域特征，象征着高洁的品行。"烟销日出不见人，欸乃一声山水绿"，依然是旁观者的视角，将渔翁形象逐渐隐去，用摇橹的声音代替了渔翁，瞬间他就打破了晨间的宁静，烟销雾散，阳光明媚，渔歌互答，船帆点点，热闹忙碌，这种场景契合了作者心灵的某种需求，那就是激情壮美之感。"回看天际下中流，岩上无心云相逐"，则是从渔翁的视角来写，化用了陶渊明的《归去来兮辞》里的"云无心以出岫"之意，情绪归于恬淡悠闲，渔翁泛舟中流，自如惬意，蓦然回首，西岩之上，白云缭绕，竞相追逐。诗歌的结尾将诗人寄情山水，荡涤灵魂的目的显现出来，用"无心"二字揭示了渔翁古朴清雅，闲适旷达的生活情趣，同时从侧面反映了柳宗元矛盾的心理，一方面他对渔翁生活十分欣赏和羡慕，表明了自己对这种生活充满了热切追求和向往，另一方面，在他的内心，又充满了政治上失意后的无奈、孤寂、惆怅以及凄清的情绪。我们从柳宗元的经历来看，虽然他写了一些关于渔翁的诗篇，但其并无退隐山林的想法，因为他不愿远离社会，他只是用传统的渔翁意象隐晦表达自己的不满和理想而已。

总之，柳宗元的"愚"性情结和渔翁情结是他性格的两大特征：正因为有了"愚"性，他不计得失与成败，积极投身革新运动，并为之不懈努力；而当革新失败后，历经贬谪的痛楚，他还能百折不挠，坚韧执著。而

---

①② 《柳宗元集》卷二九。

有了渔翁情结，他才能在僻远之地，于孤独、凄清中自我慰藉，或化为傲然独立、超凡脱俗、执著等待的寒江钓叟，或化为放歌山水、浪迹江湖、悠闲自得的西岩渔翁。柳宗元不会退隐，他在渔翁的表象中，用“愚”性抒写自己的人生。

第八章

柳子厚墓志铭以及祭文研究

柳宗元于元和十四年(819)十一月八日卒于柳州,时年47岁。他在病重期间,遗书给好友刘禹锡、韩愈等人,托付他们编集以及托孤之事。虽然我们都知道古人有谀墓的传统,有的甚至完全摒除了墓主人生前的不良评价,虚构事例,大力宣讲其所谓的优良品质,祭文更是写得矫情哀婉。柳宗元本身也是写哀祭墓志文的大家,本书前面有专章研究,其文语言质朴,情感真挚,角度新颖,别有创意。有意思的是,柳宗元去世后,韩愈、刘禹锡等人都为其撰写过墓志铭或哀祭文等,这些文章应该算是盖棺论定,因此我们有必要辨别他们的评价,以此确定柳宗元的社会地位。

一

我们首先得辨明韩愈与刘、柳等人的关系。韩愈与柳宗元的关系比较复杂,尽管他和柳宗元、刘禹锡之间是朋友,常有书信来往,但在政治观点以及立场上并不相同,导致他们的仕途迥然不同。最为学界关注的一点就是辨别韩愈的贬官是否与刘柳的告发有关,因为这个问题关系到刘、柳的人品问题,关系到韩愈与他们两人的终身友谊问题。贞元十九年韩愈由监察御史被贬为连州(今广东阳山)令。关于这次贬谪,共有三种说法。孙昌武先生在《柳宗元评传》中指出:一说是由于

"谏宫市"而得罪；一说是"谏天旱"被贬；一说是被"佞臣"所馋毁而致[1]。对于前两说，孙先生认为提此类谏议的官员并不限于韩愈等人，独韩受贬谪，故不足信。但是，我们从另一个角度来看，韩愈一贯直言不讳，得罪朝廷或未可知，《旧唐书》本传云："愈自以才高，累被摒黜。"[2]唐代的李翱在《故正议大夫行尚书吏部侍郎上柱国赐紫金鱼袋赠礼部尚书韩公行状》中曰："（韩愈）为幸臣所恶，出守连州阳山令。"[3]文中的"幸臣"并未能进行实指。唐代的皇甫湜则认为"十九年，关中旱饥，人死相枕藉，吏刻取息。先生列言天下根本，民急如是，请宽民徭而免田租之弊。专政者恶之，行为连州阳山令。"[4]可见，他还是认为韩愈是由于"谏天旱"而得罪的。韩愈本人内心深处实际上对此番遭际也存有疑虑，其《赴江陵途中寄赠王二十补阙李十一拾遗李二十六员外翰林三学士》诗中所云成为第三种说法的起因，诗曰：

> 孤臣昔放逐，血泣追愆尤。汗漫不省识，恍如乘桴浮。或自疑上疏，上疏岂其由。是年京师旱，田亩少所收。上怜民无食，征赋半已休。有司恤经费，未免烦征求。富者既云急，贫者固已流。传闻闾里间，赤子弃渠沟。持男易斗粟，掉臂莫肯酬。我时出衢路，饿者何其稠。亲逢道边死，伫立久咿嚘。归舍不能食，有如鱼中钩。适会除御史，诚当得言秋。拜疏移阁门，为忠宁自谋。上陈人疾苦，无令绝其喉。下言畿甸内，根本理宜优。积雪验丰熟，幸宽待蚕麰。天子恻然感，司空叹绸缪。谓言即施设，乃反迁炎州。同官尽才俊，偏善柳与刘。或虑语言泄，传之落冤雠。二子不宜尔，将疑断还不。……[5]

韩愈回首自己得罪的过程，反省过"天旱说"和"宫市说"，均不能确定，但最终怀疑是和好友柳宗元和刘禹锡的谈话内容被泄露，导致了自己

① 详见孙昌武《柳宗元评传》第 68—69 页注释 3。

② 《旧唐书·韩愈传》。

③ 吕大防等撰《韩愈年谱》附录，第 182 页。

④ 吕大防等撰《韩愈年谱》附录，皇甫湜《韩文公神道碑》，第 188 页。

⑤ 钱仲联集释《韩昌黎诗系年集释》卷三。

的贬官，故有“同官尽才俊，偏善柳与刘。或虑语言泄，传之落冤雠。二子不宜尔，将疑断还不。”的说法。由此我们可以推测，大概韩愈私下曾和挚友刘柳等人议论过朝政，其中不乏愤激之语，因此他怀疑是刘柳泄露了谈话内容，自身才会遭此横祸。韩愈还在《八月十五夜赠张功曹》一诗中抒发了自己被贬谪后的艰难生活，大赦后再遭政治打击的仕途经历，诗曰：

> 十生九死到官所，幽居默默如藏逃。下床畏蛇食畏药，海气湿蛰熏腥臊。昨者州前捶大鼓，嗣皇继圣登夔皋。赦书一日行万里，罪从大辟皆除死。迁者追回流者还，涤瑕荡垢朝清班。州家申名使家抑，坎轲只得移荆蛮。判司卑官不堪说，未免捶楚尘埃间。同时辈流多上道，天路幽险难追攀。①

两次大赦对于韩愈和张署来说，并未改变他们的境遇。他们两人本应该调回京都，但由于湖南观察使杨凭（柳宗元的岳父）的压制和打击，他们均未能如愿，只是改官至江陵，因此韩愈内心十分纠结。为什么杨凭要压制和打击韩愈和张署？钱仲联先生在《韩昌黎诗系年集释》中引云：“魏本引孙汝听曰：‘使家谓湖南观察使。’沈钦韩注曰：‘是时杨凭为湖南观察使。’按杨凭为柳宗元妻父，自必仰承伾、文一党意旨，公与署之被抑，宜也。”②可见，韩愈的这次政治打击是由柳宗元的岳父一手导致的，杨凭也是按照王伾、王叔文等人的授意而为，柳宗元有无参与不得而知，所以韩愈不应该凭直觉简单归罪于柳宗元。从这个层面而言，韩愈怀疑柳、刘泄露谈话内容，导致自己被贬官的猜疑并不成立。

但是后代的诗话大多肯定韩愈的猜忌。如宋代的葛立方在《韵语阳秋》卷五中认为：韩文中论宫市之文已不传，不能定论；接着驳斥韩愈因旱灾上书得罪的观点，认为并非幸臣李实陷害所为，因为韩集中有《上京兆李实书》等文章，且韩愈对他称赏不已。加之韩愈对王伾、王叔文讥刺甚多，如“伾文未揃崖州炽，虽得宽宥恒愁猜。近者三奸悉破碎，

---

① 钱仲联集释《韩昌黎诗系年集释》卷三。

② 钱仲联集释《韩昌黎诗系年集释》卷三注引，第120页。

羽窟无底幽黄能。眼中了了见乡国，知有归日眉方开。”[①]韩将“二王”和韦执谊定为朝廷“三奸”。葛立方立刻下结论：“知(韩愈)阳山之贬，伾、文之力，而刘、柳下石为多”[②]，而这种结论是十分武断的。赵翼的《瓯北诗话》卷三亦认为韩愈是被刘、柳牵连的，“其于友谊亦最笃。先与柳宗元、刘禹锡交好；及自监察御史贬阳山令，实以上疏言事，柳、刘洩之于王伾、王叔文等，故有此迁谪。”他认为韩愈在诗中的隐约其词，是不忍对好友刘、柳等人斥言。“及柳、刘得罪南窜，昌黎忧其水土恶劣，作《永贞行》云：‘吾尝同僚情岂胜，具书所见非妄征。’则更惓惓于旧日交情，无幸灾乐祸之语。迨昌黎贬潮州，柳尚在柳州，昌黎《赠元协律》诗，谓‘吾友柳子厚，其人艺且贤。’且有《答柳州食虾蟆》等诗。既死，犹为之作《罗池庙碑》，是昌黎与宗元始终无嫌隙，亦可见其笃于故旧矣。”[③]行文中不乏对韩愈笃友的赞美之词，同时也从侧面印证了柳宗元、刘禹锡高尚的人品，若不是刘、柳为人正直坦荡，没有落井下石等恶劣行径，韩愈怎么会与他们成为至交好友呢？何况柳宗元去世后，韩愈还不断称赞他，为之撰写《柳子厚墓志铭》、《祭柳子厚文》以及《柳州罗池庙碑》。

虽然韩愈并不赞同柳宗元在“永贞革新”中的做法，政治上的观点大相径庭，也曾猜忌过柳，但这并不妨碍他和柳宗元的相互尊崇。在韩愈撰写的《柳子厚墓志铭》[④]中，韩愈高度赞赏柳宗元的父亲柳镇：“皇考讳镇，以事母弃太常博士，求为县令江南。其后以不能媚权贵，失御史。权贵人死，乃复拜侍御史，号为刚直。所与游皆当世名人。”柳镇为了侍奉母亲，放弃了太常博士的官位，请求到江南做县令。后来因为他不肯向权贵献媚，丢掉了御史官。直到那位权贵死了，才又被任命为侍御史。人们都说他刚毅正直，与他交往的都是当时名人，可见韩愈的钦佩之情。

---

① 钱仲联集释《韩昌黎诗系年集释》卷四，《忆昨行和张十一》，第 172 页。

② 《韵语阳秋》卷五，《历代诗话》。

③ 赵翼《瓯北诗话》卷三，第 34 页。

④ 韩愈撰、马其昶校注《韩昌黎文集校注》卷七。

韩愈在《柳子厚墓志铭》中不但对柳宗元父亲的孝道和高洁人品赞不绝口，他对柳宗元的才华亦不吝词藻：

> 子厚少精敏，无不通达。逮其父时，虽少年，已自成人，能取进士第，崭然见头角，众谓柳氏有子矣。其后以博学宏词授集贤殿正字，俊杰廉悍，议论证据今古，出入经史百子，踔厉风发，率常屈其座人，名声大振，一时皆慕与之交。诸公要人争欲令出我门下，交口荐誉之。

韩愈在字里行间明显流露出对于柳宗元出众才华的钦佩。他从柳子厚少年时的精明能干、博学干练谈起，突出其年纪很轻就考取了进士科第，后来又顺利通过博学宏词科的考试，被授为集贤殿正字。柳宗元前期的仕途可谓一帆风顺，这样一个饱读经史、才智出众、清廉刚毅、意气风发、纵横捭阖的青年才俊，颇令人瞩目。正是在这样的盛名之下，人们都敬慕而希望与他交往。那些公卿贵人争着要收他做自己的门生，众口一辞地推荐、称赞他。

除此之外，韩愈对于柳宗元短暂的仕途通达，只用了两句话进行简介，"贞元十九年，由蓝田尉拜监察御史。顺宗即位，拜礼部员外郎"。韩愈的《柳州罗池庙碑》评价柳子厚亦云："贤而有文章，尝位于朝光显矣，已而摒不用。"[①]虽然韩愈对柳宗元贬官的经历一笔带过，但他对柳宗元参与革新的行动明显持批评意见：

> 子厚前时少年，勇于为人，不自贵重顾籍，谓功业可立就，故坐废退。既退，又无相知有气力得位者推挽，故卒死于穷裔，材不为世用，道不行于时也。使子厚在台省时，自持其身，已能如司马、刺史时，亦自不斥。斥时，有人力能举之，且必复用不穷。然子厚斥不久，穷不极，虽有出于人，其文学辞章，必不能自力以致必传于后如今无疑也。虽使子厚得所愿，为将相于一时，以彼易此，孰得孰失，必有能辨之者。

---

① 韩愈撰、马其昶校注《韩昌黎文集校注》卷七。

韩愈首先还是肯定了柳宗元的个人才干，但同时认为柳宗元年轻的时候比较急功近利，不懂得自省，过于张扬，不能谨慎行事，认为功名事业可以一蹴而就，结果受到牵连而被贬斥，穷困潦倒，怀才不遇，最后死在荒僻的边远之地。同时，韩愈亦肯定其穷愁著书的才能，认为若是柳子厚被贬斥偏远地区的时间不够久长，穷困的处境未达到极致，即使他能够在官场中出人头地、游刃有余，但他的文学辞章一定不会这样出色，不一定能流芳百世。其实从韩愈含蓄的评价态度中，我们亦能窥见韩愈的政治态度，在他的眼里，柳宗元才情出众，即使官运亨通，身居高位，取得的政绩也远远比不上其在贬谪之后愁肠百结、郁郁寡欢而创作的文学词章的价值高，影响大。

正因为韩愈有这样的出发点，所以在这篇墓志铭中的大部分篇幅是对柳宗元被贬谪之后生活态度、文学创作、为人处世等方面的积极评价：

> 遇用事者得罪，例出为刺史。未至，又例贬州司马。居闲，益自刻苦，务记览，为词章泛滥停蓄，为深博无涯涘，而自肆于山水间。
>
> 元和中，尝例召至京师。又偕出为刺史，而子厚得柳州。既至，叹曰："是岂不足为政邪？"因其土俗，为设教禁，州人顺赖。

柳宗元由于得罪当权人，被贬出京城当刺史，还未到任，又被贬为永州司马。虽然身处清闲之地，但他更加刻苦诵读，努力创作，文笔汪洋恣肆，深厚凝练，博大精深，他最终将自己失意的情绪流淌在永州、柳州的山水之间。

虽然在偏远的柳州，精神上十分压抑失落，但柳宗元并未消极对待生活，而是"因其土俗，为设教禁"，按照当地的风俗习惯，制定了一系列可行的政令，受到当地百姓的拥戴，"于是民业有经，公无负租，流逋四归，乐生兴事，宅有新屋，步有新船，池园洁修，猪牛鸭鸡，肥大蕃息。子严父诏，妇顺夫指，嫁娶葬送，各有条法，出相弟长，入相慈孝"①。比如

① 韩愈《柳州罗池庙碑》，见《韩昌黎文集校注》卷七。

他改变了当地的一种恶习，当地贫民习惯用儿女做抵押向人借钱，约定期满若不能按时赎回，债主就把人质没收作为奴婢。柳宗元对此极为不满，在他制定的法令中，他主张用抵押子女的日常劳动来抵债务，到一年后，免除奴婢身份回家的就将近一千人。这些切实有效的措施得到了大家的认可和推广，充分体现了柳宗元厚爱百姓、顺应潮流的民本思想。其实，韩愈本人也是这样做的，《旧唐书·韩愈传》中云："袁州之俗，男女隶于人者，逾约则没入出钱之家。愈至，设法赎其所没男女，归其父母。仍削其俗法，不许隶人。"①

看似柳宗元在错综复杂的政治斗争漩涡中落败而被振荡出局，但他的人格、才华依旧受到当时读书人的推崇。在衡山、湘水以南准备考进士的人，不以成败论英雄，"皆以子厚为师"，他们都把柳子厚当作老师，而那些"经承子厚口讲指画"的人，所写的文章全是合乎规范的。当然，韩愈这段评价可能个别地方存有溢美之词，但不可否认的是通过他的叙述，我们了解了柳宗元年少得志的事实，以及他在科举仕途上、文学创作上的独到之处。

柳宗元文学创作上的独到之处与其性格是密不可分的。无论柳宗元的游记把贬谪之地的山水写得如何通灵澄澈、清秀俊逸，但由于长期处于蛮荒之地方，形成了他孤独、忧郁的性格。不少人认为他是急功近利之人而疏远他、诋毁他，在生活的痛苦煎熬中，最动人的莫过于朋友间的关切了。在韩愈的《柳子厚墓志铭》一文中最感人的记载就是柳宗元和刘禹锡的患难真情了：

> 其召至京师而复为刺史也，中山刘梦得禹锡亦在遣中，当诣播州。子厚泣曰："播州非人所居，而梦得亲在堂，吾不忍梦得之穷，无辞以白其大人；且万无母子俱往理。"请于朝，将拜疏，愿以柳易播，虽重得罪，死不恨。遇有以梦得事白上者，梦得于是改刺连州。
>
> 呜呼！士穷乃见节义。今夫平居里巷相慕悦，酒食游戏相徵逐，诩诩强笑语以相取下，握手出肺肝相示，指天日涕泣，誓生死不

---

①《旧唐书·韩愈传》。

相背负，真若可信。一旦临小利害，仅如毛发比，反眼若不相识，落陷穽不一引手救，反挤之，又下石焉者，皆是也。此宜禽兽夷狄所不忍为，而其人自视以为得计，闻子厚之风，亦可以少愧矣。

柳宗元和刘禹锡是同年进士，都积极参与了永贞革新，并成为其中的风云人物。当两人一起被贬谪的时候，更多的是彼此的关怀。当柳宗元得知好友要被贬到更加偏远的播州时，不禁流下泪来，播州地处蛮荒，况且刘禹锡还有年迈多病的老母亲要跟随，于是不顾再度获罪的危险，自愿向朝廷恳求，情愿拿柳州换播州。韩愈有感而发，士人到了山穷水尽的时候，才能看得出他的节操和义气！而世俗之人，平日里呼朋唤友、流连嬉戏，这种看似掏肝挖肺的真诚，无非"利"字当头，往往会因蝇头小利便会翻脸不认人，甚至落井下石，极其卑劣恶毒。相比之下，柳宗元对朋友可谓是肝胆相照，可见，韩愈对柳宗元的人品是完全肯定的。

虽然韩愈对柳宗元前期飞黄腾达的仕途经历持否定态度，但他对柳宗元的人格魅力不遗余力地进行了赞赏。正因为柳宗元博古通今的才气、求新求变的正气、孤高独处的傲气与满腔真诚，从而赢得了世人的尊敬，大家愿意为他出力。柳宗元死时，儿女都很年幼，但他的朋友观察使河东人裴行立为他出钱出力办理了丧事，表弟卢遵自从子厚被贬斥之后，一直紧紧跟随，并把子厚安葬到万年县墓地，又帮助料理子厚的家属，真算得上是有情有义、有始有终的人了。

如果说韩愈的《柳子厚墓志铭》情感表达还比较内敛的话，那么其在《祭柳子厚文》①中抒发的情感则更炽烈，文云：

维年月日，韩愈谨以清酌庶羞之奠，祭于亡友柳子厚之灵。

嗟嗟子厚，而至然邪！自古莫不然，我又何嗟？人之生世，如梦一觉。其间利害，竟亦何校？当其梦时，有乐有悲。及其既觉，岂足追惟？凡物之生，不愿为材。牺罇青黄，乃木之灾。子之中弃，天脱馽羁。玉佩琼琚，大放厥辞。富贵无能，磨灭谁纪？子之

① 韩愈《祭柳子厚文》，见《韩昌黎文集校注》卷五。

自著，表表愈伟。不善为斫，血指汗颜。巧匠旁观，缩手袖间。子之文章，而不用世。乃令吾徒，掌帝之制。子之视人，自以无前。一斥不复，群飞刺天。

嗟嗟子厚，今也则亡。临绝之音，一何琅琅？遍告诸友，以寄厥子。不鄙谓余，亦托以死。凡今之交，观势厚薄；余岂可保？能承子托。犹有鬼神，宁敢遗堕？念子永归，无复来期。设祭棺前，矢心以辞。呜呼哀哉，尚飨。

这是韩愈祭奠去世的朋友柳子厚的魂灵而作的。虽然韩愈和柳宗元的政治观点大不相同，韩愈也在墓志铭中对柳宗元前期的仕途进取颇有微词，但从《祭柳子厚文》来看，韩愈跟柳宗元的情谊也非同一般。如文中所说："遍告诸友，以寄厥子。不鄙谓余，亦托以死。凡今之交，观势厚薄；余岂可保？能承子托。非我知子，子实命我。犹有鬼神，宁敢遗堕？"柳子厚临终前把幼小遗孤托付给韩愈，韩愈亦认为这是朋友间的最大信任，是看得起自己。其实，韩愈并不赞同人世间"观势厚薄"的交游，他自己也并没有因为柳宗元后期的蹇涩失意而疏远他，相反他一定要保证承担柳宗元的临终托付，这种精神无疑是难能可贵的，这也佐证了韩、柳的交往绝非一般。尽管韩愈强调自己的观点，"非我知子，子实命我"，言语中强调柳宗元诚心托付于他的是硬任务，而自己并非是柳宗元的知己，亦不十分了解和理解柳宗元，这种说法也是一种谦辞，并不能当真。

我们知道，韩愈在生活中并不是一位消极的人，他直言不讳、性格耿介，提倡以儒学为本，全面反对佛道。就是这样一位意志坚定、百折不挠的文坛领袖，为什么会在柳子厚祭文中认为人生如梦呢？在他的惋惜声中，难道他已经将人生的好坏、悲喜、得失参透了？其实不然。在韩愈的意识中，其实隐含着对柳宗元仕途受挫的惋惜和同情。他认为大凡事物的产生，本意是不愿意成材的，如祭祀用的酒器雕刻上青黄的精美文饰，这本是木材的大灾难。这个比喻暗示柳宗元在飞升的宦途中被斥逐，其实是上天帮助去除你的羁绊而已，这也许是韩愈安慰的话语，但跟下面的词句联系起来就明白韩愈的良苦用心了。他想着重赞美柳宗元的文学成就，“玉佩琼琚，大放厥辞。富贵无能，磨灭谁纪？子之自著，表表愈伟。不善为斫，血指汗颜。巧匠旁观，缩手袖间。子之文章，而不用世。乃令吾徒，掌帝之制。子之视人，自以无前。一斥不复，群飞刺天”，其中“乃令吾徒，掌帝之制”是韩愈的谦辞，但他对柳宗元的才华赞赏不吝辞藻，认为柳宗元的文章如美玉雕琢成的玉佩，晶莹剔透，极力铺排，大气磅礴，愈困顿而名声愈高，这也印证了韩愈“不平则鸣”的文学观点。韩愈用对比的手法指出柳宗元的贡献：那些富贵悠游之人，声名磨灭却无人能知。正如不擅长砍削之人就会指头流血，额头冒汗，而能工巧匠却只能袖手旁观，无法施展才能。韩愈认为，正因为如此，像柳宗元这样有才能的人才会一再被贬斥，而朝廷中则充满碌碌无为之人。

可见，在柳宗元去世后，韩愈对其一生进行了全面的盘点，不但肯定了柳宗元卓绝的文学才华，高尚的人格魅力，更重要的是赞赏了其杰出的政治才华。韩愈认为，柳宗元因为急功近利盲从革新派，最终导致得罪，而被贬谪蛮荒之地，未能很好地发挥其政治才能。但是，韩愈的态度又是矛盾的，仕途的遭际对柳宗元本人而言是不幸的，但他贬谪时期取得的文学成就则又是文学的大幸。从这个意义上看，韩愈对柳宗元一生的评价是理性的、客观的，具有代表性。

二

刘禹锡和柳宗元交情笃厚，他对柳宗元的情感以及评价要远远高于韩愈，对此，刘禹锡毫不避讳。在刘禹锡撰写的《祭柳员外文》[①]中，他认为柳宗元“惟君平昔，聪明绝人”，“自君失意，沉伏远郡”，这跟韩愈批评柳宗元政治冒进的观点完全不同，“失意”两个字概括了刘的观点，他认为柳宗元只不过是生不逢时，才远谪蛮荒之地。刘柳等人被贬谪远州后，不但遭到世人的嘲讽，朋友也凋零了，只有他们之间还保持着密切的书信往来。当他突然得知柳君的死讯时，自然无法承受朋友凋

① 刘禹锡《祭柳员外文》，见《刘禹锡集》卷四〇。

落之悲："惊号大叫，如得狂病。良久问故，百哀攻中，涕泪迸落，魂魄震越。伸纸穷竟，得君遗书。绝弦之音，凄怆彻骨。初托遗嗣，知其不孤，末言归辖，从祔先域。凡此数事，职在吾徒。"从刘禹锡一系列细致的描述中，我们窥见其得知柳君逝去的哀痛欲绝的情绪："南望桂水，哭我故人。孰云宿草，此恸何极！""呜呼子厚，卿真死矣！终我此生，无相见矣！何人不达？使君终否。何人不老？使君夭死。"本来刘禹锡和柳子厚通过书信还有旧约，突然送达的讣书如晴天霹雳，让刘禹锡大惊呼号，痛哭失声。同时，我们从他勇于承担朋友遗书中的后事操办、以及托孤之事，可以窥见他内心对朋友的真诚，"知悲无益，奈恨无已。君之不闻，余心不理。含酸执笔，辄复中止。誓使周六，同于己子"，他几次执笔又止，根本无法克制自己的伤感情绪，心中唯有"恨"而已，一方面叹息好朋友的英年早逝，另一方面也在叹息好朋友的怀才不遇、仕途困窘。他发誓要把柳宗元的儿子视同己出，精心培育，这种直接、炽烈的情感非韩愈所能及。

而在刘禹锡的《重祭柳员外文》[①]中，他将更多的笔墨集中在告慰柳君上，他不能相信柳君已经辞世，因为在他的眼里，柳君虽有盛名，却怀才不遇：

> 呜呼！出人之才，竟无施为。炯炯之气，戢于一木。形与人等，今既如斯。识与人殊，今复何托？生有高名，没为众悲。异服同志，异音同叹。唯我之哭，非吊非伤。来与君言，不言成哭。千哀万恨，寄以一声。惟识真者，乃相知耳。

刘禹锡哭柳君不简单是为之鸣冤叫屈，流露出更多的是对柳君才华的肯定，"出人之才，竟无施为"、"生有高名，没为众悲"。在深沉的惋惜声中，刘禹锡更强调的是两人的"相知"，如高山流水的知音，无论从仕途进取、政治革新、还是文学创作方面，刘禹锡都能真正支持和理解他。所以刘禹锡的祭奠，并非简单的吊唁和伤感，更多的是对老友倾诉衷肠。在这篇重祭文中，刘禹锡如唠家常，侃侃而谈，"君为已矣，余为苟

---

① 刘禹锡《重祭柳员外文》，见《刘禹锡集》卷四〇。

生”，他对老朋友生前关切之事、遗书中的意愿一一做了答复，以此安抚亡灵：

君有遗美，其事多梗。桂林旧府，感激主持。俾君内弟，得以义胜。平昔所念，今则无违。旅魂克归，崔生实主。幼稚在侧，故人抚之。

刘禹锡对柳子厚始终抱着支持的态度，他为好友编制了诗文集，在《唐故柳州刺史柳君集》[①]中云：

河东柳子厚，斯人望而敬者欤！……是岁，以疏寯少检获讪，出牧邵州，又谪佐永州。居十年，诏书征，不用，遂为柳州刺史。五岁，不得召归。病且革，留书抵其友中山刘禹锡曰："我不幸，卒以谪死，以遗草累故人。"禹锡执书以泣，遂编次为三十通，行于世。子厚之丧，昌黎韩退之志其墓，且以书来吊曰："哀哉！若人之不淑。吾尝评其文，雄深雅健，似司马子长、崔、蔡不足多也。"安定黄甫湜，于文章少所推让，亦以退之言为然。

刘禹锡没有对柳宗元生前的政治态度做正确与否的评价，只是如实记录好友的生平轨迹，但"河东柳子厚，斯人望而敬者欤"，"以疏寯少检获讪"却透露了他对柳宗元不平遭际的同情。行文中更借韩愈之口对其文学才华赞不绝口，称赏其文"雄深雅健"，可和以文章著称的司马迁、崔骃、以及蔡邕相媲美。值得一提的是韩愈的学生皇甫湜性情耿直高傲，其文古拙高雅，自视极高，他对柳宗元亦很推崇。

而刘禹锡的《为鄂州李大夫祭柳员外文》[②]从另一个角度抒写柳子厚的人格和才华。李大夫与柳君虽然所处的位置不同，却交谊深厚，"昔余与君，谕之详熟"，"昔者与君，交臂相得。一言一笑，未始有极。驰声日下，骛名天衢。射策差池，高科齐驱。携手书殿，分曹蓝曲。心志谐同，追欢相续"。"君迁外郎，予侍内闱。出处虽间，音尘不亏。势变时移，遭罹多故"。他对柳宗元的才华更是赞不绝口："孔子四科，罕

① 刘禹锡《唐故柳州刺史柳君集》，见《柳宗元集》附录。

② 刘禹锡《为鄂州李大夫祭柳员外文》，见《刘禹锡集》卷四〇。

能相备。惟公特立秀出，几于全器。”就是这样一位奇才，却被朝廷弃之不用，贬谪在外，文章用“箧盈草隶，架满文篇。钟、索继美，班、扬差肩。贾谊赋鹏，屈原问天”，说明柳君的文采和坎坷遭际，并痛斥这个不平世道，“才之何丰，运之何否。大川未济，乃失巨舰。长途始半，而丧良骥。”虽然刘禹锡是代李大夫写的祭文，可这又何尝不是自己的心声呢？文章对柳远谪偏远郡县的遭遇表示极大的同情，对他的郁郁寡欢、突然离世表达了无限的惋惜，归之为“痛君未老，美志莫宣”。

其余友人，如皇甫湜和崔群的祭文写得情真意切，他们对柳宗元的才情无限钦佩，对其早逝无不扼腕叹息。皇甫湜个性洒脱，为文独创，眼光高远，自视甚高，但他十分欣赏柳宗元凭才情而仕的人生，其在《祭柳子厚文》①中曰：“呜呼柳州！秀气孤禀。若冠游学，声华籍甚。肆意文章，秋涛瑞锦”。同时他也看到这些锐意进取的有才之士不得不面对贬谪蛮荒之地的遭际，因而发出不平之音。“呜呼柳州！命实在天。贤不必贵，寿不必贤。虽圣与贤，无如命何。自古以然，相视咨嗟。”在祭文中，皇甫湜无法解释“贤”、“贵”、“寿”之间的关系，一切解释只得归结到“命实在天”这个命题上，用天意来慰藉亡灵，这也是无可奈何的叹息。最后，他肯定了柳宗元声名远播的地位，“惟有令名，日远日高”。

崔群，为人公平宽厚，他的评价以客观公正著称，其在《祭柳州柳员外文》②一文中，极力称赏柳宗元的杰出才华和非凡的胸襟，文云：“惟灵天资秀异，才称俊杰。早著嘉名，远播芳烈。总六艺之要妙，践九流之治切。”在困境中，柳宗元亦能“乐道忘忧，襟灵甚夷”。当崔群回忆与柳宗元交往笃厚的种种细节时，不禁潸然泪下，“群宿受交兮，行敦情契。遗文在箧，赠言犹佩。抚孤追往，泫然流涕”。

总之，韩愈、刘禹锡、皇甫湜、崔群等人为柳宗元撰写的墓志铭或祭文，体现了高尚的人格和公正性，韩愈撰写的《柳子厚墓志铭》并非谀墓，文中言明自己与柳子厚并非知己，也毫不掩饰自己对“永贞革新”中所谓冒进士大夫的批评，但更多的是对柳宗元才华和文学的赞赏；刘禹

---

① 皇甫湜《祭柳子厚文》，《柳宗元集》附录。

② 崔群《祭柳州柳员外文》，《柳宗元集》附录。

锡、皇甫湜、崔群等人，作为柳子厚的挚友，不但肯定了柳宗元在永贞革新中的积极作用，指斥讪谤的小人，而且对其在永州和柳州的文学创作给予了全面的肯定，这也符合柳宗元的主体精神的，他从未对自己参与革新运动有丝毫悔意，相反，经过了仕途的多重磨难，他把满腔的热情倾注于文学作品中。贬谪，虽是柳宗元个人经历的不幸，但对于文学，却是大幸。应该说，他们的评价奠定了柳宗元的地位和影响。

第九章

柳宗元的接受与传播

柳宗元虽然参与“永贞革新”运动而被时人诟病，他被贬谪到僻远之地，朋友稀少，更承受无人举荐的苦痛，但他在孤独和寂寞中发愤作文，为后世所称赏。他与韩愈并称为“韩柳”，与刘禹锡并称为“刘柳”，与韦应物并称为“韦柳”。他的文学创作对后世的诗歌、游记、寓言、辞赋等体裁的发展影响很大，同时，在贬谪题材、诗歌理论的开拓上，他亦有所贡献。因此探讨柳宗元在各个时代的接受和传播对于评价柳宗元的文学地位和文学价值具有重要的意义。当然，历史上对柳宗元贬谪文学的品评除了有《旧唐书》、《新唐书》等官方结论外，更多的是各种文人学士立足于自己的审美原则对其进行评价，这种评价散见于各种文集、诗话等书籍中，幸得吴文治先生的《柳宗元资料汇编》一书进行了广泛的搜罗整理，给我们研究工作提供了极大的帮助，但由于书籍浩繁，其中难免有所遗漏。因此，我们进行柳宗元的接受和传播研究的时候，不可能面面俱到地进行例举，但在每一时代我们都会摘选最有代表性的评价进行总结。

一

柳宗元在唐代的文坛就有很大的影响力，作为中唐文坛的领袖人物韩愈、作为柳宗元的亲密战友刘禹锡，以及晚唐诗歌大家杜牧、诗论家司空图等人对其文学成就都有独到的见解。

从韩愈等人的评价中看，柳宗元并未由于自己政治上的失意而导致文学地位的下滑。譬如，韩愈就对柳宗元参与“永贞革新”多有诘难，但对柳宗元的文学才能予以充分的肯定，在《柳子厚墓志铭》中，韩愈云柳子：

> 俊杰廉悍，议论证据今古，出入经史百子，踔厉风发，率常屈其座人，名声大振，一时皆慕与之交。……衡湘以南，为进士者，皆以子厚为师。其经承子厚口讲指画为文词者，悉有法度可观。……
>
> 子厚前时少年，勇于为人，不自贵重顾籍，谓功业可立就，故坐废退。既退，又无相知有气力得位者推挽，故卒死于穷裔，材不为世用，道不行于时也。使子厚在台省时，自持其身已能如司马、刺史时，亦自不斥。斥时，有人力能举之，且必复用不穷。然子厚斥不久，穷不极，虽有出于人，其文学辞章，必不能自力以致必传于后如今无疑也。虽使子厚得所愿，为将相于一时，以彼易此，孰得孰失，必有能辨之者。①

我们可以得知，首先韩愈对柳宗元博览群书、聪颖过人的才华予以充分的肯定，即使在他贬谪在西南时期，衡湘以南的读书考进士的人，还是拜柳宗元为师，跟他学习文词，并有所成就。虽然韩愈批评柳宗元急功近利的趋向，但同时他对柳宗元的失意还肯定地说，“材不为世用，道不行于时”，有才华不为世所用，主张不为世所行的缘故。接着，韩愈进一步进行了假设，假如柳宗元仕途很顺利，那么就不可能在文学上取得如此大的贡献。他通过对比，认为柳宗元仕途受挫、被贬谪边远之地对其自身是不幸，但对文学创作来说的确是一大好事，没有坎坷的仕途遭际，就没有永州、柳州期间独具一格的文学作品。作为文坛领袖的韩愈，他对柳宗元文学成就的全面肯定为柳今后的接受和传播提供了基调和范本。

那么，“韩柳”是什么时候并称的？我们先看和柳宗元同时代人的具体评价。刘禹锡在《唐故中书侍郎平章事韦公集纪》中说：

---

① 韩愈撰、马其昶校注《韩昌黎文集》卷七。

一旦，习之悄然谓藩曰："翱昔与韩吏部退之为文章盟主，同时伦辈，惟柳仪曹宗元、刘宾客梦得耳。韩、柳之逝久矣，今翱又被病，虑不能自述，有孤前言，赍恨无已，将子荐诚于刘君乎！"①

通过以上这段话，我们得知，刘禹锡的本意并非按照文学史定义的"韩柳"并称，而是李习之提到在当时的文坛，李翱和韩愈是文章的盟主，同时有名的文士还有柳宗元和刘禹锡两人，"刘柳"的贡献是相当的，文中提到的"韩柳"，不过是将逝去之人并称而已。同时，刘禹锡对好朋友柳宗元的诗文是赞不绝口的，在《答柳子厚书》中云：

顾其词甚约而味渊然以长，气为干，文为支，跨跞古今，鼓行乘空。附离不以凿枘，咀嚼不有文字。端而曼，苦而腴。佶然以生，癯然以清。②

他称赞柳子厚的词句非常简约，但是味道幽远，文气清晰畅达，让人回味无穷。刘禹锡还在《唐故柳州刺史柳君集》③中称赞柳"八音与政通，而文章与时高下"，其文曰：

贞元中，上方向文章，昭回之光，下饰万物。天下文士，争执所长，与时而奋，粲焉如繁星丽天。而芒寒色正，人望而敬者，五行而已。河东柳子厚，斯人望而敬者欤！子厚始以童子有奇名于贞元初，至九年，为名进士。十有九年，为材御史。二十有一年，以文章称首，入尚书，为礼部员外郎。是岁，以疏隽少检获讪，出牧邵州，又谪佐永州。居十年，诏书征，不用，遂为柳州刺史。五岁，不得召归。病且革，留书抵其友中山刘某，曰："我不幸，卒以谪死，以遗草累故人。"某执书以泣，遂编次为三十通，行于世。子厚之丧，昌黎韩退之志其墓，且以书来吊曰："哀哉！若人之不淑。吾尝评其文，雄深雅健，似司马子长，崔、蔡不足多也。"安定皇甫湜，于文章少所推让，亦以退之言为然。

①③ 卞孝萱校订《刘禹锡集》卷一九。

② 卞孝萱校订《刘禹锡集》卷一〇。

从中可以得知，刘禹锡认为在当时文士多如繁星的激烈竞争中，柳宗元独独能为世人所尊崇就是因为他的才华出众，“以文章称首”，在对其不幸政治遭际同情的同时，只用一句“以疏隽少检获讪”就将自己满腔的不满流露于笔端。刘禹锡还进一步引用韩愈的话语予以佐证，“吾尝评其文，雄深雅健，似司马子长，崔、蔡不足多也”。能被韩愈推崇的文士比较稀少，更何况是在政治上失意的知识分子。然而韩愈并不忌讳，他认为柳宗元的文章总体风格是“雄深雅健”，气势恢弘，韵味深远，可和司马迁、蔡邕等人相媲美。在韩愈赞美之词外，刘禹锡还补充一句，“安定皇甫湜，于文章少所推让，亦以退之言为然”，皇甫湜是唐代著名的散文家，进士出身，师从韩愈，交往甚密，为文求新求异，自视极高，就是这样一位孤高之人独对柳宗元另眼相看，认为韩愈的评价十分贴切。柳宗元病重时，还委托好友为自己编辑文卷，刘禹锡很好地实现了自己的诺言，这为后人对柳宗元诗文的接受和流传奠定了很好的基础。

除了柳宗元同时代的韩愈、刘禹锡等人对其文学才能称赏之外，晚唐著名诗人杜牧明确地从文学意义上将“韩柳”并提，其《冬至日寄小侄阿宜诗》云：

> 第中无一物，万卷书满堂。家集二百编，上下驰皇王。多是抚州写，今来五纪强，尚可与尔读，助尔为贤良。经书括根本，史书阅兴亡，高摘屈宋艳，浓薰班马香；李杜泛浩浩，韩柳摩苍苍。近者四君子，与古争强梁。愿尔一祝后，读书日日忙。一日读十纸，一月读一箱。朝廷用文治，大开官职场。愿尔出门去，取官如驱羊。①

这是杜牧教育侄儿，如何通过读书入仕这条康庄大道求取功名的肺腑之言。从整首诗来看，功利性极强，但从中我们亦能感知这是杜牧读书的经验总结。杜牧是宰相杜佑之孙，常以济世之才自诩，其诗歌、辞赋、古文成就都非常突出，他的评价可谓是举足轻重。正因为两人在诗歌、古文领域各领风骚，这是柳宗元能被杜牧称赏的根本原因。“李杜泛浩浩，韩柳摩苍苍。近者四君子，与古争强梁。”这四句诗显示杜牧不但对

① 杜牧著、冯集梧注《樊川诗集注》卷一，上海古籍出版社 1998 年新 1 版。

“李杜”十分欣赏，对“韩柳”亦情有独钟。“李杜”并称是由于诗歌体裁，而“韩柳”并称应该是指古文成就。在中唐及其后一般文士的心目中，韩愈在文坛的地位是遥不可及的，因此，杜牧能把“韩柳”并提，对提高柳宗元的地位是非常有益处的。

晚唐诗学家司空图则是从诗歌的角度，将韩、柳诗歌进行比较，其在《题柳柳州集后》一文中曰：

> 金之精粗，效其声皆可辨也，岂清于磬而浑于钟哉！然则作者为文为诗，格亦可见，岂当善于彼而不善于此邪？愚观文人之为诗，诗人之为文，始皆系其所尚，既专则搜研愈至，故能炫其工于不朽。亦犹力巨而斗者，所持之器各异，而皆能济胜以为勍敌也。愚尝览韩吏部歌诗数百首，其驱驾气势，若掀雷扶电，撑抉于天地之间，物状奇怪，不得不鼓舞而狥其呼吸也。其次，皇甫祠部文集所作，亦为遒逸，非无意于深密，盖或未遑耳。今于华下，方得柳诗，味其探搜之致，亦深远矣。俾其穷而克寿，玩精极思，则固非琐琐者轻可拟议其优劣。又尝观杜子美祭太尉房公文，李太白佛寺碑赞，宏拔清厉，乃其歌诗也。张曲江五言沉郁，亦其文笔也。岂相伤哉？噫！后之学者褊浅，片词只句，不能自辨，已侧目相诋訾矣。痛哉！因题柳集之末，庶裨后之评诠者，无或偏说，以盖其全工。①

司空图在此文中着重提出两个观点：一是散文和诗歌虽然是不同的文学体裁，但就创作者而言，是各有千秋，殊途同归。“作者为文为诗，格亦可见，岂当善于彼而不善于此邪？愚观文人之为诗，诗人之为文，始皆系其所尚，既专则搜研愈至，故能炫其工于不朽。亦犹力巨而斗者，所持之器各异，而皆能济胜以为勍敌也。”每位作者都有自己擅长与偏好的体裁，无论是诗人还是散文家，不过是所擅长的文体不同而已，钻研的程度不同而已。这样他就能在中唐文人观点的基础上顺理成章地论述、比较韩愈与柳宗元的诗歌。司空图将皇甫湜的文章、柳宗元的诗歌、杜甫的祭文、李白的歌诗、张九龄的五言诗相互比较，认为各有风

---

① 吴文治编《古典文学研究资料汇编·柳宗元卷》，《司空表圣文集》卷二，第16页。

韵，或遒劲飘逸，或韵味深远，或峻拔清秀，或沉郁深刻，并且散文和诗歌能相互影响。二是司空图对柳宗元的评价是非常谨慎的。“今于华下，方得柳诗，味其探搜之致，亦深远矣。俾其穷而克寿，玩精极思，则固非琐琐者轻可拟议其优劣”，司空图认为品评柳诗，一定要体味其韵味幽深的特点。这也符合司空图一贯的审美旨趣，他在《与李生论诗书》[①]中认为“近而不浮，远而不尽，然后可以言韵外之致”，“今足下之诗，时辈固有难色，倘复以全美为工，即知味外之旨”，他要求诗歌具体而不浮浅，韵味深远，内外皆美，有“言外之意”、“味外之旨”，这和刘勰在《文心雕龙》卷六《神思第二十六》中的观点极其相似：

> 古人云：“形在江海之上，心存魏阙之下。”神思之谓也。文之思也，其神远矣。故寂然凝虑，思接千载；悄焉动容，视通万里；吟咏之间，吐纳珠玉之声；眉睫之前，卷舒风云之色；其思理之致乎！故思理为妙，神与物游。[②]

刘勰强调的是文学创作中想象的重要性，气定神闲之间，思想要深刻，感情要充沛。司空图的审美理论就是对其理论的进一步诠释，而这恰恰和柳宗元的文学创作深邃悠远的特点不谋而合。在司空图的眼里，他认为柳宗元贬谪时期文学的这种特点和其自身经历是不可分割的，他长期呆在南荒之地，水土不服，疾病缠身，英年早逝，如果他能在恶劣的环境中保持长寿的话，那么一般平庸之人就不敢轻易品评其文学地位了。可见，司空图是引导后世读者从柳诗的意趣上进行观照的先行者。

二

在柳宗元革新思想和文学成就的品评上，官方的史书对柳宗元的

---

① 《司空表圣文集》卷二，郭绍虞主编《中国历代文论选》（一卷本），上海古籍出版社1979年版，第164—165页。

② 刘勰著、范文澜注《文心雕龙注》，人民文学出版社1998年版，第493页。

接受和传播起到了决定性的作用。尽管《旧唐书》《新唐书》本传对柳宗元参与永贞革新运动提出了严厉的批评，但是对其出众的文学才华和贬谪之后的文学成就毫不掩饰地给予正面的肯定。这给后世品评柳宗元定下了较好的基调。

五代后晋刘昫编撰《旧唐书·柳宗元传》①，他对柳宗元的才华推崇备至，其云："宗元少聪警绝众，尤精西汉诗骚，下笔构思，与古为侔。精裁密致，灿若珠贝。当时流辈咸推之。"谈及柳宗元贬谪之后的文学时，亦不吝辞藻，用"凄恻"概括其特征，"既罹窜逐，涉履蛮瘴，崎岖堙厄，蕴骚人之郁悼，写情叙事，动必以文。为骚文十数篇，览之者为之凄恻。""贞元、太和之间，以文学耸动搢绅之伍者，宗元、禹锡而已。其巧丽渊博，属辞比事，诚一代之宏才。如俾之咏歌帝载，黼藻王言，足以平揖古贤，气吞时辈。"可见，史书对柳宗元文学地位的评价非常客观，并不受诗人仕途穷达的影响，并突出了柳宗元贬谪之后的作品价值，将之比为《离骚》，这种态度无疑对后世文士学柳、评柳起到了示范作用，影响巨大。

也许由于官方史书的引领作用，北宋文士对柳宗元的接受更加普遍，他们从处世态度、散文、诗歌创作等各种角度对柳宗元大为赞许，我们选择具有诗文革新精神的柳开、穆修，文坛盟主欧阳修，大文学家苏轼，江西诗派的代表人物黄庭坚的观点进行分析。尽管他们五人对"韩柳"地位高低、诗文影响程度的态度不尽相同，但从中我们可以清晰地看到，正是由于他们直接或间接的影响，柳宗元的地位才得到了进一步的提升，奠定了以陶为主、以韦、柳为辅的一个典范体系。

柳开是宋代的散文大家和诗文革新运动的先驱，他不满晚唐五代以来颓靡的文风，提倡文学复古，立志承袭韩愈、柳宗元的风格，少年时代取名"肩愈"、字"绍元"，就是想和韩愈比肩，继承柳宗元。其《东郊野夫传》云：

① 《旧唐书》卷一六〇。

论曰：东郊野夫谓其肩斯乐古道也，谓其绍斯尚祖德也。退之大于子厚，故以名焉；子厚次之，故以字焉。复以其同时而出，同道而行，今取之偕，信得其美。观其文章行事，烈烈然统二公也，不为过矣。①

柳开将韩愈、柳宗元相提并论，认为在“文章行事”方面，他们可以并驾齐驱。他在《宋故柳先生墓志铭序》中提及柳宗元，认为“出众文章惟子厚”②。客观地说，柳开撇开柳宗元罪臣的身份，从文学层面上提高了柳宗元的地位。

穆修是北宋的散文家，他在倡导学习韩柳的古文方面有很大的推动作用。他亲自校对、刻印韩柳文集，现在通行的柳集四十五卷本，就是他编辑的③。其在《唐柳先生集后序》中云：

唐之文章，初未去周、隋、五代之氛，中间称得李、杜，其才始用为胜，而号雄歌诗，道未极浑备。至韩、柳氏起，然后能大吐古人之文，其言与仁义相华实而不杂。④

穆修反对周、隋、五代以来浮华委靡的文风，倡导古文，其将李杜、韩柳并称，认为李杜称雄于歌诗，直到韩柳才能承袭古文的影响，文以明道，影响很大。穆修的倡导和推行，使得“韩柳”这种提法深入人心，大家真正认可韩愈、柳宗元能在中唐文坛相提并论的说法。

其实，宋代文士并非都对“韩柳”之称持肯定态度。比如大文学家欧阳修在《唐柳宗元般若和尚碑》中云：

子厚与退之，皆以文章知名一时，而后世称为韩、柳者，盖流俗之相传也。其为道不同，犹夷夏也。然退之于文章，每极称子厚者，岂以其名并显于世，不欲有所贬毁，以避争名之嫌；而其为道不

① 吴文治编《古典文学研究资料汇编·柳宗元卷》，《河东先生集》卷二，第22页。

② 吴文治编《古典文学研究资料汇编·柳宗元卷》，《河东先生集》卷一四，第22页。

③ 对于柳宗元的遗著论述，参见孙昌武先生的《柳宗元评传》第二章第七节，第152—154页。

④《柳宗元集》附录。

同，虽不言，顾后世当自知欤？不然，退之以力排释老为己任，于子厚不得无言也。[①]

在欧阳修的眼里，“韩柳”以文学成就并称，不过是流俗之言而已。实际上，韩愈、柳宗元的地位差异很大。韩愈在文坛的领袖地位非柳宗元所能匹敌，尽管韩对柳宗元的文章非常称赏，不是因为柳宗元的声名显赫，而是不想贬低身处逆境的朋友而已，从而避开两人在文坛上争名的嫌疑。文章还列举韩、柳两人很多做法并不一致，比如韩愈对佛老完全持否定态度，这和柳宗元“统合儒释”的态度相悖，从而印证韩愈的宽容之说。对于柳宗元的文学成就，欧阳修并未贬低，相反他例举柳发愤作文的经历来印证自己“穷而后工”的文学理论：

盖遭时之士，功烈显于朝廷，名誉光于竹帛，故其常视文章为末事，而又有不暇与不能者焉。至于失志之人，穷居隐约，苦心危虑，而极于精思，与其有所感激发愤，惟无所施于世者，皆一寓于文辞，故曰穷者之言易工也。如唐之刘、柳，无称于事业，而姚、宋不见于文章。彼四人者，犹不能于两得，况其下者乎？[②]

欧阳修认为，文士处于不同的地位，对于文章的作用有不同的看法。当文士处于朝廷显位时，根本不重视写作，往往把文章当成末流，更何况没有时间进行创作，或者没有才能进行创作。只有那些处于社会底层，无从施展抱负而穷愁潦倒、痛楚苦虑的人，才会有感而发，反复体验，用文章抒发自己内心积累的情绪，这就叫“穷者之言易工”。比如唐朝的刘禹锡和柳宗元，韩愈将“刘柳”并称，符合他们两人极其相似的政治经历和文学创作，“刘柳”被一贬再贬，长期生活在僻远之地，他们的文学成为“穷而后工”的典型，而唐代的姚崇、宋璟都位极人臣，因此他们在文章上没有什么建树。我们从这四人的经历可以得知，写出好文章和

---

① 吴文治编《古典文学研究资料汇编·柳宗元卷》，《欧阳文忠公文集》一四一《集古录跋尾》卷八，第 35 页。

② 吴文治编《古典文学研究资料汇编·柳宗元卷》，《欧阳文忠公文集》四《居士集》卷四，第 34 页。

位居高位不能两全其美，欧阳修更看重的是好文章。

苏轼对柳宗元诗文集十分偏爱，在远贬海外时，身边还携带陶渊明和柳宗元的文集，其在《答程全父推官》中云："流转海外，如逃深谷，既无与吾语者，又书籍举无有，惟陶渊明一集、柳子厚诗文数册，常置左右，目为二友。"[①]虽然苏轼对柳宗元的《非〈国语〉》等文章的观点并不赞同，但这并不影响他对柳宗元散文和诗歌的推崇。在《与元老侄孙》中勉励"侄孙宜熟看前后汉史及韩、柳文"[②]。苏轼对柳宗元的诗歌更是研究精深，通过诸多对比手法，确立了其在诗坛的地位和影响。苏轼在《书黄子思诗集后》一文中指出：

> 予尝论书，以谓钟、王之迹，萧散简远，妙在笔画之外。至唐颜、柳，始集古今笔法而尽发之，极书之变，天下翕然以为宗师，而钟、王之法益微。至于诗亦然。苏、李之天成，曹、刘之自得，陶、谢之超然，盖亦至矣。而李太白、杜子美以英玮绝世之姿，凌跨百代，古今诗人尽废；然魏、晋以来高风绝尘，亦少衰矣。李、杜之后，诗人继作，虽间有远韵，而才不逮意，独韦应物、柳子厚发纤秾于简古，寄至味于淡泊，非余子所及也。唐末司空图，崎岖兵乱之间，而诗文高雅，尤有承平之遗风。其论诗曰："梅止于酸，盐止于咸。"饮食不可无盐、梅，而其美常在咸、酸之外。盖自列其诗之有得于文字之表者二十四韵，恨当时不识其妙，予三复其言而悲之。[③]

苏轼的说法虽然有些夸张，但很有创见。他认为李白、杜甫一出，成为诗歌的高峰，后人很难超越，只有韦应物、柳宗元能够独具一格，他将"韦柳"并称，所谓"韦应物、柳子厚发纤秾于简古，寄至味于淡泊"，他们两人的诗歌风格很相似，在质朴和淡泊之外，别有一番韵味和意蕴。文中提及的司空图，就是对上文很好的注解，司空图"诗文高雅"，正因为其中蕴涵着言外之意。苏轼对其诗文以及《二十四诗品》一时不能加以辨别和欣赏，故云"恨当时不识其妙，予三复其言而悲之"。苏轼论诗受司空图

---

①② 吴文治编《古典文学研究资料汇编·柳宗元卷》，《东坡续集》卷七，第 43 页。

③ 孔凡礼校点《苏轼文集》卷六七，中华书局 1986 年版。

的影响也很大，比如对韦、柳诗歌评价，用的是“纤秾”、“淡泊”，而司空图《二十四诗品》[①]就有第三品“纤秾”，第二品“冲淡”的阐释，反映了司空图一贯欣赏的诗歌审美标准，其还在《题柳柳州集后》中总结了形成柳诗特点的缘由：“今于华下方得柳诗，味其深搜之致，亦深远矣。俾其穷而克寿，玩精极思，则固非琐琐者轻可拟议其优劣。”[②]由此我们可以看出，苏轼对司空图品评诗歌的手法是予以认可，并加以借鉴的。

苏轼很喜欢柳宗元的诗歌，其在《书柳子厚南涧诗》中云：“柳子厚南迁后诗，清劲纡余”[③]。他还把柳宗元的诗歌赠给朋友，“无以赠行，书柳子厚《饮酒》、《读书》二诗，以见别意”[④]。除此之外，苏轼还对陶渊明、柳子厚、韦应物、韩愈的诗歌进行了品评，分其高低，《评韩柳诗》曰：

> 柳子厚诗在陶渊明下，韦苏州上。退之豪放奇险则过之，而温丽靖深不及也。所贵乎枯淡者，谓其外枯而中膏，似淡而实美，渊明、子厚之流是也。若中边皆枯淡，亦何足道也。[⑤]

苏轼认为，陶、柳、韦三人的诗歌相比较而言，陶渊明的诗歌居上，其次柳子厚，再次韦应物。并且苏轼单独对韩、柳的诗歌进行了比较，认为韩愈诗歌虽然“豪放奇险”，但是就韵味深远而言则有所欠缺。清人叶燮云：“唐诗为八代以来一大变，韩愈为唐诗之一大变，其力大，其思雄，崛起特为鼻祖。宋之苏、梅、欧、苏、王、黄，皆愈为之发其端，可谓极盛。”[⑥]莫砺锋师在《论苏黄对唐诗的态度》一文中认为，“韩诗对北宋诗的影响是整体性的”，“苏黄学韩还有独到之处，即雄豪的风格和酣畅的议论”，苏轼对韩愈的诗歌论说较少，“不像对陶、杜诗那样赞不绝口”，他只是把韩、柳诗平等视之[⑦]。并且苏轼还将陶诗、柳诗进行进一步总结，认为他们两人的诗歌可贵之处都在于“枯淡”，从诗歌的外表看起来

---

① 司空图《二十四诗品》，《历代诗话》，中华书局 1981 年版。疑是伪作，学界存有争议。

② 司空图《题柳柳州集后》，《柳宗元集》附录。

③ 吴文治编《古典文学研究资料汇编·柳宗元卷》，《东坡题跋》卷二，第 47 页。

④ 吴文治编《古典文学研究资料汇编·柳宗元卷》，《东坡志林》，第 48 页。

⑤ 孔凡礼校点《苏轼文集》卷六七，中华书局 1986 年版。

⑥《原诗》卷一，《清诗话》，上海古籍出版社 1999 年版，第 570 页。

⑦ 莫砺锋《唐宋诗歌论集》，第 392 页，凤凰出版社 2007 年版。

平淡无奇，朴实无华，实际醇厚有味，别有意蕴。苏轼对陶、柳诗歌一贯偏爱，这当然与苏轼自身仕途多艰的经历有关，而陶、柳的命运多舛，亦给苏轼以认可感。陶诗给人的总体印象是平淡自然，这与他亲自参与农村生产、热爱田园风光、酷爱朴素的“田家语”是密不可分的，因此陶诗营造了采菊东篱，共话桑麻，恬然自得的人生境界，这种境界成为后世知识分子遭遇人生挫折后的一种共同追求，苏轼也不例外。他在评价柳诗的时候，实际也是以陶诗的标准在进行衡量，比如在《题柳子厚诗二首》中云：

> 诗须要有为而作，用事当以故为新，以俗为雅。好奇务新，乃诗之病。柳子厚晚年诗，极似陶渊明，知诗病者也。①

可见，苏轼反对诗歌一味求新求异，而应该平淡中见华美，率真中见醇厚，在其《书子厚梦得造语》② 中认为“柳子厚、刘梦得皆善造语”，诗中常有“妙语”。在苏轼的视野中，柳宗元晚年的诗歌才可和陶诗相媲美，绚烂之极归于平淡。莫砺锋师在《论苏黄对唐诗的态度》一文中得出结论：“由于崇陶，苏轼又顺带着‘发明’了唐代学陶有得的柳宗元、韦应物”“于是，以陶为主、以韦、柳为辅的一个典范体系就由苏轼一手树立起来了。”③

黄庭坚是“江西诗派”的代表作家，诗学杜甫，张戒在《岁寒堂诗话》卷上中认为：“柳柳州诗，字字如珠玉”“陶渊明、柳子厚之诗，得东坡而后发明；子美之诗，得山谷而后发明。”④从他们确立学诗的方向来说，这种说法合乎实际。黄庭坚本身对柳、陶诗歌亦十分关注，他在《跋书柳子厚诗》中云：

> 予友生王观复，作诗有古人态度。虽气格已超俗，但未能从容中玉佩之音，左准绳，右规矩尔。意者读书未破万卷，观古人之文章未能尽得其规模；及所总览笼格，但知玩其山龙黼黻成章耶！故

①② 孔凡礼校点《苏轼文集》卷六七，中华书局 1986 年版。

③ 莫砺锋《唐宋诗歌论集》，凤凰出版社 2007 年版，第 392 页。

④ 张戒《岁寒堂诗话》卷上，《历代诗话续编》，中华书局 1983 年版。

手书柳子厚诗数篇遗之，欲知子厚如此学陶渊明，乃为能近之耳。如白乐天自云效陶渊明数十篇，终不近也。①

从以上这段文字，我们得知黄庭坚的观点，首先他十分推崇陶诗、柳诗，认为必须广泛涉猎，才能从容不迫、超凡脱俗；其次，黄庭坚继承了苏轼的美学标准，探讨了柳诗与陶诗的"平淡"之美。黄庭坚承袭了苏轼的观点，认为柳宗元是得到了以平淡自然风格著称的陶渊明诗的真传，而白居易学陶诗则不成功。因此他亲手书写柳子厚的数篇诗赠给朋友。此外，对"韩柳"的地位，黄庭坚坚持前人关于韩、柳相提并论的观点。他在《庚寅乙未犹泊大雷口》中说："雄文酬江山，惜无韩与柳。"因此，黄庭坚将韩、柳视为天下文士学习文学的宗师之列，充分证明了黄庭坚卓绝的见识，为柳宗元的接受提供了理论基础。

作为"江西诗派"的代表，黄庭坚一直强调"诗须以俗为雅，以故为新"②，这和柳宗元诗歌平淡蕴藉的风格并不矛盾，他把柳宗元与陶渊明、韩愈并立作为后人学诗的典范，这种提倡对于提高柳宗元的文学地位，加深对柳宗元诗歌的艺术研究，起到一个总结前人开启后人的作用。

三

南宋文士对柳宗元的品评更加细致和全面，如对"韩柳"创作风格、韦柳地位高低、柳诗"本色"特征、阮籍感怀诗歌影响等方面进行了辨析，笔者甄选了理学家朱熹、以禅论诗的大家严羽、诗论家刘克庄三人的观点进行比较品评。相对北宋文士而言，他们的观点全面提升了后世对柳宗元的认可，更难能可贵的是将柳宗元诗歌命之为"柳子厚体"，指出其在唐代诗人中不可替代的地位和影响，虽然这种诗体在文学史上没有得到普遍的认可，却是振聋发聩的一声。

---

① 吴文治编《古典文学研究资料汇编·柳宗元卷》，《豫章黄先生文集》卷二七，第50页。
② 赵翼《瓯北诗话》卷一一"黄山谷诗"引，第168页，人民文学出版社1998年版。

理学家、文学家朱熹极大提高了柳宗元的地位，在其文章中，往往将“韩柳”并提，并通过比较研究，阐释韩柳在文学创作上的异同点。他在《沧州精舍谕学者》中说：“予谓老苏但为欲学古人说话声响，极为细事，乃肯用功如此，故其所就，亦非常人所及。如韩退之、柳子厚辈，亦是如此。”①在他眼里，韩、柳均是刻苦用功之人，所以才能取得非凡的成就。在韩、柳个性方面，朱熹认为：“如退之则全无要学古人底意思。柳子厚虽无状，却又占便宜，如致君泽民事，也说要做。退之则只要做官，如末年潮州上表，此更不足说了。退之文字尽好，末年尤好。”②当然，朱熹强调韩愈的个性特征，韩不愿学古人，但是愿意做官。柳宗元则更按照传统的做法，“致君泽民事”，脚踏实地。对于古赋创作，朱熹亦对韩柳十分推崇：“古赋虽熟看屈、宋、韩、柳所作，乃有进步处。入本朝以来，骚学殆绝，秦、黄、晁、张之徒，不足学也。”③对于韩、柳为文的差异，朱熹进行了深刻的总结，譬如辨别书籍的真伪能力柳要远高于韩：“柳子厚看得文字精，以其人刻深故如此。韩较有些王道意思，每事较含洪，便不能如此。”④另外，他对韩、柳散文非常欣赏，认为曲折有致，开卷有益，其云：“韩、柳文好者，不可不看。”⑤“尝与后生说若会将《汉书》及韩、柳文熟读，不到不会做文章。”⑥同时，朱熹对韩、柳的创作特点结合他们的经历进行了辨析，“柳文局促”⑦，“退之要说道理，又要则剧，有平易处极平易，有险奇处极险奇。且教他在潮州时，好止住得一年。柳子厚却得永州力也”⑧。显然，朱熹赞扬韩愈文章风格多样，平易与险奇各有千秋，可惜并未长期保持，而从文字的字里行间，我们

① 吴文治编《古典文学研究资料汇编·柳宗元卷》，《晦庵先生朱文公文集》卷七四，第118页。

② 吴文治编《古典文学研究资料汇编·柳宗元卷》，《朱子语类》卷一三七《战国汉唐诸子》，第119页。

③ 吴文治编《古典文学研究资料汇编·柳宗元卷》，《朱子语类》卷一三九《论文上》，第120页。

④⑦⑧ 吴文治编《古典文学研究资料汇编·柳宗元卷》，《朱子语类》卷一三九《论文上》，第121页。

⑤⑥ 吴文治编《古典文学研究资料汇编·柳宗元卷》，《朱子语类》卷一三九《论文上》，第124页。

可以读出他的看法，承认柳子厚出色的文学创作得益于长期贬谪永州的经历。但是，我们并不能由这种观点得出韩文不如柳文的结论。相反，朱熹多次提及韩文的成就要高于柳文，“东坡文字明快，苏老文雄浑，尽有好处。如欧公、曾南丰、韩昌黎之文，岂可不看？柳文虽不全好，亦当择”①。同时，朱熹指出韩文议论明白，旨意清楚，足以传远，而柳文的不足之处在于旨意难晓，“文之最难晓者，无如柳子厚。然细观之，亦莫不自有指意可见，何尝如此不说破。其所以不说破者，只是吝惜，欲我独会而他人不能，其病在此”②。莫砺锋先生认为，“若从整体着眼，柳文的简洁本是其优点，这是形成柳文独特风格的要素之一。但是朱熹的批评不是没有什么道理的，柳文确实有过于追求简约的倾向”③。其实，柳宗元生前就注意到自己文学创作的这个倾向，他并不认为是缺点，并为自己辩解说：“古之序者，期以申导志义，不为富厚，而今也反是。生至于晋，出吾斯文于笔砚之伍，其有评我太简者，慎勿以知文许之。”④可见，朱熹更注重“道”，而柳文强调文采，出发点不同，自然在朱熹的眼里，柳文就有局促、旨意难会等毛病了。但总体看，他仍然“韩柳”并提，对贬谪后柳宗元的创作成就予以全面肯定，这种态度对柳宗元的接受传播起到了深刻的影响。

南宋著名的诗论家严羽对柳宗元的文学赞不绝口，喜将韩愈、柳宗元、韦应物并提，称之为“韩昌黎体、柳子厚体、韦柳体”⑤，这在古代诗话中比较少见。在《答出继叔临安吴景仙书》中云：“(吾叔)又谓：韩柳不得为盛唐，犹未落晚唐。以其时则可矣，韩退之固当别论，若柳子厚五言古诗，尚在韦苏州之上，岂元白同时诸公所可望耶？”⑥虽然严羽对其表叔不辨文学体制的观点并不赞同，但从其表叔的叙述中可得知，“韩柳”得以并提，认为柳宗元诗歌的成就超过了韦应物。并云：“大历

①② 吴文治编《古典文学研究资料汇编·柳宗元卷》，《朱子语类》卷一三九《论文上》，第123页。

③ 莫砺锋《朱熹文学研究》，南京大学出版社2000年版，第142页。

④ 《送独孤申叔侍亲往河东序》，《柳宗元集》卷二二。

⑤ 《沧浪诗话校释·诗体》，人民文学出版社1983年版，第59页。

⑥ 《沧浪诗话校释》附录，第252页。

以后，吾所深取者，李长吉、柳子厚、刘言史、权德舆、李涉、李益耳。”[1]亦云：“唐人惟柳子厚深得骚学，退之、李观，皆所不及。若皮日休《九讽》，不足为骚。”[2]严羽的评价虽然只是片言只语，但他对柳宗元在诗歌、骚体上的成就进行了高度的评价，并将柳宗元诗歌归纳为“柳宗元体”，这为柳宗元的接受开辟了新路。

南宋另一位诗论家刘克庄则全面、系统地对柳宗元文学的特点进行了深入探讨，开启了其贬谪文学接受的新局面。刘克庄认为柳宗元的诗歌成就和地位体现在三个方面：

第一，柳诗体现了诗歌“本色”，“韩柳”并举并非柳宗元高攀了韩愈。这个观点对提高柳宗元的接受度非常有说服力。在《竹溪诗序》中，刘克庄云：“唐文人皆能诗，柳尤高，韩尚非本色。本朝则文人多，诗人少，三百年间，虽人各有集，集各有诗，诗各自为体，或尚理致，或负材力，或逞辨博，少者千篇，多至万首，要皆经义策论之有韵者尔，非诗也。”[3]在这里，他将韩柳以及宋代的文人相比较，认为柳诗很“本色”。刘克庄之所以提出诗歌“本色”，并非他独有的见解。严羽曾就“本色”做出定义，云：“大抵禅道惟在妙悟，诗道亦在妙悟。且孟襄阳学力下韩退之远甚，而其诗独出退之之上者，一味妙悟而已。惟悟乃为当行，乃为本色。”[4]当然，严羽喜欢用禅宗的悟道方式来形容诗道的“本色”。看似很玄妙，其实，他还对“本色”诗歌进行了进一步的说明：“诗者，吟咏情性也。盛唐诸人惟在兴趣，羚羊挂角，无迹可求。故其妙处透彻玲珑，不可凑泊，如空中之音，相中之色，水中之月，镜中之象，言有尽而意无穷。近代诸公乃作奇特解会，遂以文字为诗，以才学为诗，以议论为诗。夫岂不工，终非古人之诗也。”[5]严羽强调的就是诗歌吟咏性情以及诗歌的韵味，他所说的“以文字为诗，以才学为诗，以议论为诗”，成为

① 《沧浪诗话校释·诗评》，人民文学出版社1983年版，第163页。

② 《沧浪诗话校释·诗评》，第186页。

③ 吴文治编《古典文学研究资料汇编·柳宗元卷》，《后村先生大全集》卷九四，第150页。

④ 《沧浪诗话校释·诗辨》，第12页。

⑤ 《沧浪诗话校释·诗辨》，第26页。

宋诗的三个特点,宋诗总体上疏离了诗歌抒情言志的出发点。刘克庄也是基于同样的感受,认为当时理学家和诗人或纠结于诗歌的说理辩驳,或沉浸于诗歌的形式与技巧,完全不顾诗歌抒情言志的功用,因此他非常推崇柳宗元在贬谪之地具有本色风格的柳诗。在刘克庄的观点中,他并不认为"韩柳"并提,有拔高柳宗元的意思,相反,在诗歌方面,他认为柳宗元要远高于韩愈,并将之与陶渊明并举。在《后村诗话》新集卷五中曰:"陶、柳诗率含蓄不尽……韩、柳齐名,然柳乃本色,诗人自渊明没,雅道几熄,当一世竞作唐诗之时,独为古体以矫之。未尝学陶和陶,集中五言凡十数篇,杂之《陶集》,有未易辨者。其幽微者可玩而味,其感慨者可悲而泣也。"①刘克庄在《后村诗话》前集卷一中亦云:"柳子厚才高,它文惟韩可对垒;古律诗精妙,韩不及也。当举世为元和体,韩犹未免谐俗,而子厚独能为一家之言,岂非豪杰之士乎?"②这里,刘克庄欣赏柳宗元的古体诗,韩愈为诗不由坠入元和体的窠臼,而柳宗元得能不为俗世诗风所左右,能成一家之言,难怪严羽会命之为"柳子厚体"了。

第二,刘克庄认为柳宗元的诗歌当之无愧能进入唐代大诗人的行列。刘克庄十分推崇陶渊明,在评价柳诗的时候,经常把陶诗作为一种典范,还将柳诗与其同时代的韦应物等诗人并提,云:"渊明多引典训,居然名教中人,终其身不践二姓之庭,未尝谐世,而世故不能害,人物高胜,其诗遂独步千古。唐诗人最多,惟韦、柳其遗意;李杜虽大家数,使为陶体,则不近矣。"③刘克庄以独步千古的陶诗风格作为参照,韦应物和柳宗元承袭了这种风格,从这个角度而言,即使风格多样、成就卓越的李、杜也未能接近陶体,无形中提高了韦柳诗的地位。更重要的是,刘克庄多次将唐代大诗人进行列举,柳宗元均在其中,如:"唐初如陈子昂《感遇》,平挹骚选,非开元、天宝以后作者所及。李大家数姑置勿论,

① 吴文治编《古典文学研究资料汇编·柳宗元卷》,《后村诗话》新集卷五,第154页。

② 吴文治编《古典文学研究资料汇编·柳宗元卷》,《后村诗话》前集卷一,第151页。

③ 吴文治编《古典文学研究资料汇编·柳宗元卷》,《后村先生大全集》卷九四,第150页。

五言如孟浩然、刘长卿、韦苏州、柳子厚，皆高简要妙，虽郊、岛才思拘狭，或安一字而断数髭，或先得上句，经岁始足下句，其用心之苦如此，未可以唐风少之。”①“唐诗人与李、杜同时者有岑参、高适、王维，杜者有韦、柳，中间有卢纶、李益、两皇甫、五窦。最后有姚、贾诸人，学者学此足矣。长庆体太易，不必学。”②

第三，刘克庄全面肯定柳宗元贬谪后的诗作和诗歌风格。其云：“子厚永、柳以后诗，高者逼陶、阮。然身老迁谪，思含凄怆。”刘克庄将柳宗元贬谪在永州、柳州后的诗和陶渊明、阮籍的诗歌相比较，认为柳诗不但有陶诗崇尚自然、悠然洒脱的境界，还有阮籍诗歌悲愤哀怨，隐晦曲折的风格，除此之外，他更强调柳诗有一种“凄怆”的韵味。这和苏轼、黄庭坚、朱熹等人从平淡幽远、韵味隽永这些角度的品评截然不同，刘克庄将诗人的贬谪经历与诗歌风格联系起来，总结出柳诗在偏远的山水中寻求到的一种凄清悲怆、苦苦挣扎、甚至孤芳自赏的味道，这和他永州游记中凄神悄邃的意蕴有异曲同工之妙。

总之，刘克庄从诗人和诗论家的角度全面肯定柳诗和柳诗风格，在从唐、宋诗人的对比中，他称赏柳诗的当行本色，并突破以往单纯将柳诗与陶诗、韦诗等比较的园囿，提出他对阮籍感怀诗歌风格的继承，指出其贬谪经历与其诗歌风格的内在关联，奠定了柳诗在唐朝诗歌史上不可替代的地位和影响，这为后世加深对柳宗元贬谪后的诗歌的研究和接受提供了借鉴。

四

金元朝的诗人和诗论家对柳宗元也颇为重视，由于对柳宗元参与革新运动颇多微词，以至于影响了对柳诗成就的评价，他们对韩柳的态度以及贬谪时期的柳诗品评意见甚至大相径庭。我们列举著名学者王

① 吴文治编《古典文学研究资料汇编 · 柳宗元卷》，《后村先生大全集》卷九八，第150页。

② 吴文治编《古典文学研究资料汇编 · 柳宗元卷》，《后村诗话》前集卷一，第151—152页。

若虚、文坛宗主元好问和诗论家方回的评论来进行比较，王若虚对柳宗元贬谪时期诗文的批评意见从侧面反映了柳子厚在金元时期接受史上的曲折，元好问的评价则极大提高了元代对柳宗元的接受，方回从细节上将韦柳、老杜柳宗元的诗歌进行对比，这为后世的品评提供了参考。

王若虚，号滹南遗老，是金末著名的学者，金亡不仕。他对于诗文创作反对拟古，认为应该有所创新，有感而发，其《论诗诗》曰："文章自得方为贵，衣钵相传岂是真。"基于这样的出发点，他对柳宗元的文学创作进行了独到的评析。比如，对于"韩柳"并立的问题，他认为韩高柳低，云："世称李、杜，而李不如杜；称韩、柳，而柳不如韩；称苏、黄，而黄不如苏。不必辨而后知。欧阳公以为李胜杜，晏元献以为柳胜韩，江西诸子以为黄胜苏。人之好恶，固有不同者，而古今之通论，不可易也。"[①]从中我们得知，王若虚认为柳宗元的成就不如韩愈，这是文坛的公认。而晏殊却认为柳宗元的声望超越了韩愈，这是由于晏殊其个人偏爱的结果。为了进一步证明自己的观点，王若虚对柳文提出了不少批评意见，"晏殊以为柳胜韩，李淑又谓刘胜柳，所谓一蟹不如一蟹。柳子厚放逐既久，憔悴无聊，不胜愤激，故触物遇事，辄弄翰以自托。然不满人意者甚多，若《辨伏神》、《憎王孙》、《骂尸虫》、《斩曲己》、《哀溺》、《招海贾》之类，苦无义理，徒费雕镌，不作可也。《黔驴》等说，亦不足观"[②]。《骂尸虫文》，意本责尸虫，而终之以祝天帝，首尾相背矣。"《捕蛇者说》云'叫嚣乎东西，隳突乎南北'殊为不美。退之无此等也。"[③]"子厚才识不减退之，然而令人不爱者，恶语多而和气少耳。"[④]在王若虚的观点中，柳宗元诗文有三大缺点：一是柳宗元被放逐后，只是沉浸在失意无聊之中，写出的诗文均是愤激之语，托物寓情而已，从这个意义上看，这个格调并不高。二是他否定柳宗元的骚体文和寓言，认为这些文章有讥讽之意，没有什么义理。三是柳宗元文章不能首尾呼应，用语不美，韩愈的文章则不是如此。王若虚之所以有这样的观点，主要是因为他不能正确体味柳宗元贬谪后的处境和心境，他个人不喜讥刺之

①②③④ 吴文治编《古典文学研究资料汇编·柳宗元卷》，《滹南遗老集》卷三五，第185页。

文，另外加上对韩愈文章的偏爱，对韩愈文章中出现的不少生僻、甚至丑陋的词语和意象，视而不见，因此会在观照柳文中出现较大的偏差。虽然王若虚对柳文有批评，但他同时也由衷地肯定柳文的才华和成就，可和韩愈相并论："宋自过江后，文弊甚矣。旧说杨大年不爱老杜诗，谓之村夫之语。而近见《傅献简嘉话》云：'晏相常言大年尤不喜韩、柳文，恐人之学，常横身以蔽之。'呜呼！为诗而不取老杜，为文而不取韩、柳，其识见可知矣！"[①]可见，王若虚不是贬低柳，而只是从自己的角度对柳文中的一些问题提出了自己的意见，虽然这些观点并不具备代表性，但从一个侧面反映了柳子厚诗文在金元时期接受上的曲折。

金末元初文坛宗主元好问的观点则更具有代表性。他反对盲目用典，倡导自然率真，有真情实意的文风。我们可从他评论陶渊明、阮籍、柳宗元的《论诗》绝句三十首[②]中寻觅其观点，其云：

一语天然万古新，豪华落尽见真淳。南窗白日羲皇上，未害渊明是晋人。（其四）

纵横诗笔见高情，何物能浇块磊平。老阮不狂谁会得？出门一笑大江横。（其五）

谢客风容映古今，发源谁似柳州深？朱弦一拂遗音在，却是当年寂寞心。（其二十）

前面我们阐述了陶柳并提，柳阮关联的评论，元好问则用诗歌的形式对他们诗歌的特点做出自己的诠释，在他眼里，魏晋时期的诗歌，除了建安风骨外，陶渊明和阮籍的诗歌值得称道。"对阮籍，元好问强调其块磊不平之气，对陶渊明，则指出其'天然'与'真淳'。阮籍诗旨渊邈，兴寄无端，比之建安时代的诗歌，风格由慷慨转为苍凉，其个人的抑郁不平之气更浓郁、更深沉。陶渊明在晋末又另趋一途，于高古浑厚中别创冲淡一境，以'天然'出之，以'真淳'为归。"[③]显然，柳宗元的诗歌不局

---

① 吴文治编《古典文学研究资料汇编・柳宗元卷》，《滹南遗老集》卷三五，第 185 页。

② 郭绍虞主编《杜甫戏为六绝句集解，元好问论诗三十首小笺》，人民文学出版社 1978 年版。

③ 王运熙、顾易生主编《宋辽金文学批评史》下，第 881 页。

限于陶诗所定位的自然真情，而是与阮籍的诗歌在意蕴上更为接近，由于个人的抑郁不平营造出一种苍凉，但是柳百折不悔，在偏远之地他怀才不遇，虽遭众人讥嘲，无人举荐，内心痛苦与寂寞，这种不为人理解的贬谪经历注定他更多地倾向于抒发自己的不平之气，在情感的抒发上比阮籍更加直接。同时，元好问将柳宗元的诗歌与谢灵运相比较，这在之前的评论中较少出现，他主要是从谢灵运诗歌深刻的内涵对柳诗的影响而言的。这应该是抓住了柳诗的特点，但其实柳诗和谢诗并不相同。大谢政治失意后的山水诗改变了魏晋以来玄言诗晦涩难懂、盛行一时的风气，他用满腔的热情，关注自然，诗歌充满了一种清新、自然、恬静的韵味。他发自内心对自然的喜爱和关注之情对柳诗影响颇大。当然，柳诗与谢诗的风格并不相同，我们从柳诗中更能体会出一种人生的沧桑感和凄凉感，也就是元好问总结的“寂寞”说。元好问将柳诗置于唐诗中很高的位置，我们且看他对唐代其他诗人的评价就可得知：

邺下风流在晋多，壮怀犹见缺壶歌。风云若恨张华少，温李新声奈尔何。（其三）

“望帝春心托杜鹃”，佳人锦瑟怨年华。诗家总爱“西昆”好，独恨无人作郑笺。（其十二）

万古文章有坦途，纵横谁似玉川卢！真书不入今人眼，儿辈从教鬼画符。（其十三）

切切秋虫万古情，灯前山鬼泪纵横。鉴湖春好无人赋，“岸夹桃花锦浪生”。（其十六）

东野穷愁死不休，高天厚地一诗囚。江山万古潮阳笔，合在元龙百尺楼。（其十八）

万古幽人在涧阿，百年孤愤竟如何！无人说与天随子，春草输赢较几多？（其十九）

元好问喜欢关注现实，倾注真情的诗文，除了对李杜、陈子昂的倾慕外，他对中晚唐诗歌中出现的自我呻吟、辞藻华艳、境界狭小的文风都有所批评，比如，既肯定了李商隐构思巧妙、寓意深刻、词语典丽的诗歌特征外，又对其隐晦迷离、难以解释的诗风予以讽刺和批评；批评卢仝诗作过于追求新奇险怪，流于形式上的逞奇；批评孟郊、李贺的诗风如“秋虫”“山鬼”，尽管营造了幽僻清冷的诗境，那种穷愁之声，过于自我局限；批评陆龟蒙的大多数诗歌不作忧国之作而徒发春草输赢的无谓喟叹等等。可见，元好问对唐代诗歌的品评是相当苛刻的，但他对柳宗元的诗歌却是称赏不已，“发源谁似柳州深”？虽说他与谢灵运一样有寂寞之心，但并不局限于山水，他在永州、柳州之地用心抒发出自己百折千回、愁肠寸结的感受，有现实，有真情，有境界，符合元好问的诗歌审美原则。以元好问享有的文坛盛誉，他的评价对有元一代柳宗元的接受产生了深远的影响。

元代方回的观点也很有代表性，尽管他对柳宗元参与革新运动颇多微词，但他对柳宗元的诗歌成就则予以全面肯定。他喜欢将“韦柳”并提对比，甚至将老杜与柳宗元诗歌进行比较。譬如：“柳柳州诗，精绝工致，古体尤高。世言韦、柳，韦诗淡而缓，柳诗峭而劲。此五律诗，比老杜则尤工矣。杜诗哀而壮烈，柳诗哀而酸楚，亦同而异也。……年四十七卒于柳州，殆哀伤之过欤！然其诗实可法。”①“《旦携谢山人至愚池》，诗不纯于律，然起句与五六，乃律诗也。幽而光，不见其工，而不能忘其味，与韦应物同调，韦达故淡而无味。”②方回对柳诗有三个观点：第一，他认为柳宗元的诗歌非常工整精致，古体诗的水平更加突出。这也符合前代诗话中的评论。第二，他认为尽管韦、柳并提，其实韦、柳诗风并不相同，韦诗恬淡高远，悠然出世，这是因为他仕途比较通达的结果。而柳宗元经受了贬谪之苦，他的诗歌峭拔有力，韵味幽远。第三，他将老杜诗和柳宗元的五律诗进行比较，认为杜诗和柳诗都呈现出仕途不得志的感伤情绪，但杜诗呈现出壮烈之气，而柳诗呈现出酸楚之风。方回的这种比较应该是很新鲜的，突出了柳诗工整精致、韵味幽深、基调酸楚的特点，特别是他能将柳诗和柳宗元的贬谪心境结合起来分析，这为明清时期对柳宗元的品评提供了很大的视角。

---

① 吴文治编《古典文学研究资料汇编·柳宗元卷》，《瀛奎律髓》卷四风土类，第189页。

② 吴文治编《古典文学研究资料汇编·柳宗元卷》，《瀛奎律髓》卷一四晨起类，第189页。

五

明代学者对柳宗元的品评更加客观和深刻，当然他们的观点并非全部正确，却意义非凡。第一，他们不但肯定了苏轼所倡导的陶诗、韦诗、柳诗这样一个典范体系，而且更注重韦柳诗风高下的分析。可惜的是，他们对柳宗元文学创作用“直露”、“刻削”这样的用语显然有失偏颇。第二，他们加深了对“韩柳”的比较，充分肯定了柳宗元一代文宗的文学地位。第三，他们进一步肯定“刘柳”、“韦柳”诗歌的“本色”特征。

明代的诗话对陶诗、韦诗、柳诗高下优劣品评颇多。如李东阳在《麓堂诗话》中云：“陶诗质厚近古，愈读而愈见其妙。韦应物稍失之平易，柳子厚则过于精刻，世称陶韦，又称韦柳，特概言之。惟谓学陶者，须自韦柳而入，乃为正耳。”[①]他认为，陶诗对韦柳的影响很大，如果想学陶诗，还是从韦诗、柳诗学起。同时，他也将三人诗歌的特点揭示出来，陶诗质朴，精妙非凡，而韦诗虽然恬淡清灵，却缺少了陶诗的平易之美，柳诗则由于过于雕刻，深于兴寄，从而显得旨意深奥。这种品评孰高孰低一眼便知。这种态度在明代诗话中具有一定的代表性。

明代杨慎则对“韩柳”进行了细致的比较。《升菴诗话》卷五《李耆卿评文》中云：“李耆卿评文云：‘韩如海，柳如泉，欧如澜，苏如潮。’余谓此评极当，但谓柳如泉未允，易泉以江可也。”[②]他认为韩愈的地位要高于柳宗元，如果韩柳地位按照文中“海”和“泉”的比喻来看，就相差较远，改成“江”和“海”后，就将柳诗、韩诗的距离缩短了不少。尽管杨慎觉得“韩柳”有高低之分，但在推荐给时人的时候往往将“韩柳”并立，大为称赞，如《升菴诗话》卷一一《晚唐两诗派》中对学习晚唐两诗派的风气进行了严厉的批评，他们一派学张籍，一派学贾岛，最后导致诗风低下。在杨慎的眼里，“晚唐惟韩柳为大家。韩柳之外，元白皆自成家。余如李贺、孟郊祖骚宗谢，李义山、杜牧之学杜甫；温庭筠、权德舆学六

① 《麓堂诗话》，《历代诗话续编》本，第 1379 页。

② 《升菴诗话》卷五，《历代诗话续编》本，第 728 页。

朝；马戴、李益不坠盛唐风格，不可以晚唐目之。数君子真豪杰之士哉！彼学张籍、贾岛者，真处裩中之虱也”①。这种评价虽然十分尖刻，其中猛烈地抨击了学张籍、贾岛的纤弱风气，但从中我们可以看出，他对元稹、白居易、李贺、孟郊、李义山、杜牧、温庭筠等自成风格的诗人很推崇，其中他最为推崇的还是韩柳诗风，将他们两人定位为晚唐“大家”，这对柳宗元地位的确立颇有益处。

明代谢榛虽然也对韩柳进行了品评，但他在《四溟诗话》中对柳宗元进行了更为客观的评价，当然，有些意见有失偏颇。首先，他肯定柳宗元一代文宗的文学地位，称赏他的“仁人之言”，“余读柳子厚《掩役夫张进骸》诗，至‘但愿我心安，不为尔有知’，诚仁人之言也。夫子厚一代文宗，故其摛词振藻，能占地步如此”②。其次，谢榛认为作诗不能用难字、险字，并按照此规则品评韩、柳诗，认为韩、柳此类长韵诗追求险怪，不可或解，有堆砌辞藻、炫耀学问的嫌疑，“若柳子厚《奉寄张使君八十韵》之作，篇长韵险，逞其学问故尔”③。“韩昌黎、柳子厚长篇联句，字难韵险，然誇多斗靡，或不可解，拘于险韵”④。他强调“诗有简而妙者”⑤，对于艰深奇涩，殆不可读的险语怪词，谢榛坚决予以否定，“韩、柳五言，有法此者，后学当以为诫”⑥。第三，对于柳宗元贬谪后的愤激、悲伤之语，谢榛不能理解，反映了其思想的局限性和诗歌审美的狭隘性，其云：“柳宗元《衡阳别刘禹锡》诗：‘今朝不用临河别，垂泪千行便濯缨。’至怨至悲，太不雅矣。”⑦

关于柳诗，明代陆时雍的评价更有系统，更有创新性。简言之，他有三个观点：其一，知人论诗。他从韩、柳诗出发，认为柳诗反映了诗人贬谪期间的孤独寂寞之感，而韩诗则突出其不为世俗所容的张狂性格，

---

① 《升菴诗话》卷一一，《历代诗话续编》本，第 851 页。
② 《四溟诗话》卷四，《历代诗话续编》本，第 1229 页。
③ 《四溟诗话》卷一，《历代诗话续编》本，第 1139 页。
④ 《四溟诗话》卷四，《历代诗话续编》本，第 1206 页。
⑤ 《四溟诗话》卷二，《历代诗话续编》本，第 1156 页。
⑥ 《四溟诗话》卷二，《历代诗话续编》本，第 1168 页。
⑦ 《四溟诗话》卷四，《历代诗话续编》本，第 1216 页。

“读柳子厚诗,知其人无与偶;读韩昌黎诗,知其世莫能容”①。其二,他提倡诗歌要真切。陆认为柳诗并未像前人所谓的韵味幽远,而是感情抒发过于直露,“诗贵真,诗之真趣,又在意似之间。认真则又死矣。柳子厚过于真,所以多直而寡委也”②。其三,他品评了“刘柳”,并将韦柳归之为“本色”诗人。陆时雍在前人的基础上,将刘柳诗风进行了比较,指出两人都经历了贬谪之痛,因而在偏远之乡皆内心哀怨怅惘,诗作呈现出离骚兴寄旨远的特点。同时,他也指出了柳诗的缺憾,认为柳诗五言古朴清雅,但有时过于直露,影响了诗歌的韵味;而刘禹锡七绝甚佳,诗歌婉转多姿。从这个层面而言,这与他第二个观点“柳子厚过于真”是一致的。此外,他还指出“韦柳”并提的根本所在,那就是“本色”诗人,这与刘克庄的观点相当一致,陆云“刘梦得七言绝,柳子厚五言古,俱深于哀怨,谓《骚》之余派可。刘婉多风,柳直损致。世称韦、柳,则以本色见长耳”③。

明代王世贞则喜欢将韩、柳诗与文分开进行比较。对于韩柳文,他毫不吝啬给予全面肯定,认为他们的文章脱却了以往绮靡之风,充分反映了现实,有文以明道的意义,其云:“韩、柳氏振唐者也,其文实。”④“文至于隋唐而靡极矣,韩、柳振之,曰敛华而实也。”⑤并且他将韩柳文和《六经》、《周礼》、《孟子》、《老子》、《庄子》、《列子》、《荀子》、《国语》、《左传》、《战国策》、《韩非子》、《离骚》、《吕氏春秋》、《淮南子》、《史记》、《汉书》等一起列为当时熟读之书⑥。而对于韩柳诗歌,他明确提出柳诗高于韩诗,“韩退之于诗,本无所解,宋人呼为大家,直是势利他语。子厚于风雅骚赋,似得一斑”⑦。可见,他对韩诗古怪求新的做法并不赞同,相反对于本色诗人的柳宗元却很认同。当然,他也反对诗歌中的长韵律赋,曾云:“律赋尤为可厌”⑧。对于韦柳诗,他也进行了一定的

①②③《诗镜总论》,《历代诗话续编》本,第1420页。
④《艺苑卮言》卷三,《历代诗话续编》本,第985页。
⑤《艺苑卮言》卷四,《历代诗话续编》本,第1020页。
⑥《艺苑卮言》卷一,《历代诗话续编》本,第964页。
⑦《艺苑卮言》卷四,《历代诗话续编》本,第1011页。
⑧《艺苑卮言》卷四,《历代诗话续编》本,第1015页。

辨析,“韦左司平淡和雅,为元和之冠。……柳州刻削虽工,去之稍远,近体卑凡,尤不足道”①。虽然他否定韦应物的拟古诗作,但十分推崇其近体诗自然平淡雅致的诗风,而柳宗元诗歌虽然工巧,却雕琢痕迹较重,故不如韦诗,特别是近体诗尤其没有韵味。这种评价其实并不客观,王世贞只是注意了韦柳诗表面的差异,未能将他们处世的环境、思想的差异、手法的运用结合其中,因而他对韦柳诗歌的观点显得比较片面。

六

清代诗评家进一步稳固了柳宗元在唐代诗歌史上的地位和影响,首先,他们把韩柳、李杜相提并论,将柳宗元列入“专家”的行列,与刘禹锡、李贺、李商隐、杜牧等人并立。其次,他们认同陶诗、韦诗、柳诗的体系,但指出陶诗不易学,应从韦柳诗入手,更有现实意义。第三,他们对韦柳地位的高下,一直存有争论。比如王士祯偏爱韦诗,沈德潜尚无定论,薛雪则认为韦柳诗应并立。

清代的叶燮非常推崇韩愈,“唐诗为八代以来一大变,韩愈为唐诗之一大变,其力大,其思雄,崛起特为鼻祖”②。但他并未因此而贬低柳宗元,其论诗亦从“本色”入手,沿袭了刘克庄、陆时雍等人的观点,别具一格地将柳宗元列为诗歌“专家”,云:“势不能不变,小变于沈宋云龙之间,而大变于开元天宝高岑王孟李。此数人者,虽各有所因,而实一一能为创。而集大成如杜甫,杰出如韩愈,专家如柳宗元、如刘禹锡、如李贺、如李商隐、如杜牧、如陆龟蒙诸子,一一皆特立兴起。其他弱者,则因循世运,随乎波流,不能振拔。所谓唐人本色也。”③从文中的字眼看,老杜是“集大成”,韩愈为“杰出”,此二人的地位都要高于柳宗元,而柳宗元和刘禹锡、李贺、李商隐、杜牧等人应该是处于同一个高度,均为“专家”,这个评价还是公允的。

---

① 《艺苑卮言》卷四,《历代诗话续编》本,第1011页。

② 《原诗·内篇上》,《清诗话》,第570页。

③ 《原诗·内篇上》,《清诗话》,第566页。

清代的王士祯则非常重视诗歌的“神韵”，其对陶诗、韦诗尤为偏爱。他在《师友诗传录》中谈到学五古诗的时候说：“《古诗十九首》如天衣无缝，不可学已。陶渊明纯任真率，自写胸臆，亦不易学。六朝至二谢，鲍照、何逊，唐人则张曲江、韦苏州数家，庶可宗法。”①唐代作家他独独列举了张九龄和韦应物的诗歌作为宗法的对象。除此之外，诗话中亦记载了其对陶渊明、韦应物的喜爱之语，唐代只突出了韦应物一人而已：

> 问：“秦、汉风味与三唐何如？”
>
> 阮亭答：“秦诗具于诗之《秦风》。汉人苏武、李陵、枚乘、傅毅之作，去《国风》未远。六代惟陶彭泽，三唐惟韦苏州，二公可以企及。”②

此外，他还根据唐代十六位诗人的经历、日常行为、诗歌意象等，戏谑地总结了他们的特点，曰：“尝戏论唐人诗：王维佛语，孟浩然菩萨语，刘昚虚、韦应物祖师语，柳宗元声闻辟支语，李白、常建飞仙语，杜甫圣语，陈子昂真灵语，张九龄典午名士语，岑参剑仙语，韩愈英雄语，李贺才鬼语，卢仝巫觋语，李商隐、韩偓儿女语。”③从以上这些文字中，我们可以得知王士祯的观点，在他看来，王维、孟浩然、刘昚虚、韦应物、柳宗元这五个人的山水田园诗与佛教有某种内在的联系，根据入佛的层次，由佛、菩萨、祖师而至声闻辟支，逐级减低。比如，他在《师友诗传续录》中针对王、孟诗的回答：“譬之释氏，王是佛语，孟是菩萨语。孟诗有寒俭之态，不及王诗天然而工。”④“天然而工”显示了他评诗的一个标准。也许正因为这个标准，他认为柳诗要比韦诗低一个等级。虽然王士祯对韦诗有偏爱，但并不妨碍他对韦、柳诗歌的认同，“余最许石湖邢昉五言诗，以为韦、柳门庭中人，恨未及友其人”⑤。

---

① 《师友诗传录》“九”，《清诗话》，第 133 页。
② 《师友诗传录》“一九”，《清诗话》，第 139 页。
③ 王士祯《带经堂诗话》卷一品藻类“一七”，第 42 页。
④ 《师友诗传续录》“一五”，《清诗话》，第 151 页。
⑤ 《渔洋诗话》“一四”，《清诗话》，第 167 页。

对于韦柳，诗论家沈德潜在《说诗晬语》这部诗话中，将他们的风格彻底区分开来，认为他们其实并无高下之分。他的观点主要有三个方面：第一，沈德潜探讨了陶诗对唐代山水田园诗人的深远影响，他和王士祯一样，列举了王维、孟浩然、储光羲、韦应物、柳宗元，“陶诗胸次浩然，其中有一段渊深朴茂不可到处。唐人祖述者，王右丞有其清腴，孟山人有其闲远，储太祝有其朴实，韦左司有其冲和，柳仪曹有其峻洁，皆学焉而得其性之所近”①。沈德潜认为唐代这五位诗人皆从陶诗入，虽无陶诗悠远自然、深邃朴实的风韵，却自成一家，韦诗平淡冲和，而柳诗则呈现出峻洁曲折的特点。这种评价点出了韦柳诗歌的主要区别，难能可贵。第二，他注意到不同地区自然山水对诗人创作的深刻影响。其云：“游山诗，永嘉山水主灵秀，谢康乐称之；蜀中山水主险隘，杜工部称之；永州山水主幽峭，柳仪曹称之。略一转移，失却山川真面。”②沈德潜认为，永嘉山水呈现出江南秀美空灵的风情，谢灵运不禁为之感叹；蜀中山水雄奇峻峭，杜甫在奔波之中亦对其赞不绝口。以上两点毫无疑义，均有公论。然而对于永州的山水，名气大不如前两者，但是由于柳宗元的咏叹，大家得以体味其幽深峭拔的韵味。可见，诗人的气质和审美品位和当地的山水真是相得益彰。第三，也是沈德潜的高明之处，对于韦柳诗的高低品评，他并不妄下定论，而是认为：“柳州诗长于哀怨，得《骚》之余意。东坡谓在韦苏州上，而王阮亭谓不及苏州。各自成家，两存其说可也。”③看似很圆滑的评价，实际沈德潜指出了柳诗最大的特点，“长于哀怨”“得《骚》之余意”，在贬谪之地寄情山水，自然会有哀怨愤激之意，这点承继了离骚的手法。正因为如此，沈德潜对于以苏轼和王渔洋为代表的两种看法并不置可否，苏轼认为柳诗在韦诗之上，那是侧重柳诗的幽怨旨远，而王渔洋则从天然、韵味入手认为柳诗不如韦诗。对于王渔洋的论诗言语，袁枚认为不够公允，“阮亭先生，自是一代名家。惜誉之者既过其实，而毁之者亦

① 《说诗晬语》卷上“七八”，《清诗话》，第535页。

② 《说诗晬语》卷下“四六”，《清诗话》，第550页。

③ 《唐诗别裁集》卷四，第127页。

损其真"①。对于柳诗贬谪后的哀怨之气，沈德潜也予以认同和肯定，他认为："愚溪诸咏，处连蹇困厄之境，发清夷淡泊之音，不怨而怨，怨而不怨，行间言外，时或遇之。"②

清代薛雪的《一瓢诗话》论诗重视创新，反对拘泥，曰："学诗读诗，学文读文，此古今一定之法，余独以为不然。"③"诗文家最忌雷同，而大本领人偏多于雷同处见长。若举步换影，文人才子之能事，何足为奇？惟其篇篇对峙，段段双峰，却又不异而异，同而不同，才是大本领，真超脱。"④实际上，他讲述了文学创作中继承和创新的关系，在学习、继承前人优秀篇章的基础上，要有所突破，就是他所说的"超脱"。韦柳学陶诗就有突破，因此薛雪认为陶诗胸怀宽阔，意境高远，固然难学，但可从得其精髓的韦柳诗入手："犹夫学陶诗，须自韦、柳入；学杜诗，当从玉溪入。"⑤对于韩柳高低问题，他认为韩的才气高于柳，"苏黄门谓，杜诗雄，韩诗豪。杜诗之雄，可以兼韩之豪。如柳柳州，不若韩之变态百出也。使昌黎收敛而为柳州则易，使柳州开拓而为昌黎则难。此无他，意味可学，才气不可学也。"⑥本来韩愈在文坛的影响力就大于柳宗元，以上这段话的评价也不算过分，但就诗歌体裁而言，柳诗未必比韩诗差。其实，薛雪的这种观点跟他论诗原则有关，他对韩愈创新求奇的做法非常赞同："昌黎先生云：'陈言务去。'可知不去陈言，终无新意。能以陈言而发新意，才是大雄。古今来能有几人？"⑦

袁枚《随园诗话》论诗不再局限于诗歌的形式创新上，而是主张"情"："凡作诗，写景易，言情难。何也？景从外来，目之所触，留心便得；情从心出，非有一种芬芳悱恻之怀，便不能哀感顽艳。"⑧"凡作人贵

---

① 《随园诗话》卷二"三八"，第 48 页。

② 《唐诗别裁集》卷四，第 129 页。

③ 《一瓢诗话》"六六"，《清诗话》，第 691 页。

④ 《一瓢诗话》"九六"，《清诗话》，第 696 页。

⑤ 《一瓢诗话》"一七〇"，《清诗话》，第 706—707 页。

⑥ 《一瓢诗话》"二〇一"，《清诗话》，第 711 页。

⑦ 《一瓢诗话》"四七"，《清诗话》，第 687 页。

⑧ 《随园诗话》卷六"四三"，第 183 页。

直，而作诗文贵曲。”[①]“诗虽贵淡雅，亦不可有乡野气。”[②]由此可见，柳宗元的诗歌完全符合他的审美标准，言情有一种哀怨悱恻之怀，幽深旨远。对于韩柳，袁枚喜欢并称，“唐以前，未有不熟精《文选》理者，不独杜少陵也。韩、柳两家文字，其浓厚处，俱从此出”[③]。“今人未窥韩、柳门户，而先扫六朝；未得李、杜皮毛，而已轻温、李，何蜉蝣之多也。”[④]他把韩柳、李杜相提并论，稳定了柳诗的作用和地位。但是，这种提法并不代表韩柳诗风没有区别。在下面这段话中，袁枚对唐宋有代表性的大诗人进行了分类归纳：“凡事不能无弊，学诗亦然。学汉、魏，《文选》者，其弊常流于假；学李、杜、韩、苏者，其弊常失于粗；学王、孟、韦、柳者，其弊常流于弱；学元、白、放翁者，其弊常失于浅；学温、李、冬郎者，其弊常失于纤。人能取诸家之精华，而吐糟粕，则诸弊尽捐。”[⑤]在他看来，学习任何一种文风、诗风都有弊端，如学韩诗容易粗浅，学韦柳诗容易孱弱，因此他提倡广泛涉猎，转益多师，不论孰高孰低，这种观点无疑是进步的。而对于属于同一类的韦柳诗，他用“隽逸”、“不宜长篇”来概括，中肯而又独到，“韦、柳隽逸，不宜长篇；苏、黄瘦硬，短于言情”[⑥]。

总之，以上着重探讨了柳宗元文学的接受和传播过程，虽然是粗线条的，但从唐代至清朝，至少形成三种典型的观点，一是成功构建了以陶诗、韦诗、柳诗为主的典范体系；二是围绕“韩柳”、“刘柳”、“韦柳”等比较研究，探讨了柳宗元在唐代不可或缺的地位，甚至将之定为“柳子厚体”；三是虽然对柳宗元的文学艺术手法褒贬不一，但高度赞扬了柳宗元贬谪时期文学的贡献。

---

① 《随园诗话》卷四“二八”，第 111 页。
② 《随园诗话》卷四“二九”，第 112 页。
③ 《随园诗话》卷七“二〇”，第 217 页。
④ 《随园诗话》卷一“一三”，第 7 页。
⑤ 《随园诗话》卷四“四”，第 103 页。
⑥ 《随园诗话》卷五“四一”，第 149 页。

结论

贬谪时期的柳宗元的总体评价

通过上面的论述，我们可以得知柳宗元的贬谪心志：柳宗元是个具有远大志向的文士，他积极参与永贞革新运动而终遭贬谪永州、柳州等南荒之地，时人及后人对其政治行为或褒或贬，而且贬评相对比较多。批评的焦点多集中在他结交王伾、王叔文等权臣小人，以迅速求取功名上。但我们从柳宗元的诗文中却发现，他参与革新，主要有三方面的原因，一是他对现实不满，渴望改革时弊，二是他有"超取显美"的渴望，三是尽管他称呼王叔文等人为"权臣"，但对其才能是肯定的，从不认为他们是所谓的"小人"。王叔文亦欣赏柳宗元、刘禹锡等人的才干，有共同的政治愿望、交情笃厚，这个契机促使其迅速成为革新派中的中坚人物。革新失败之后，即使在僻远的贬谪之地，环境极其艰苦，心情又极度抑郁、凄凉，柳宗元回顾自己的经历，也没有诋毁王叔文，亦没有后悔之意，相反他为自己不断辩解，他认为，文士们都有"超取显美"的愿望，只是自己迅速实现了自己的政治理想，而遭那些深深嫉妒他的朝臣的陷害，以至于被贬谪。虽然他在贬谪时期时有沮丧、落寞之感，亦有退隐之念，但却能始终坚持自己的志向，渴望有朝一日能被重新起用。这种复杂的心境与他的"统合儒释"思想是分不开的，同时也对其创作心态和贬谪文学的创作有深刻的影响。

同时，柳宗元、韩愈、刘禹锡关于天人关系的争论，实际也是他们处世的不同原则的反映，韩愈对于人生喜欢简单归之于天命，而刘柳是用积极的心态和果敢的行动参与革新。虽然曾处于贬谪的困苦之地，但始终不变的是他们对天意的清醒态度，对政治与人生的辩证看法。也正因为如此，柳宗元尽管被贬谪在僻远的永州、柳州，但他并未因个人的得失而脱离民众。他和陶渊明的归隐田园完全不同：陶渊明是积极主动的，而柳宗元是完全被动的。这种特殊的贬谪经历促使他更进一步地深入底层农民的生活，了解他们的疾苦，反映他们的心声，在他的字里行间无不流淌着对民生的关注，以及对自己久呆于荒凉之地而无法更好地建功立业的惆怅落寞之情。

另外，柳宗元"统合儒释"的思想尤为突出。柳宗元在贬谪时期，坚持自己的志向，渴望被重新起用，这和儒家的积极入世的思想是分不开的，而他的退隐等消极念头也是历代文士仕途受挫后的通病。这些都和柳宗元"统合儒释"的思想密不可分。柳宗元生活的中唐时期，儒释道已经完全融合，儒教依旧占绝对的统治地位，但主流已经是陆质等人倡导的新儒学了，道的社会作用已经衰落，而中唐帝王对佛教的推崇，使得佛教更加兴盛。虽然佞佛和反佛的斗争一直很激烈，但佛教的影响已经深入人心。士大夫们亦大都热衷于研佛、论佛。总的来说，文士们对佛教大致有两种态度，第一是如韩愈那样坚决的辟佛者，虽也结交僧人，但宣扬的只是传统儒学。第二种以白居易、刘禹锡等人为代表，他们虽然信奉佛教，刘禹锡甚至自称"事佛而佞"，但他们都比较孤立地看待它，或视之为精神慰藉，或夸大其社会作用。柳宗元的态度和他们不同，他对儒学、佛学以及其他学说采取兼容并举的态度，剔除流弊，发挥它们修身佐世的功用，并对佛教中的众多宗派如禅宗、律宗的义理都有深入的研究，还曾勉励文畅要"统合儒释，宣涤疑滞"。虽然他的佞佛思想与其反天命、反迷信的主张有自相矛盾的地方，但不能否定他对世界的认知程度，我们不能用今天的标准来衡量古人。并且，他的佛学思想还对他贬谪之后的生活心态、文学创作都产生了一定的影响，如在生活中广交僧人，作品中就有不少送僧诗和送僧序等，有时还在佛学中寻求精神慰藉，并利用其文学创作来宣泄某种情绪。

柳宗元令世人瞩目的是他在贬谪地所取得的文学成就。尽管"统合儒释"开阔了柳宗元的心胸，给他以精神上的支持和慰藉，但由于长期生活在环境恶劣的南荒之地永州、柳州，其创作心态也趋向复杂，主要表现在两方面，一是他依然十分关注现实人生，倡导要“文以明道”，用文章来阐明圣人之道，反对忽视内容、只重外在形式的创作。二是革新时期的他，并不重视文章的写作，贬谪之后才继承古代士大夫发愤著书的传统，在山水文学、诗歌和辞赋等体裁的作品中来排解胸中的抑郁之情。比较而言，穷愁著书是其贬谪时期创作的原动力。而且他贬谪时期的文学理论对其文学创作亦有一定的影响，其对“辞令褒贬”的散文和“导扬讽谕”的诗歌分类，表明他非常重视文章中的论理、记事、抒情、讽刺等创作手法。此外，他亦非常重视文学的审美、抒情、慰藉的功用，并学习古人为文之法，吸收各种学说的长处。柳宗元这些复杂的贬谪心态使其创作了大量内涵丰富、形式多样的文学作品，从而奠定了其在文学史上的地位。另外，我们通过韩柳史官思想的比较以及柳宗元自身的行状文的创作，可以得知柳宗元承继了《史记》的写法，在占有史实的基础上努力成一家之言，提倡春秋笔法，褒贬其中，这种态度对后世传记影响很大。

贬谪是柳宗元一生创作的转折点，此时的他，接触到广阔的社会，体味到人生的艰辛，就更关注现实生活。他的这种思想，和与白居易所说的“每与人言，多询时务；每读书史，多求理道：始知文章合为时而著，歌诗合为事而作”、“可以救济人病，裨补时阙”①等文学主张不谋而合。正因为他贬谪时期的文学创作关注现实人生，所以取得了很高的成就，这主要表现在诗歌、辞赋以及散文等体裁上，其中以诗歌的成就最受人瞩目。苏轼极其推崇柳宗元的诗歌，认为柳诗题材丰富，表现手法多样，风格微婉而又幽深，抒发了其在永州、柳州的悲凉、寂寞的心境。柳宗元还有著名的“九赋”、“十骚”，他的辞赋作品一方面继承了屈赋的比兴抒情的传统，另一方面拓展了屈赋抒情的领域，将辞赋这种体裁从抒发个人的情绪中解脱出来，赋予它以更真实深刻的社会内容，形式上也有较大的改变，篇幅趋于精练短小，语言更凝练丰富，从而开阔了意境。由于柳宗元在辞赋的题材以及表现手法上的匠心独运，推陈出新，因此他的辞赋亦备受推崇。此外，柳宗元的文学散文也有特点，是其仕途失

① 白居易撰、顾学颉校点《白居易集》卷四五《与元九书》，中华书局 1979 年版。

意的产物，不但数量较多，而且艺术性高。无论是其杂文以及其中的寓言文、山水文，还是他的传状文、碑志文、祭文等等，虽出于率性之作，但视角新颖，注意从日常生活的细微之处来刻画世情百态，或讽刺人性的弱点，或抒发哀怨的情怀等等，这些刹那间情感的真实流露增加了其文学的魅力。另外，柳宗元在永州和柳州等僻远之地，不断地为唐王朝的削藩政策和胜利战果欢呼呐喊，写了不少表和奏状，还为朋友上表呼号，虽有些词句有阿谀之嫌，但从中可以窥见柳宗元渴望引起朝廷重视，重新启用自己的愿望。

正因为柳宗元性格中的愚性情结和渔翁情结的影响，才造就了柳宗元的成就。有了愚性，他才能积极投身革新运动，不计成败得失；当革新失败后，历经一贬再贬的挫折，他还能百折不悔。而有了渔翁情结，他才能在僻远之地，傲然独立、超凡脱俗、浪迹江湖。柳宗元永远不会像陶渊明那样退隐，是因为其在渔翁的表象中，用"愚"性的执著抒写自己的人生。毫无疑问，柳宗元凭借其孤标傲世、孑然独立的个性赢得了世人的尊敬，韩愈、刘禹锡等人在为其撰写的墓志铭和祭文中均高度评价了柳宗元的品格和文学才华，这为后世的接受和传播奠定了基础。从唐代至清朝，对柳宗元的接受和传播至少形成三种典型的观点：一是成功构建了以陶诗、韦诗、柳诗为主的诗歌传承体系；二是围绕"韩柳"、"刘柳"、"韦柳"等比较研究，探讨了柳宗元在唐代不可或缺的地位，甚至将之定为"柳子厚体"；三是后世虽然对柳宗元的文学艺术手法褒贬不一，但高度赞扬了柳宗元贬谪时期文学的贡献。

综上所述，柳宗元在贬谪之后，自己的远大志向并未有所改变，对革新运动也无悔恨之词，这和他以儒家思想为指导是分不开的。他所说的"统合儒释"的思想，一方面有助于寻求精神慰藉，平衡心态，另一方面亦顺应了历史的潮流，开阔了视野。他的贬谪处境，使其更广泛地接触社会，更深地思考人生，幽怨寂寞、怀才不遇、矢志不渝的情绪都疏泄于文学创作，从而取得了不凡的成就，从而奠定了他在中国文学史上的重要地位。本书研究贬谪时期的柳宗元，就是努力从其诗文作品出发，理清其纷繁芜杂的思绪，探求其细腻的内心世界，阐释其文学作品的成就以及深刻的影响力。

附录

引用及参考书目

B

《**白居易集**》 [唐]白居易撰，顾学颉点校，中华书局1979年版

《**白居易集笺校**》 [唐]白居易撰，朱金诚笺校，上海古籍出版社1988年版

《**白居易年谱**》 朱金诚编著，上海古籍出版社1982年版

《**白居易评传**》 蹇长春、尹占华著，南京大学出版社2002年版

《**北里志**》 [唐]孙棨撰，古典文学出版社1957年版

C

《**藏海诗话**》 [宋]吴可撰，《历代诗话续编》本

《**沧浪诗话校释**》 [宋]严羽撰，郭绍虞校释，人民文学出版社1983年第2版

《**册府元龟**》 [宋]王钦若等编，中华书局1960年版

《**禅思与诗情**》 孙昌武著，中华书局1997年版

《**禅与诗**》 李壮鹰著，北京师范大学出版社2001年版

《**禅与诗学**》 张伯伟著，浙江人民出版社1992年版

《**程氏汉语文学通史**》 程千帆、程章灿著，辽海出版社1999年版

《**诚斋诗话**》 [宋]杨万里撰，《历代诗话续编》本

《楚辞集注》　[宋]朱熹撰,上海古籍出版社 2001 年版
《楚辞章句》　[汉]王逸撰,《丛书集成初编》本

D

《带经堂诗话》(上、下)　[清]王士祯撰,人民文学出版社 1963 年版
《登科记考》　[清]徐松撰,中华书局 1984 年版
《东坡题跋》　[宋]苏轼撰,《丛书集成初编》本
《杜甫戏为六绝句集解》　郭绍虞集解,人民文学出版社 1978 年版
《杜诗镜铨》　杨伦著,上海古籍出版社 1962 年版
《杜诗详注》　[唐]杜甫著,[清]仇兆鳌注,中华书局 1979 年版
《读通鉴论》　[清]王夫之撰,中华书局 1975 年版
《对床夜语》　[宋]范晞文撰,《历代诗话续编》本

F

《佛教与中国文化》　张蔓涛主编,上海书局影印出版 1987 年版
《佛教与中国文学》　孙昌武著,上海人民出版社 1988 年版
《赋史》　马积高著,上海古籍出版社 1987 年版
《赋史大要》　[日]铃木虎雄撰,殷孟伦译,台湾正中书局 1976 年版
《赋学概论》　曹明纲著,上海古籍出版社 1998 年版

G

《砻溪诗话》　[宋]黄徹撰,《历代诗话续编》本
《古典文学研究资料汇编·白居易卷》　陈友琴编,中华书局 1962 年版
《古典文学研究资料汇编·韩愈卷》　吴文治编,中华书局 1983 年版
《古典文学研究资料汇编·柳宗元卷》　吴文治编,中华书局 1964 年版
《古典文艺美学论稿》　张少康著,中国社会科学出版社 1988 年版
《古诗今选》　程千帆、沈祖棻选注,上海古籍出版社 1983 年版
《古诗考索》　程千帆撰,上海古籍出版社 1984 年版
《古文辞类纂》　[清]姚鼐编,《四部备要》本
《诂训柳先生文集四十五卷外集二卷新编外集一卷》　[唐]柳宗元撰,

[宋]韩醇音释,《影印文渊阁四库全书》本
《归田诗话》 [明]瞿佑撰,《历代诗话续编》本

H

《海日楼札丛》 [近代]沈曾植撰,中华书局 1962 年版
《韩昌黎诗系年集释》 [唐]韩愈撰,钱仲联集释,古典文学出版社 1957 年版
《韩昌黎文集校注》 马其昶校注,上海古籍出版社 1987 年版
《韩柳新论》 方介著,台湾学生书局 1999 年初版
《汉书》 [汉]班固撰,[唐]颜师古注,中华书局 1962 年点校本
《汉唐文学的嬗变》 葛晓音著,北京大学出版社 1990 年版
《汉魏六朝唐代文学论丛》 王运熙著,上海古籍出版社 1984 年版
《韩愈柳宗元文学评价》 黄云眉著,山东人民出版社 1957 年版
《韩愈年谱》 [宋]吕大防等撰,徐敏霞校辑,中华书局 1991 年版
《后汉书》 [宋]范晔撰,[唐]李贤等注,中华书局 1965 年点校本
《滹南遗老集》 [金]王若虚撰,《四部丛刊初编》本
《黄庭坚评传》 黄宝华著,南京大学出版社 1998 年版

J

《鸡肋集》 [宋]晁补之撰,《影印文渊阁四库全书》本
《校雠广义·目录编》 程千帆、徐有富著,齐鲁书社 1988 年版
《金明馆丛稿初编》 陈寅恪著,上海古籍出版社 1980 年版
《金明馆丛稿二编》 陈寅恪著,上海古籍出版社 1980 年版
《旧唐书》 [五代]刘昫等撰,中华书局 1975 年点校本

K

《开天传信记》 [唐]郑棨撰,《丛书集成初编》本

L

《历代辞赋研究史料概述》 马积高著,中华书局 2001 年版

《历代诗话》　[清]何文焕辑，中华书局1981年版
《历代诗话续编》　丁福保辑，中华书局1983年版
《刘宾客嘉话录》　[唐]韦绚撰，《丛书集成初编》本
《柳河东集》　[唐]柳宗元撰，商务印书馆1958年版
《柳文指要》　章士钊著，文汇出版社（上海）2000年版
《柳先生年谱》　[宋]文安礼撰，中华书局1979年版《柳宗元集》附录
《刘禹锡》　卞孝萱、吴汝煜著，上海古籍出版社1980年版
《刘禹锡丛考》　卞孝萱著，巴蜀书社1988年版
《刘禹锡集》　卞孝萱校订，中华书局2000年版
《刘禹锡集笺证》　[唐]刘禹锡撰，瞿蜕园笺证，上海古籍出版社1989年版
《刘禹锡年谱》　卞孝萱著，中华书局1963年版
《刘禹锡评传》　卞孝萱、卞敏著，南京大学出版社1996年版
《刘禹锡全集》　[唐]刘禹锡撰，瞿蜕园校点，上海古籍出版社1999年版
《刘禹锡诗文系年》　高志忠著，广西人民出版社1988年版
《刘禹锡研究》　屈守元、卞孝萱合撰，贵州人民出版社1989年版
《刘禹锡传论》　吴汝煜著，陕西人民出版社1988年版
《柳州府志》　[清]王锦、吴光昇撰，乾隆二十九年刻本
《柳子厚年谱》　罗联添著，见其《唐代四家诗文论集》拾叁，学海出版社1996年初版
《柳宗元》　顾易生著，上海古籍出版社1979年版
《柳宗元集》　[唐]柳宗元撰，中华书局1979年版
《柳宗元简论》　吴文治著，中华书局1979年版
《柳宗元年谱》　施子愉著，湖北人民出版社1958年版
《柳宗元评传》　孙昌武著，南京大学出版社1998年版
《柳宗元事迹系年暨资料类编》　罗联添编著，台湾编译馆中华丛书编审委员会1981年版
《柳宗元诗笺释》　[唐]柳宗元著，王国安笺释，上海古籍出版社1993年版

《柳宗元传论》 孙昌武著,人民文学出版社 1982 年版
《柳宗元资料汇编》 吴文治编,中华书局 2006 年版
《麓堂诗话》 [明]李东阳撰,《历代诗话续编》本
《论韦柳诗风》 马自力撰,载《中国社会科学》1989 年第 5 期
《柳宗元の生活体験とその山水記》 清水茂撰,载《中國文學報》(京都)2,1955 年
《柳宗元—その左遷の中の文學》 松本肇撰,《漢文學會會報》(東京)30,1971 年

M

《美的历程》 李泽厚著,天津社会科学院出版社 2001 年版
《美学散步》 宗白华著,上海人民出版社 1981 年版

N

《南齐书》 [梁]萧子显撰,中华书局 1972 年点校本
《廿二史劄记》 [清]赵翼撰,《四部备要》本

O

《瓯北诗话》 [清]赵翼撰,霍松林、胡主佑校点,人民文学出版社 1998 年版

Q

《七缀集》(修订本) 钱钟书著,上海古籍出版社 1994 年第 2 版
《清代文学批评史》 邬国平、王镇远著,上海古籍出版社 1995 年版
《清诗话》 [清]王夫之等撰,丁福保辑,上海古籍出版社 1999 年版
《清诗话续编》 郭绍虞编选,上海古籍出版社 1983 年版
《全汉三国晋南北朝诗》 丁福保编,中华书局 1959 年版
《全上古三代秦汉三国六朝文》 [清]严可均校辑,中华书局 1958 年版
《全唐诗》 [清]彭定求等编,中华书局 1960 年点校本
《全唐诗补编》 陈尚君辑校,中华书局 1992 年版

《全唐诗人名考》　吴汝煜等著，江苏教育出版社1990年版
《全唐诗人名考订》　陶敏著，陕西人民出版社1996年版
《全唐文》　[清]董诰等编，中华书局1983年影印本
《全唐文纪事》　[清]陈鸿墀纂辑，中华书局1959年排印本

R

《人间词话》　王国维撰，徐调孚、周振甫注，王幼安校订，人民文学出版社1960年版，《蕙风词话·人间词话》合刊本
《人生困境中的执著与超越》　尚永亮撰，载《社会科学战线》2001年第4期
《容斋随笔》　[宋]洪迈撰，上海古籍出版社1978年点校本

S

《三国志》　[晋]陈寿撰，[南朝宋]裴松之注，中华书局1982年点校本
《少室山房笔丛》　[明]胡应麟撰，中华书局上海编辑所1958年10月据明万历刻本校点印本
《诗比兴笺》　[清]陈沆撰，上海古籍出版社1981年新1版
《诗格》　署名[唐]王昌龄撰，清乾隆敦本堂本《诗学指南》卷三
《史记》　[汉]司马迁撰，[南朝宋]裴骃集解、[唐]司马贞索隐、张守节正义，中华书局1982年点校本
《诗集传》　[宋]朱熹集传，文学古籍刊行社1955年版
《诗经》　中华书局影印阮刻《十三经注疏》本
《诗镜总论》　[明]陆时雍撰，《历代诗话续编》本
《石林诗话》　[宋]叶少蕴撰，《历代诗话》本
《诗论》　朱光潜著，三联书店1984年版
《诗品》　[梁]钟嵘撰，郭绍虞校释，人民文学出版社1961年版
《诗品集解》　[唐]司空图撰，郭绍虞集解，人民文学出版社1963年版
《十七史商榷》　[清]王鸣盛撰，《丛书集成初编》本
《诗式校注》　[唐]释皎然著，李壮鹰校注，齐鲁书社1986年版
《释氏疑年录》　陈垣撰，中华书局1964年版

《诗薮》 [明]胡应麟撰,上海古籍出版社 1979 年新 1 版
《诗言志辨》 朱自清著,华东师范大学出版社 1996 年版
《石遗室诗话》 陈衍撰,商务印书馆 1929 年铅印本
《诗源辩体》 [明]许学夷撰,人民文学出版社 1987 年版
《顺宗实录》 [唐]韩愈撰,《全唐文》卷五六〇
《说诗晬语》 [清]沈德潜撰,霍松林校注,人民文学出版社 1979 年版,《原诗·一瓢诗话·说诗晬语》合刊本
《四库全书总目》 [清]纪昀等撰,中华书局 1965 年影印本
《四溟诗话》 [明]谢榛撰,《历代诗话续编》本
《宋金元文学批评史》 王运熙、顾易生主编,上海古籍出版社 1996 年版
《宋诗话集佚》 郭绍虞辑,中华书局 1980 年版
《宋书》 [梁]沈约撰,中华书局 1974 年点校本
《苏轼文集》 [宋]苏轼撰,孔凡礼校点,中华书局 1986 年版
《岁寒堂诗话》 [宋]张戒撰,《历代诗话续编》本
《隋唐佛教》 郭朋著,齐鲁书社 1980 年版
《隋唐佛教史稿》 汤用彤著,中华书局 1982 年版
《隋唐五代文学批评史》 王运熙、杨明著,上海古籍出版社 1994 年版
《隋唐五代文学史》(中) 罗宗强、郝世峰、项楚、李剑国著,高等教育出版社 1994 年版
《隋唐五代文学史料学》 陶敏、李一飞著,中华书局 2001 年版
《隋唐五代文学思想史》 罗宗强著,上海古籍出版社 1986 年版
《随园诗话》 [清]袁枚撰,人民文学出版社 1982 年版

T

《太平广记》 [宋]李昉等编,中华书局 1961 年版
《太平御览》 [宋]李昉等撰,中华书局 1960 年 2 月据上海涵芬楼影宋本影印
《坛经校释》 [唐]慧能著,郭朋校释,中华书局 1983 年版
《谈艺录》(补订本) 钱钟书著,中华书局 1984 年版

《唐百家诗选》 ［宋］王安石编，上海涵芬楼1934年印本
《唐才子传》 ［元］辛文房撰，中华书局上海编辑所1956年新1版
《唐才子传校笺》（一）　傅璇琮主编，中华书局1987年版
《唐才子传校笺》（二）　傅璇琮主编，中华书局1989年版
《唐才子传校笺》（三）　傅璇琮主编，中华书局1990年版
《唐刺史考全编》 郁贤皓撰，安徽大学出版社2000年版
《唐大诏令集》 ［宋］宋敏求编，商务印书馆1959年版
《唐代藩镇研究》 张国刚著，湖南教育出版社1987年版
《唐代佛教》 范文澜著，人民出版社1979年版
《唐代歌诗与诗歌》 吴相洲著，北京大学出版社2000年版
《唐代古文运动通论》 孙昌武著，百花文艺出版社1984年版
《唐代进士行卷与文学》 程千帆著，见《程千帆全集》第八卷，河北教育出版2001年版
《唐代科举与文学》 傅璇琮著，陕西人民出版社1986年版
《唐代美学史》 吴功正著，陕西师范大学出版社1999年版
《唐代幕府与文学》 戴伟华著，现代出版社1990年版
《唐代墓志汇编》 周绍良编，上海古籍出版社1982年版
《唐代士大夫与佛教》 郭绍林著，河南大学出版社1987年版
《唐代使府与文学研究》 戴伟华著，广西师范大学出版社1998年版
《唐代诗人丛考》 傅璇琮著，中华书局1980年版
《唐代四家诗文论集》 罗联添著，学海出版社1996年初版
《唐代文史论丛》 卞孝萱著，陕西人民出版社1986年版
《唐代文学丛考》 陈尚君著，中国社会科学出版社1997年版
《唐代文学论集》 罗联添著，台湾学生书局1989年版
《唐代文学与佛教》 孙昌武著，陕西人民出版社1985年版
《唐代政治史述论稿》 陈寅恪著，上海古籍出版社1997年版
《唐国史补》 ［唐］李肇撰，上海古籍出版社1979年版
《唐会要》 ［宋］王溥撰，中华书局1955年版
《唐柳河东集四十五卷外集五卷遗文一卷附录一卷》 ［明］蒋之翘辑注，《四部备要》本

《唐人行第录》 岑仲勉著，上海古籍出版社 1978 年新 1 版
《唐人七绝诗浅释》 沈祖棻著，上海古籍出版社 1981 年版
《唐诗别裁集》 [清]沈德潜编，上海古籍出版社 1979 年版
《唐诗丛考》 王达津著，上海古籍出版社 1986 年版
《唐诗风格论》 王明居著，安徽大学出版社 2001 年版
《唐诗风貌》 余恕诚著，安徽大学出版社 1997 年版
《唐诗概论》 苏雪林著，1934 年上海商务印书馆铅印本
《唐诗纪事》 [宋]计有功撰，上海古籍出版社 1987 年版
《唐诗纪事校笺》(上下) 王仲镛著，巴蜀书社 1989 年版
《唐诗鉴赏辞典》 萧涤非、程千帆等撰写，上海辞书出版社 1983 年版
《唐诗解》 [明]唐汝询编，明万历刻本
《唐诗论丛》 陈贻焮著，湖南人民出版社 1980 年版
《唐诗论文集》 刘开扬著，上海古籍出版社 1979 年版
《唐诗论学丛稿》 傅璇琮著，京华出版社 1999 年版
《唐诗美学探索》 张福庆著，华文出版社 2000 年版
《唐诗品汇》 [明]高棅编选，上海古籍出版社 1988 年第 2 版
《唐诗评选》 [清]王夫之评选，民国刊本《船山遗书》
《唐诗人行年考》 谭优学著，四川人民出版社 1981 年版
《唐诗人行年考(续编)》 谭优学著，巴蜀书社 1987 年版
《唐诗史》 许总著，江苏教育出版社 1994 年版
《唐诗小史》 罗宗强著，陕西人民出版社 1987 年版
《唐诗研究》 胡云翼著，1930 年上海商务印书馆铅印本
《唐诗杂论》 闻一多著，上海古籍出版社 1998 年版
《唐诗综论》 林庚著，人民文学出版社 1978 年版
《唐宋八大家文钞》 [明]茅坤编，《影印文渊阁四库全书》本
《唐宋古文运动论稿》 刘国盈著，陕西人民出版社 1984 年版
《唐宋诗举要》 高步瀛选注，上海古籍出版社 1959 年版
《唐宋诗歌论集》 莫砺锋著，凤凰出版社 2007 年版
《唐宋诗论稿》 莫砺锋著，辽海出版社 2001 年版
《唐宋文举要》 高步瀛选注，上海古籍出版社 1982 年新 1 版

《**唐文粹**》 [宋]姚铉编,《四部丛刊初编》本
《**唐五代文学编年史**》 傅璇琮主编,辽海出版社 1998 年版
《**唐学与唐诗**》 查屏球著,商务印书馆 2000 年版
《**唐音佛教辨思录**》 陈允吉著,上海古籍出版社 1988 年版
《**唐音癸签**》 [明]胡震亨撰,上海古籍出版社 1981 年新 1 版
《**苕溪渔隐丛话**》 [宋]胡仔撰,人民文学出版社 1962 年版
《**艇斋诗话**》 [宋]曾季貍撰,《历代诗话续编》本
《**通典**》 [唐]杜佑撰,中华书局 1984 年影印本
《**通鉴纪事本末**》 [宋]袁枢撰,中华书局 1964 年版

W

《**万首唐人绝句**》 [宋]洪迈辑,书目文献出版社 1983 年版
《**魏晋南北朝赋史**》 程章灿著,江苏古籍出版社 2001 年版
《**魏晋南北朝文学论丛**》 周勋初著,江苏古籍出版社 1999 年版
《**韦应物集校注**》 [唐]韦应物撰,陶敏、王友胜校注,上海古籍出版社 1998 年版
《**文镜秘府论校注**》 [日]弘法大师撰,王利器校注,中国社会科学出版社 1983 年版
《**文心雕龙讲疏**》 王元化著,上海古籍出版社 1992 年版
《**文心雕龙札记**》 黄侃著,上海古籍出版社 2000 年版
《**文心雕龙注**》 [梁]刘勰撰,范文澜注,人民文学出版社 1958 年版
《**文选**》 [梁]萧统编,[唐]李善注,上海古籍出版社 1986 年版
《**闻一多全集**》 闻一多著,三联书店 1982 年版
《**文苑英华**》 [宋]李昉等编,中华书局 1966 年影印本
《**文章辨体序说**》 吴讷著,人民文学出版社 1982 年版,《文章辨体序说·文体明辨序说》合刊本
《**五百家注音辨柳先生文集二十一卷外集二卷新编外集一卷附录八卷**》 [宋]魏仲举编,《四库珍本丛书初编》影印本
《**吴兴昼上人集**》 [唐]释皎然撰,《四部丛刊初编》影宋本
《**"吴中诗派"与中唐诗歌**》 赵昌平撰,载《中国社会科学》1984 年第 4 期

X

《先秦汉魏晋南北朝诗》 逯钦立辑校，中华书局 1983 年版

《新唐书》 [宋]欧阳修、宋祁等撰，中华书局 1975 年点校本

《续资治通鉴》 [清]毕沅编著，古籍出版社 1957 年版

Y

《彦周诗话》 [宋]许觊撰，《历代诗话》本

《艺概》 [清]刘熙载撰，上海古籍出版社 1978 年版

《艺文类聚》 [唐]欧阳询撰，汪绍楹校，上海古籍出版社 1982 年新 1 版

《艺苑卮言》 [明]王世贞撰，《历代诗话续编》本

《永州府志》 [清]吕恩湛、宗绩辰撰，同治六年重校本

《寓意山水的个体忧怨和美学追求——论柳宗元游记诗文的直接象征性和间接表现性》 尚永亮撰，载《文学遗产》2000 年第 3 期

《元白诗笺证稿》 陈寅恪著，中华书局 1959 年新 1 版

《元好问论诗三十首小笺》 [元]元好问撰，郭绍虞笺释，人民文学出版社 1978 年版，《杜甫戏为六绝句集解 · 元好问论诗三十首小笺》合刊本

《元和郡县图志》 [唐]李吉甫撰，《丛书集成初编》本

《元和五大诗人与贬谪文学考论》 尚永亮著，文津出版社 1993 年版

《原诗》 [清]叶燮撰，霍松林校注，人民文学出版社 1979 年版，《原诗 · 一瓢诗话 · 说诗晬语》合刊本

《元稹集》 [唐]元稹撰，冀勤点校，中华书局 1982 年版

《元稹年谱》 卞孝萱著，齐鲁书社 1980 年版

《乐府诗集》 [宋]郭茂倩编，中华书局 1979 年点校本

《云麓漫钞》 [宋]赵彦卫撰，古典文学出版社 1957 年版

《韵语阳秋》 [宋]葛立方撰，《历代诗话》本

Z

《**增广注释音辨柳先生集四十三卷别集二卷外集二卷附录一卷**》［宋］童宗说注释、［宋］张敦颐音辨、［宋］潘纬音义，《四部丛刊初编》影元本
《**赵昌平自选集**》　赵昌平著，广西师范大学出版社 1997 年版
《**照隅室古典文学论集**》　郭绍虞撰，上海古籍出版社 1983 年版
《**直斋书录解题**》　［宋］陈振孙撰，上海古籍出版社 1987 年版
《**中古文学史论**》　王瑶著，北京大学出版社 1998 年第 2 版
《**中国禅思想史—从 6 世纪到 9 世纪**》　葛兆光著，北京大学出版社 1995 年版
《**中国禅宗与诗歌**》　周裕锴著，上海人民出版社 1992 年版
《**中国辞赋发展史**》　郭维森、许结著，江苏教育出版社 1996 年版
《**中国古代文体概论**》（增订本）　褚斌杰著，北京大学出版社 1990 年版
《**中国佛学源流略讲**》　吕澂著，中华书局 1979 年版
《**中国散文简史**》　郭预衡著，北京师范大学出版社 1994 年版
《**中国诗歌艺术研究**》　袁行霈著，北京大学出版社 1996 年版
《**中国诗学通论**》　袁行霈、孟二冬、丁放著，安徽教育出版社 1994 年版
《**中国思想通史**》　侯外庐主编，人民出版社 1957 年版
《**中国通史**》　范文澜著，人民出版社 1978 年版
《**中国文学发展史**》　刘大杰著，上海古籍出版社 1997 年新 2 版
《**中国文学简史**》　林庚著，北京大学出版社 1988 年版
《**中国文学理论批评史**》　敏泽著，人民文学出版社 1981 年版
《**中国文学批评史**》　郭绍虞撰，上海古籍出版社 1979 年版
《**中国文学批评史**》　罗根泽著，上海古籍出版社 1984 年新 1 版
《**中国文学史**》（第二版）　袁行霈主编，高等教育出版社 2005 年版
《**中国小说史略**》　鲁迅著，上海古籍出版社 1998 年版
《**中国哲学史**》　任继愈主编，人民出版社 1996 年第 5 版
《**中国传记文学发展史**》　陈兰村主编，语文出版社 1999 年版
《**中国宗教思想史大纲**》　王治心著，东方出版社 1996 年版

《**中唐唱和诗述论**》 汤吟菲撰,载《文学遗产》2001 年第 3 期
《**中唐诗歌之开拓与新变**》 孟二冬著,北京大学出版社 1986 年版
《**中唐政治与文学**》 胡可先著,安徽大学出版社 2000 年版
《**中兴间气集**》 [唐]高仲武选,上海古籍出版社 1978 年新 1 版《唐人选唐诗(十种)》本
《**周勋初文集**》第四卷、第五卷 江苏古籍出版社 2000 年版
《**朱熹文学研究**》 莫砺锋著,南京大学出版社 2000 年版
《**逐臣与唐诗**》 尚永亮撰,载《古典文学知识》2001 年第 1 期
《**竹坡诗话**》 [宋]周紫芝撰,《历代诗话》本
《**朱自清古典文学论文集**》 上海古籍出版社 1981 年版
《**庄子集释**》 [清]郭庆藩撰,中华书局 1982 年新编诸子集成本
《**资治通鉴**》 [宋]司马光编著,[元]胡三省音注,中华书局 1956 年版

后　记

从1996年读研究生开始，我就对中唐文学产生了浓厚的兴趣，特别是对刘禹锡、柳宗元研究积累了不少资料。在南京大学，我跟随莫砺锋师深入学习唐宋文学，学到了不少治学方法，也慢慢品味出学术研究的一些乐趣来。砺锋师治学、处世都极其严谨，所以对学生的要求也很严格，每次的讨论课都竭力启发我，培养创新意识。2002年我博士毕业后，一直在高校工作，由于各种原因，形成于思考的中唐贬谪文学研究迟迟未能完成。

经过两年多的准备，整理了最新的研究成果，我动手撰写关于《贬谪时期的柳宗元研究》这本书，不光因为"贬谪文学"已经成为学界研究的一个热点，更重要的是我本人对贬谪时期的文学作品感兴趣，俗话说：人生失意者十之八九，通过文本分析，我们从中能够归纳出古代作家的处世态度、文学倾向以及深层次的思想影响。学生时代读孙昌武先生的《柳宗元评传》，很有感触。他是从思想这个角度解读柳宗元作品的，特别对于宗教与文学方面的研究十分精深。本科时教授过我古代文学的胡可先教授出版的《中唐政治与文学》一书，则从政治的角度解读柳宗元。这些都给我以很好的借鉴和启发。柳宗元就是贬谪文学创作中的佼佼者，虽然近三十年来，研究柳宗元的单篇论文和专著比较多，但从"贬谪文学"这个角度专门来探讨柳宗元的还是很少的。

这本书主要分成三大部分：第一部分主要探讨柳宗元的贬谪心态：其中包括柳宗元永贞革新前后的思想变化和历史评价；柳宗元对儒释

道的接受和融合；柳宗元的《天对》、《天论》观点以及柳宗元在贬谪地实施“惠政”的民本思想。第二部分剖析柳宗元贬谪时期的文学成就：包括柳宗元贬谪时期的文学创作心态；柳宗元的贬谪文学研究，其中分成诗歌、辞赋、文学散文、哀祭墓志文以及贬谪后的朝廷颂歌研究五个小节。第三部分阐释柳宗元的性格和影响：包括柳宗元愚性和渔翁情结的双重性格；韩愈、刘禹锡等人对柳宗元的盖棺论定；从唐代至清朝对于柳宗元的接受和传播。

这本书的成稿，我不但要感谢恩师莫砺锋，还要感谢南京大学的武秀成、程章灿、张宏生、曹虹、许结等老师的教诲，从而弥补了自己在校雠学方面的不足，拓展了在辞赋领域、佛道藏等研究方面的视野，开阔了我的思路。尽管本人在写作时已十分努力，可能对一些问题的理解还不够透彻，阐述也有用力不够的地方，渴求学界的同仁多提宝贵的意见和建议。

好友中国人民大学的郑林啸、广西大学的张维等在音韵学、文献学方面提供了不少资料，同门南京大学的童强、福建师范大学的刘曙初、东南大学的白朝晖等亦给我不少帮助和启发。最后，还要感谢我的家人，我的每一步成长都饱含着他们的心血，是他们一直默默给予我最大的支持，使我面对每天的学习研究，都能保持愉悦的心情。

本书的写作得到了江苏省“青蓝工程”优秀青年教师项目基金支持以及南京审计学院“中唐文士与佛教关系研究”课题（课题号：NSK2009/B27）资助，特此声明。

龚玉兰

2010 年 5 月 6 日于文心楼